당신의 남자를 죽여드립니다

당신의 남자를
죽여드립니다

FINLAY DONOVAN IS KILLING IT

엘 코시마노 장편소설

김효정 옮김

INFLUENTIAL
인플루엔셜

차례

당신의 남자를 죽여드립니다 7
옮긴이의 말 412

일러두기

본문의 주는 모두 옮긴이가 독자의 이해를 돕기 위해 붙인 것입니다.

1

아침 8시 30분. 알 만한 사람은 알겠지만 대부분의 엄마들이 여차하면 누구 하나 죽이고도 남을 만큼 신경이 곤두서는 시간이다. 특히 10월 8일 화요일 아침, 나는 7시 45분부터 이미 살인 충동을 느꼈다. 메이플 시럽 범벅인 두 살배기에게 기저귀를 채우느라 아등바등하는 사이, 곧 유치원에 가야 하는 네 살배기는 제 머리를 직접 자르겠다고 설치고, 행방이 묘연해진 베이비시터를 내내 수소문하면서, 수면 부족 때문에 커피포트에 필터 끼우는 걸 깜빡한 탓에 넘쳐흐른 커피 가루를 치워본 경험이 없다면 내가 똑똑히 알려주겠다.

누구라도 걸리기만 하면 죽여버리고 싶은 심정에 대해. 누가 됐든 상관없었다.

이러다가는 약속 시간에 늦을 텐데.

내 출판 에이전트는 이미 뉴욕 그랜드센트럴역에서 워싱턴 유니언역행 기차를 탔다. 내 형편에 가당치도 않은 역 근처 레스토랑에서 나와 함께 브런치를 들며, 내가 원고 마감을 얼마나 넘겼는지 정확히 따져보기 위해. 세 번이나 다시 시작했지만 그 원고를 끝내 완성하지 못할지도 모르는 이유는…… 세상에, 내 꼴을 보면 알잖아.

우리 집은 워싱턴 교외의 사우스라이딩에 위치한 2층짜리 콜로니얼(식민지 시대풍) 주택으로, 약속 시간을 10시로 잡아도 무리가 없어 보일 만큼 도심과 가깝다. 동시에, 평소에는 점잖은 사람들도 실제 인간 크기의 공기주입식 인형을 구입하는 잔꾀를 부리게 할 만큼 도심에서 제법 떨어져 있다. 그들은 딱지를 떼이지 않고 다인승 전용차로에 진입하거나, 아직 인형을 살 정도로 타락하지는 않은 우리 같은 사람들이 달리는 차 안에서 쏘는 총의 희생양이 되는 것을 피하기 위해 인형을 태우고 다닌다.

오해는 하지 말길. 나도 한때는 사우스라이딩을 좋아했다. 이혼 전까지만 해도. 내 남편이 우리 부동산 중개인이자 입주자 협의회 임원까지 맡은 여자와 자고 다닌다는 사실을 알기 전까지만 해도. 어쨌거나 우리가 꿈꾸던 도시 근교 동네를 '정겨운 마을' 같은 분위기라고 설명할 때부터 그 여자에게 그런 꿍꿍이가 있었던 건 아니었을 거다. 홍보 책자에는 고풍스런 현관 앞 테라스에서 서로를 껴안고 있는 화목한 가족의 사진들이 실려 있었다. '한가로운', '평화로운' 따위의 단어가 이 동네를 묘사했다. 부동산 잡지의 반질반질한 화보에서 창문 너머의 고달프고 까칠한 엄마, 끈적끈적한 알몸으로 나대는 아이, 마룻바닥의 머리카락과 핏자국과 커피 얼룩을 꿰뚫어 볼 수 있는 사람은 없을 것이다.

"엄마, 고쳐줘!" 딜리아가 주방에 서서 혼자 가위질을 하다 베여 축축하고 삐죽삐죽한 머리를 손가락으로 문지르고 있었다. 이마 위로 흘러내리는 가느다란 핏방울이 아이 눈에 들어갈까 봐 얼른 너덜너덜한 손수건을 갖다 댔다.

"엄마는 못 고쳐. 유치원 끝나고 미용실에 데려다줄게." 피가 멎을 때까지 땜통에 손수건을 꾹 눌렀다. 그러고는 휴대전화를 어깨와 귀 사이에 끼우고 식탁 밑으로 기어 들어갔다. 흩어진 머리카락을 쓸어 모으면서 상대방이 전화를 받을 때까지 신호음이 몇 번이나 울리는지 셌다.

"이렇게는 유치원 못 가. 애들이 놀린단 말이야!" 딜리아가 눈물 콧물 줄줄 흘리는 사이 유아용 의자에 앉아 있던 재크는 토스터에 구운 와플을 제 머리에 문지르며 누나를 구경하고 있었다. "아빠는 고칠 수 있는데."

내 머리가 식탁 밑면을 쿵 찧자 두 살배기는 갑자기 울음보를 터뜨렸다. 나는 딸아이의 머리칼을 한 움큼 주워 뻣뻣한 다리를 일으켜 세웠다. 나머지 머리 끄트러기는 시럽으로 칠갑된 내 바지 무르팍에 달라붙었다. 까딱 잘못 내뱉었다가는 두 살배기 재크가 마트 손수레에 탈 때마다 두고두고 큰 소리로 떠들어댈 게 뻔했기에, 나는 터지려는 욕을 꾹꾹 삼키며 머리카락이 잔뜩 붙은 주방 가위를 싱크대에 던졌다.

신호음이 마흔일곱 번쯤 울린 다음 결국 음성사서함으로 넘어갔다.

"여보세요, 베로? 베로니카, 나 핀레이예요. 별일 없는 거죠?" 그녀가 간밤에 차에 깔려 죽었거나 집에 불이 나서 산 채로 타 죽기라도 했을까 봐 나는 살갑게 안부를 물었다. 늦게 오면 죽을 줄 알라는 뜻으로 메시지를 남겼다가 상대가 이미 살해당했다는 사실을 뒤늦게 알게 되는 민망한 상황은 피하고 싶었다. "제가 시내에서 누굴 좀 만나야 해서 오늘은 7시 30분에 와달라고 부탁했었는데, 혹시 잊으셨을까요?" 문장 끝을 발랄하게 올린 것은 좀 늦으면 어떠냐는 느낌을 주고 싶어서였다. 우리끼리라도 괜찮다는 느낌. 하지만 괜찮은 상황이 아니었다. 나는 괜찮지 않았다. "이 메시지 확인하면 전화 주세요. 부탁드려용." 끊기 전에 이렇게 덧붙였다. 아이들이 지켜보고 있었고 우리는 '부탁해', '고마워' 등등을 입에 달고 사는 가족이니까. 전화를 끊고 이번에는 전남편의 번호를 누른 다음 전화기를 다시 귀 밑에 끼웠다. 통화를 기다리면서 오늘 하루를 무난히 넘기리라는 희망은 깡그리 접었다.

"베로 이모 오고 있어?" 말썽의 결과물을 만지작거리던 딜리아는 빨갛고 끈적끈적해진 손가락을 들여다보며 오만상을 찌푸렸다.

"글쎄." 베로라면 딜리아를 무릎에 앉혀놓고 엉망진창이 된 머리를 단정히 빗어 세련된 스타일로 살려낼지도 모른다. 아니면 정교하게 땋아 땜통을 감추거나. 하지만 내가 섣불리 흉내내려 하다가는 역효과만 날 게 뻔했다.

"에이미 이모한테 전화하면 안 돼?"

"너한테 에이미 이모가 어딨니?"

"있어. 대학 때 테리사의 자매였대. 그 이모는 내 머리를 고칠 수 있어. 미인 공부를 했거든."

"'미용' 공부겠지. 그리고 말이야, 그 여자가 테리사 아줌마의 여학생 클럽* 자매였다고 너한테도 에이미 이모가 되는 건 아냐."

"아빠한테 전화하고 있어?"

"응."

* sorority: 미국 대학의 여학생 사교 모임으로, 가입하기 위해 혹독한 신고식을 치러야 하고 회원이 되면 서로 자매라고 부른다.

"아빠는 뭐든 잘 고치잖아."

나는 억지 미소를 장착했다. 스티븐은 뭐든 깨는 데도 소질이 있었다. 꿈이라든지, 결혼 서약이라든지. 하지만 그런 얘기는 꺼내지 않았다. 대신에 이를 갈았다. 아동심리학자들은 아이들 앞에서 이혼한 배우자를 깎아내리는 건 성숙한 태도가 아니라고 조언한다. 상식적으로 생각해도, 아이들을 돌봐달라고 부탁하러 전화를 거는 마당에 할 소리는 아니었다.

"아빠는 덕본드를 쓴다구." 아침에 먹고 남은 음식물을 쓰레기통에 긁어 넣고 접시를 내 정신과 함께 싱크대에 담그는 내내 딜리아는 내 뒤를 졸졸 따라다니며 조잘거렸다.

"덕테이프겠지. 덕테이프로는 머리를 붙일 수 없단다, 애야."

"아빠는 할 수 있어."

"가만 있어봐, 딜리아." 전남편이 마침내 전화를 받자 나는 아이를 조용히 시켰다. "스티븐?" 그는 아침 인사를 하기 전부터 귀찮은 티를 팍팍 냈다. 가만 생각해보니 아침 인사를 하지도 않은 것 같았다. "부탁이 있어. 오늘 아침에 베로가 안 왔지 뭐야. 내가 좀 있다 시내에서 실비아를 만나야 하는데 이미 늦어버렸어. 몇 시간만 재크를 당신한테 좀 맡겨야겠는데." 축축한 손수건으로 바지의 끈끈한 얼룩을 닦고 있는 나를 높은 의자에서 내려다보며 내 아들은 달짝지근한 미소를 지었다. 멀쩡한 바지라고는 이거 하나뿐인데. 나야 원래 잠옷 차림으로 일하는 사람이니까. "애 목욕도 시켜야 하고."

"그래." 스티븐이 느릿느릿 입을 뗐다. "베로 이야기인데……."

바지를 문지르던 손을 멈추고 손수건을 내 발치에 놓인 기저귀 가방 속에 떨어뜨렸다. 그래, 딱 저 말투였다. 테리사와 약혼했다는 폭

탄선언을 할 때도. 지난달, 테리사의 부동산 인맥을 믿고 시작한 조경 사업으로 돈을 쓸어 담고 있다고 뻐기다가, 느닷없이 자기 변호사와 공동 양육권 청구 소송에 대해 상의 중이라는 얘기를 꺼냈을 때도. "어제 전화해서 당신한테 알리려고 했는데, 테리사랑 같이 경기를 보러 가느라 하루가 어떻게 가는지도 몰랐네."

"안 돼." 나는 싱크대를 붙잡았다. **안 돼, 안 돼, 안 돼.**

"당신은 직장도 안 다니잖아, 핀. 재크한테 종일 베이비시터를 붙일 이유가 —."

"이러면 곤란해, 스티븐." 갑자기 골이 띵해져서 미간을 꼬집었다. 딜리아는 내 바짓가랑이를 붙잡고 덕테이프 타령을 해댔다.

"그래서 내가 잘랐어." 스티븐이 말했다.

썩을 놈.

"내가 당신을 계속 지원할 여력도 없 —."

"뭐? 지원? 나는 당신 애들 엄마야! 그건 양육비라고 부르는 거고."

"당신 자동차 할부금도 연체됐 —."

"원고료 받아서 갚을 거거든."

"핀." 그의 입에서 내 이름이 나올 때면 꼭 욕처럼 들렸다.

"스티븐."

"진짜 직업을 구해볼 때도 되지 않았어?"

"동네에 꽃씨 심는 일 같은 거 말이지?" 맞다, 그 일도 해본 적 있다. "소설가가 내 진짜 직업이야, 스티븐."

"시시껄렁한 잡소리나 끼적이는 게 무슨 직업이라고."

"로맨틱 스릴러야! 그리고 원고료 절반을 이미 계약금으로 받았어. 계약을 했다고! 계약은 무를 수가 없잖아. 받은 돈을 토해내야 하니까." 욱하는 감정에 나는 이렇게 덧붙였다. "당신이 위약금을 내주면 또 모를까?"

그가 혼자 투덜거리는 사이 무릎을 꿇고 바닥에 고인 웅덩이를 닦았다. 티끌 한 점 없는 타운하우스의 티끌 한 점 없는 식탁에서 프렌치프레스로 내린 커피를 들며 듬성한 머리카락을 쥐어뜯는 스티븐의 모습이 눈에 선했다.

"석 달째야." 정수리의 머리카락만큼이나 인내심 또한 빈약한 인간이라는 생각이 들었지만, 남자의 알량한 자존심을 깎아내리는 쾌감보다는 베이비시터가 급했기에 머리 얘기는 꺼내지 않았다. "집 대출금 상환도 석 달이나 연체됐잖아, 핀."

"집세 말하는 거지? 내가 '당신한테' 내는 집세. 그거야 당신이 좀 봐주면 되잖아."

"그리고 입주자 협의회가 6월에 청구한 특별 부가금을 내지 않으면 그 집에 유치권이 설정될 거야."

"당신이 그걸 어떻게 알아?" 나는 뻔히 답을 알면서도 물었다. 스티븐은 우리 부동산 중개인과 동침하는 사이이고 그의 가장 친한 친구가 우리 대출 담당자였다. 그러니 모를 수가 있나.

"아무래도 아이들은 나랑 테리사랑 같이 사는 게 낫겠어. 앞으로도."

나는 휴대전화를 놓칠 뻔했다. 종이 타월 뭉치를 버리고 주방에서 뛰어나가 목소리를 낮추고 말했다. "어림도 없어! 그 여자한테는 내 아이들 절대 못 보내."

"당신 벌이로는 입에 풀칠하기도 빠듯하잖아."

"당신이 베이비시터만 안 잘랐어도 벌써 책 한 권은 쓰고도 남았어!"

"당신도 이제 서른두 살이야, 핀―."

"아니거든." 나는 서른한 살이었다. 스티븐보다 세 살 어리니까. 알면서도 내 속을 긁으려고 하는 소리였다.

"평생 집구석에 틀어박혀 이야기나 지어내면서 살 수는 없어. 당신한테는 처리해야 할 청구서와 해결해야 할 문제가 한가득이니까."

"망할 놈." 소리 죽여 내뱉었다. 전부 진실이라 뜨끔했다. 더군다나 스티븐은 그 가운데 가장 무겁고 아픈 진실이었다.

"이것 봐, 나는 망할 놈 소리를 안 들으려고 최선을 다하고 있다고. 가이한테 소송을 연말까지 미뤄달라고도 했어. 그동안 당신이 방법을 좀 찾았으면 해서." 가이. 스티븐의 남학생 클럽 '형제'였고 지금은 이혼 전문 변호사가 된 친구였다. 대학 시절에 인사불성이 돼서 내 차 뒷좌석에 토하던 그 자식이 토요일마다 판사와 골프를 치러 다니더니 이제 아이들과 함께 보낼 내 주말을 앗아가려 하고 있었다. 더군다나 가이는 판사를 속여 내가 책 계약금으로 받은 돈의 절반을 테리사의 차에 가한 손해배상금으로 뜯어갔다.

좋아, 해보자 이거지.

그 여자와 약혼했다는 소리를 스티븐의 입으로 직접 듣고 술김에 딜리아의 지점토 덩어리로 테리사의 BMW 배기관을 틀어막은 것이 성숙한 행동은 아니었음은 나도 인정한다. 하지만 그 여자가 계약금 절반을 가져가는 꼴을 보고만 있던 남편의 처신은 내 쓰라린 상처에 소금을 뿌렸다.

횅한 다이닝룸에서, 나는 끈적끈적한 빨간 손가락으로 얼마 남지 않은 머리카락을 만지작거리는 딜리아를 응시했다. 재크는 유아 의자에서 몸을 꿈지럭대며 칭얼거렸다. 앞으로 석 달 뒤에 원고료를 받지 못한다면, 가이는 기어이 내 아이들을 빼앗아 테리사에게 넘길 방법을 찾을 것이다.

"나 늦었어. 지금은 당신이랑 이 문제로 티격태격할 시간이 없다고. 재크 데려가, 말아?" 울면 안 된다. 나는 절대 울지 않을—.

"그래." 스티븐이 지친다는 투로 대답했다. 지친다는 게 어떤 건지도 모르는 주제에. 자기는 커피도 마셨고 날마다 꼬박 여덟 시간씩 숙면을 취하면서. "핀, 미안하—."

전화를 팍 끊었다. 그의 사타구니를 무릎으로 가격하는 것만큼 통쾌하지는 않은, 그저 유치하고 진부한 복수라는 건 인정하지만, 그가 말하는 도중에 전화를 끊을 때마다 내 마음 한구석이 조금이나마 밝아졌다. 시럽에 더럽혀지지도 않고 약속 시간에 늦지도 않은 아주 작은 한 조각(그런 조각이 남아 있다면 말이지만)이.

어쨌거나. 그렇다고 내 기분이 괜찮아졌다는 뜻은 아니다. 괜찮은 건 아무것도 없었다.

또 바지가 당기는 느낌이 들었다. 딜리아가 눈물 그렁그렁한 눈으로 나를 올려다보고 있었다. 까끌한 머리카락은 피떡이 진 채 뻗쳐 있었다.

나는 한숨을 푹 내쉬었다. "덕테이프 말이지. 알았어."

차고로 통하는 쪽문을 열자 퀴퀴한 가을 공기가 훅 밀려왔다. 동굴 같은 이 공간은 불을 켜도 어둠침침했다. 스티븐의 포드 F-150이 남긴 기름 얼룩과 먼지 쌓인 내 닷지 캐러밴을 제외하면 휑뎅그렁했다. 내 차 뒤창에 낀 더께 위에 누가 남근을 그려놨지만, 딜리아가 이건 꽃이라며 못 지우게 했다. 그 낙서가 꼭 지금의 내 인생을 빗댄 은유처럼 느껴졌다. 차고 안쪽 벽을 따라 작업대가 놓여 있고 그 위에는 공구를 걸어두는 거대한 타공판이 있었다. 공구라고는 대형 할인점에서 산, 상표도 없는 10달러짜리 분홍 모종삽뿐이었다. 스티븐이 차고를 털어가면서 남겨둔 몇 안 되는 연장 중 하나였다. 다른 물건은 전부 자신의 조경사업체 소유라고 그는 주장했다. 나는 작업대에 남은 헐거워진 나사, 부러진 망치, 거의 다 쓴 카펫 세정제 틈에서 덕테이프를 찾아냈다. 꼭 내 아이들마냥 끈적끈적하고 머리카락이 잔뜩 들러붙은 은박 롤을 가지고 집으로 들어갔다.

사슴 눈망울처럼 촉촉하던 딜리아의 눈빛이 싹 달라졌다. 아직 가장 가까운 남자에게 뒤통수를 맞은 경험이 없는 어린 소녀답게 확신 가득한 표정으로 테이프를 바라봤다.

"정말 괜찮겠어?" 아이의 황갈색 머리카락을 한 움큼 쥐고 확인차 다시 물었다.

딜리아는 고개를 끄덕였다. 나는 현관 코트 걸이에 걸려 있던 니트 모자를 갖고 주방으로 돌아왔다. 재크는 와플 조각을 머리에 붙인 채 끈끈한 손가락들을 서로 모았다 벌렸다 하면서 우리를 지켜보고 있었다. 그러다 갑자기 눈을 휘둥그레 뜨고 황홀경에 빠진 표정을 지었다. 똥을 싸는 게 분명했다.

잘됐다. 기저귀 가는 건 스티븐한테 떠넘겨야지.

가위가 아침을 먹고 쌓아둔 접시 무더기에 깔려 있었기 때문에, 조리대에 놓인 칼꽂이에서 식칼을 뽑았다. 요란하게 찍찍 소리를 내며 롤에 감긴 테이프를 뗀 다음, 잘려나간 머리카락을 딜리아의 머리에 대고 테이프를 흉측스런 은색 왕관처럼 둘러 머리카락을 (대부분) 제자리에 고정시켰다. 무딘 칼로 테이프를 끊었다.

맙소사.

아이의 머리에 니트 모자를 푹 눌러 씌우면서 애써 미소를 지었다. 딜리아는 나를 보고 싱긋 웃으며 조그만 손가락으로 눈을 찌르는 들쭉날쭉한 머리 가닥을 걷어냈다.

"맘에 들어?" 벌써부터 딜리아의 어깨에 흘러내리고 있는 머리 뭉텅이를 보며, 나는 당혹스런 기색을 힘겹게 감추고 물었다.

아이는 고개를 끄덕였다.

칼과 테이프를 휴대전화와 함께 기저귀 가방에 던져 넣은 다음, 의자에서 재크를 뽑아 높이 쳐들고 축 늘어진 기저귀 냄새를 맡았다. 만족스러웠다. 아이를 안고 밖으로 나가 현관문을 닫았다.

난 괜찮아, 벽에 설치된 버튼을 눌러 차고 문을 열면서 혼잣말을 했다. 모터가 돌아가면서 내는 섬뜩한 끽끽 소리가 아이들의 재잘대는 소리마저 묻어버렸다. 문이 열리고, 차고에 잿빛 가을 햇살이 쏟아져 들어왔다. 미니밴으로 들어가 재크의 처진 기저귀를 조심조심 카시트에 놓았다. 전남편의 사타구니를 걷어차는 것만큼 통쾌하지는 않겠지만, 오늘은 똥 기저귀를 찬 끈끈한 두 살배기를 안겨주는 것이 내가 할 수 있는 최선의 복수다.

"재크 어디 가?" 밴에 시동을 걸어 차고를 빠져나가는 사이 딜리아가 물었다.

"재크는 아빠 집에 가는 거야. 넌 유치원에 갈 거고. 엄마는……." 차양에 부착된 리모컨을 누르며 차고 문이 닫히기를 기다렸다. 문은 꿈쩍도 하지 않았다.

브레이크를 밟고 몸을 수그려 차고를 들여다봤다. 모터에 불이 꺼져 있었다. 현관 입구의 조명도, 항상 끄는 것을 깜박하는 딜리아의 침실 조명도 마찬가지였다. 기저귀 가방에서 휴대전화를 꺼내 날짜를 확인했다.

망할. 전기 요금이 30일 연체되었다.

운전대에 머리를 박은 채로 가만히 생각했다. 스티븐에게 대신 내 달라고 부탁해야 했다. 그러면 그는 이번에도 전력 회사에 연락해 전기를 돌려놓을 것이다. 스티븐에게 이쪽으로 와서 차고 문을 수동으로 닫아달라는 부탁도 해야 했다. 내가 집에 돌아올 때쯤에는 이 모든 상황이 가이의 귀에 들어가 있을 테지.

"엄마는 어디 가?" 딜리아가 물었다.

고개를 들어 타공판에 걸린 밉살스러운 분홍 삽을 노려봤다. 몇 주 전부터 발도 들이지 못한 서재의 어둑한 창을, 진입로를 기어오르는 잡초를, 우편함이 미어터져서 우체부가 현관 계단에 던져놓은 청구서 더미를 노려봤다. 후진 기어를 넣고 천천히 뒤로 이동하면서, 백미러를 통해 콧물과 시럽으로 얼룩진 내 아이들의 토실토실한 얼굴을 바라봤다. 스티븐과 테리사에게 아이들을 빼앗길지도 모른다는 생각에 가슴이 미어졌다. "엄마는 돈 벌러 갈 거야."

2

10시 36분에야 비에나에 있는 파네라에 간신히 도착했다. 아침을 먹기엔 너무 늦고 점심을 먹기엔 너무 이른 데다 주차할 자리도 찾을 수 없었다. 아까 실비아에게 전화해 그녀가 찍어둔 근사한 브런치 레스토랑을 예약하기에는 너무 늦었다고 설명하자, 그녀는 기차역에서 가깝고 일찍 문을 열고 예약이 필요 없는 곳은 없느냐고 물었다. 유료 도로의 교통 체증에 시달리며 죄책감과 초조함을 느끼던 중에 파네라라는 상호가 내 입에서 튀어나갔고 주위 담을 새도 없이 전화는 끊겨버렸다.

파네라 주차장은 반짝거리는 아우디와 BMW, 벤츠 천지였다. 이 시간에 직장에서 일 안 하고 이런 데 와 있는 사람들은 대체 어떤 사람들일까? 그렇게 따지면 나는 왜 여기서 이러고 있을까?

인근 세탁소 주차장에 차를 대고 바지에 붙은 딜리아의 머리카락 몇 가닥을 마저 떼다가 결국 포기했다. 얼굴 대부분을 가리는 커다란 선글라스를 끼고, 실크 가발 스카프를 머리에 쓰고, 스카프에 붙어 있는 긴 금발 웨이브를 매만지고, 원래 입술 선보다 넘치게 진홍색 립스틱을 발랐다. 백미러에 비친 내 모습을 보니 한숨이 절로 나왔다. 책날개에 실린 사진과 같지만, 같다고 할 수 없는 모습이었다. 프로필 사진 속의 나는 마치 수많은 열성팬을 상대로 신비주의를 유지하는 로맨스 소설가처럼 비밀스럽고 매력적이었다. 하지만 낡아빠진 미니밴의 칙칙한 조명 아래 시럽 묻은 머리카락이 잔뜩 들러붙은 바지를 입고, 기저귀 발진 크림이 낀 손톱에 스카프 밑으로 꿋꿋이 삐져나온 갈색 머리를 보니, 내가 아닌 누군가가 되기 위해 애면글면하는 사람으로밖에 보이지 않았다.

솔직히 에이전트에게 잘 보이려고 가발 스카프를 쓴 것은 아니었다. 실비아는 이미 내가 어떤 사람인지, 어떤 사람이 아닌지 잘 알고 있다. 다만 이곳 파네라에서 쫓겨나지 않으려고 변장을 좀 했을 뿐이다. 8개월 전 이 식당에 출입을 금지당한 요주의 인물임을 들키지 않고 무사히 점심 식사를 마칠 수 있다면 그걸로 충분했다.

짝퉁 명품 기저귀 가방을 어깨에 걸치고 심호흡을 한 다음 차에서 내렸다. 이곳에 마지막으로 왔던 그날 이후 매니저 민디가 그만뒀거나 잘렸기를 기도하면서. 그날은 테리사가 점심이라도 들며 둘이서 허심탄회하게 대화를 나누자고 요구한 날이었다.

레스토랑에 들어서면서 눈을 가린 기다란 금발 사이로 동정을 살폈다. 실비아는 이미 계산대 앞에 줄을 서서 벽에 붙은 메뉴판을 낯선 외국어 해독하듯 열심히 들여다보고 있었다. 나는 그 옆에 꼬박 1분 30초를 서 있다가 그녀의 이름을 불렀다. 마침내 그녀가 나를 돌아봤다. "핀레이? 맞아요?"

그녀의 등 뒤에 숨어 어깨 너머로 계산대 앞의 직원들을 훑어봤다. 그중에 민디 매니저나 낯익은 계산원이 보이지 않자, 나는 얼굴 앞에 드리워진 머리카락을 귀 뒤로 넘겼다. "시내에 장소를 잡지 못해서 미안해요. 아침에 한바탕 난리를 쳤지 뭐예요."

"딱 봐도 그래 보이네요." 메뉴판을 뜯어보던 실비아가 나를 뜯어보기 시작했다. 그녀는 기다란 빨간 손톱으로 안경을 콧잔등에 걸쳤다. "가발은 왜 쓴 거예요?"

"설명하자면 깁니다." 파네라와 나 사이에는 사연이 좀 있었다. 나는 이 집 수프가 마음에 들었지만, 파네라는 다른 고객의 머리에 수프를 붓는 내가 마음에 들지 않았다. 변명하자면, 이게 다 내 남편과 자고 다닌 이유를 정당화하려 한 테리사 때문이다.

"바지에 뭐 묻었어요." 실비아가 머리카락이 붙은 시럽 얼룩을 보고 인상을 찌푸렸다.

나는 입을 꾹 다물고 애써 미소를 지었다. 실비아는 TV를 너무 많이 본 사람이 상상할 법한 뉴요커의 특징을 전부 갖추고 있었다. 그녀가 뉴저지 출신이기 때문인지도 모른다. 그녀의 사무실은 맨해튼에 있었다. 구두는 밀라노에서 건너온 제품이었다. 메이크업을 보면 1980년대에 살다가 타임머신을 타고 날아온 사람 같았고, 옷은 정글에 사는 대형 고양잇과 동물에게서 벗겨온 가죽이었다.

"이쪽에서 도와드릴게요." 종업원이 계산대 뒤에서 우리를 불렀다. 실비아는 젊은 남자가 지키는 카운터로 다가가서 글루텐 프리 메뉴를 선택할 수 있느냐고 묻더니 참치 바게트와 양파 수프 한 그릇을 주문했다.

내 차례가 되어서 메뉴판에서 가장 저렴한 것을 골랐다. 오늘의 수프. 실비아가 신용카드를 내밀며 말했다. "내가 살게요." 나는 햄

브리치즈 샌드위치를 추가하고 치즈케이크 한 조각을 포장해달라고
했다.

우리는 쟁반을 들고 테이블을 찾았다. 이동하면서 나는 실비아에
게 피비린내 진동하는 오늘 아침 일을 미주알고주알 털어놨다. 그녀
도 옛날 옛적에 아이를 키운 경험이 있어 전혀 공감을 못 하는 건 아
니었지만, 내가 싱글맘으로서 고군분투하며 겪는 시련에 딱히 감흥
은 없어 보였다.

칸막이 자리는 전부 차 있어서 우리는 북적이는 식당 한가운데
에 마지막 남은 2인용 테이블을 노렸다. 옆 테이블에는 헤드폰을 쓴
채 맥북 화면을 들여다보는 대학생이 앉아 있었다. 반대편 옆자리에
는 중년 여자 혼자 맥앤치즈를 깨작거리고 있었다. 실비아는 짜증스
러운 표정으로 테이블 사이를 비집고 들어가 딱딱한 의자에 자리를
잡았다. 나는 지갑을 기저귀 가방에 넣고 가방을 내 옆의 좁은 통로
에 내려놓았다. 옆자리 여자가 가방을 흘끔거리더니 나를 보고 눈을
깜빡거렸다. 내가 건성으로 웃어 보이고 아이스티를 빨기 시작하자
그녀도 다시 점심 식사로 고개를 돌렸다.

실비아는 자기 샌드위치를 보고 인상을 우그렸다. "여기를 선택한
이유가 뭐라고 했죠?"

"망가진 머리를 수습하는 데 너무 오래 걸린 탓이에요. 늦어서 죄
송해요."

"약속된 날짜까지 끝내는 데 문제없는 거죠?" 그녀가 참치 샌드위
치를 한입 가득 베어 물며 물었다. "여기까지 왔는데 좋은 소식 좀
들려줘요."

"좋은 소식은 아닌데……."

그녀는 샌드위치를 씹으며 나를 노려봤다. "적어도 계획은 있다고 말씀하셔야죠."

나는 쟁반만 들여다보며 음식을 뒤적거렸다. "그런 셈이에요."

"절반을 계약금으로 드렸잖아요. 착착 진행되고 있다고 하셔야 되는 거 아니에요?"

나는 테이블 위로 몸을 숙이고 목소리를 낮췄다. 옆자리의 대학생이 헤드폰을 끼고 있어서 다행이었다. "지난번 살인은 지나치게 상투적이었죠. 제 수법이 너무 뻔해지고 있나 봐요. 판에 박혔달까요."

"그러면 방법을 바꿔야죠." 그녀는 소설 한 편 뚝딱 써내는 건 일도 아니라는 듯 숟가락을 허공에서 흔들었다. "진행 방식은 계약서에 쓰지 않았잖아요. 다음 달까지 끝내기만 하면 아무래도 좋아요. 그러실 수 있죠?"

나는 대답을 피하려고 샌드위치를 크게 베어 물었다. 진짜 죽기 살기로 밀어붙이면 8주 안에 초고 정도는 쓸 수 있으려나? 아무리 빨라도 6주.

"그게 어려워봤자 얼마나 어렵다고 그래요? 전에도 해냈잖아요."

"네, 그래도 이번 건은 골치가 아프네요." 수프를 후루룩 넘겼다. 골판지 맛이었다. 이혼한 후로는 뭘 먹어도 골판지 맛이다. "갑자기 핫소스가 엄청 당기네." 나는 옆 테이블을 살피며 중얼거렸다. 소금, 후추, 설탕, 냅킨. 핫소스는 없었다. 하지만 옆자리 여자는 눈치 채지 못했다. 바닥에 벌어져 있는 내 가방을 들여다보는 데 정신이 팔려 있었다. 나는 지갑을 안쪽으로 밀어 넣고 손잡이를 아래로 젖혀 내용물을 숨겼다. 그래도 여자가 시선을 거두지 않자 나는 눈을 흘겼다.

"어려울 거 없잖아요. 아름답고 상냥한 비운의 여인을 나쁜 놈한테서 구하면 그만인걸. 나쁜 놈만 제거하면 가련한 여자는 진심으로 고마워할 테고, 모두모두 행복해지는 거죠. 당신은 보상을 두둑이 받고요."

나는 바게트 끄트머리를 뜯었다. "보상 말인데요—."

"절대 안 돼요." 실비아는 내 코앞에서 숟가락을 흔들었다. "가불을 또다시 요구할 수는 없다고요."

"알아요. 하지만 이번 일엔 사전조사가 제법 필요해서요." 나는 목소리를 낮췄다. "퇴락한 나이트클럽이며 고문 도구, 비밀 암호에 대해 좀 알아봐야 하는데…… 제가 그쪽은 영 문외한이잖아요, 평소에 워낙 반듯하게 살다 보니까. 제가 좀, 보수적이라 그 바닥이랑은 워낙 동떨어졌거든요. 하지만 이 일은……." 나는 치즈케이크의 끝을 잘랐다. "이번 일은 달라요, 실비아. 잘만 해내면 제가 이 분야의 유망주로 떠오를지도 모르잖아요."

"어찌 됐든 좀 서둘러줘요. 이 일부터 끝장내고 다음 건으로 넘어가게."

나는 고개를 저었다. "너무 서두르고 싶지는 않아요. 이번에는 제대로 한 방 날리고 싶다고요. 2천 달러, 3천 달러를 계약금으로 받아봤자 제가 들일 시간과 노력에는 턱없이 부족해요. 업계에서 살아남으려면 이제 저도 이름을 좀 알려야 하지 않겠어요?" 나는 치즈케이크를 한입 가득 우물거리며 선언했다. "이번 일이 잘되면 다음 작업부터 1만 5천 달러 이하로는 안 받을 생각이에요."

"알았어요. 다음 건은 이번 건을 해치운 다음에 이야기하죠." 테이블 위에 놓여 있던 실비아의 휴대전화가 진동했다. 그녀는 실눈을

24

뜨고 화면의 숫자를 들여다봤다. "실례할게요. 꼭 받아야 하는 전화라." 그녀는 몸을 꿈틀대며 테이블 사이를 빠져나갔다. 실비아에게 공간을 내주려고 몸을 틀다가 옆 테이블의 여자와 눈이 마주쳤다. 식어빠진 맥앤치즈 그릇 위에 포크를 든 채 그녀는 한참이나 어색하게 나를 응시했다. 이렇게 분장을 하고 가발 스카프까지 썼는데도 나를 알아보는 건지 의아했다. 어쩌면 가발 스카프를 알아보는 걸까. 지금껏 내게 사인을 요청한 사람은 한 명도 없었다. 그녀가 냅킨에다 사인해달라고 하면 나는 감격하여 목이 멜지도 모른다. 결국 그녀가 내게서 눈을 떼고 지갑에 손을 뻗는 순간 내가 느낀 감정이 안도감인지 실망감인지 헷갈렸다.

다시 샌드위치를 씹으며 놓친 메시지가 있는지 휴대전화를 확인했다. 얼마나 더 있다가 올 거냐고 묻는 스티븐의 메시지 한 통. 신용카드 회사에서 카드 연체를 알리는 메시지가 두 통. 그리고 새 책이 어떻게 되어가느냐고 묻는 편집자의 이메일이 한 통 들어와 있었다. 감시당하고 있는 듯한 묘한 기분에 옆자리를 돌아보니 그 여자가 몸을 숙인 채 펜을 들고 종이에 뭔가 끼적이고 있었다.

잠시 후, 실비아가 구두를 또각거리며 다시 식당으로 들어왔다. 그녀가 구태여 앉으려고도 하지 않자 내 마음은 털썩 내려앉았다.

"미안해요. 가봐야 해요." 그녀는 메신저백으로 손을 뻗으며 말했다. "기차 타고 뉴욕으로 돌아가야 해요. 다른 고객한테서 중요한 제의가 들어왔는데 48시간 안에 결판을 내야 한대요. 없었던 일로 돌리기 싫으면 빨랑빨랑 움직여야죠." 그녀는 가방을 어깨에 걸쳤다. "얘기 나눌 시간이 더 있으면 좋았을 텐데요."

"아니, 괜찮아요." 사실은 괜찮지 않았다. 괜찮을 리 없었다. "전부

제 탓인걸요."

"뭐, 그렇긴 하죠." 그녀는 명품 선글라스를 끼고 자기 접시를 내게 넘겼다. "그럼, 이번 일 잘 부탁드리고, 마무리되면 연락해주세요."

나는 일어서서 얼굴에 미소를 띠었다. 속으로는 신체접촉을 꺼리는 사람들처럼 그녀와 어색하게 뺨을 맞댔다. 실비아는 식당 문을 나서기도 전에 귀에 휴대전화를 갖다 댔다.

의자에 털썩 주저앉았다. 옆자리 여자가 사라져서 황급히 바닥을 확인해보니 다행히 기저귀 가방과 지갑은 그대로 놓여 있었다. 실비아의 쟁반을 들고 가서 접시와 식기를 쓰레기통 옆에 놓인 퇴식구에 넣었다. 내 테이블로 돌아오니 접시 아래에 접힌 쪽지가 끼워져 있었다. 내 옆에서 글을 끼적이던 여자를 두리번거리며 찾았지만 흔적도 보이지 않았다. 쪽지를 펼쳤다.

현금 $50,000

해리스 미클러

알링턴 노스리빙스턴 가 49번지

전화번호도 적혀 있었다.

쓰레기통 앞에 서서 구긴 쪽지를 버릴까 말까 망설였다. 하지만 달러 표시에 붙은 동그라미 개수가 궁금증을 부추겼다. 해리스 미클러는 누굴까? 현금을 왜 그리 많이 갖고 있을까? 옆자리 여자는 종이를 직접 버리면 될걸 왜 내 접시 밑에 놓고 갔을까?

수상한 쪽지를 호주머니에 넣고 가방을 챙겼다. 주차된 차들의 앞유리가 한낮의 햇빛을 반사했다. 어디에 차를 댔는지 기억을 더듬으며 열쇠를 찾으려고 가방을 마구 뒤적였다. 세탁소에 도착할 때까지 열쇠를 찾지 못해 잠긴 차 옆에 서서 가방을 들여다보며 욕을 내뱉었다. 딜리아의 머리를 붙이는 데 쓴 끈적한 덕테이프 롤이 손가락에 걸리면서 갈 곳 잃은 머리카락 몇 가닥이 손목을 간지럽혔다. 테이프를 옆으로 밀치는 순간 뭔가가 나를 쿡 찔렀다. 나는 비명을 지르며 가방에서 손을 뺐다.

손가락을 따라 가느다란 핏방울이 흘렀다. 아침에 딸아이의 이마를 닦았던 피 묻은 손수건을 조심조심 옆으로 치웠다. 그 밑에 손수건과 함께 던져 넣었던 무딘 부엌칼과 차 열쇠가 보였다.

얕게 벤 상처에 손수건을 누른 채 출혈이 멈추기를 기다리면서 에어컨을 세게 틀었다. 바깥 공기는 가을답게 선선하고 상쾌했지만 한낮의 땡볕 아래 세워둔 차는 절절 끓었다. 머리카락이 이미 땀에 젖어 스카프 밑이 근질근질했다. 그것을 벗어 짙은 색 선글라스와 함께 기저귀 가방에 떨어뜨렸다. 백미러를 보니 화장을 떡칠하고 머리를 정수리에 바짝 틀어 올린 여자가 나를 노려보고 있었다. 사기꾼이 된 기분에 진홍색 립스틱을 손수건으로 문질러 닦았다. 어쩌자고 허풍을 떨었을까? 책을 한 달 안에 끝낼 방법은 없었다. 글을 써서 먹고살겠답시고 작가 흉내를 내면서 하루를 허비할 때마다 아이들을 잃게 될 날만 하루씩 앞당겨질 뿐이었다. 실비아에게 당장 전화를 걸어 그렇게 얘기해야 했다.

호주머니에서 휴대전화를 꺼냈다. 수상한 쪽지가 딸려 나왔다. 그것을 다시 펼쳤다.

5만 달러.

휴대전화를 내려다봤다. 다시 쪽지를 보았다. 맨 밑에 적힌 전화번호가 자꾸 호기심을 자극했다.

잘못 걸었다고 둘러대고 끊어버리면 그만이다. 번호를 누르자 연결음이 들렸다. 딱 한 번 울렸는데 여자가 전화를 받았다.

"여보세요?" 그녀의 나직한 목소리가 떨리고 있었다.

나는 입을 열었지만 그럴듯한 말이 떠오르지 않았다. "여보세요?"

"쪽지를 보셨군요."

무슨 말을 해야 할지 몰라서 애매하게 반응하기로 했다. "제가요?"

그녀는 전화기 너머로 떨리는 숨을 뱉었다. "이런 일은 처음이라 이렇게 하는 게 맞는 건지 모르겠어요."

"이런 일이라니, 무슨 일요?"

공포에 질려 발작하듯 터진 웃음소리가 흐느끼는 소리로 바뀌었다. 통화 음질이 너무 선명해서 그녀가 내 앞에 앉아 있는 기분이었다. 혹시 진짜로 나를 지켜보고 있나 싶어 가까이 서 있는 차들의 앞유리를 흘끔거렸다.

내 손가락이 휴대전화 화면의 빨간 종료 버튼 위에 멈췄다. "괜찮으세요?" 이게 아닌데 싶었지만 나도 모르게 묻고 있었다. "제가 도울 일이라도?"

"아니, 안 괜찮아요." 그녀는 수화기에 대고 코를 풀더니 휴지로 입을 틀어막은 듯 웅얼대는 소리로 말을 이었다. "내 남편은…… 좋은 사람이 아니에요. 나쁜 짓을 하고 있어요. 끔찍한 짓을요. 한 번이면 모를까, 한두 번이 아니었어요. 아주 여러 번이었죠."

"뭐가 여러 번이죠? 그게 저랑 무슨 상관인지 당최 모르겠네요." **전화를 끊어야 해**, 나는 생각했다. 분위기가 이상하게 흘러가고 있었다.

"남편한테 내가 알고 있다는 말은 못 해요. 그러면…… 너무나도 무서운 일이 생길 거예요. 나를 좀 도와줘요." 그녀의 손가락도 빨간 버튼 위에 머물고 있는 듯 전화 저편에서 심호흡 소리가 들렸다. 한참 뜸을 들이다가 그녀가 말했다. "이 일을 맡아주세요."

"무슨 일을 맡아요?" 이게 무슨 영문인가 싶었다.

"어떤 방식으로든 상관없어요. 말씀대로 깔끔하게 처리해주시면 돼요. 그냥 내 남편을 제거하고 싶어요. 내게 현금 5만 달러가 있어요. 그 사람을 떠나려고 마련해둔 돈요. 하지만 역시 이 방법이 낫겠어요."

"무슨 방법요?"

"그 사람, 오늘 밤 러시에서 열리는 사교 모임에 참석할 거예요. 어떻게 처리하실지 방법은 알고 싶지 않아요. 장소도요. 일을 끝내고 이 번호로 연락만 주시면 돼요."

전화가 끊겼다.

기괴하게 전개된 대화에 정신이 혼미해진 나는 고개를 절레절레 흔들었다. 무릎에 놓인 피 묻은 손수건을 내려다봤다. 벌어진 기저귀 가방 속의 칼과 딜리아의 머리카락이 엉킨 덕테이프를 내려다봤다. 바닥에 놓인 있는 내 가방을 흘깃대며 우리의 대화를 엿듣던 그 여자의 핼쑥한 얼굴을 떠올렸다.

아름답고 상냥한 비운의 여인을 나쁜 놈한테서 구하면 그만인걸. 나쁜 놈만 제거하면 가련한 여자는 진심으로 고마워할 테고, 모두모두 행복해지는 거죠. 당신은 보상을 두둑이 받고요.

이런, 세상에.

1만 5천 달러 이하로는 안 받을 생각이에요⋯⋯.

다음 건은 이번 건을 해치운 다음에 이야기하죠.

5만 달러. 그녀는 내가 5만 달러를 원한다고 생각한 것이다.

아, 이럴 수가. 안 돼, 안 돼, 안 돼!

소지품을 기저귀 가방에 도로 넣었다. 쪽지도. 이 쪽지를 어디다 쓰려고? 멀리 던져버릴까? 태워버려? 파네라로 돌아가서 갈기갈기 찢은 다음 변기에 내릴까? 빨리 없앨수록 좋다. 쪽지를 움켜쥐고 차창을 내려 뜨끈뜨끈한 아스팔트 위로 주먹을 내밀었다.

5만 달러.

창문을 올리고 쪽지를 호주머니에 쑤셔 넣으면서 차에 시동을 걸었다. 조심스레 방향 지시등을 넣고 속도를 확인하면서 주차장을 살살 빠져나오는 내내 심장이 쿵쿵거렸다. 행여 경찰에게 걸려 수색을 당하다가 쪽지가 발견된다면? 내 구글 검색 기록만으로도 나는 정부의 감시 대상 목록에 이름을 올리기에 충분했다. 살인을 소재로 한 스릴러를 쓰다 보니 사람을 죽일 갖가지 방법을 검색해야 했다. 상상할 수 있는 별별 흉기도. 온갖 시체 처리 방법을 조사한 이력도 남아 있었다.

안 될 일이다. 터무니없는 쪽지 하나로 속을 끓인 내가 어리석었다. 아직 발생하지도 않은 범죄의 용의자가 될 수는 없다. 그런 범죄는 생각조차 하면 안 된다! 기어이 남편을 죽이겠다면 그 아내라는 사람은 다른 청부업자를 찾으면 된다. 나는 내 일에나 신경 써야—.

아…….

운전대를 움켜쥐었다. 이 여자는 진지했다. 5만 달러는 진심인 듯한데? 그녀가 그 일을 해줄 다른 사람을 '진짜로' 구한다면? 그래도 내가 용의자가 될까? 그럴지도.

만약에…….

차도에 합류하면서 백미러를 확인했다. 만약에 아무도 시체를 찾지 못한다면? 이 해리스 미클러라는 사람이 죽었는지 살았는지 확실히 아는 사람이 아무도 없다면 어떻게 될까? 그러면 용의자가 생기지 않을 수도 있잖아?

내가 말도 안 되게 머리를 굴리고 있다고, 터무니없는 상상을 하면서 소설을 쓰고 있다고 비아냥대는 스티븐의 목소리가 귀에 들리는 것만 같았다. 그 인간이 궁지에 몰릴 때마다 써먹는 수법이었다. 나 몰래 테리사와 자고 다니느냐고 처음으로 의혹을 제기했을 때도 그는 그런 식으로 되레 나를 몰아붙였다.

분하지만 이번만큼은 스티븐이 옳았다.

유료 도로의 맨 오른쪽 차선에 진입하던 나는 운전대를 내리치며 나 자신을 꾸짖었다. 왜 이런 생각이나 하고 있을까? 해결해야 할 현실 문제가 널렸는데. 베이비시터도 없이, 더 이상의 가불도 없이 시시각각 다가오는 마감일, 연체된 자동차 할부금, 수금원의 끊임없는 독촉 전화……. 이런 내 인생에 해리스 미클러까지 끼어들다니. 참 징글징글했다. 일이 꼬여도 이렇게 꼬일 수가.

그나저나 5만 달러라니.

뒤에서 빵빵대는 경적 소리에 나는 소스라쳤다. 차량 흐름에 맞춰 속도를 조금 높였다. 쪽지를 창밖으로 던져버리고 이 일은 싹 잊자고 혼잣말을 했다.

운전대를 탁탁 두드렸다. 라디오를 켰다. 다시 껐다. 내 속도를 확인하며 이지패스* 차선으로 요금소를 서서히 지나가면서도 머릿속으로는 아까 나눈 대화를 반복 재생했다.

* E-ZPass, 미국 유료 도로의 자동 요금 결제 시스템.

내 남편은…… **좋은 사람이 아니에요.**

'결혼기념일을 자꾸 깜박해서' 좋은 사람이 아니라는 뜻일까? '이 여자 저 여자와 자고 다녀서' 좋은 사람이 아닐까? 부동산 중개인과 바람을 피운다고 남편이 죽기를 바랄 수는 없다. 제초기 사고로 불알이 잘리기를 바라거나, '사정 시의 화끈거리는 통증'이 동반되는 지독한 성병에 걸리기를 바랄 이유는 된다. 하지만 바람을 피웠다는 이유로 죽이기까지 하는 건 지나치지 않나?

한 번이면 모를까, 한두 번이 아니었어요. 아주 여러 번이었죠.

정확히 몇 번이라는 뜻일까? 다섯 번? 열 번? 오만 번?

그리고 그 여자가 남편에게 알고 있다고 밝히는 순간 **너무나도 무서운 일**이 생기는 이유는 뭘까?

우리 집 진입로로 들어가 현관 앞 계단에 쌓인 미납 청구서 무더기 옆에 서서히 차를 멈췄다. 스티븐이 전기요금을 내주었기를 기도하며 리모컨 버튼을 눌렀다. 차고 문이 끽끽대며 열리자 내 입에서 안도의 한숨이 터져 나왔다. 밴을 차고에 조심스레 집어넣고 차고 문을 내렸다. 시동을 끄면서 빈 타공판을 응시했다. 어둑하고 조용한 차고에 앉아 잠시 생각했다. 내 아이들에 대해, 청구서에 대해, 스티븐과 테리사에 대해.

5만 달러로 해결할 수 있는 온갖 현실적인 문제에 대해.

호주머니에서 구겨진 쪽지를 꺼내어 펼치면서 해리스 미클러가 얼마나 나쁜 남편이었을지를 상상했다.

3

주방 문을 열었더니 전자레인지 시계가 깜빡이고 있었다. 스티븐에게 고마워해야 마땅했다. 그는 우리 아이들을 전기 끊긴 집에서 살게 할 사람이 아니었다. 그렇다 해도 애당초 가정이 깨진 건 스티븐의 잘못이니 온수가 나오고 조명이 들어온다고 감지덕지할 수만은 없었다. 이 역시 전부 스티븐의 변호사가 꾸민 흉계의 일부라는 확신이 들었다. 내게 매달 쥐꼬리만 한 돈을 보내다가 어느 날 스티븐이 슝 하고 나타나 우리를 구해주는 척하면서 그간 오해받았던 인성을 증명하는 동시에 나를 깔아뭉개겠다는 속셈이 분명했다.

시간이 흐를수록 스티븐이 옳을지도 모른다는 생각이 들었다. 해리스 미클러를 생각하며 벌써 몇 시간을 날렸으니까. 내 자존감이 높은 순간에는 그를 휴 잭맨을 꼭 빼닮은 인기남으로 상상했다. 철철 넘치는 그의 매력에 이끌려 달려드는 수많은 여자들을 도저히 물리치지 못하는 다정한 남자. 질투에 불타는 아내가 생명 보험금을 손에 넣을 요량으로 제거할 기회를 노리고 있는 가련한 남자. 내 자존감이 크게 떨어진 순간에는 그를 비아그라를 먹은 조 페시로 상상했다. 그만한 키면 죽은 몸뚱어리를 내 힘으로 번쩍 들어 밴 뒤에 실을 수 있겠다는 생각도 들었다.

이런 상상 다음에는 대개 대형 할인 매장에서 쇼핑 카트를 가득 채우는 환상이 뒤따랐다. 이 환상 속의 나는 5만 달러를 가지고 대용량 기저귀, 냉동식품, 유아용 물티슈를 얼마나 쟁일 수 있는지 셈하고 있었다.

이러는 나 자신에게 넌더리가 나서 서재 문에 이마를 갖다 댔다. 돈이 궁하면 에이전트와 편집자가 눈 빠지게 기다리는 그 책을 쓰는 수밖에 없다.

한숨을 지으며 플라스틱 재질의 어린이용 열림 방지 장치를 쥐고 문손잡이를 돌렸다. 별 쓸모도 없는 보안 설비였다. 서재 문을 연 지가 하도 오래돼서 아이들은 이 방이 여기 있다는 것도 잊어버렸을 테니까. 방 안 공기가 퀴퀴하고 칙칙했다. 책상에는 두터운 먼지가 쌓여 있고 책상 위에 걸린 대학 졸업장 액자도 먼지 때문에 흐릿해 보였다. 아무짝에도 쓸모없는 조지메이슨 대학교 영문학사 학위였다.

컴퓨터 전원을 누르고 화면이 깨어나면서 내는 날카로운 기계음을 들으며 기다렸다. 스티븐이 대학 시절부터 쓰던 이 컴퓨터는 이혼할 때까지 우리 집의 가정용 컴퓨터였다. 이제는 너무 오래돼서 하루 중 아이들을 떼놓을 수 있는 시간을 이 물건 부팅하는 데 다 써야 할 판이었다.

하드드라이브가 붕붕 소리를 내고 텅 빈 화면에서 모래시계가 자꾸만 뒤집히며 짜증을 돋웠다. 어디서부터 시작해야 하나? 나 자신의 로맨스는 처절하게 실패해놓고 가슴 설레는 남의 로맨스를 쓸 수나 있을까? 이미 정오에 가까웠고 스티븐은 내가 몇 시간 내에 재크를 데리러 올 거라 기대하고 있었다. 그래야 테리사와 단둘이 근사한 늦은 점심을 들며 알콩달콩 남은 하루를 보내겠지. 앞으로 6주 내내 밤마다 아이들을 재워놓고 작업에 몰두한다면 아주 허접한 초안이나마 써낼 수 있을 것이다. 하지만 굳이 뭐 하러? 기껏 써봤자 얼마 되지도 않는 나머지 원고료로 연체된 청구서 정산하기도 빠듯할 텐데. 현관 앞에 쌓인 우편물 무더기의 크기로 판단하건대, 그만한 돈은 일주일도 안 되어 깡그리 없어질 게 뻔했다.

바탕화면이 깨어났다. 검색창이 떴다. '방법'이라고 입력했다. '이 빌어먹을 책을 써서 내 인생을 바로잡는 방법'을 검색해봐야 하나.

검색창 밑에 자동 완성된 검색어들이 떴다. 내 검색 기록을 바탕으로, 전부 같은 단어로 끝나는 폭력적이고 외설적인 문구들이 나타났다. 겨울철 버지니아 지역에서 시체를 빨리 부패시키는 방법. 콜트 45로 가슴 근육이 유난히 발달한 거구의 성인 남자를 죽이는 방법. 시체에서 신원확인이 가능한 부위를 제거하는 방법.

검색엔진을 닫고 워드 문서를 열어야 했다. 이 책을 계속 써야 할 이유는 한두 가지가 아니다. 하지만 내가 해리스 미클러에게 호기심을 품어야 할 이유는 오만 가지였다.

그런 쪽으로 생각이 미칠 때 또 검색해야 할 한 가지는? 그 이름에 해당하는 얼굴이었다. 해리스 미클러가 실제로 어떤 사람인지 감을 잡기 위해 공개된 정보 몇 가지만 얼른 검색해보면 어떨까?

의자에 편히 자리를 잡았다. 익숙한 굴곡에 몸을 맡겼는데도 기분이 불편했다. 손을 키보드로 옮기려는 순간 그 옆에 놓여 있던 휴대전화가 진동했다. 화면에 번쩍 뜬 전남편의 프로필 사진을 오른쪽으로 밀었다. "어, 스티븐."

"전기 들어왔어?"

"응. 해결해줘서 고마워." 스티븐의 귀에 들리기를 바라며 억지로 웃었다. 그의 뒤에서 재크가 화난 돼지처럼 꽥꽥대고 있었다. 스티븐은 끙끙거렸다.

"나한테 고마워할 거 없어. 테리사가 해결했으니까. 테리사 고객 중에 전력회사 출납 담당자가 있거든. 연줄을 써서 당신 집에 전기를 복구했대. 점심 먹으러 가는 길에 에이미랑 같이 그 집에 들러서 차고 문도 닫았다더라. 주방으로 들어가는 쪽문이 안 잠겨 있었다던데? 당신이랑 애들만 사는 집이니까 앞으로 조심 좀 해."

고마운 줄도 모르고 비꼬는 말을 뱉으려다 꾹꾹 참았다. "그 충고 진지하게 받아들일게. 그나저나 에이미라는 여자는 누구야?" 나만 소외되어 상황 파악을 못 하고 있는 기분이었다.

"알잖아, 테리사의 단짝 친구. 딜리아가 에이미 이모한테 홀딱 빠졌던데. 테리사랑 내가 좀 쉴 수 있게 토요일마다 몇 시간씩 애들을 봐주거든."

쉰다고? 우리 애들을 고작 48시간밖에 안 데리고 있으면서?

"딜리아한테는 조지아 이모가 있어. 에이미 이모 같은 건 필요없거든."

"잘됐네." 스티븐이 진지하게 말했다. "조지아한테 연락해서 애들을 봐달라고 하면 되겠네."

나는 이를 악물었다.

"아야! 안 돼, 안 돼, 재크! 이리 와…… 아이고." 스티븐이 씩씩거렸다. "핀, 당장 재크를 데리러 와야겠어. 점심시간 후에 테리사가 집을 보여주러 가야 해서 내가 재크를 농장에 데려왔거든. 고객이랑 약속한 시간이 한 시간도 안 남았는데 재크가 여기를 쑥대밭으로 만들고 있어."

"당연히 그러겠지." 나는 눈을 꼭 감고 전화 저편에 펼쳐졌을 아수라장을 상상했다. 스티븐의 잔디 농장은 울타리도 없는 거대한 땅에 자리 잡고 있었다. 맘껏 뛰어다닐 수 있는 드넓은 공간과 신나게 올라탈 수 있는 트랙터와 굴착기가 있는 곳. 어린아이에게는 천국이지만, 메달을 딴 육상선수가 아닌 한 부모에게는 지옥이 될 수 있는 장소였다.

"핀?" 재크가 악을 쓰는 중간중간 스티븐의 영혼이 털리는 소리가 들리는 듯했다. 그의 농장은 웨스트버지니아 주 경계에 가까웠다. 거기까지 가려면 적어도 40분은 걸린다. 가는 길에 딜리아를 데리러 유치원에도 들러야 한다.

"알았어." 나는 지갑을 뒤져 점심값으로 쓰려던 20달러를 찾았다. 이 정도면 주유비로 충분했다. "내가 그쪽으로 가지 뭐. 일단 샤워부터 하고 도중에 딜리아도 태워야 하니까 시간이 조금 걸릴 거야."

"한 시간밖에 안 남았어, 핀. 제발." 목소리가 간절했다. 짜증도 배어났다. 아이 하나를 세 시간도 안 데리고 있었으면서 저렇게 죽는 소리를 하는데 둘의 양육권은 어떻게 감당하려고? 슬슬 늑장을 부리다가 느지막이 도착해 그의 머리카락이 얼마나 빠졌는지 구경이나 해볼까 싶기도 했다. 하지만 바로 그 순간 재크가 울음을 터뜨렸다. 아이가 저렇게 울면 스티븐은 항상 어쩔 줄을 몰랐다. 나는 책상에서 일어섰다. 두 손이 잠깐 스친 표면에 밀린 먼지가 쌓여 있었다.

내 인생이 이 모양 이 꼴이다. 2천 달러를 받는 대가로 잠도 못 자고 10분 이상 혼자 욕실에 있는 것조차 힘든 인생.

"재크한테 엄마가 지금 간다고 전해줘." 나는 전화를 끊고 컴퓨터를 끈 다음 해리스 미클러에 대한 궁금증은 접기로 마음먹었다.

4

    우리가 이혼한 지 한 달이 채 안 됐을 무렵 스티븐은 잔디 농장을 매입했다. 나도 아이들을 데리고 한번 구경 간 적이 있다. 면적이 1.2제곱킬로미터라는 거 외에는 어떤 곳인지 잘 몰랐다. 다양한 품종의 잔디를 길러 주택 건설업자와 부동산 개발업자에게 납품하는 사업을 시작한 이후로 스티븐은 돈을 쏠쏠하게 벌어들이고 있었다. 아마도 나는 그와 테리사가 현금과 풀이 가득한 에메랄드빛 들판에서 알몸으로 뛰노는 모습을 주로 상상했기 때문에 그곳에 다시 가고 싶지 않았던 것 같다.

    위치가 어디였는지 기억이 가물가물했다. 남은 경로를 GPS에게 맡겼더니 자갈길 입구에 걸린 거대한 광고판 앞으로 안내했다. '롤링 그린 잔디 나무 농장'이라 적혀 있었다. 기다란 비포장도로 양쪽으로 크리스마스트리 묘목이 자라는 들판이 펼쳐져 있었다. 스티븐이 나를 상대로 한 양육권 소송에서 증거물 1호로 내세울 게 분명한 금싸라기 작물이었다. 그가 내 아이들을 넉넉하게 먹이고 입힐 뿐 아니라 완벽한 크리스마스까지 선물할 수 있다는 증거였다.

높은 카시트에 앉아 창밖을 내다보던 딜리아는 나더러 묘목장 뒤편의 작은 트레일러 앞에 주차하라고 지시했다. 카시트에서 풀어줬더니 아이는 곧장 사무실로 향했다. 나는 딜리아를 뒤따라가 문을 한 번 두드리고는 사무실로 쓰는 트레일러 안으로 머리를 디밀었다. 딜리아는 내 앞으로 달려 나가더니 책상에 앉아 있는 젊고 예쁜 금발 여자를 보고 환히 웃었다. 기껏해야 열아홉, 스물밖에 안 됐을 그 직원은 미소가 풋풋하고 가슴이 탱탱했다. 딱 스티븐이 좋아할 스타일이었다. 가엾은 것. 아무것도 모르고 있을 테리사가 딱할 지경이었다.

"안녕, 딜리아." 그 아가씨는 코맹맹이 소리를 내며 내 딸의 머리를 쓰다듬었다. 딜리아의 모자가 조금 비뚤어지면서 머리카락을 붙잡고 있는 덕테이프 끝이 살짝 드러났다. 그것을 본 아가씨는 코를 찡긋하더니 딜리아의 모자가 힘겹게 감추고 있는 사연이 뭔지 알 만하다는 듯 나를 보고 빙긋 웃었다.

그게 아니란다, 이 아가씨야, 나는 속으로 생각했다, 넌 아무것도 모른단다.

"핀레이 씨죠?" 그녀는 일어서서 나와 악수를 했다. "저는 브리라고 해요. 도너번 씨가 기다리고 계세요."

귀엽기도 해라. 이 아가씨는 사무실에서 그를 '도너번 씨'라 부른다. 나는 코에 주름을 잡으며 웃어 보였다. "고마워요, 브리. 난 재크를 데리러 왔어요."

"조이시아 잔디 쪽이에요. 자갈길을 400미터쯤 올라가시면 왼쪽에 트랙터가 보일 거예요. 도너번 씨는 트랙터 바로 뒤편 잔디밭에 계세요."

"고마워요." 앞으로 그녀가 겪을 온갖 가슴앓이, 미래라는 앞유리의 먼지 위에 그려질 수많은 남근을 생각하니 이 아가씨가 진심으로 애잔했다. 그녀에게 어서 도망치라고 말해주고 싶었다. 할 수 있을 때 스스로를 구원하라고. 하지만 내가 스티븐에게 홀랑 반했을 때도 딱 저 또래였던 걸 어쩌랴. 그 무렵의 나라면 스티븐이 징글징글한 바람둥이라는 사실을 누가 애타게 알려준다 한들 귓등으로도 듣지 않았을 테니.

딜리아의 손을 잡고 다시 차로 데려갔다.

"엄마랑 앞에 타도 돼?" 내가 뒷문을 열자 딜리아가 물었다.

"아니, 넌 카시트에 앉아야지."

"아빠는 앞에 태워주는데."

"아빠가 나쁜 본을 보였네. 그건 무책임한 행동이야. 경찰한테 걸리면 딱지를 떼인다고."

딜리아가 눈을 굴렸다. "여긴 '진짜' 도로가 아니잖아, 엄마. 아빠가 여긴 사유지랬어."

"사고라도 나면 어쩌려고?"

"여기 다른 차는 하나도 없잖아!" 아이가 징징거렸다. "아빠 트럭밖에 없는걸. 아빠는 가끔씩 짐칸에도 태워준다구." 딜리아는 심술궂은 미소를 지으며 이렇게 실토했다. 나는 이 사실을 내 변호사에게 꼭 알리겠다고 마음먹었다. 변호사가 내 전화를 받는다면 말이지만. 그의 청구서도 우리 집앞 계단에 쌓인 다른 우편물 틈에 섞여 있을 게 분명했다.

딜리아를 카시트에 묶고 자갈길을 덜컹거리며 내려갔다. 먼지를

41

풍풍 일으키며 스티븐의 농장을 가로질렀다. 배알이 뒤틀렸지만 아름다운 곳이라고 인정할 수밖에 없었다. 서쪽으로 완만한 애팔래치아 산기슭이 보이는 넓고 평평한 농장은 다양한 색조의 녹색 사각형으로 단정하게 구획되어 있었다. 그 가운데서 스티븐의 픽업트럭을 찾기는 어렵지 않았다. 화사한 토끼풀을 배경으로 빨간 페인트칠을 한 차가 눈에 확 띄었다. 트럭 운전석 너머로 재크를 쫓아다니는 스티븐의 구부정한 등도 보였다. 재크가 트럭 주위를 돌아 반대편에서 나타났다. 묵직한 기저귀가 땅에 질질 끌리다시피 했다.

잘한다, 잘해, 스티븐.

스티븐은 내 차가 보이자 아이를 들어 올려 이쪽으로 부리나케 달려왔다. 고객들이 도착하기 전에 우리가 꺼져주기를 간절히 바라는 듯했다. 내가 아는 스티븐이라면 예쁘장한 직원을 시켜 우리 밴이 사라질 때까지 사무실에 고객들을 붙잡아둘 터였다. 눈속임에는 타고난 인간이었다. 감정을 숨긴 채 교란 작전을 써서 그들을 우리가 보이지 않는 곳으로 자연스레 이동시키겠지. 그런 식으로 자기 이미지를 흠집 하나 없이 관리할 터였다. 다만 로고가 박힌 와이셔츠에 재크가 남긴 어린아이 크기의 얼룩까지 숨길 수 있을지는 미지수였다.

그날 아침에 내가 했던 대로, 스티븐은 우리 아들을 다짜고짜 내 품에 떠안겼다. 멜빵바지 앞주머니에 끼워두었던 공갈젖꼭지가 보이지 않자 재크는 내 귀가 찢어지도록 울부짖었다. "이 먼 곳까지 와줘서 고마워." 재크의 비명에 묻힐세라 스티븐이 목소리를 높였다. "딜리아한테 인사하고 싶은데, 손님 올 시간이 다 돼서." 그는 내 어깨 너머로 손을 흔들다가 곧바로 뭐라 투덜거리기 시작했다. 돌아보니 딜리아가 이미 버클을 풀고 밴에서 내리고 있었다. 아이는 우리 쪽으로 달려와 스티븐의 품으로 뛰어들었다. 그는 딜리아의 모자 꼭대기에 입을 맞추고 아이를 내 옆에 내려놨다. 그의 초조한 시선이 길 저편을 헤매고 있었다.

"중요한 손님인가 봐?" 재크를 달래느라 씨름하며 말했다.

"전에 얘기한 워런턴 신도시 개발자야." 스티븐이 영혼 없이 대꾸했다. "앞으로 10년간 2500채를 짓는대." 그는 자기 직원 한 명에게 손가락 하나를 들어 보이며 동시에 우리에게도 1분밖에 남지 않았음을 알렸다.

재크를 들쳐 안았다. 아이는 내 어깨에 머리를 기댔다. 요란한 울음은 애처롭게 칭얼대는 소리로 바뀌었다. "좋아, 그럼, 더 시간 안 뺏을게. 재크 담요는 어딨어?"

스티븐이 움찔했다. "오늘 아침에 집에 두고 왔네. 공갈젖꼭지도." 나를 여기서 빨리 몰아내지 못해 안달하는 이유가 이제 분명해졌다. 나는 재크를 어르던 동작을 멈추고 경악한 표정을 지었다. 재크가 내 품에서 몸을 옹그리고 다시 빽빽 울기 시작했다. "여기." 당황한 스티븐은 호주머니를 뒤져 열쇠고리를 꺼내더니 자기 집 열쇠를 뽑았다. "우리 집에 들어가서 찾아가. 열쇠는 현관 매트 밑에 두고 가면 돼. 내가 집에 당신을 들여보냈다는 얘기, 테리사한테는 절대 하면 안 돼." 그는 내 팔을 잡고 우리를 밴 쪽으로 끌어당겼다.

나는 버티고 서서 재크를 땅에 내려놓았다. 언제 울었냐는 듯 아이는 신나게 뛰어다니기 시작했다. 스티븐이 붙잡으려다 실패하자 아이는 들판으로 쏜살같이 달아났다.

나는 손그늘을 만들어 오후의 햇살을 가리며 뒤뚱뒤뚱 달리는 재크를 지켜봤다. "이 멀리까지 오느라 차에 기름이 똑 떨어졌네. 내 수중에는 20달러가 전부고. 어때?" 나는 손을 내밀었다. 우리가 사라져주길 그토록 간절히 바란다면 기름값 정도는 대줄 수 있겠지.

턱을 꽉 다문 채, 스티븐은 마지못해 재크에게서 눈을 돌렸다. "20달러면 집까지 가고도 남지. 뭐가 그리 멀다고." 그는 딱딱한 미소를 지었다. 그러면 딜리아 앞에서 형편없는 쓰레기로 보이지 않을 줄 아는 모양이었다.

나는 딸아이의 머리에 손을 얹고 모자를 당겼다. 머리카락 몇 뭉텅이가 모자와 같이 떨어져 나왔다. 스티븐의 얼굴이 일그러졌다. 우리 뒤의 자갈길을 휙 돌아보더니 그는 호주머니에 들어 있던 돈다발에서 20달러 한 장을 뽑아 내 손에 쑤셔 넣었다. 딜리아가 모자를 낚아채 자기 머리에 다시 쓰려고 몇 번이나 시도했지만 뜻대로 되지 않았다. 나는 샛노란 트랙터로 기어오르려는 재크를 잡으러 달려갔다.

"아침에 재크 봐줘서 고마워." 내 팔에 안긴 재크가 발버둥 치며 칭얼거렸다. "우린 이제 가볼게."

차 두 대가 먼지를 일으키며 다가오고 있었다. 번쩍번쩍한 벤츠가 내 미니밴 뒤창에 그려진 남근 뒤에 멈췄다. 내가 아이들을 카시트에 묶고 차문을 닫자, 스티븐은 이제야 살았다는 표정을 지었다.

"뒷문으로 나가면 더 빠를 거야." 멀리서는 나를 위해 신사적으로 문을 열어주는 듯이 보일 몸짓을 하며 그가 말했다. "자갈길을 끝까지 따라가. 농장 뒤편에서 비포장도로로 연결될 거야. 우회전한 다음에 다시 우회전해 표지판을 따라가면 고속도로가 나와." 스티븐은 손을 흔들어 인사하고는 서둘러 고객을 맞으러 달려갔다. 우리가 들어온 길을 그들의 차가 막고 있었다.

시동을 걸고 차창을 내렸다. 넓디넓은 잔디밭 위로 시원한 산들바람이 불자 초록 바다의 표면에 잔물결이 일었다. 그 사이를 지나가는 내내 스티븐이 이곳에 이뤄낸 결과물에 감탄하지 않을 수 없었다. 심고, 기르고, 거두고. 그가 시작하고 개척한 성과가 널리 펼쳐져 있었다. 내 양옆에서 트랙터 여러 대가 기름진 검은 흙을 뒤집어 길게 파놓은 구덩이에 씨앗을 심고 있었다. 골프장을 보수하는 데 쓰일 길고 빳빳한 잔디를 자르는 트랙터도 있었다. 다른 트랙터들은 길게 펼쳐진 잔디를 들어 올려 대롱 모양으로 굴린 다음 평판에 쌓는 작업 중이었다.

1.2제곱킬로미터라니. 나는 책 한 권도 제대로 못 쓰는데. 스티븐이 이 광활한 잔디밭을 완벽하게 관리할 때 나는 어린 딸의 머리카락도 제대로 관리하지 못했다.

스티븐이 원하는 대로, 누구의 눈에도 띄지 않게 뒷문으로 이동했다. 아직 새 잔디가 심기지 않은 마지막 몇 뙈기의 밭을 거쳐, 농장 경계 부근의 휴한지를 지나갔다.

5

홀쩍거리는 재크를 안은 채 한 손으로 스티븐의 집 열쇠를 찔러 넣었다. 내 뒤를 따라 집 안으로 들어온 딜리아는 운동화를 벗어던지고 자기 방으로 쪼르르 직행했다. 테리사의 집에서는 신발을 신는 것이 금지되었다. 넓은 나무 마루와 얼룩 한 점 없는 흰 카펫에서 소독제의 레몬향이 코를 찔렀다. 아침에 우리 아이들이 다녀간 후 테리사가 집 전체에 들이부은 모양이었다.

나는 운동화를 신은 채로 바닥에 잔디 농장의 흔적을 남기며 아이들 방으로 올라갔다. 재크의 방은 밋밋했다. 흰 카펫, 흰 블라인드, 모서리가 뾰족하고 선이 날카롭고 아주 비싼 가구. 알록달록한 색에 빛바랜 강아지 무늬가 찍힌 재크의 담요가 기저귀 교환대에 걸쳐져 있었다. 그 옆에는 잇자국이 잔뜩 생긴 젖꼭지가 놓여 있었다. 재크는 젖꼭지를 얼른 입에 물었다. 보풀이 몽글몽글한 담요를 턱 밑에 끼우고 머리를 내 어깨에 기댄 채 만족스러운 듯 쪽쪽거렸다. 계단을 내려가며 딜리아를 불렀지만 늘 그렇듯 올 생각을 하지 않았다.

아직 이 집은 딜리아에게 새롭고 신기한 장소였다. 공주 침구와 반질 반질한 새 바비 인형이 있는 곳. 사실 우리 집에서는 바비 인형을 쳐다도 안 보는 아이였다. 공주들에게도 별로 관심이 없었다. 하지만 아빠의 세계인 이곳에서는 옷 갈아입히기 놀이가 아주 재미난 모양이었다.

나는 스티븐의 거실에 멈춰 섰다. 층계참에서 현관까지의 벽을 빈틈없이 메운 스티븐과 테리사의 프로필 사진에 둘러싸인 채. 둘의 침실에도 그런 사진이 잔뜩 걸려 있겠지. 이 집 구석구석은 스티븐이 왜 여기 있고 누구에게 속하는지를 일깨웠다. 나랑 살 때는 그걸 잊는 바람에 테리사에게 낚아채인 모양이었다.

스티븐과 내가 같이 살던 시절에도 우리 둘의 사진 액자가 몇 개쯤 벽에 걸려 있었다. 이혼 이후로 연락이 끊긴 대학 친구들이 몰래 찍은 사진과 친정 부모님과 함께 찍은 약혼 사진, 결혼식 때 서로의 얼굴에 케이크를 뭉개는 사진 정도밖에 기억에 남아 있지 않다. 그것이 나의 실책이었는지도 모른다. 우리의 추억을 충분히 남기지 않았는지도. 우리가 가진 것, 그가 잃게 될 것을 스티븐에게 충분히 상기시키지 못했는지도. 아니, 이것저것 다 소용없었는지도 모른다. 원래부터 그 자식은 믿을 만한 인간이 아니었으니까. 잔디 농장의 브리가 테리사의 사진 속 어디에도 등장하지 않는다고 해서 배경 어딘가에 숨어 있지 않다는 보장은 없다.

재크의 통통한 볼이 맞닿은 셔츠 부위가 축축해졌다. 아이의 코에서 콧물이 질질 흐르고 있었다. 그 코 밑을 손가락으로 슥 문질러 유리 액자 속 테리사의 코 밑에 붙이고 싶은 충동을 겨우 참았다. 너무 소심한 복수였다. 테리사의 완벽한 세계에서 코딱지 같은 이물질은 금세 발견될 것이다. 어쩌면 브리도 마찬가지일 것이다.

다시 딜리아를 부르며 주방에 들어가 티슈를 한 장 뽑았다. 그 옆의 간이 식탁에 테리사의 랩톱 컴퓨터가 펼쳐져 있었다. 윈도우즈 로고가 화면의 한쪽에서 다른 쪽으로 이동하고 있었다. 호기심에 못 이겨 스페이스바를 눌렀다.

컴퓨터는 비밀번호를 묻지도 않고 깨어나 바탕화면에 검색엔진을 드러냈다. 빈 검색창에 커서가 깜박였다.

모퉁이 너머 거실을 내다봤다. 딜리아가 자기 방에서 바비와 이야기를 나누는 소리가 계단을 타고 내려왔다. 재크를 내 반대쪽 어깨로 옮겼더니, 몸을 꿈틀거리다가 다시 젖꼭지를 빨면서 눈을 스르르 감았다.

남는 손으로 해리스 미클러의 이름을 콕콕 쳐 넣었다.

소셜 미디어 계정과 사진이 화면을 가득 채웠다. 페이스북, 링크드 인, 인스타그램, 트위터. 그의 페이스북 프로필을 클릭했다. 매력적인 40대 남자가 나를 보고 웃고 있었다. 마흔둘의 해리스 미클러는 퍼트리샤 미클러의 남편이고, 전도유망한 금융 서비스 회사의 고객관리 총괄부사장이었다.

퍼트리샤…… . 남편을 죽이는 대가로 5만 달러를 제안한 여자가 그런 평범한 이름을 갖고 있다니 기분이 묘했다. 그의 온라인 앨범을 뒤져 부부가 함께 나온 사진을 찾았다. 5년 전 기념일에 찍은 사진 한 장이 전부였다. 카메라의 플래시에 포착된, 놀라서 눈을 동그랗게 뜬 표정은 파네라에서 나를 훔쳐보다가 들켰을 때의 얼굴과 똑같았다.

2층에서 딜리아가 내는 공주 목소리가 들렸다. 재크는 입술 사이에 젖꼭지를 늘어뜨린 채 잠들어 있었다. 퍼트리샤의 프로필도 클릭했다. 뭘 찾겠다고 이러는지 나도 알 수 없었다. 오리 얼굴 셀카를 찍는 관심종자? 심리 테스트와 정치 짤로 호응을 구걸하는 짜증나는 소셜 미디어 이용자? 퍼트리샤는 그런 부류가 아니었다. 그녀는 게시물을 드문드문 신중하게 올렸고, 그나마도 자기 사진은 거의 없었다. 프로필에 따르면 그녀는 투자 은행에 다녔다. 그것만 보면 부유한 속물이라고 단정할 수도 있겠다. 하지만 내가 보기에 그녀는 돈도 허투루 쓰는 사람이 아니었다. 인근 동물보호소에서 종종 자원봉사를 했고, 어려운 이웃들을 위한 기금 모금 행사에 기부했으며, 물 빠진 청바지와 스웨터를 입었을 때 가장 편안해 보이는 사람이었다. 유일하게 호사스러운 소유물은 결혼반지였다. 어마어마한 크기의 다이아몬드 주위로 작은 다이아몬드들이 점점이 박힌 디자인이었다. 내가 퍼트리샤를 잘 아는 것은 아니지만 그 반지는 그녀와 어울리지 않게 화려했다. 그래선지 그녀가 등장하는 모든 사진에서 유독 두드러져 보였다.

궁금해서 사진 하나를 확대해보았다. 퍼트리샤는 반지가 잘 드러나는 자세로 보호소 고양이를 양팔에 껴안고 있었다. 그녀가 걸친 다른 옷가지는 전부 소박하고 평범했다. 장식 없는 청바지, 낡아빠진 운동화, 보호소 티셔츠 위에 걸친 수수한 파란색 후드점퍼…… 고개를 숙여 좀 더 자세히 들여다봤다. 후드점퍼 소매 틈으로 그녀의 손을 감싸고 엄지손가락을 동여맨 검은 밴드가 살짝 보였다. 손목보호대였다. 그 이전 사진들을 획획 넘기다가 석 달 전에 찍은 사진에서 멈췄다. 이마에 반창고가 붙어 있었다. 그보다 과거에는 손가락에 부목을 댄 사진도 있었다.

남편한테 내가 알고 있다는 말은 못 해요. 그러면…… 너무나도 무서운 일이 생길 거예요.

다시 그녀의 사진을 뒤로 넘기며 눈 밑에 짙은 멍 자국은 없는지 살폈다. 콧등에 명백한 골절 흔적이 있는지, 헐렁한 스웨터 밑에 불룩한 깁스의 형태가 드러나는지도 살폈다. 퍼트리샤의 몸에 상처일 수도 아닐 수도 있는 흔적이 보일 때마다 해리스 미클러가 점점 싫어졌다. 그러지 말아야 한다는 걸 알면서도 그의 페이스북 프로필을 다시 클릭했다. 그는 동쪽으로 아나폴리스, 남쪽으로 리치먼드에 걸친 수십 개의 사교 모임에 발을 담그고 있었다.

퍼트리샤의 말대로 오늘 밤에 그는 레스턴의 근사한 술집 러시에서 열리는 파티에 참석할 예정이었다. 여기서 겨우 몇 킬로미터 거리인데…….

엉뚱한 생각을 떨치려 애써도 도저히 떨쳐지지 않았다. 가볼까? 가서 분위기만 살피지 뭐. 조용히 구석에 박혀 칵테일을 마시면서 그를 지켜보면 안 될까? 그냥 퍼트리샤가 걱정돼서 가보려는 거다.

브라우저를 닫고 검색 기록을 지웠다. 맹랑한 생각이었다. 입고 갈 옷도 없는 주제에.

위층에서 딜리아가 나긋나긋한 목소리를 내며 놀이에 열중하고 있었다. 담요, 젖꼭지와 함께 재크를 소파에 눕혀놓고 계단을 올라가 스티븐의 침실 앞에 멈췄다. 테리사는 오늘 아침에 우리 집에 들어왔었다. 그리고 스티븐에게 내가 문도 안 잠그고 다니더라고 고자질했다. 문을 실제로 당겨봐야만 알 수 있는 사실이다. 나는 적어도 열쇠를 받아 당당하게 이 집에 들어왔는데.

스티븐의 침실 문이 조금 열려 있어서 손가락으로 슬쩍 밀었다가 문 뒤편의 난장판에 경악했다. 이불은 반듯이 개켜지고 쿠션은 예쁘게 배치되어 있을 줄 알았다. 실크 조화로 장식된 화장대와 양초로 둘러싸인 욕조를 예상하며 마음을 다잡았었다. 하지만 테리사와 스티븐의 침실은 엉망진창이었다. 침대 위에는 헝클어진 이불이 동굴을 이루고 있었다. 브래지어와 양말이 사방에 널려 있고 욕조 위에는 곰팡이 슨 수건무더기뿐이었다. 두 사람의 사진 액자 하나만 벽에 삐뚜름하게 걸려 있었다. 두 연놈이 놀아나고 있다는 사실을 처음 알아챘을 때부터, 나는 둘의 은밀한 공간이 내 공간보다 훨씬 깔끔할 것 같아 두려웠다. 하지만 스티븐의 사각팬티를 옆으로 걷어차고 둘의 옷장 앞에 서자, 닫힌 문 뒤에 숨겨진 두 사람의 삶은 나와 스티븐이 같이 살던 시절과 크게 다르지 않다는 생각이 들었다. 테리사가 왜 나를 집에 들이기 싫어했는지도 문득 이해가 갔다.

테리사가 쓰는 옷장 쪽으로 살금살금 다가갔다. 셔츠, 원피스, 스커트가 뒤죽박죽 걸려 있었다. 그나마 옷이 구겨지지 않을 만큼 공간이 널찍널찍해서 누구도 그녀가 은밀한 게으름뱅이라고 의심하지 않는 듯했다. 옷걸이를 하나씩 옆으로 밀다가 검은 원피스에서 멈췄다. 세어보니 테리사는 검은 원피스를 최소 다섯 벌은 갖고 있었다. 옷걸이에서 그것을 당겨 거울 앞에서 내 몸에 대보았다. 옷핀 몇 개로 주름만 좀 잡으면 그럭저럭 몸에 맞을 것 같았다. 어차피 테리사는 없어진 줄도 모를 테고.

그녀가 내게서 몰래 빼앗아간 모든 것, 지금도 빼앗으려 하고 있는 모든 것을 떠올리며 입술을 깨물었다. 마음이 바뀌기 전에 원피스를 돌돌 말아서 팔 밑에 끼웠다. 침실 문은 처음처럼 살짝 열어놓았다.

이번에는 딜리아의 이름을 끈질기게 불렀다. 점점 더 제 아빠를

닳아가는 무거운 한숨 소리가 들리더니 작은 발로 내 등 뒤의 계단을 느릿느릿 밟고 내려오는 소리가 들렸다.

"좀 더 있다 가면 안 돼, 엄마?" 아이가 툴툴거렸다.

"집에 갈 시간이야." 딜리아의 팔에 코트 소매를 끼웠다. 내가 신발을 신겨주자 아이는 발을 쿵쿵 굴렀다.

"'여기'가 우리 집이 될 거야. 아빠가 그랬어." 그 말이 비수처럼 내 심장에 꽂혔다. 당혹감을 삼키며 담요에 싸인 재크와 젖꼭지를 한꺼번에 들어 올렸다. 딜리아의 손을 쥐며 혹시나 이 집에 아이의 흔적을 남기지 않았는지 꼼꼼히 살폈다. 전남편의 현관문을 단단히 잠그면서, 5만 달러로 어떤 양육권 변호사를 구할 수 있을지 궁리하지 않을 수 없었다.

6

집에 도착하자마자 금붕어 과자 한 그릇과 함께 아이들을 TV 앞에 앉혀놓고 베로의 번호로 전화를 걸었다. 너무 오래 고민하면 용기가 나지 않을 것 같았다.

신호음을 기다렸다. "여보세요, 베로? 핀레이예요. 스티븐이 이제 애들을 안 돌봐줘도 된다고 했다면서요? 그건 내가 내린 결정이 아니었어요. 나한테 물어보지도 않고 자기 맘대로 결정한 거예요…… 당신을…… 내보내기로 한 거요." 나는 울상을 지으며 말했다. 내게는 그녀에게 아무것도 요구할 권리가 없었다. 그래도 심호흡을 하고 요구했다. "그런데 오늘 저녁에 일이 생겨서 아이 봐줄 사람이 꼭 필요해요. 시간 괜찮으면 7시에 와줬으면 해요. 오래 걸리지 않을 거예요." 하지만 어차피 돈을 주고 베이비시터를 부를 바엔 간만에 제대로 꾸미고 나가 저녁 시간을 온전히 밖에서 보내고 싶다는 생각도 들었다. "늦어도 11시까지예요. 급하게 연락해서 미안하지만 돈은 평소의 두 배로 줄게요." 비밀번호가 아직 유효하니 스티븐의 페이팔

계정을 이용할 생각이었다. 비상시를 대비해서 아껴둔 수단이지만, 오늘 같은 하루를 보내고 나서는 나도 술 한잔 마실 자격은 충분치 않을까 싶었다. "오늘은 안 된대도"—혹은 싫대도—"얼마든지 이해해요. 애들을 우리 언니 집에 데려다놓으면 되니까요. 그래도 몇 분 안에 이 메시지를 확인하면, 전화 좀 해줘요. 알았죠?"

휴대전화를 내려놓고 어두워지는 화면을 응시했다. 엄지손톱을 씹으며 주방을 서성대다가 화면을 다시 확인했다. 테리사의 검은 미니 원피스는 식료품 저장실 손잡이에 걸어놓았다. 목선이 푹 파이고 허리가 꽉 끼고 한쪽 허벅지가 확 트인 이 원피스는 내 소설 속 주인공이 입을 법한 옷이었다. 테리사에게는 찰떡같이 어울리겠지. 그 집 바닥에 어지러이 흩어진 옷 중에는 트레이닝 바지나 실용적인 속옷이 하나도 없었던 것 같다.

휴대전화를 깨워 언니의 번호를 눌렀다.

"핀이구나."

"응, 언니. 오늘 저녁에 근무야?"

무거운 침묵이 모든 것을 말해주고 있었다. 내 언니는 거짓말에 서툴렀다. 정직의 화신 같은 사람이었다. 자신에게 해가 될 정도로 정직했다. 그래서 그토록 좋은 경찰이 될 수 있는지도 모른다. "무슨 일인데?" 언니가 조심스레 물었다.

"애들을 언니 집에 좀 데려다놔야겠어." 언니는 아이들을 대하는 데 서툴렀다. 범죄자는 능숙하게 다루면서. 조지아는 말 그대로 '모태솔로'였다. 자기 말로는 스스로의 선택이라는데. 〈세서미 스트리트〉와 〈탐험가 도라〉를 보느니 밤마다 문을 박차고 현장을 급습해 체포영장을 들이미는 쪽을 택할 사람이었다. 뭐, 그거야 누군들 그렇지 않을까마는. "몇 시간이면 돼." 나는 간청했다. "일단 밥만 먹이면 재크는 언니 집에 도착하기도 전에 곯아떨어질걸. 틀림없이 잠만 쿨쿨 잘 거야."

전화 저편에서 뉴스가 들려왔다. "미안해, 핀. 안 되겠다. 뉴스 못 봤어? 이 지역 러시아 마피아 일당이 오늘 아침에 재판에서 또 승소했대. 오늘 밤에 마약조직범죄 수사팀 형사들을 만나서 그 문제를 상의하기로 했어." 조지아는 강력범죄 수사팀 소속이었다.

"언니는 마약 수사 쪽이 아니잖아."

"그래, 하지만 친구들이 상심했을 때는 같이 맥주를 마시면서 위로해줘야지."

그 집의 TV 채널이 바뀌었다. 주제가가 흘러나왔다. 조지아가 즐겨보는 저녁 시간대의 경찰 드라마 재방송이었다. 언니가 그것을 보는 이유는 오로지 자신의 직장에 대해 사실과 다르게 묘사된 부분을 시시콜콜 집어내 씹어대기 위해서였다. "제발, 언니. 중요한 일이라서 그래."

"베로를 부르면 안 돼?"

"스티븐이 오늘 아침에 해고했어. 여러 번 전화했는데 받지도 않더라. 달리 부탁할 사람이 없어. 꼭 해야 되는 일이란 말이야." 뭘 꼭 해야 된단 말이지? 내가 대체 무슨 짓을 하려는 걸까? 맙소사, 진짜 하려고? 그래, 까짓것. 확 저질러버리지 뭐. "지금 쓰는 소설 때문에 조사를 좀 해야 돼. 애들을 데려갈 수는 없는 곳이야."

"네 친구들 있잖아. 부탁하면 도와주지 않을까?"

"별로 안 친하거든." 관자놀이를 꽉 누르며 내가 전화할 수 있는 한 줌도 안 되는 사람들을 떠올렸지만 아무래도 안 될 일이었다. 스티븐은 내 친구들을 전부 탐탁찮게 여겼다. 그 애들이 스티븐을 좋아하지 않아서였을 것이다. 세월이 흐르면서 서서히 멀어지는 친구들을 나는 손 놓고 보기만 했다. 친구들 대신 스티븐을 선택한 것이다. 그리고 우리가 이혼할 때 스티븐의 친구들은 모두 그를 선택했다.

조지아는 TV를 끄고 낮은 소리로 투덜거렸다. "이웃에는 애들 봐줄 사람 없어?"

맞다. 에이미 이모 같은 사람? "애 봐야 할 사람이 우리 애들 양육권을 뺏으려고 변호사를 구했지. 그 인간이 우리 베이비시터를 잘랐고! 그래서 조지아, 애들을 봐줄 다른 사람은 아무도 없어."

언니는 마약 제조공장의 문짝마저 날려버릴 깊은 숨을 푹 내뱉었다. "좋아. 하지만 몇 시간만이야. 10시까지 안 돌아오면 지명수배를 내리고 잡으러 간다."

얼른 고맙다고 인사하고 언니의 마음이 바뀔세라 바로 전화를 끊었다. 오븐에 치킨 너겟 한 판을 구운 다음, 아이들을 씻기고 먹였다. 재크에게 새 기저귀를 채우고 위층으로 후다닥 올라가 밤 외출 준비를 했다. 낡아빠진 검정 구슬 핸드백을 후후 불어 먼지를 털어내고 그 안에 가발 스카프와 화장품을 쑤셔 넣으면서 해리스 미클러라는 수수께끼의 인물을 생각했다. 그와 퍼트리샤는 어떤 비밀을 품고 있을까? 해리스는 정말 5만 달러나 들여 제거해야 할 만큼 큰 죄를 지었을까?

7

술집이라면 원 없이 다녀보았다. 대학 앞 술집, 선술집, 스티븐이 고객을 만나 식사를 할 때 따라간 고급 술집, 조지아와 같이 간 경찰서 앞 술집, 게이 바(역시 조지아랑 같이 갔다), 그리고 아무도 제목조차 모를 책을 쓰기 위해 자료 조사를 한답시고 찾아간 도시 변두리의 누추한 스트립 바 등등. 아무리 많은 술집을 드나들었어도 혼자 들어설 때는 늘 긴장했다. 방금 나타난 사람이 누구인지 확인하려고 일제히 돌아보는 사람들의 시선이 싫었다.

더 나쁜 건, 아무도 돌아보지 않는 것이었다.

러시에는 정장과 넥타이, 검은 미니 드레스 차림의 사람들로 이미 초만원이어서 한 명 더 비집고 들어가봤자 아무도 거들떠보지 않았다. 나는 가발 스카프가 제자리에 있는지 점검하고, 커다란 선글라스를 콧잔등으로 끌어내려 눈을 희미한 실내 조명에 적응시켰다. 놋쇠와 체리목 소재의 아일랜드 바에 알록달록한 병들과 조명이 들어오는 에칭 유리 공예품들이 놓여 있었다. 바 뒤에는 끝내주게 잘생긴 젊은 바텐더들이 배치되어 있었다. 프로필 사진을 연예기획사에 돌리고 인터넷에서 워싱턴의 배우 오디션 광고를 훑어보며 사는 사람들이 아닐까 싶었다. 나는 높다란 테이블과 열띤 대화를 나누는 사람들 사이를 헤치고 지나가다가 구석에 딱 하나 남은 빈 의자를 차지하는 데 성공했다. 기저귀 가방을 의자 등받이에 걸려고 어깨를 더듬다가 비로소 아이들과 함께 조지아에게 맡겼다는 사실을 떠올렸다. 대신에 핸드백을 내 앞의 카운터에 내려놓았다. 평소 바리바리 싸들고 다니던 짐이 없어지자 뭔가 중요한 것을 두고 온 듯 찜찜하면서도 홀가분했다. 신분증을 제외하면 진홍색 립스틱, 스티븐이 준 20달러, 휴대전화, 해리스 미클러의 아내가 쓴 구깃구깃한 쪽지가 전부였다.

테이블에 앉아 있는 남자들의 얼굴을 살폈다. 여자들의 얼굴도. 다들 스티븐과 테리사를 어렴풋이 연상시켰지만 아는 얼굴은 하나도 없었다. 선글라스를 벗어 핸드백에 넣었다. 맥주를 시킬까 했는데 이곳은 버드와이저를 마실 분위기가 아니었다. 대신 주문한 보드카 토닉을 가볍게 홀짝이며 해리스 미클러를 찾아 술집 안을 두리번거렸다. 보통 키에 보통 체격, 짙은 갈색 머리에 관자놀이는 조금 희끗하고, 웃을 때는 얼굴 크기에 비해 작은 눈이 두 개의 깊은 주름처럼 가늘어지는 남자. 그 비슷한 사람은 어디에도 없어서 바텐더가 지나가는 순간 손가락 하나를 쳐들어 그의 시선을 끌었다. 그는 왁자지껄한 소음 속에서 양손으로 바를 짚고 몸을 내 쪽으로 숙여 귀를 기울였다.

"기업 간부들은 주로 어디 모여 있죠?" 그에게 물었다.

그는 반지를 끼지 않은 내 왼손 약지를 흘끔 살폈다. 알 만하다는 미소를 지으며, 그는 몇 개의 키 큰 테이블에 둘러서서 웃고 떠드는 남녀 무리 쪽으로 턱짓했다. "부동산업계는 대개 저쪽에 모이죠." 다음으로 그 무리 바로 옆에 모인 사람들에게 고갯짓했다. "금융과 대부업 쪽도 가까이 있어요." 그리고 바 반대편 끝에 모인 활기찬 집단을 엄지손가락으로 가리켰다. "창업가, 다단계, 재택사업은 저쪽요." 그는 자신이 바에서 이쪽 자리를 고른 데는 다 이유가 있다는 듯 이맛살을 찌푸렸다. "일류 기업의 간부들은 대개 안쪽에 있는 칸막이 자리를 예약하죠." 그는 카운터 밑에서 유리잔을 꺼내며 나를 훑어봤다. "손님은 일류 기업 쪽으로는 안 보이시는데요."

나는 라임을 빨대로 찔러 액체를 남김없이 빨아먹었다. "당신은 이런 데서 일할 나이가 안 돼 보이고요."

"맙소사!" 그가 웃음을 터뜨렸다. 그러더니 입술을 깨물며 새삼스레 관심 어린 눈빛으로 나를 응시했다. "저는 손님이 진부하고 완고해 보이지 않는다는 뜻이었어요."

나는 유리잔의 얼음을 빙빙 돌렸다. "음…… 진부하다. 대학 입학시험에 나오는 단어인가요?"

나의 빈 잔을 가져가던 그의 손가락이 내 손가락을 스쳤다. "로스쿨 입학시험용 단어죠." 그는 잠시 내 반응을 살피다가 내 잔을 새것으로 바꾸었다. 나는 그가 음료를 새로 만드는 줄도 몰랐다. "이름을 여쭤봐도 될까요?"

라임 조각을 빨며 어떻게 대답할까 고민했다. 알 게 뭐야. 안 될 거 뭐 있어? "테리사예요." 그에게 손을 내밀었다.

"저는 줄리언이에요." 그의 악수가 마음에 들었다. 테스토스테론에 휘둘린 지배력의 과시가 아니었다. 나를 얕잡아본다는 느낌은 조금도 없었다.

"무슨 공부를 할 계획이에요, 줄리언?"

"이미 로스쿨에 다니고 있어요." 그가 대답했다. 내가 그의 기분을 상하게 했다면 그런 정보를 털어놓지 않았겠지. "조지메이슨 대학 3학년이에요. 형사법 전공이죠."

나는 냉소적으로 눈썹을 올렸다. "검사도 진부하고 완고한 직업 아녜요?"

그는 행주를 어깨에 걸쳤다. "저는 그렇게 야망이 큰 사람은 아니에요. 세상에 괜찮은 국선변호사도 몇 명쯤 필요하잖아요. 그쪽은요? 무슨 일 하세요?"

술잔을 쥐고 얼음을 이에 딱딱 부딪치며 대답을 궁리했다. 낯선 이에게는 무슨 일을 하는지 밝히지 않는 것이 내 철칙이었다. 괜히 털어놨다가는 대화의 방향이 이상한 쪽으로 흘러가기 십상이었다. 너무 독특한 직업이기도 했다. 나는 테리사의 원피스를 내려다보며 천에 일어난 보풀을 뜯었다. "부동산 쪽이에요."

"따분한 일이네요."

나는 터지려는 웃음을 참았다. "엄청."

"오해는 마세요." 그가 조심스레 말했다. "손님도 진짜 부동산 쪽으로는 안보여요."

"그래요?" 건방지긴 해도 귀여운 녀석이었다. 두 잔째 보드카 토닉 때문인지는 몰라도 그의 미소가 점점 내 마음을 파고들었다. "그럼 나는 어떤 타입이죠?"

줄리언은 잔을 닦으며 나를 찬찬히 뜯어봤다. "찬 맥주와 테이크아웃 피자, 맨발에 청바지, 헐렁하고 물 빠진 티셔츠가 어울리겠네요."

뺨이 화끈 달아올랐다. 그의 예리함에 놀랐고, 그의 솔직함을 개의치 않는 나 자신에게도 놀랐다. 나를 바라보는 뜨거운 그의 눈빛에도. 남은 보드카 토닉을 비우며 테리사와 나의 차이에 대해 생각했다. 스티븐이 테이크아웃 피자를 좋아한 적이 있는지, 그의 취향은 늘 고급이었는데 내가 미처 깨닫지 못한 것인지.

"가족법 쪽이 아니라 아쉽네요. 세상에 정직한 이혼 전문 변호사도 몇 명쯤 필요할 텐데요." 나는 카운터에 20달러를 놓고 의자에서 내려왔다. 소변이 마려웠는데 화장실은 아마도 반대쪽에 있을 터였다. 줄리언이 말한 칸막이 자리 근처에. 가는 길에 그쪽에 앉아 있는 사람들도 살펴볼 작정이었다. 그냥 궁금하니까.

"저기요." 줄리언은 돌아서려는 내 손 위에 자기 손을 얹으며 말했다. "한 시간만 있으면 일이 끝나요. 기다렸다가 나중에 같이 뭘 좀 먹으러 갈까요?"

줄리언의 눈 위로 연갈색 곱슬머리가 드리워져 있었다. 그의 미소에 도저히 저항할 수 없었다. 그 제안이 전혀 솔깃하지 않았다면 거짓말이다. "고마워요." 나는 카운터 위로 20달러를 밀었다. 조지아가 이 도시의 순찰차를 모조리 보내 나를 잡으러 오기 전에 내 아이들에게 돌아가야 했다. 내 미니밴 뒷좌석에서 연상의 여자를 노리는 대학원생과 뒹굴다가 페퍼로니를 뒤집어쓴 몰골로 경찰에 걸리고 싶지는 않다. "그런데 오늘은 피자에 어울리는 옷차림이 아니라서요."

그는 웃음을 참으며 아랫입술을 깨물었다.

나는 그에게 고맙다고 인사하고 바 뒤편을 가리켰다. 오늘 밤의 계획이 바뀌지 않았음을 넌지시 알리고 싶었던 것 같다. 그리고 여자화장실을 찾아 나섰다. 해리스 미클러도.

술집 안쪽의 칸막이 자리들은 검은 가죽 좌석과 높은 나무 등받이, 따스하고 어둑한 조명으로 꾸며진 아늑한 공간이었다. 아주 오랜만에 하이힐을 신은 발을 절뚝이면서 칸막이 하나하나를 기웃거리는 내가 소름 끼치게 싫었다. 하이힐에 붙은 팽팽한 스트랩이 오른발가락 밑 관절을 파고들면서 물집이 잡힌 데다 빈속에 들이부은 보드카 토닉 두 잔 때문에 걷는 것조차 쉽지 않았다. 살짝 기우뚱한 자세로 칸막이 사이의 좁은 통로를 따라 화장실 표지판 쪽으로 조심조심 이동했다. 마지막 칸막이로 다가가고 있을 때 전화벨 소리가 들렸다.

"잠깐 실례할게요." 남자 목소리였다. "꼭 받아야 하는 전화라서요." 남자는 휴대전화에서 눈을 떼지 않은 채 칸막이를 나와 바 쪽으로 걸어가다가 나를 넘어뜨릴 뻔했다. "네, 해리스입니다." 그가 휴대전화에 대고 소곤거리며 내 옆을 스치고 지나갔다.

해리스. 그를 다시 한번 보려고 가장 가까운 칸막이에 손을 짚고 균형을 잡았다. 옆자리에 앉은 커플이 의아한 눈으로 나를 흘끔거리기에 몸을 숙여 구두 스트랩을 바로잡는 시늉을 했다. 그 순간 해리스 미클러의 칸막이에서 한 여성이 밖으로 나왔다. 그녀의 하이힐이 또각또각 복도를 지나 여자 화장실로 들어갔다. 나는 해리스의 통화를 엿들으려고 그와 조금 떨어진 위치에서 서성이고 있었다. 하지만 통화는 금세 끝나고 휴대전화는 그의 주머니 속으로 들어갔다. 해리스는 가장 가까이 있는 바텐더를 손짓으로 불러 샴페인 두 잔을 주문하고 자리로 돌아갔다. 나는 화장실로 달려가 미끄러지듯 빈 칸으로 들어갔다. 심장이 두방망이질했다.

내가 대체 뭐 하는 거지? 어리석은 짓이다. 말도 안 되는 짓을 하고 있었다. 해리스 미클러는 아내를 배신하고 있다. 그래서 어쩌라고? 그런 남자는 쎄고 쎘다. 내 남편을 포함해서. 하지만 아무리 스티븐이 미워도 죽이는 건 상상도 할 수 없었다. 누가 5만 달러를 준다 해도. 그런데도 나는 이런 데서 일면식도 없는 남자를 염탐하고 있다니.

얼른 방광을 비운 다음 손을 씻었다. 립스틱을 다시 바르려고 핸드백을 열었다가 바닥에 구겨져 있는 퍼트리샤 미클러의 쪽지를 보고 잠시 멈칫했다. 당장 변기에 내려 보내야 했다. 갈기갈기 찢어서 세면대에 흘려보내든가.

뒤에서 화장실 칸막이의 잠금장치가 탁 열리는 소리가 들리자 얼른 핸드백을 닫았다.

해리스 미클러의 데이트 상대가 비둘기색 정장 어깨까지 늘어진 금발을 커튼처럼 얼굴 위로 드리운 채 휴대전화를 들여다보고 있었다. 거울에 비친 그녀가 버튼을 누르고 전화기를 귀에 대는 모습을 지켜보며 나는 립스틱을 새로 발랐다. 커다란 다이아몬드 반지와 작은 다이아몬드가 점점이 박힌 얇은 반지가 그녀의 왼손 약지에서 반짝였다.

"여보세요." 휴대전화에 대고 속삭이는 그녀를 보며 나는 립스틱을 핸드백에 넣었다.

저 여자는 해리스의 직장 동료일지도 모른다고 나는 혼잣말을 했다. 어쩌면 중요한 거래를 성사시키고 둘이서 자축하러 왔는지도.

"미안해, 자기." 그녀가 말했다. "고객을 좀 만나느라고. 생각보다 오래 걸리네. 냉장고에 남은 음식 있어. 케이티 알레르기 약은 싱크대 위에 뒀고. 애들 좀 재워줄래?"

역시, 해리스는 바람을 피우고 있는 게 틀림없었다. 그것도 유부녀랑.

그게 뭐 대수라고. 지독한 임질에 걸려도 싸고, 아내를 때렸다면 감옥에 가도 싸지만, 내가 지금까지 확인한 어떤 정황으로도 해리스 미클러가 죽어 마땅하다는 생각은 들지 않았다. 거울 앞에서 가발 스카프를 고쳐 쓴 다음 휴대전화로 시간을 확인했다. 아직 시간이 있었다. 스티븐 앞으로 외상을 달아놓고 중국 음식 몇 가지를 포장해 조지아 집에 가져가야겠다. 그리고 이 일은 영원히 잊―.

해리스 미클러의 애인이 세면대에 기댄 채 언성을 높였다. "중요한 고객이야, 마티! 나더러 어쩌라고?"

내가 화장실을 빠져나오고 문이 스르르 닫히자 격한 언쟁 소리도 끊겼다. 복도를 서둘러 지나 바 쪽으로 돌아가려는데, 마침 거품이 부글대는 샴페인 두 잔을 해리스 미클러 앞에 놓는 웨이터의 모습이 눈에 들어왔다. 그의 손에 접힌 지폐를 쥐여주는 해리스의 빳빳한 흰 셔츠 소매가 언뜻 보였다. 웨이터가 돌아서자 해리스는 손바닥에 있던 무언가를 유리잔 하나에 떨어뜨렸다. 반짝이는 하얀 알약이 황금빛 탄산 속에서 거품을 내며 잔 바닥으로 가라앉았다.

고개를 푹 수그린 채 해리스의 칸막이 앞을 재빨리 지나 바의 빈자리에 앉았다. 각도가 너무 꺾인 위치라 해리스 미클러의 얼굴은 보이지 않았지만, 유리잔을 빙빙 돌리는 그의 팔은 충분히 지켜볼 수 있었다. 바텐더가 주문을 받으러 다가오는데도 나는 알아채지 못했다. 어차피 현금도 다 떨어진 참이다. 나는 목을 쭉 빼고 바텐더의 어깨 너머를 기웃거렸다. 해리스가 샴페인 잔의 위치를 바꾸고 있었다.

바텐더가 몸을 숙여 내 시야를 가렸다. 눈이 마주치자 줄리언은 미소를 지었다. 나는 복도 끝에 있는 화장실 문을 조심스레 흘끔거렸다. 그 여자는 곧 자리로 돌아갈 것이다. 어떻게 해야 하나? 줄리언에게 부탁할까? 그들의 테이블을 덮치라고? 화장실에 있는 여자에게 다가가 해리스가 무슨 짓을 하는지 봤다고 알려줘야 할까? 그 가운데 어떤 조치를 취해도 나는 목격자가 된다. 경찰이 올 때까지 기다렸다가 목격자 진술을 해야 한다. 경찰은 내가 누군지, 여기서 뭘하고 있는지 캐물을 것이다. 그러면 나는 왜 가발을 쓰고 훔친 원피스를 입고 테리사를 사칭했는지 설명해야 한다. 내가 경찰의 추적대상이 된 경위에 대해서도 해명해야 한다. 언니의 집에서 아이들을 데려오지 않아서라고.

맞다, 조지아가 있었지!

조지아는 경찰이다. 만약 조지아가 저 자리에 있었다면 어떻게 했을까? 권총, 수갑, 주짓수가 등장하는 장면이 머릿속에 떠올랐다. 내게는 그중 아무것도 없었다.

"계획이 바뀌었나 봐요?" 줄리언이 의아한 듯 고개를 갸우뚱거렸다.

"아마도요." 주워 담을 새 없이 그 말이 튀어나왔다.

그의 미소가 좀 더 환해졌다. "기다리는 동안 한잔하실래요?"

아무래도 소설 속 여자 주인공들이 당장 결단을 내려야 하는 바로 그 대목에 내가 있는 것 같은데. 내 소설의 주인공이라면 어떻게 행동할까? 가방 속에 살인을 의뢰하는 쪽지가 들어 있는 한 경찰을 부르지는 않을 것이다.

"블러디 메리 주세요."

그는 나의 선택에 눈썹을 올렸지만 군말은 하지 않았다. 그가 토마토 주스와 보드카를 얼음 위에 붓고 유리잔을 셀러리로 장식하는 내내 나는 화장실 문만 지켜봤다.

"고마워요." 잔이 카운터에 닿기도 전에 그의 손에서 받아들며 말했다. "금방 돌아올게요." 어둑한 복도를 종종걸음으로 지나 화장실 문을 열었다. 거울 앞에서 허리를 굽힌 채 립스틱을 바르는 해리스의 데이트 상대를 발견하고 나는 안도했다.

그 여자가 총기를 가지고 다니지 않기를 기도하며 심호흡을 했다. 그리고 비틀거리는 척하며 그녀의 등판에 붉은 칵테일을 끼얹었다.

옅은 회색 정장 스커트에 차가운 액체가 스며들자 그녀의 등이 뻣뻣해졌다.

"어머, 어머나, 어멋! 미안해서 어쩌죠!" 나는 빈 잔을 세면대에 놓고 디스펜서에서 종이 타월 한 뭉치를 뽑았다.

그녀는 엉망이 된 옷을 어설프게 닦으려는 내 손을 찰싹 뿌리치고, 몸통을 틀어 등을 거울에 비춰보며 얼굴을 잔뜩 찌푸렸다. "다 튀었잖아요!"

이 정도로 끝난 걸 다행인 줄 알아야지.

그녀는 등을 벅벅 문질러 닦았지만 가장 큰 얼룩에는 손도 닿지 않았다. "소다수로 닦으면 돼요." 나는 문 쪽으로 뒷걸음질 치며 말했다. "소다수가 아주 많이 필요하겠어요! 여기서 기다려요. 딴 데 가지 말고요. 내가 지우는 법을 잘 알아요." 나는 몸이 빠져나갈 만큼만 문을 열었다.

화장실을 나가는 순간 해리스가 고개를 번쩍 들었다. 내가 칸막이 앞에 멈추자 그의 미소가 사라졌다. 심장이 쿵쾅거렸다. 지금이 절호의 기회였다.

"해리스? 해리스 미클러? 맞죠?"

그는 창백해진 얼굴로 우리 주위의 테이블을 불안하게 두리번거렸다. "어, 아니요. 나는ㅡ." 그의 눈길이 화장실 문으로 향했다. "미안하지만." 그의 표정에 혼란과 짜증이 뒤섞였다. "나를 아세요?"

"해리스!" 내가 그의 팔을 찰싹 때렸다. "그날 파티에서…… 기억 안 나요? 몇 년 전 크리스마스 때요." 자연스러웠어, 핀레이. 진짜 자연스러웠어. 이런 시도조차 하지 않으면 나중에 많이 후회할 것 같았다. "일어나서 좀 안아줘요, 이 바부탱이!" 나는 그의 손을 쥐고 끌어내다시피 칸막이 밖으로 나갔다. 그리고 고등학교 때부터 알고 지낸 사이인 양 그를 얼싸 안았다. 내가 한 팔로 껴안아도 그는 양손을 옆구리에 늘어뜨린 채 뻣뻣하게 서 있기만 했다. 다른 팔을 그의 등 뒤로 뻗어 테이블 위의 샴페인 잔을 잡으려 했지만 너무 멀었다. 해리스는 나더러 착각한 게 틀림없다며 어깨를 슬쩍 밀었다. 나는 그를 더 꼭 끌어안고 몸을 바짝 밀착한 채 잔으로 손을 한껏 뻗었다.

아직도 너무 멀었다.

"이봐요!" 등이 탁자에 닿자 그가 소리쳤다. "당신 뭐 하는ㅡ?"

그의 엉덩이에 손을 슬쩍 갖다 댔다. 내가 엉덩이를 꽉 움켜쥐자 그는 놀라서 입을 다물고 눈을 휘둥그레 떴다. 젠장, 내가 무슨 짓을 하는 거지?

"맞다." 나의 다른 손이 샴페인 잔을 더듬거리는데 그가 갑자기 반갑다는 듯 입을 열었다. "이제야 기억나네." 뭔가 딱딱한 것이 내 배를 누르기 시작했다. 그의 벨트 버클은 절대 아니었다. 소름이 끼쳤다. 샴페인 잔을 테이블 위로 재빨리 밀어 위치를 바꿨다. 그래놓고 칸막이의 빈 좌석에 주저앉아 등으로 테이블을 가린 채 가까운 쪽

67

술잔에 손을 뻗었다.

"잠깐 앉아도 될까요?"

해리스는 불편하게 비집고 들어와서 좌석에 앉았다. 우리 뒤편의 화장실 문에 두 눈을 고정한 채 안절부절못하는 기색이 역력했다. "음…… 글쎄요……." 나는 잔을 입술에 대고 단숨에 절반을 마셨다. 내가 조금 전에 한 행동이 남긴 꺼림칙함을 씻어내기에는 역부족이었지만, 어쩔 줄 모르는 해리스의 표정을 보자 기분이 좀 풀렸다.

손가락으로 유리잔을 집었다. "누구 올 사람 있나요?" 그러고는 똑바로 앉으며 손을 가슴에 댔다. "아, 맞다! 설마 화장실에 있던 가엾은 여자는 아니겠지. 전화로 말다툼을 하고 있던데. 틀림없이 남편 같았어요. 그 여자, 엄청 화가 났더라고요. 뒷문으로 나가던데요."

해리스의 얼굴이 일그러졌다. 그는 미간을 찡그리며 술잔을 남김없이 비우고 화장실 앞 복도 끝의 비상구를 멍하니 바라봤다.

아, 젠장, 해리스가 목울대를 꿀렁거리며 마지막 한 모금을 삼켰다. 약효가 나타나는 데 시간이 얼마나 걸릴까? 내 술잔은 내려놨다. 유리잔에 내 립스틱이 빨간 흔적을 선명하게 남겼고 손잡이에는 내 지문이 잔뜩 묻어 있다. 만약에 이 남자가 여기서 뻗어버리고 병원에 실려 가 독극물 검사를 받는다면 나에게 아주 아주 불리한 상황이 된다.

"이봐요, 해리스." 나는 주위를 초조하게 살핀 다음 테이블 위로 몸을 숙여 그에게 속삭였다. "우리 여기서 나가는 게 어때요? 자리를 옮기자고요. ……좀 더 은밀한 곳으로요." 나는 그가 응시하고 있는 문 쪽으로 턱짓을 했다. 그의 얼굴에 퍼지는 느끼한 미소를 보자 마음이 놓였다. 내 차는 건물 출입문과 창문에서 최대한 떨어진 대형 쓰레기통 뒤에 주차되어 있었다. 내 핸드백에 든 퍼트리샤의 쪽지에는 해리스의 주소가 적혀 있었다. 그를 내 밴에 태울 수만 있다면 그 집에 바로 데려다놓으면 된다. 그런 다음 쪽지를 불살라버리고 이 일은 전부 잊는 거다.

해리스가 손가락 하나를 들어 웨이터를 불러 세웠다. "계산서 부탁해요."

기다리는 동안 그는 넥타이를 느슨하게 풀었다. 머리 선을 따라 땀이 번들거렸다. 그는 미간을 찡그렸다. "그래, 우리가 어떻게 만났죠?"

"어, 그러니까……." 그의 소셜 미디어 프로필에서 본 내용을 떠올리려 애썼지만, 두려움 때문인지 머리가 돌아가지 않았다. 그가 소속된 단체의 이름이 하나도 기억나지 않았다. "아시잖아요…… 우리가 그…… 특별한 일을 같이한 거." 나는 그것도 기억 못 하냐는 듯 손을 휘저었다. "그 북부 버지니아…… 금융그룹이랑." 나는 그가 빈칸을 채워주길 바라며 비밀스러운 이야기를 하듯 목소리를 낮췄다. "이름은 기억이 안 나는데—."

"당신 혹시…… 펠릭스 쪽 사람?" 그가 안절부절못하는 듯 칸막이 안을 두리번거렸다.

"맞아요!" 나는 손뼉을 쳤다. "우리가 그분 덕분에 만났잖아요. 저, 펠릭스 밑에서 일해요." 해리스의 데이트 상대가 나오지 않기를 바라며 여자 화장실 문에 시선을 고정한 채 주절거렸다.

"아." 그는 속이 쓰린 듯 가슴을 문질렀다. 속이 메스꺼운 모양이었다. "펠릭스 밑에서 정확히 무슨 일을 하죠?"

탁자 밑에서 내 무릎이 들썩였다. "아, 뭐, 이것저것 하고 있죠." 해리스가 멍해진 머리를 흔들었다. 그의 눈이 게슴츠레해지고 초점이 풀렸다. 나는 테이블 밑에서 그를 걷어찼다. "정신 차려요, 해리스." 쾌활한 척 넉살을 부리며 목을 길게 뽑아 웨이터를 찾았다. 계산서 하나 가져오는 데 이렇게 꾸물거릴 일인가.

"뭔 샴페인이 이리 독해." 그는 목을 제대로 가누지 못했다. "기분이 좀…… 이상하네." 그의 말이 느려지고 만취한 사람처럼 발음이 꼬였다. 눈꺼풀이 무거워지는 듯 눈을 끔벅거렸다. "이름이 뭐라고 했었죠?"

"테리사요."

"맞다, 테리사." 음료를 얹은 쟁반을 아슬아슬하게 들고 마침내 웨이터가 나타났다. 검정 가죽 폴더에 끼워진 계산서를 테이블 위로 밀어놓고 그는 금방 사라졌다. 해리스의 턱이 아래로 축 처졌다. 웨이터가 말을 걸지 않아서 다행이었다.

"가요, 해리스." 나는 보는 사람이 없다는 것을 확인하고 일어서서 해리스를 일으켜 세웠다. 러시는 사람으로 빽빽했다. 누가 누군지 알아보기 힘들었고, 줄리언은 바 뒤에서 술을 따르느라 정신이 없었다. 내게 기댄 해리스의 뒷주머니에서 지갑을 꺼내 100달러 지폐를 테이블 위 계산서에 놓았다. 그의 팔을 내 어깨에 걸친 채 복도를 비틀비틀 지나 불이 켜진 비상구 표시 앞으로 다가갔다. 두 사람이 지나갈 수 있을 만큼 문을 활짝 열어젖히고 밖으로 나갔다.

주차장에 도착할 무렵 해리스는 훨씬 더 무거워졌다. 그의 머리가 내 쪽으로 푹 꺾이자 하이힐을 신은 내 다리가 휘청거렸다. 그의 몸을 끌어 올리며 쓰레기통 뒤의 내 차 그림자를 향해 천천히 비틀비틀 다가갔다. 직원용 주차장은 깜깜하고 조용했다. 해리스가 넘어지지 않도록 벽에 붙여 세워놓고 내 몸으로 밀어서 지탱하며 가방에서 자동차 열쇠를 찾았다. 그의 두 손이 집요하고 끈적끈적하게 내 몸을 더듬었다. 경악스럽게도 한 손이 원피스 밑으로 파고들고 축축한 혀가 귓속으로 밀고 들어왔다.

"어휴, 해리스." 내 몸에 손을 대는 그를 멀찍이 피하며 냉소가 가득한 목소리로 내뱉었다. "당신, 손버릇 참 나쁘네요." 열쇠를 눌러 내 차의 미닫이문을 스르르 열다가 해리스를 땅에 쓰러뜨릴 뻔했다. 간신히 떠받쳤지만 그는 재크의 카시트 앞 바닥에 철퍼덕 쓰러졌다. 사과주스와 금붕어 과자가 그의 비싼 양복 등짝에 붙었다. 나는 순순히 안으로 들어가서 바닥에 누우면 짜릿한 시간을 보내게 해주겠다고 약속하며 그를 안으로 밀었다. 한창 밀어 넣고 있는데 해리스가 내 귀에 대고 내가 함께 안으로 들어가면 자기가 어떻게 해줄 것인지를 혀 꼬인 소리로 웅얼거렸다. 징그럽기 짝이 없는 개소리를 듣자 퍼트리샤의 의뢰를 받아들이고 싶은 마음이 솟구쳤다. 그 순간, 해리스는 완전히 의식을 잃었다.

해리스의 발을 밴 안으로 밀어 넣고 문을 닫았다. 가까운 곳에서 개 짖는 소리가 들렸다. 나는 쓰레기통 주위를 돌아 반대편의 환한 주차장을 살피며 내가 한 짓을 아무도 보지 못했길 기도했다. 남녀 한 쌍이 팔짱을 끼고 술집으로 들어갔다. 한 무리의 여자들이 입구 쪽에 옹기종기 모여 담배를 피우고 있었지만 내 쪽을 보지는 않았다. 개 짖는 소리는 어느새 사라졌다.

운전석 문 쪽으로 달려가면서 핸드백을 뒤져 휴대전화를 찾았다. 일단 퍼트리샤에게 전화해야 했다. 집에 있는지 확인해야 했다. 그런 다음 그녀가 파네라에서 엿들은 대화에 대해 해명하고 이 모든 오해를 바로잡을 생각이었다.

"테리사!" 주차장 건너편에서 날아온 차분한 목소리에 나는 멈칫했다.

돌아보니 주차장을 가로질러 이쪽으로 다가오는 줄리언이 보였다. 편안한 미소를 지으며 자신의 차 열쇠를 손가락으로 돌리고 있었다. 오늘 할 일을 모두 마친 듯 셔츠 위 단추 두 개를 풀고 소매는 팔꿈치까지 걷어붙인 모습이었다.

"당신이 아직 안 갔으면 했어요." 그가 내 밴에 기댔다. 그곳이 어두워서 다행이었다. 미니밴의 짙은 선팅도 고마웠다.

"진짜…… 미안해요." 나는 손가락으로 이마를 짚으며 서둘러 궁색한 사과를 짜냈다. "당신을 바람맞힐 생각은 전혀 없었어요. 마지막 한 잔 값을 내지 않고 달아날 생각도 없었고요. 난 그저ㅡ."

"그만, 그만, 그만." 그가 차분히 내 말을 막고는 몸을 곧게 펴고 두 손을 쳐든 채 반 발짝 물러섰다. "사과할 필요 없어요. 제게 빚진 거 없으시잖아요."

"하지만 블러디 메리는ㅡ."

"당신이 주신 팁이면 충분하죠." 그가 우리 사이에 적당한 거리를 두고 서서 말했다. "저는 그저 당신이 차를 몰고 집에 가도 괜찮은 상태인지 확인하고 싶었어요. 제가 택시를 불러드릴 수도 있는데." 그는 치근대는 것이 아니라는 듯 덧붙였다. "필요하시다면요."

"고마워요. 나는 괜찮아요." 쓸데없이 횡설수설하지 않으려고 입을 꾹 다물었다. 사실은 절대 괜찮을 수 없었다. 내 미니밴 뒷좌석에는 의식불명인 변태가 구겨져 있고 내 핸드백에는 그를 죽여달라는 의뢰서가 들어 있다. 언니 집에 아이들을 데리러 갈 시간도 이미 지났다. 그 말은, 조지아가 곧 나를 잡으러 올 거라는 뜻이었다. 하지만 휴대전화를 확인하니 놀랍게도 조지아가 아직 폭발하지 않은 모양이었다.

"휴대전화 좀 보여주실래요?" 줄리언이 물었다. 나는 그것을 건넸다. 그에게는 어쩐지 사람을 무장해제시키는 힘이 있었다. 부드러운 목소리와 진심 어린 눈빛 때문일 것이다. 줄리언은 내 주소록을 열어 자기 번호를 입력했다. "혹시 필요하실지 모르니까." 그가 휴대전화를 내게 돌려주고 주머니에 손을 꽂았다. "아니면…… 혹시…… 언젠가 마음이 바뀌어 저랑 데이트를 하고 싶어지실지 모르니까요."

그가 내 밴에서 물러났다. 뒤편의 가로등 불빛이 그의 잘록한 허리 실루엣을 강조했다. 어두운 하늘을 배경으로 선 그의 모습은 아름다웠다. 그와 어울리기엔 내 나이가 너무 많은데도 내 안에는 조금 전 바에서 줄리언과 좀 더 시간을 보내지 못한 걸 후회하는 마음이 적지 않았다.

"나한텐 애들이 있어요." 나는 주차장을 향해 소리쳤다. "둘이나."

그의 웃는 얼굴이 조명을 받았다. "미니밴도 싫지 않아요."

당혹감에 터지려는 웃음을 참으며 멀어지는 그를 지켜봤다. 대체 이게 무슨 상황이지? 내 인생에 무슨 일이 생기고 있을까? 운전석에 앉아 그의 번호를 응시했다. 고속도로 순찰대에—아니면 언니에게—체포되지 않고 오늘 밤을 무사히 넘긴다면, 언젠가 그에게 연락을 할지도 모른다.

한숨을 푹 뱉으며 핸드백에서 구겨진 쪽지를 꺼내 퍼트리샤의 번호로 전화를 걸었다. 블루투스로 연결음을 들으면서 대충 미클러의 집 쪽으로 향하는 차량의 행렬에 합류했다. 마침내 퍼트리샤가 전화를 받았다.

"끝났나요?"

"집에 계세요?"

그녀가 머뭇거리다 대답했다. "네."

"혼자 계세요?"

"네."

"다행이다." 나는 콘솔에 손을 뻗어 껌 통을 집었다. 내 몸에서 양조장 냄새가 났다. "당신 남편이 술집에서 어떤 여자한테 약을 먹이려고 했어요. 그런데 내가…… 그러니까 그가 어쩌다 그 약을 대신 먹었어요. 지금 당신 집으로 데려가는 중이에요." 잘 알지도 못하는 이 여자에게 나는 묘한 동질감을 느꼈다. 그녀의 남편조차 너무 친숙하게 느껴졌다. 표시된 제한속도를 지키며 맨 오른쪽 차선에 합류했다.

"안 돼요! 여기로 데려오면 안 돼요!" 그녀가 목소리 높여 반대했다. "그를 없애야 돼요. 아니면 돈을 못 줘요. 당신 말대로…… 깔끔하게 처리하라고요!"

"뭐가 됐든 나는 하겠다고 말한 적이 없어요. 당신이 대화를 엿듣고 멋대로 추측한 거예요." 아우디 한 대가 유료 도로로 진입하기 위해 돌진하는 바람에 나는 말을 잠시 멈췄다. 경적을 울렸다. 아드레날린이 분출했다. 깜빡이는 불빛이 있나 백미러를 확인했지만 아무것도 보이지 않아서 안도했다. "이것 보세요, 그가 아무리 추접스러운 변태라도 죽어야 마땅한 건—."

"당신, 그 사람 휴대전화 갖고 있죠?" 퍼트리샤가 물었다.

그녀의 질문에 나는 하려던 말을 멈췄다. "그런가? 잘 모르겠네요." 해리스가 지갑을 갖고 있다는 건 알았다. 그가 재킷 안주머니에 휴대전화를 넣는 모습을 마지막으로 본 기억이 났다. "그런 것 같아요. 왜 그러시죠?"

"휴대전화 암호는 '밀크맨(milkman)'이에요. 거기 저장된 사진을 확인해봐요. 그런 다음 다시 전화해요."

"그런 사진은 보고 싶지—."

전화가 끊겼다. 나는 욕을 뱉으며 운전대를 탕 때렸다. 이제 어떻게 해야 하나? 내가 집에 찾아가면 퍼트리샤는 분명 문을 안 열어줄 텐데. 나처럼 지지리 운 없는 여자라면 해리스를 그 집 마당에 버리다가 내 자동차 번호판을 눈여겨본 이웃의 손에 신고를 당할지도 모른다.

젠장. 오늘 밤은 그야말로 점입가경이었다.

유료 도로를 벗어나 상가 주차장에 밴을 세웠다. 팔걸이를 들어올리고 해리스 미클러를 구두 굽으로 찌르지 않도록 조심하며 뒷좌석으로 넘어갔다. 존경하는 재판관님, 살인 무기로 추정되는 피고인의 루이비통 모조품을 증거물 1호로 재판부에 제출하고자 합니다. 줄리언이라면 나를 어떻게 변호할까 상상하다가 터지려는 웃음을 참았다. 아이들의 카시트 사이를 비집고 들어가 휴대전화를 찾으려고 해리스의 재킷 주머니를 뒤적였다. 휴대전화는 잠겨 있었다. 망설이다가 암호를 입력했다.

내 손가락이 아이콘 위를 맴돌며 그의 사진 앱을 찾았다. 내가 해리스 미클러에 대해 아는 바에 따르면, 나를 기다리는 사진은 잘해야 불쾌한 정도고 최악의 경우 큰 충격을 줄지도 몰랐다. 구토를 유발하거나. 이건 아닌데 싶으면서도 앱을 켰다. 평범한 이름의 폴더 몇 개가 나왔다. 페이스북, 인스타그램, 트위터, 스크린샷, 카메라······ 비공개.

한쪽 눈만 살짝 뜨고 마지막 폴더를 터치했다. 징그러운 포르노가 쏟아지지 않아서 놀랐다. 번호가 매겨진 폴더 모음이었다. 13개. 모두 이름이 붙어 있었다. 새러, 로나, 제니퍼, 애이미, 마라, 지니트······.

첫 번째 폴더를 열고 사진을 스크롤했다. 처음에는 천천히 내리다가 해리스가 내 옆에서 얕게 코를 고는 것을 확인하고는 화면을 확대하여 이미지를 자세히 살폈다. 전부 한 여성을 찍은 사진이었는데, 몰래 찍은 듯 각도가 이상했다. 금발 여자가 카페에서 줄을 선 사진. 그 여자가 차에 타는 사진. 주차장에서 슈퍼마켓 카트를 미는 사진에서는 그녀의 얼굴이 뚜렷이 보였다. 아는 얼굴이었다. 술집에서 나의 칵테일 세례를 받은 여자.

해리스 미클러는 스토커였다.

한 번이면 모를까, 한두 번이 아니었어요. 아주 여러 번이었죠.

그 폴더를 닫고 다음 폴더를 열었다. 숨이 턱 막혔다

이번에도 몰래 찍은 듯한 사진 수십 장이 나왔다. 하지만 나머지 12개 폴더의 사진들은 훨씬 충격적이었다. 오늘 밤처럼 해리스가 여자들과 데이트를 하면서 찍은 사진들이었다. 다음으로는 옷을 벗고 눈을 감은 채 얼굴 표정이 풀린 여자들을 그가 만지고 빨고 범하는 사진들이 나왔다. 사진마다 여자들의 반짝이는 결혼반지가 포착되어 있었다.

분노를 삼키며 다른 여자 12명의 사진을 훑어봤다. 그가 지난 36개월 사이에 스토킹한 끝에 만난 여자들로, 얼굴과 몸매가 다들 비슷했다. 모두에게 약을 먹이고 강간했다는 사실을 깨닫자 역겨움이 밀려왔다. 각 폴더마다 저장된 마지막 이미지는 소름 끼치게 은밀한 사진으로, 사진 상단에 이런 텍스트가 붙어 있었다.

내가 말했지? 생각 잘하라고. 아니면 이 사진들을 네 남편한테 보내 네가 무슨 짓을 했는지 까발려줄 테니까.

퍼즐 조각이 딱 맞춰지면서 속이 울렁거렸다. 여자들을 협박하여 입을 닫게 한 거다. 해리스는 아이가 있는 유부녀를 먹잇감으로 삼았다. 부유하고 성공한 남편을 둔 여자들. 그 남편들에게는 아내의 인생을 송두리째 망칠 수단, 지위, 재력이 있다. 해리스는 피해자들이 자신과 바람을 피웠으며 합의된 성관계를 했다고 오해할 만한 사진을 의도적으로 찍었다. 그는 피해자들이 정신을 잃고 자신의 차 뒷좌석에 쓰러지는 때를 노린 비열하고 역겨운 포식자였다.

나는 뒷좌석에 앉은 채 해리스의 휴대전화를 노려봤다. 퍼트리샤의 쪽지도. 그녀가 옳았다. 어디로 데려가야 할지는 알 수 없었지만 이 괴물을 퍼트리샤 미클러의 집으로 돌려보낼 수는 없었다.

8

10시가 다 되어서야 우리 집 진입로에 차를 세웠다.

해리스 미클러를 어떻게 처리할지 아직도 결정하지 못했다.

엔진을 켜둔 채 밴에 가만히 앉아 있었다. 손가락 관절이 하얘지도록 운전대를 꽉 쥐고 있는 사이 차고 문이 서서히 올라갔다. 안으로 들어서는 차의 전조등이 타공판을 비추자 차고 안에 으스스한 그림자가 드리워졌다.

이건 괜찮은 상황이 아니다.

내 미니밴 바닥에 의식을 잃고 널브러진 괴물을 두고 괜찮을 수는 없다.

조지아에게 전화해서 전부 털어놔야 했다. 언니는 어떻게 해야 할지 알 것이다. 아무도 나를 감옥에 처넣지 못하게 막아주겠지. 내가 감옥에 가면 꼼짝없이 내 아이들을 맡아야 할 테니까.

차에서 내렸다. 범퍼와 스티븐의 작업대 사이 좁은 공간을 비집고 지나갈 때 내 몸이 전조등을 가렸다. 웅웅대는 엔진이 내 다리에 따뜻한 온기를 전했다. 싸늘한 밤 기온에, 내 차에서 나온 배기가스가 짙은 흰 연기가 되어 해거티 부인의 집 쪽으로 흘러갔다. 길 건너편 그녀의 주방 창문에 불이 꺼져 있었다. 이웃의 참견쟁이가 이미 잠들었다니 고마울 따름이었다.

주방으로 통하는 문을 열었다. 싱크대 안에 쌓인 접시에서 젖은 와플 냄새가 났고, 테이블 위에 여전히 끈적끈적한 무선 전화기가 그대로 놓여 있었다. 불을 켜기가 두려워 깜깜한 실내로 들어가서 재다이얼 버튼을 눌렀다. 귀에 갖다 댄 채 연결음이 몇 번이나 울리는지 세어보았다.

"핀?" 수화기 너머로 재크의 울부짖는 소리가 들렸다. 나는 이마를 꼬집었다. 내 아이들의 울음소리는 수년간 시행착오를 거치고 뜬 눈으로 밤을 샌 끝에 알아듣게 된 언어였다.

"재크가 잠을 안 자나 봐?"

"내가 뭘 잘못한 걸까?" 조지아가 숨을 헐떡이며 물었다. 위험한 인질극이 벌어져도 침착하기만 한 조지아였지만 보채는 어린아이는 도저히 감당이 안 되는 모양이었다.

"잘못한 거 없어. 그냥 재크가 지쳐서 그래." 나는 손바닥으로 두 눈을 꾹 눌렀다. 우습게도 아이 우는 소리가 머릿속의 다른 모든 번뇌를 잠재웠다.

"그런데 왜 잠을 안 잘까?"

"두 살배기니까. 내가 하라는 대로 해봐." 내 충고가 언니를 진정시키고 집중시킬 수 있기를 바라며 최대한 인질 협상가 같은 목소리를 냈다. "재크 담요 있지?"

포효하는 재크 옆에서 언니가 부산하게 움직이는 소리가 들렸다.

"응, 담요 가져왔어."

"재크를 그걸로 꽁꽁 싸서 꼭꼭 안아줘. 그리고 입에 공갈젖꼭지를 물려. 손가락으로 젖꼭지를 눌러주면서 등을 토닥토닥하는 거야."

"내가 문어마냥 팔이 여덟 개쯤 되는 줄 알아?"

"아니면 내가 갈 때까지 빽빽거리게 놔두든가."

"언제쯤 도착해?"

"상황을 봐야 해."

"무슨 상황?"

나는 무릎에 이마를 묻었다. "성인 남자가 진정제를 먹고 의식을 잃으면 약효가 얼마나 지속될까?"

조지아가 침묵하는 사이 재크가 애처롭게 찡찡대는 소리가 들렸다. "무슨 말인지 모르겠네."

"조사를 좀 하고 있어. 나 소설 쓰잖아."

"오늘 밤에 중요한 일 있다고 하지 않았어?"

"이게 중요한 일이야." 왜 다들 내 일은 중요하지 않다고 생각할까? "줄거리가 도통 떠오르지가 않아서."

"진정제라고 했지? 그 사람의 덩치와 약의 세기에 따라 다르지. 몇 시간 갈 수도 있고, 밤새 지속될 수도 있어." 조지아가 재크를 담요로 감싸느라 씨름하는지 수화기에서 부스럭 소리가 났다. 재크가 훌쩍 거리고 있었다. "좋아, 효과가 있는 것 같아."

"만약에 언니가 소설 속 주인공인데, 아주 끔찍한 짓을 하고 다니는 나쁜 남자한테 약을 먹이고—"

"어떤 끔찍한 짓?"

"불법적인 행동."

"경범죄 말이야, 중범죄 말이야?"

"명백한 중범죄지. 그런데 그놈이 정신을 잃고 언니의 차 트렁크에 실려 있는 거야. 언니 같으면 그 자식을 어떻게 처리하겠어?"

"그가 중범죄를 저질렀다는 건 증명할 수 있어?"

"그게 중요해?"

"당연히 중요하지." 조지아는 뻔한 소리를 왜 하느냐는 투로 대꾸했다. "네 주인공이 증거를 갖고 있다면, 그놈을 경찰서에 떨구고 증거를 형사에게 넘겨야 해. 경찰이 처리하도록 해야지."

나는 고개를 들고 어둑한 주방에서 눈을 깜빡였다. 해리스의 휴대전화 사진들. 내게는 그가 몇 명인지도 알 수 없는 여성들을 몰래 촬영하고 협박했다는 물증이 있다. 그가 한 여성에게 약을 먹이려 시도하는 것을 직접 목격하기도 했다. 다른 여자들에게도 약을 먹였을 거라고 추측할 수 있는 정황이었다. 사진은 성폭행의 증거이기도 했다. 해리스를 경찰에 넘기면서 그의 휴대전화를 함께 제출하면 된다. 젠장, 조지아의 집으로 데려가 그와 휴대전화를 조지아의 손에 맡길 수도 있다. 퍼트리샤의 쪽지 얘기는 빼고. 그냥 술집에 갔다가 그가 누군가에게 약을 먹이려는 걸 눈치채고 술을 바꿔치기했다고 하면 된다. "내가…… 그러니까 내 주인공이 그에게 약을 먹인 게 문제가 될까?"

"상황에 따라 달라. 사전에 계획했는지, 불법 약물인지."

"그게 큰 문제야, 작은 문제야?"

"그게 중요해? 로맨스 소설인데."

"그럼, 중요하지! 난 정확하게 쓰고 싶다고."

조지아가 한숨을 푹 쉬었다. "음, 만약에 자수를 한다면 검사가 정상을 참작해서 형량을 줄여줄 수도 있어."

나는 허리를 꼿꼿이 세웠다. 그 말이 맞았다. 나는 조지아에게 자수할 수도 있다. 나를 체포하든지 풀어주든지 둘 중 하나를 해야 한다면 언니는 틀림없이 나를 풀어주겠지. 안 풀어주면 누가 내 보석금을 내줄 때까지 울며 겨자 먹기로 내 아이들을 떠맡는 수밖에 없으니까. 피치 못할 경우가 아니라면 조지아는 아이들을 1분도 더 맡으려 하지 않을 것이다.

"네 소설 문제는 해결됐으니 이제 재크와 딜리아를 좀 데리러 오지 않을래?"

재크는 그새 잠들었다. 차고에서 밴이 조용히 웅웅대는 소리와 길 건너 이웃집 개들이 짖는 소리와 더불어 콧물 그렁그렁한 코로 새근거리는 아기 숨소리가 들렸다.

"알았어. 이제 마무리하는 중이야. 곧 끝날 거야."

조지아가 전화를 끊었다. 나는 전화기를 바닥에 놓았다. 아직도 끈끈한 전화기에 딜리아의 머리카락이 붙어 있었다. 어쩐지 오늘은 갈수록 더 나쁜 일만 생긴다. 원고는 진척이 없고 청구서를 지불할 능력은 더 떨어졌다. 경찰에 잡혀 들어가면 스티븐과 테리사의 변호사가 나를 부적격 엄마로 몰아붙일 이유가 하나 더 추가된다. 해리스 같은 괴물이 거리를 활보하지 못하도록 감방에 가두는 문제는 중요하지 않았다. 나는 가발을 쓰고 훔친 드레스를 입고 술집에 가서 남편한테 뜯은 주유비로 술을 마셨다. 어떤 남자에게 약을 먹이고 가족용 미니밴에 실어 납치했다.

어쩌면……

나는 해리스 미클러를 없앨 수도 있다. 퍼트리샤 미클러가 돈을 진짜 내놓기를 기도하고, 운이 좀 따라주어 경찰에 걸리지 않기를 희망하면서.

벌떡 일어서서 엉덩이에 붙은 와플 부스러기를 털었다. 하이힐과 가발 스카프를 가지고 위층으로 올라갔다. 결국 체포될지도 모른다는 생각에 깨끗한 속옷과 편안한 옷으로 갈아입었다. 입안에 남은 술기운을 없애려고 꼼꼼히 양치질을 하고, 귀에 묻은 해리스의 침을 씻어내고, 얼굴 화장을 닦아냈다. 다 끝낸 후에 욕실 거울 앞에 서서 심호흡을 하며 내가 하려는 일에 대비해 마음을 다잡았다. 내 진술서와 함께 해리스 미클러를 언니에게 넘길 작정이었다.

왜냐하면, 나는 별로 운이 좋은 사람이 아니기 때문이다.

9

주방으로 내려가는 발걸음이 무거웠다. 차고 앞에 서서 이마를 문에 붙인 채 이것이 옳은 일이라고 나 자신을 설득해야 했다. 내키지 않는 마음으로 문을 열었다. 문 반대편의 공기가 답답하고 뜨거웠다. 연기 때문에 목구멍이 따가웠다. 소매로 입을 가리고 팔을 휘휘 저어 배기가스를 흩었다. 밀폐된 공간에서 미니밴이 웅웅대는 소리에 귀가 먹먹할 지경이었다. 허겁지겁 뒷마당으로 통하는 문을 열고 엔진을 껐다.

차고에 고요가 내려앉았다. 마당에서 불어오는 산들바람은 시원하고 상쾌했다. 매연이 빠져나가는 사이 밴의 보닛에 기댄 채 엔진을 끄지 않은 나를 자책했다. 술집에서 빈속에 마신 샴페인과 보드카 탓에 머리가 살짝 띵하기도 해서 잠시 내 머리와 차고를 환기시켜야 할 것 같았다. 하지만 솔직히 말하자면 피할 수 없는 일을 미루고 있을 뿐이었다. 해리스 미클러를 죽이고 싶지 않았듯 언니에게 넘기고 싶지도 않았다. 사실 나는 퍼트리샤나 해리스 미클러와 엮일 생각이 전혀 없었으 ─.

아…… 아, 안 돼.

마지막 남은 안개가 머리에서 걷히면서 정신이 번쩍 들었다.

해리스 미클러를 밴에 두다니!

조수석 쪽으로 달려가서 문을 열었다. 내가 던져둔 자리에 해리스가 그대로 있다는 사실에 안도해야 할지 기겁해야 할지 알 수 없었다.

"해리스?" 그의 발을 붙잡고 흔들었다. "해리스, 괜찮아요?"

재크의 카시트 위로 올라가 그의 옆에 무릎을 꿇고 뺨을 때렸다. 아무 반응이 없어서 더 세게 때렸다. 그의 뺨이 조금 따뜻했지만 그건 내 뺨도 마찬가지였다. 30초 전까지만 해도 내 심장 박동이 멈추는 줄 알았건만. 그의 이름을 부르면서도 혹시 반응하면 어쩌나 싶기도 했다. 내 손에 납치당한 후 사망한 연쇄 강간범과 단둘이 뒷좌석에 갇히는 것과, 내 손에 납치당한 후 멀쩡히 깨어나 화를 내는 연쇄 강간범과 단둘이 뒷좌석에 갇히는 것. 둘 중 무엇이 더 나쁠까.

손가락 두 개를 그의 목에 대고 눌렀지만…… 맥박이 없었다. 그 말은 내가 잘못 쟀거나 ─.

아, 안 돼, 아 안 돼, 아 안 돼…….

그의 가슴에 귀를 댔다. 움직임이 없었다. 앞좌석에 놓인 핸드백을 집어 미친 듯이 거울을 찾은 다음 펼쳐서 해리스의 코 밑에 대보았다. 거울에 김이 서리지 않는 것을 보자 뒤로 나자빠질 지경이었다.

해리스 미클러의 상태가 좋지 않았다.

"아, 젠장." 갑자기 술이 확 깨면서 정신이 또렷해졌다. "조지아라면 어떻게 할까? 조지아라면 어떻게 할까?" 조지아라면 나를 체포할 것이다. 아니면 쏘든가. 조지아는 그럴 사람이다. 신경질적인 웃음이 터져 나왔다. 충격 때문이었다. 나는 충격에 빠졌다. 그렇게밖에 설명할 수 없었다. "사고였어. 과실치사라면 죄가 가벼울 거야. 별일 아닐거야." 나는 숨을 헐떡이면서 횡설수설했다. "내가 당신한테 약을 먹이고 우리 집에 데려와서는 엔진을 켜놓은 상태로 차고에 남겨뒀다는 사실이 알려지면 절대 과실로 보이지 않을 텐데." 아니면 내 핸드백에서 그의 아내가 살인을 의뢰한 쪽지가 발견된다면.

"안 돼, 안 돼, 안 돼! 당신, 죽으면 안 돼!" 나는 가장 권위적인 엄마의 목소리로 생명이 빠져나간 그의 몸뚱어리에 대고 고함을 쳤다. 내 인생이 지금보다 더 꼬이는 건 물리적으로 불가능하기 때문이었다. 두 아이의 카시트 사이에 내 몸을 끼워 넣은 채 어색하게 해리스의 몸 위에 기댔다. 비위가 상했지만 한 손으로 그의 코를 꼬집고 다른 손으로는 턱을 벌렸다. 그의 늘어진 입이 열렸다. 알코올이 섞인 마늘 올리브와 치즈 딥소스 냄새가 나서 욕지기가 올라오는 것을 참아야 했다. 눈을 질끈 감은 채, 급속히 식어가는 해리스의 입술에 내 입을 대고 숨을 세 번 불어넣었다. 소용없었다. 공간이 너무 좁았다. 각도를 제대로 잡을 수 없어 공기가 전부 옆으로 샜다. 그를 소생시키려 애쓴다기보다 죽은 남자에게 애무라도 하는 기분이었다. 이혼 전 스티븐과의 마지막 섹스 몇 번과 다르지 않았다. 그때도 나는 아무것도 구하지 못했다.

밴에서 기어나가 그의 반질반질한 가죽 구두를 붙잡고 내 운동화 발꿈치에 힘을 주며 잡아당겼다. 그의 몸이 납덩이 같았다. 비싼 양복이 밴 바닥에 깔린 카펫의 짧은 섬유에 쓸리면서 정전기 불꽃이 일어났다.

"제발, 해리스! 이 변태 자식아!" 내 체중을 실어 세 번이나 힘껏

당겼더니 비로소 조금 움직였다. 그의 엉덩이가 발판에 걸렸고 나는 젖 먹던 힘까지 짜내어 다시 잡아당겼다. 엉덩이가 앞으로 미끄러지면서 몸의 나머지 부위도 앞으로 쏠렸다. 두개골이 쩍 깨지는 소리를 내며 차 옆면에 부딪쳤다. 마침내 그의 몸이 콘크리트 바닥으로 쿵 떨어졌다.

해리스의 발을 놓았다. 구두 밑창이 바닥을 툭 내리쳤다. 그 옆에 무릎을 꿇고, 욕을 구시렁거리며 내 입을 그의 입술에 갖다 댔다. 바로 그때 내 뒤에서ㅡ.

"아, 망했다! 죄송해요, 도너번 부인, 집에 계신 줄 몰랐어요. 두고 간 물건이 있어서⋯⋯."

고개를 홱 들어보니 놀라서 입을 떡 벌린 베로가 서 있었다.

내 아이들의 베이비시터가 종이 상자를 들고 주방 출입구에 서 있었다. 나는 입술을 내 팔뚝에 맹렬하게 문질러 닦았다. 인조 속눈썹을 붙인 그녀의 눈이 해리스를 보고 휘둥그레지는 사이 나는 비틀거리며 일어섰다. "베로? 여기서 뭐 해요?"

"부인은 여기서 뭐 하시는데요?" 그녀가 내 등 뒤의 죽은 남자를 실눈으로 흘끔거리며 물었다.

"당신부터 얘기해요." 나는 양손을 허리에 짚고 해리스를 가려볼 생각에 최대한 몸을 부풀렸다.

"왜요?"

"여긴 내 집이니까." 그런 셈이다. 실은 스티븐이 대출금을 갚으면서 내 집주인이 됐지만. 하지만 이 순간에 그 사실은 별로 중요해 보이지 않았다. "어떻게 들어왔어요?"

"현관문으로 들어왔죠. 제가 갖고 있던 열쇠로 문을 열고요. 외출하신다고 해서 제 물건을 가지러 온 거예요." 베로가 상자를 허리께로 들어 올리자 짧은 크롭 티셔츠가 횡격막까지 올라갔다. 그녀가 내 뒤를 흘끔거렸다. "저 사람은 누구예요?"

"누구 말이에요?"

그녀는 해리스의 발을 향해 턱짓을 했다.

"아, 저 사람요?" 식은땀이 나서 몸이 근질거렸다. 나는 목을 긁적이며 몸을 꼿꼿이 세워 그녀의 앞을 막았다. "그냥…… 아까 술집에서…… 만난 사람이에요."

베로는 뒤를 보려고 내 양옆을 기웃거렸다. 그러다 입을 떡 벌리고 한 발짝 다가와 갈라지고 찢어지는 목소리로 물었다. "죽었어요?"

"아니에요!" 긴장한 채 미소를 지었더니 얼굴 근육이 뒤틀렸다. 뺨에 피가 쏠리는 것을 느끼고 손을 갖다 댔다. "말도 안 돼요. 왜 그렇게 생각하죠?"

"누가 봐도 죽은 사람 같잖아요!"

나는 억지로 해리스를 내려다봤다. 입술은 보랏빛을 띠고 피부는 묘하게 푸르뎅뎅했다. 아, 맙소사.

베로는 내게서 떨어져 벽 쪽에 붙었다. "저는 신경 쓰지 마세요. 그냥 가려던 참이니까." 그녀는 차고 문을 여는 버튼을 눌렀다. 우리 머리 위에서 모터가 윙윙 돌아갔지만 문은 꿈쩍도 하지 않았다.

"잠깐만요! 내가 다 설명할게요."

"설명하실 거 없어요." 그녀가 버튼을 다시 꾹 누르며 나와 차고 문 사이로 시선을 던졌다. "전 아무것도 못 봤어요. 아무것도 모르고요. 죽은 남자한테는 관심 없어요." 모터가 내는 소음 속에서 그녀가 목소리를 높였다.

"제발." 내가 입을 열었다. 엄지로 버튼을 힘껏 눌러도 역시나 차고 문이 움직이지 않자 그녀는 욕을 내뱉었다. "베로." 나는 애써 차분한 목소리를 냈다. "이 상황이 어떻게 보일지 알지만 당신이 생각하는 거랑 달라요. 이 남자는 좋은 사람이 아니에요. 아주 나쁜 짓을 했어요."

"나쁜 사람이 어디 그 남자뿐이겠어요." 베로가 주방을 향해 뒷걸음질 쳤다. 모터가 조용해지자 뭐라고 웅얼거리며 무기라도 찾으려는 듯 주위를 맹렬히 두리번거렸다. "그거 알아요? 당신들 둘 다 미쳤어요. 당신도, 당신 남편도!"

"전남편이에요!" 내가 쏘아붙였다. "다 끝난 사이라고요!"

"그래요! 당신 전남편인지 나발인지. 하여간 둘 다 제정신이 아니에요!" 그녀는 상자를 방패마냥 우리 둘 사이로 내밀었다. 살짝 들린 상자 덮개 틈으로 낯익은 스테인리스스틸 손잡이가 삐져나와 있었다.

"이봐요!" 나는 가장 아끼는 코팅 프라이팬을 가리켰다. "그거 내 거잖아요! 지금 뭐 하자는 거예요?" 손잡이를 잡으려고 손을 뻗었지만, 베로가 먼저 그것을 쥐고 나머지 상자는 바닥에 떨어뜨렸다. 그녀는 몸을 낮추고 프라이팬을 맹렬히 휘둘렀다.

"산재보상금이죠." 그녀가 가까이 다가가려는 나를 위협했다.

"전남편이 당신을 해고했다고 내 살림살이를 함부로 가져가도 된단 말이에요?" 그녀가 프라이팬을 휘두르는 통에 뒷걸음질하다가 해리스의 시체를 밟고 나동그라질 뻔했다.

"당신 남편이 날 자른 거 아니거든요? 내가 그만뒀지!"

"그만뒀다고요?" 나는 등 뒤의 작업대로 손을 뻗어 손가락으로 표면을 더듬으며 스크루드라이버나 장도리를 찾았다. 그토록 애지중지하던 프라이팬으로부터 나를 지킬 수 있는 물건이면 무엇이든 상관없었다. 작은 분홍색 모종삽이 손에 닿자 그것을 앞으로 내민 채 그녀로부터 거리를 두고 차고 가장자리를 따라 게걸음으로 움직였다.

"당신이 내 아이들을 예뻐하는 줄 알았는데요!"

"아이들이야 사랑스럽죠!"

"아이들이 사랑스럽다면서 왜 그만둬요?"

"돈을 받으러 당신 남편을 찾아갔더니 자기랑 자야만 돈을 계속 주겠다잖아요!"

내 손이 축 늘어졌다. 모종삽이 쿵 소리를 내며 바닥에 떨어졌다.

처음에는 소리 없이 웃다가 고통스레 꽉 조인 목구멍으로 요란한 웃음소리를 내기 시작했다. 그래야 울지 않을 것 같았다. "와…… 와, 진짜 딱 스티븐이네." 나는 주방으로 이어지는 거친 나무 계단에 털썩 주저앉았다. "알았어요. 그 망할 프라이팬은 그냥 가져요." 그런 몹쓸 일을 당했다면 그 정도는 받을 만했다. 나는 양손에 얼굴을 묻었다가 내 숨결에 섞인 보드카 냄새와 해리스 미클러의 입 냄새에 기겁했다. "당신 말이 맞아요. 우리 둘 다 미쳤어요." 나는 눈물을 훔치며 웅얼거렸다.

베로가 나를 곁눈으로 흘끔거렸다. 내가 불시에 움직일까 경계하는 듯 뚝 떨어진 위치에 웅크리고 앉더니 바닥에 떨어진 내용물을 다시 상자에 조심스레 담았다. 그녀는 상자를 겨드랑이에 끼고 천천히 일어섰다. 그 안에 내 물건이 얼마나 있든 상관없었다. 그게 뭐가 중요할까? 어차피 모든 걸 잃게 생겼는데.

"참 어리석었지. 내가 해낼 수 있을 거라 생각했다니." 차고 문 쪽으로 슬금슬금 움직이는 베로를 보며 말했다. 그녀는 상자를 한쪽 팔에 낀 채 다른 팔로 문을 조금 들어 올렸다.

이 와중에 차고 문까지 고장 나다니. 이것도 역시 스티븐은 고칠 수 있는데 나는 못 고치는 물건이었다. 이제는 돈을 들여 수리해야 한다.

나는 고개를 저으며, 현관 밖 무더기 위에 마음속으로 청구서 한 장을 더 쌓았다. "스티븐이 그 정도로 치사하게 굴지만 않았어도, 그런 생각도 안했을 텐데." 나는 혼잣말을 했다. "그 술집에서 이 자식을 집에 데려오는 일도 없었을 거고. 누가 나를 욕할 수 있겠어? 내 입장이라면 누구라도 5만 달러에 혹했을걸."

베로의 손이 멈췄다. 문은 그녀의 무릎 높이로 열려 있었다. "뭐라고 하셨죠?"

나는 자포자기해 음침한 웃음을 토해냈다. 그녀는 이미 내가 제정신이 아니라고 생각하고 있었다. 차고 바닥에 죽은 남자를 눕혀놓고 혼잣말을 지껄이다니. "당신 말이 맞다고 했어요. 전남편은 썩을 인간이죠. 그 인간이 당신한테 한 짓은 정말 미안하게 생각해요."

문이 내려와 닫히면서 차고 벽에 덜컥 소리가 메아리쳤다. 그녀가 떠났기를 예상하며 고개를 들었지만 베로는 상자를 품에 안고 그대로 서 있었다.

"얼마나 나쁜 놈인데요?" 그녀가 해리스의 시체에 호기심 어린 시선을 던졌다. 묶은 머리채를 찰랑이며 그에게 턱짓을 했다. "저 사람이 나쁜 짓을 했다면서요. 얼마나 나쁜 짓이냐고요?"

"엄청 나쁜 짓."

"5만 달러만큼 나쁜가요?"

내가 천천히 일어서자 베로가 프라이팬 손잡이를 꽉 움켜쥐었다.

나는 반대쪽에 있는 밴으로 다가가 좌석 밑에서 해리스의 휴대전화를 찾았다. 그의 사진 앨범을 연 다음 휴대전화를 베로 앞으로 내밀었다.

"이게 뭐죠?" 그녀가 상자를 내려놓고 프라이팬은 꼭 움켜쥔 채 휴대전화를 받아 들었다. 나는 그녀에게 전부 설명했다. 출판 에이전트와 만나서 나눈 대화를 퍼트리샤 미클러가 엿들었다는 이야기, 퍼트리샤가 내게 남긴 쪽지, 내가 술집에서 목격한 상황……. 이미지를 하나씩 넘기는 베로의 표정이 공포와 혐오로 점점 일그러졌다.

"일이 이렇게 될 줄은 정말 몰랐어요. 아내가 남편을 죽이려 하는 이유가 궁금해서 해리스의 뒤를 밟았을 뿐인데. 나에 대해 뭔가 오해를 했다고 퍼트리샤에게 설명하려 했는데 이 남자가 그 여자의 술잔에 약을 타는 걸 보는 바람에—."

"당신이 이 남자를 죽였어요."

나는 움찔했다. "고의는 아니었어요."

베로는 내게 해리스의 휴대전화를 건넸다. "어쩔 셈이에요?"

"이 남자를 내 언니한테 넘길 생각이었는데……." 나는 해리스를 내려다봤다. 아직 숨이 붙어 있을 때 조지아에게 넘길 작정이었다. 그러니까, 숨이 끊어졌다는 사실을 알기 전에는. "사고였다고 경찰에 설명하면 큰 문제 없을 거 같죠? 내가 살해한 것도 아니고. 과실치사는 처벌이 가볍잖아요."

"글쎄요, 핀레이." 베로는 프라이팬을 내려놨다. "아무래도 지점토 사건 직후라서 상황이 당신한테 꽤 불리할 텐데요." 그 말이 옳았다. 나는 이미 테리사에게 고소당한 적이 있다. 그녀를 해칠 의도는 전혀 없었고 차만 좀 망가뜨릴 생각이었다. 하지만 경찰 눈에는 내가 차를 이용해 고의로 해리스를 질식시켜 죽인 것처럼 보일 것이다. 더 군다나 내가 그를 미행하다가 약을 먹이고 집으로 데려온 후라면.

코를 훌쩍이며 떨리는 숨을 내쉬었다. 어찌해야 하나 고민이었다.

"딜리아와 재크는 지금 조지아 언니 집에 있어요. 만약에 내가 자수하고 경찰에 체포되면, 당신이 언니를 도와 아이들을 돌봐줄 수 있나요?"

베로는 도톰한 입술 끝을 내린 채 고개를 끄덕였다.

"퍼트리샤한테 알려야겠어요. 그가……." 우리 둘은 납빛이 된 해리스의 얼굴을 살폈다. 내가 경찰서에 가서 다 불면 퍼트리샤도 살인 공모로 엮이게 된다. 나랑 같이 감옥살이를 하게 된다. 그녀에게 사전 경고 정도는 해주어야 했다. 파들거리는 손으로 내 휴대전화를 꺼내 퍼트리샤의 번호를 눌렀다.

"끝났나요?" 그녀의 목소리에 담긴 절박함을 나는 이제야 이해할 수 있었다. 해리스는 소름 끼치는 남자였다. 그가 죽길 바라는 퍼트리샤를 도저히 비난할 수 없었다.

"네, 그런데 뭔가 오해가 있었던 것 같아요. 나는―."

"시체는 처리했나요?"

"아니요, 그래서 전화했어요. 나는 도저히―."

"처리해야 돼요." 그녀가 고집했다.

"경찰에 자수하겠어요."

"그러면 안 돼요!"

"당신은 이해 못 해요. 이러면 안 되는 거잖아."

"당신도 아이들 엄마잖아요?"

숨이 턱 막혔다. 그녀의 말투가 갑자기 단호해졌다. 일그러지는 내 표정을 보고 베로가 근심스레 미간을 우그렸다. 그녀가 귀를 쫑긋 세운 채 바짝 다가왔다. "왜 그렇게 생각하죠?"

"파네라에서 당신이 들고 다니는 기저귀 가방을 봤어요. 그 안에 든 아기 물티슈도 봤고요. 당신이 아이들을 사랑한다면 내 남편의 시체를 처리해야 돼요."

"못 하겠다면요?" 나는 베로와 눈을 맞췄다.

"경찰이 문제가 아니에요." 퍼트리샤의 목소리가 떨렸다. "내 남편은 아주 위험한 사람들과 얽혀 있어요. 우리가 무슨 짓을 했는지 그들의 귀에 들어가면 둘 다 쫓기는 신세가 될 거예요. 그들이 우리를 찾아서 죽일 거라고요. 우리가 감옥에 들어간다 해도 달라질 게 없어요. 그들의 눈과 귀가 이 도시 곳곳에 쫙 깔려 있으니까요. 그들은 높은 사람들과도 연줄이 있어요. 당신과 아이들이 절대 안전할 수 없다는 뜻이에요. 무슨 짓을 할지 알 수 없는 인간들이니까요. 우리한테 무슨 일이 일어나도 아무도 모르죠. 내 말 알아들어요?"

"대체 어떤 사람들인데요?"

"모르는 편이 신상에 이로워요. 내 말을 믿어야 해요." 나는 그녀를 믿었다. 그녀의 떨리는 목소리는 그녀가 남편을 두려워한 만큼, 어쩌면 그보다 더 많이 '그들'을 두려워한다는 뜻이라고 믿었다. "오늘 밤에 해리스를 처리해요. 장소는 상관없어요. 아무도 찾을 수 없는 곳이라면 어디든 괜찮아요. 우리 둘 다 무사하려면 그 방법뿐이에요. 마무리하기 전에는 다시 연락하지 말아요."

전화가 끊겼다.

나는 멍한 상태로 휴대전화를 귀에서 뗐다.

"전부 이 여자가 의도한 일일까요? ……당신이 쫓기게 될 것까지?"

베로가 눈을 동그랗게 뜨고 물었다.

"모르겠어요." 기어드는 소리로 대답했다. 이런 위험을 감수할 필요가 있는지 의문이었다. 내 아이들, 내 목숨을 위험에 빠뜨릴 수는 없었다.

둘 다 한참 말이 없었다.

"붙잡히지 않으면 이 여자한테서 돈을 받을 수 있는 거죠?"

"그렇겠죠."

베로가 차고 안을 서성거렸다. 생각에 잠겨 팔짱을 낀 채 손가락을 까딱거렸다. "그런데 이런 일에 빠삭하지 않나요? 이런 사건을 소재로 소설을 쓰잖아요?"

"그렇긴 하지만—."

"그러면 시체를 어떻게 처리해야 할지도 잘 아시겠네요." 베로는 발을 멈췄다. 내가 대답하지 않자 가늘게 다듬은 눈썹을 쫑긋거렸다. 허구의 시체를 처리하는 법은 알지만 내 차고 바닥에 놓인 것은 진짜 시체다.

"그런 것 같아요."

어떤 결정을 내린 듯 베로가 어깨의 긴장을 풀었다. "그러면 반반으로 하죠." 내가 입을 떡 벌리자 그녀는 가슴 위로 팔짱을 꼈다. "시체 처리하는 걸 도울 테니 반반씩 나누자고요. 50대 50으로."

이게 무슨 상황인지? 내 아이들의 베이비시터가 범행 은폐를 돕겠다고 진지하게 제안하다니? 분명 정상적인 상황이 아니었다.

짜증이 난다는 듯 눈동자를 굴리며 그녀가 다시 제안했다. "좋아요. 40 이하로는 절대 안 돼요. 대신 나를 다시 고용하고 앞으로 들어올 모든 청탁으로 인한 수익의 40퍼센트까지 넘기는 조건이에요."

"청탁이라고요?" 내가 침을 튀기며 물었다. "청탁이라니 무슨 뜻이에요?"

"이럴 시간 없잖아요." 내가 대꾸하지 않자 그녀는 양손을 허리에 얹고 손가락을 까딱거렸다. "같이 할 거예요, 말 거예요?"

같이.

정상적인 상황이 아니었다. 우리는 정상이 아니었다. 하지만 혼자보다는 '같이' 하는 편이 훨씬 나아 보였다.

그녀가 손을 내밀었다. 나는 떨리는 손으로 악수를 했다. 그녀의 손도 떨렸다. 베로가 몸을 숙여 상자에 내 프라이팬을 넣었다. 그녀는 5분의 1병쯤 남은 버번위스키를 꺼내더니 뚜껑을 비틀어 열고 한 모금 마셨다. 그러고는 얼굴을 찡긋하며 병을 내게 내밀었다.

"이거 내 거잖아요." 같이 차 옆을 지나가며 그녀의 손에서 술병을 잡아챘다.

"60퍼센트만이죠."

나는 술을 꿀꺽꿀꺽 마시며 베로를 노려보았다.

"내가 이 집에 들어와서 사는 게 좋겠네요." 베로의 말에 사레가 들려 내 셔츠 앞섶에 버번을 뿜었다. "걱정 마세요. 작은 방을 쓸 테니까."

한 모금을 더 마셨다. 식도가 타는 듯 화끈거렸다. 눈을 떠보니 죽은 게 확실한 해리스 미클러가 같은 자리에 누워 있었다. 베로는 훔친 살림살이가 든 상자 옆에 앉아 있었다. 이제 그 물건들에 대한 내 지분은 60퍼센트뿐이다. 이 상황을 벗어날 방법을 찾지 못하면, 남은 인생의 40퍼센트를 감옥에서 썩어야 할 것이 분명했다.

10

소설에서는 항상 샤워커튼이 말썽이다. 잘나가는 경찰이 증거를 찾아 범죄 현장을 샅샅이 뒤지다가 샤워커튼이 없는 것을 눈치채는 식이다. 사람들은 누구나 샤워커튼을 쓰기 때문이다. 누구나 샤워커튼을 필요로 하기 때문이다. 만약 당신이 살인사건에 연루되었는데 집에 샤워커튼이 없다면 그냥 911에 전화하고 자기 손목에 직접 수갑을 채우는 편이 낫다.

해리스 미클러의 시체를 우리 집에서 가장 고급스러운 실크 식탁보로 싸는 이유는 그 때문이었다.

스티븐과 결혼하던 8년 전에 플로렌스 이모할머니가 주신 선물이었지만 한 번도 쓴 적이 없다. 그리고 6개월 전에 차 할부금을 내려고 주방 가구를 온라인 벼룩시장에 팔아치웠으니 잘나가는 경찰이 진짜 이 집을 수색하러 온대도 식탁보가 사라진 건 눈치채지 못할 터였다.

베로와 함께 차고에서 해리스의 발치에 적갈색 천을 깔았다. 베로가 그의 손을, 나는 그의 발목을 잡았다. 둘이서 동시에 그를 바닥에서 들어 올려 천 한가운데에 던졌다.

그의 다리를 놓고 식탁보를 비스듬하게 틀어 시체를 덮었다. 비닐로 샌드위치를 싸듯이. 한참이나 끙끙대며 용을 쓴 끝에 베로와 나는 해리스 미클러를 굴려 거대한 시체 보쌈을 만들 수 있었다.

"발이 튀어나왔잖아요." 시체를 마지막으로 굴린 다음 나는 숨을 헐떡거렸다.

"머리가 튀어나오는 것보다는 낫죠." 베로의 포니테일에서 머리카락 몇 가닥이 흘러내렸고 가슴께도 땀으로 흥건했다. 그녀는 나보다 열 살 가까이 어렸고 몸도 훨씬 탄탄했다. 무릎을 꿇었더니 근육이 못 견디게 아팠다.

"이러는 이유가 뭐예요?" 숨을 헉헉대며 베로에게 물었다. 그녀는 젊고, 미혼이고, 똑똑했다. 학위만 따면 탄탄대로가 펼쳐질 사람이었다.

"돈이 필요해서요."

"왜요?"

"학자금 대출 때문에요."

나는 양손으로 허리춤을 짚고 가슴을 들썩이며 그녀를 응시했다. "그러니까 고작 학비 마련하려고 시체 유기에 가담한다는 뜻이에요?"

"맞아요, 졸업하신 지 너무 오래돼서 학부 등록금이 얼만지 기억이 안 나시나 봐요." 그녀가 뾰족하게 대꾸했다.

"그렇게까지 늙진 않았어요. 난 그저…… 그렇게까지 등록금 걱정을 해본 적은 없어서요."

"그러시군요, 나는 쉰 살이 될 때까지 이자를 내게 생겼는데."

"체포되지 않는다면 말이죠." 우리 둘은 바닥에 놓인 엉성한 보쌈을 내려다봤다.

식탁보를 다시 펼치는 건 무리였다. 싸는 것도 죽도록 힘들었는데. 하지만 덜렁거리는 발이 너무 거추장스러웠다. 스티븐의 낡은 작업대를 뒤적거리다가 녹슨 못이 담긴 양동이에서 고무 밧줄을 찾아냈다. 그가 떠날 때 가져가지 않은 이유는 한쪽 끝의 갈고리가 떨어져서일 것이다. 해리스의 발목에 밧줄을 감아 매듭을 짓고 반대편의 갈고리는 그대로 두었다.

"언니 집에 아이들을 데리러 가야 해요." 휴대전화의 시간을 확인하기가 두려웠다.

베로가 해리스를 가리켰다. "저 사람은 어쩌고요?"

그를 아이들과 함께 밴에 태우고 다닐 수는 없는 노릇이었다. 하지만 아이들이 돌아와서 뻔히 보게 될 차고 한가운데에 둘 수도 없었다.

"당신 차에 싣죠."

"내 차요?" 베로가 당황하여 눈을 동그랗게 뜨자 그녀의 머리채가 찰랑거렸다. "왜 내 차죠?"

"그 차에는 트렁크가 있잖아요. 시체는 원래 트렁크에 넣는 거라고요. 날 그런 눈으로 보지 말아요. 나보고 뭘 어쩌라고요? 그럼 딜리아 카시트에 묶을까요? 구두가 튀어나올 텐데요!"

베로는 스페인어로 욕을 내뱉으며 호주머니에서 차 열쇠를 꺼냈다. 우리는 옆문으로 살짝 빠져나갔다. 내가 철쭉 덤불 속에서 기다리며 창밖을 내다보는 이웃이 있는지 살피는 사이 베로는 골목으로 나가 자신의 혼다를 차고 문에 바짝 붙여 댔다. 우리는 현관과 차고 안의 전등을 끈 다음, 진입로 끝의 희미한 가로등 불빛에 의지해 고장 난 차고 문을 함께 열고 해리스 미클러를 트렁크에 싣기 위해 들어 올렸다.

"왜 아까보다 더 무거워진 것 같죠?" 세 번을 시도한 끝에 베로가 숨을 씨근대며 말했다. 나는 손이 시뻘개지도록 온몸의 힘을 짜냈다. 틀어 올린 머리에서 축축한 잔머리가 흘러내려 옆통수에 들러붙었다. "어떻게 혼자서 밴에 태웠대요?" 베로가 물었다.

"섹스를 미끼로 꼬드겼어요." 내가 헐떡이며 말했다. 베로는 납득이 안 간다는 듯 눈썹을 찡그렸다. 땀에 절은 요가 바지 차림의 아마추어 킬러라니, 지금의 내 꼴을 보면 그런 반응도 무리는 아니었다. 나는 눈을 부라리며 씩씩거렸다. "이 사람이 약에 취해서 헤롱헤롱했거든요, 됐어요?"

베로가 코웃음을 쳤다.

그때 더 쉬운 방법이 떠올랐다.

"딜리아의 스케이트보드를 써요." 술기운에 떠오른 아이디어인지 몰라도 반대쪽 벽에 세워둔 진분홍 플라스틱 널빤지가 눈에 들어왔다.

베로가 해리스 옆으로 스케이트보드를 굴려왔다. "당신이 쓴 책에 나오는 방법인가요?"

"딱히 그렇지는 않아요." 만화 영화 〈꼬마과학자 시드〉에서 본 게 확실했다. 이 방법이 먹히면 그만이지 출처 따위가 무슨 상관인가.

셋을 세면서 동시에 해리스를 들어 스케이트보드에 올린 다음 베로의 차 트렁크까지 굴렸다. 범퍼를 지렛대 삼고 시체의 머리를 균형추 삼아 상소리를 지껄이며 조금씩 밀어 넣은 끝에 겨우 트렁크에 실을 수 있었다. 혼다 승용차의 쿼터 패널에 기대어 땀을 뚝뚝 흘리며 묘한 성취감을 느꼈다.

베로는 작업대에 놓인 작은 분홍색 모종삽을 집어 해리스 위에다 던졌다.

"그건 어디다 쓰려고요?" 트렁크를 닫는 그녀에게 물었다.

"이걸로 묻어야 하지 않겠어요?" 베로는 어깨를 으쓱하고 차에 올랐다.

11

부모님에게 듣기로, 내가 태어난 날 조지아 언니의 입에서 나온 첫 번째 질문은 "얘는 언제 돌려보낼 거야?"였다. 조지아는 한 번도 어린 동생을 원한 적이 없었다. 그때는 그녀도 겨우 네 살이었으니 그러려니 할 수 있다. 하지만 조지아가 경찰학교로 떠나기 전까지 내내 이 질문은 우리의 관계를 규정했다. 어릴 때 나는 늘 사고뭉치였다. 집에서 무슨 문제가 생길 때마다 조지아는 내게 손가락질을 했다. 하지만 경찰이 되고 나서부터 조지아의 손가락은 나를 향하지 않았다. 세상에 우글거리는 다른 나쁜 놈들에 비하면 나는 별로 나쁘지 않았던 모양이다.

보드카와 땀 냄새, 해리스 미클러의 침 냄새를 풍기며 언니의 아파트 출입구에 서서 베로의 차 트렁크 속에서 서서히 부패하는 시체를 생각하니 꼭 그렇지도 않은 것 같았다. 조지아가 나를 보고 안도한 나머지 이상한 점은 눈치채지 못하기를 간절히 바랄 뿐이었다.

재크를 어깨에 걸친 조지아가 문을 열었다. 그녀는 축 늘어진 아이를 품에 안은 채, 내가 받아 들 때까지 가만히 기다렸다. 그녀가 코를 찡그렸다. "일하러 간다며."

누가 경찰 아니랄까 봐. 조지아의 코는 음주 측정기나 마찬가지였다. "맞아."

나는 재크에게 손을 뻗었다. 그녀는 내 손이 닿지 않는 곳으로 아이를 옮겼다. "술 냄새가 왜 이리 독해?"

지금 내 정신줄을 붙잡아주는 건 버번뿐이니까. "소설이 도통 풀리지 않아. 머리를 좀 풀어줄 필요가 있었어."

"운전은 어떻게 했어?"

"안 했어." 나는 엄지로 어깨 너머의 공범을 가리켰다.

조지아는 까치발을 하고 발코니 너머를 내다봤다. 저 밑에서 베로가 혼다 뒷좌석에서 엉덩이를 밖으로 내민 채 아이들의 카시트를 고정시키느라 끙끙대고 있었다. "저 여자, 스티븐이 잘랐다며."

"그랬지." 아직도 땀이 줄줄 흐르는 목을 긁적였다. 언니와 눈을 맞추기가 불편했다. "우리 집에 자기 물건을 가지러 왔다가……." 내 **식탁보를 작살내고, 얼마 되지도 않은 내 재산을 뜯어가고, 자기 차 트렁크에 죽은 남자를 쑤셔 넣고.** "……같이 일을 좀 하느라고."

누가 부르기라도 한 듯, 베로가 내 뒤에 나타났다. "숙식을 제공받는 대가로 집에 들어가서 아이들을 봐드리기로 했어요." 그녀가 재크에게 손을 뻗으며 말했다.

내 영혼의 40퍼센트를 대가로.

베로가 재크를 받아 안고 서둘러 차로 데려가자 조지아는 무거운 짐을 덜어낸 듯이 축 늘어졌다. 그녀는 어깨를 문지르며 뒤편의 소파쪽으로 고갯짓했다. 딜리아가 담요 밑에 몸을 웅크리고 있었다. 은색 덕테이프 왕관 주위로 가느다란 금발이 정전기 탓에 후광처럼 뻗쳐 있었다. 아이는 잠결에 이마를 구겼다. 작은 소리로 켜놓은 TV의 희미한 빛이 딜리아의 보드라운 뺨 위에서 반짝거렸다. 뉴스 진행자가 겨우 몇 킬로미터 떨어진 곳에서 발생한 세 건의 잔혹한 살인사건에 대해 상세히 전하는 동안 아이가 깨어 있지 않아서 다행이라는 생각이 들었다. 헤드라인을 보았다. **마피아 조직원으로 의심되는 피고, 모든 혐의에 대해 무죄를 선고받다.**

나는 TV를 향해 손짓했다. "오늘 저녁에 나 때문에 마약조직범죄 수사팀도 못 만났네."

조지아는 법원 계단을 내려와 매끈한 검은 리무진 속으로 사라지는 두 남자를 보며 피곤하다는 듯 한숨을 지었다. "그쪽 동료들을 만날 기회는 또 있을 거야." 그녀가 고개를 저으며 말했다. "저 인간들은 거리낄 게 없어. 러시아 마피아는 도시 인구 절반을 죽이고도 뇌물 먹일 판사를 찾아낼걸. 어떻게든 꺼내줄 지로프라는 작자가 뒤에 있는 한 저 자식을 단 하루도 감방에 잡아둘 수 없을 거야."

마지막으로 뉴스를 본 게 언제인지 기억노 나시 않았기에 조지아가 무슨 말을 하는지 전혀 알아들을 수 없었지만 나는 공감한다는 듯 고개를 끄덕이며 기저귀 가방을 어깨에 걸쳤다. 딜리아는 다른 어깨에 들쳐멨다.

"애들 봐줘서 고마워." 문까지 가는 내내 조지아의 시선을 무겁게 느꼈다. 고단한 하루와 아드레날린, 숙취가 한꺼번에 내 발목을 붙들고 늘어지는 기분이었다.

"핀." 내 이름이 차분한 명령어처럼 느껴졌다. 뭔가 들켰나 싶어 두려운 마음으로 천천히 언니를 돌아봤다. "네 걱정 많이 했어." 조지아가 내게 딜리아의 모자를 건네며 자기 가슴께를 긁적였다. 그 안의 뭔가가 그녀를 불편하게 하는 듯 얼굴을 찌푸리면서. 언니는 자신의 발끝, 기저귀 가방, 그 밖의 여기저기로 시선을 옮기면서도 내 쪽은 보지 않았다. "네가 혼자가 아니어서 다행이야."

나는 목구멍에 걸린 응어리를 고통스레 삼켰다. 갑자기 내가 언니에게 숨기고 있는 비밀과 베로의 트렁크에 숨긴 시체 가운데 어느 쪽이 더 나쁜지 헷갈렸다. 조지아는 항상 이 집에 혼자 있는데. 본인이 원하는 대로 사는 거라 주장하지만 때때로, 이럴 때, 언니가 그런 삶을 어떻게 견디는지 의문이 들었다.

딜리아의 모자를 접어 주머니에 넣고 아이를 좀 더 단단히 끌어안았다. 머리의 덕테이프가 내 턱에 붙었다. 조지아에게 전부 털어놓을까 잠시 고민했다. 파네라에서 무슨 일이 있었는지. 내 차와 차고 안에서 무슨 일이 있었는지.

조지아가 탁자 위에 놓인 TV 리모컨으로 손을 뻗었다.

"조지아······?" 딜리아를 가슴에 꼭 안은 채 작은 소리로 입을 열었다. 나를 올려다보는 언니의 시선을 견디기 힘들었다. 나는 그녀 뒤의 TV 방송으로 눈길을 피했다. 머릿속에 떠오르는 것은 퍼트리샤의 경고뿐이었다. 권력자들을 뒷배로 둔 위험한 사람들. 내가 한 짓이 누군가에게 알려진다면 내 아이들도 무사하지 못할 터였다. 그런 위험 인물들이 길거리를 활보하는 것을 조지아와 경찰 친구들도 막지 못했다면 퍼트리샤가 두려워하는 것도 무리가 아니었다. 베로 말마따나 입은 꾹 닫고 상황을 끝까지 지켜보는 수밖에 없었다.

"고마워." 내가 웅얼거렸다.

문 쪽으로 돌아섰다. 베로의 차로 향하는 내내 뒤통수를 찌르는 경찰의 예리한 눈길을 느꼈다.

"이제 어디로 가죠?" 차 문을 닫자 베로가 물었다. 그녀는 백미러에 비친 딜리아의 덕테이프 왕관을 보고 오만상을 찌푸렸다. 아이들은 뒷좌석에서 죽은 듯이 자고 있었다. 분홍 모종삽과 함께 트렁크에 실린 해리스 미클러처럼.

"모르겠어요." 시체를 어떻게 처리할지 생각할 겨를이 없었다. 결국 이 지경까지 올 줄은 몰랐으니까. 엄지손톱을 씹으며 지금껏 조사한 온갖 기괴한 시체 처리법을 머릿속에서 저울질했다. 나처럼 지지리 운 없는 사람이 강에다 시체를 던졌다가는 육지로 밀려올지도 모른다. 불에 태우는 방법은 너무 눈에 띈다. 살인 혐의에 방화까지 덧붙일 수는 없다. "묻을 장소를 찾아야겠어요."

"어디다가 묻게요?" 베로는 내 언니의 아파트 건물에서 차를 천천히 빼내 깜빡이를 조심스럽게 켜고 도로로 진입했다.

터지려는 웃음을 참았다. 스티븐이 옆에 있었으면 하는 마음이 들어서였다. 나는 항상 숨기는 데 서툴렀다. 스티븐처럼 천연덕스럽게 비밀을 감출 수 없었다. 아이들의 크리스마스 선물을 집 안에 숨기고 부활절 달걀을 마당에 숨기는 역할은 항상 그의 몫이었다. 나중에 보면 나뭇잎으로 대충 덮거나 아이들 코앞의 소파 밑에 꽂아놓은 것이 의외로 가장 찾기 어려웠다. 그는 같은 수법으로 테리사와의 불륜도 몇 달이나 숨겼다. 그 여자를 데리고 호사스러운 여행을 떠나거나 수상한 은행 계좌로 돈을 야금야금 빼돌리는 짓은 하지 않았다. 점심시간을 이용해 길만 건너면 되는 부동산 중개인의 집에서 자고, 자기 향수로 그 여자의 향수 냄새를 덮었다. 청구서란 청구

서는 전부 스티븐이 처리했기 때문에 나는 그의 소비 패턴을 보고
행적을 추측할 수 없었다. 지금 그와 놀아나고 있을 브리처럼, 스티
븐은 아무도 파헤치려 하지 않을 가깝고 뻔한 장소에 비밀을 숨겨두
고…….

"아하!" 숨이 멎는 것 같았다. 아이디어를 떠올린 순간 베로의 시
선이 내 얼굴로 향했다. "스티븐의 집으로 가요."

"그 집에는 왜요?"

"삽이 필요하니까요." 진짜 큰 삽이 필요했다. 해리스 미클러만큼
큰 비밀을 묻을 수 있는 도구를 가진 사람은 내 전남편뿐이었다.

12

테리사의 창고에서 삽을 훔친 다음 장거리를 운전해 스티븐의 잔디 농장에 도착했을 때는 자정이 훌쩍 지나 있었다. 사위가 깜깜했기에, 아무 표시가 없는 농장 뒷문은 대낮보다 훨씬 찾기 어려웠다. 베로가 전조등을 껐다. 우리는 차에 앉아 뒷좌석의 아이들이 새근새근 숨 쉬는 소리를 들으며 눈이 어둠에 익기를 기다렸다. 푸른 달빛이 잔디 위에 드리워졌다. 우리를 둘러싼 생활한 풀밭에 잔물결이 일었다. 잔디를 새로 심기 위해 얼마 전에 뒤집어놓은 맨 뒷구석의 네모난 땅 한 뙈기만 예외였다.

베로와 나는 차에서 내려 들판 가장자리로 걸어갔다. 파헤쳐진 흙덩이리가 달빛 아래서 회색으로 반짝였다. 10월치고는 따뜻한 밤이었다. 우리 뒤에 줄지어 선 키 큰 삼나무의 낙엽만이 바스락거릴 뿐온 사방이 괴괴했다. 몇 킬로미터 내에 전조등이나 현관 불빛 하나보이지 않았다. 퇴근 후에 이곳에 픽업트럭을 세워두고 뒷좌석에서 재미를 볼 스티븐과 브리를 상상했다. 주위에 새로 풀이 자라면 오랫동안 누구에게도 비밀을 들키지 않을 수 있는 장소였다.

스티븐의 삽을 땅에 박아 넣었다. 흙이 부드럽고 눅눅해서 안심이었다. 베로가 테리사의 집 진입로에서 조금 떨어진 위치에 차를 댔을 때 다행히도 스티븐과 테리사는 집에 없었다. 나는 그 집 뒤편에 줄지어 선 나무들 앞을 살금살금 지나 뒷마당의 연장 창고로 들어갔다. 그곳에서 넓은 강철 삽날이 달린 묵직한 삽과 원예용 장갑 한 켤레를 챙겨 몰래 빠져나왔다.

"교대로 해요." 내가 베로에게 제안했다. "내가 먼저 팔 테니 당신은 망을 봐요." 운이 따라준다면 해리스 미클러가 사라졌다는 사실이 알려지기 전에 스티븐이 이 밭에 씨를 뿌릴 것이다.

삽을 내려다보니 목이 바짝 탔다. 이 모든 사건이 소설 속에서 일어났다면 지금 이 순간이 전환점이 될 터였다. 도저히 돌이킬 수 없는 시점. 지금 당장 이곳을 떠나 조지아의 집으로 돌아간다면 과실치사를 주장할 수 있다. 술집에서 있었던 일을 언니에게 소상히 털어놓으면 된다. 차고에서 밴의 엔진을 켜놓는 바람에 해리스 미클러가 죽었다고. 그의 휴대전화에 저장된 증거를 전부 제출하면서 잘못된 상황을 되돌리려 노력할 수도 있다. 당분간 아이들과 떨어져 감옥살이를 해야겠지만.

아이들이 잠들어 있는 차를 힐끗 돌아봤다. 일단 구멍을 파면 돌이킬 수 없다. 삽을 훔치고, 시체를 파묻고, 퍼트리샤 미클러가 약속한 돈을 요구하는 것은 전부 계획적인 범죄를 의미한다. 흉악하고 잔인하고 무시무시한 범죄. 내 발을 삽자루 위로 들어 올리는 순간 내가 과연 해리스 미클러라는 괴물보다 나은 사람인지 의문이 들었다.

"어서요, 핀레이!" 베로의 날카로운 목소리에 정신이 번쩍 들었다.

삽에 힘을 실어 한 삽 가득 흙을 파냈다. 그녀가 서성대면서 내뿜는 짧고 뜨거운 입김이 밤하늘에 떠다니는 유령처럼 보였다. "얼마나 깊이 파야 할까요?" 베로가 뒤꿈치로 바닥을 탁탁 밟으며 물었다. 눈으로는 나와 아이들, 우리 뒤에 늘어선 삼나무를 재빨리 살피고 있었다.

농기계가 우연히 시체를 건져 올리는 일이 없도록 2미터쯤은 파고 싶었지만, 아직 30센티미터도 내려가지 못했는데 등이 화끈거리고 옆구리가 결렸다. 지금으로서는 1.2미터쯤으로 타협할 생각이었다.

참다못한 베로가 분홍색 모종삽을 쥐고 밭으로 뛰어들어 내 삽 옆으로 쏟아지는 작은 흙더미를 퍼냈다.

"다음번에는―"

"다시는 이런 일 없을 거예요." 나는 숨을 헐떡이며 베로에게 눈을 흘겼다. 얼른 끝내고 집에 가고 싶은 생각에 속도를 더 높였다. "이건 사고일 뿐이라고요."

"세상에는 늘 사고가 일어나잖아요." 베로가 목소리를 낮춰 말했다. "나도 퍼트리샤 미클러만큼 돈이 많았다면, 당신을 고용했을지 몰라요."

삽질을 잠시 멈추고 삽을 땅에 기대 세웠다. 나는 베로가 돈 때문에 이 일에 순순히 동참했다고 생각했다. 우리 둘 중 하나는 그 돈 때문에 위험을 감수할 가치가 없다는 생각은 별로 해보지 않았다. 그녀가 나와 함께 이 구덩이를 파는 다른 이유가 따로 있을 거라고는 생각지 못했다. 그녀는 나를 날카롭게 쩌려보더니 모종삽을 더 빨리 움직였다. 내 손은 이미 뻣뻣해졌고 장갑 속에는 땀이 찼다. 피부가 까져서 화끈거리고 물집이 잡혔다. 그런데도 쉬지 않고 땅을 팠다.

"당신 같으면 누구를 없애겠어요?" 내가 삽질을 하며 물었다.

베로는 어깨를 으쓱했다. "뭐, 세상에는 쓰레기가 넘쳐나잖아요. 이 동네엔 돈이 넘쳐나고요. 우리가 시장을 선점할 절호의 기회예요."

흙 한 삽을 옆에다 버렸다. 구덩이 둘레로 이미 내 무릎 높이의 흙이 쌓여 있었다. "말은 쉽죠." 숨을 헉헉대는 중간중간 한마디씩 내뱉었다. "당신, 그렇게 작은 삽을 갖고 파는 둥 마는 둥 하니까 그런 소리가 나오는 거예요."

"그래서 저런 물건이 필요하죠." 베로는 불과 몇 시간 전에 재크가 타고 오르려고 눈독을 들이던 거대한 트랙터의 형체를 모종삽으로 가리켰다.

나는 큰 삽을 내밀어 모종삽과 바꾸었다. 15분 동안 땅을 판 후에는 베로도 '다음번'에 대한 생각이 바뀌기를 바라면서. 아니, 내가 삽질을 계속하다가는 트랙터에 대한 생각이 바뀔까 걱정돼서 그랬을지도 모른다. 휴대전화로 시간을 확인했다. 벌써 한 시간이 흘렀다. 이런 속도라면 새벽까지 집에 가기는 그른 듯했다.

"우리는 트랙터 작동법도 모르잖아요." 내가 지적했다.

베로는 삽을 땅에 꽂고 운동화로 삽자루를 밟은 다음 끙끙거리며 흙을 퍼냈다. "유튜브로 뭐든지 배울 수 있어요." 그녀가 거친 숨을 내쉬며 말했다. "내 사촌 라몬은 전선을 연결해 열쇠 없이 차 시동거는 법까지 배운걸요. 어려워봤자 얼마나 어렵겠어요?"

그녀의 사촌이야말로 여기서 구덩이를 파야 할 사람이 아닐까. "안 그래도 우리의 죄목이 점점 늘고 있는데 농기구 절도까지 보태서야 되겠어요?"

"생각 좀 해봐요." 그녀는 얼굴에 흙을 잔뜩 묻힌 채 삽에 몸을 기댔다. "저 트랙터를 쓰면 이 구덩이를 5분 만에 팔 수 있다고요. 경제학 시간에 화폐의 시간 가치에 대해 배웠어요. 프로가 되려면 프로답게 행동해야 돼요."

"'프로' 살인 청부업자들이 트랙터로 시체를 파묻는다고요?"

"내 말은 똑똑하게 일해야 한다는 뜻이에요. 열심히 일하는 게 아니라."

"돈 때문에 사람을 죽이는 게 뭐가 똑똑하다는 거예요!"

베로는 장갑에 묻은 흙을 탁탁 털며 허리 깊이의 구덩이에서 몸을 일으켰다. 그녀는 내가 쥐고 있던 분홍 모종삽으로 바꿔들고 삽 끝으로 나를 가리켰다. "결국 5만 달러를 손에 넣으면 생각이 어떻게 바뀔지 두고 보시죠."

베로가 차 트렁크를 열었다. 나도 구덩이에서 나와 그녀의 어깨 너머를 흘끔거리다가 내 식탁보에 싸인 인간 형태의 덩어리를 보고 한숨을 쉬었다.

"어서요." 베로가 그의 발목에 감긴 밧줄을 쥐며 말했다. "이 변태를 얼른 묻고 여기를 떠나요."

둘이서 해리스 미클러를 트렁크 밖으로 들어내, 바닥에 던지기 전에 구덩이 가장자리에 걸쳐놓고 식탁보를 풀었다. 베로는 식탁보를 뭉쳐 트렁크에 다시 쑤셔 넣었다. 나는 해리스의 주머니에서 휴대전화, 자동차 열쇠, 지갑을 꺼내 그녀의 손에 쥐여주었다.

"지문을 지지고 치아를 뽑아야 하는 거 아니에요?" 베로가 물었다.

나는 그녀를 노려봤다. 그 말이 맞을지도 모르지만. 만약 해리스 미클러의 유해가 누군가에게 발견되면 지갑과 휴대전화가 없더라도 신원은 금방 밝혀질 것이다.

얼굴을 잔뜩 찌푸리며 해리스를 두 팔에 끼웠다. 그의 손은 이미 싸늘했고, 손가락과 목은 살짝 경직되었으며, 팔과 다리는 축 늘어져 있었다. "지문 제거와 발치까지는 무리예요." 그를 구덩이 가장자리로 끌고 가면서 나는 투덜거렸다.

"그것까지 해주고 추가 비용을 청구하면 안 될까요?"

"그 말은 못 들은 걸로 할게요."

베로와 나는 해리스 미클러를 마지막으로 바라봤다.

"이러는 게 맞는 걸까요?" 내가 물었다.

대답 대신 베로는 주머니에서 해리스의 휴대전화를 꺼내 내게 내밀었다. 사진을 다시 열어볼 비위가 없어서 받지 않았다. 베로는 휴대전화를 다시 자기 주머니에 넣었다. 우리는 해리스 미클러를 파놓은 구덩이까지 굴려놓고 함께 셋을 세면서 던져 넣었다.

13

베로니카 루이스를 처음 만난 날은 8개월 전, 은행에서 아이들을 데리고 줄을 서 있을 때였다. 정규직 직장인들의 월급날이었기에 무척이나 붐비는 금요일 오후였다. 월급을 수령하는 사람들은 대부분 행복해 보였지만 내 뒤에 줄을 선 남자는 그렇지 못한 모양이었다. 그는 왜 이리 시끄럽냐며 혼자 투덜거렸다. 재크가 떼를 쓰고 있었다. 내가 로비를 마구 뛰어다니지 못하게 붙잡자 벌겋게 튼 얼굴이 분노의 눈물을 쏟으며 심하게 일그러졌다. 아이는 절대 입을 닫으려 하지 않고 내 팔을 마구 때렸다. 우리가 줄 맨 앞까지 다다랐을 무렵 딜리아는 소변이 마렵다며 못 참겠다고 선언했다. 하는 수 없이 그 자리를 포기하고 아이들을 화장실로 데려갔다. 용무를 마치고 나왔더니 빽빽한 줄이 구불구불하게 로비까지 늘어져 있었다.

다시 줄 서기를 포기하고 은행을 나가려는데 유리벽 뒤의 창구 직원이 내게 앞으로 오라고 손짓했다. 그녀는 내 뒤에 서 있던 까칠한 남자를 멈춰 세우고 내가 창구 앞으로 다가올 때까지 기다렸다. 내 목에 매달려 있던 재크가 울음을 멈추고 베로를 보며 수줍게 웃었다. 베로가 유리벽의 구멍을 통해 딜리아에게 빨간 막대사탕을 건네자, 까칠한 남자는 그녀에게 욕설을 퍼부으며 소란을 피웠다. 베로는 스티븐이 써준 수표를 현금으로 바꾸면서 예리한 짙은 색 눈으로 줄에서 뛰쳐나가 곧장 지점장을 찾아가는 남자를 뒤쫓았다. 베로는 빳빳한 지폐를 한 장 한 장 세어 나에게 넘긴 다음 딜리아와 재크에게 손을 흔들어 작별 인사를 했다. 딜리아에게 출입문을 열어주려고 돌아서다가 베로의 창구로 다가가는 지점장을 보았다. 유리 너머의 지직거리는 스피커를 통해 그의 호된 질책이 쏟아지는 동안 나는 열린 문 앞에서 서성대며 귀를 기울였다. '마감' 표지를 세우고 소지품을 주섬주섬 챙겨 뒤쪽 출구로 나가는 베로를 지켜보고 있자니 미안해서 견딜 수 없었다.

딜리아의 손을 잡고 재크를 들쳐 안으며 건물 뒤로 가보니 하이힐을 신은 베로가 무릎을 꿇고 상사의 타이어에 구멍을 뚫고 있었다.

"아이들을 좋아하나 봐요." 손에 묻은 검댕을 닦으며 일어서는 그녀에게 말을 걸었다. "마침 베이비시터가 필요하던 참인데." 나는 현금 다발을 내밀었다. 방금 현금으로 바꾼 수표의 절반에 가까운 돈이었다. 일부는 죄책감에서, 일부는 절박함에서 나온 결정이었다. 베로는 눈썹을 치켜뜨며 그 돈과 아이들을 바라봤다. 우리의 관계는 그렇게 시작되었다.

좌석에 늘어진 베로와 내 앞으로 닫힌 차고 문이 다가왔다. 둘 다 지칠 대로 지쳐 문을 열 기력조차 없었다. 벌겋게 벗겨진 베로의 손은 운전대를 잡는 것도 힘들어 보였다. 내 손은 땟국에 절고, 손톱

주위에는 검은 흙이 끼어 있었다. 나는 베로의 차에서 힘겹게 내려 문 옆에 붙은 키패드로 절뚝이며 다가갔다. 삽 손잡이 형태로 굳어진 오른손을 간신히 펼쳐 네 자리 숫자를 입력하다가 개폐기가 고장 났음을 떠올렸다. 키패드에 이마를 기대고 있으니 미동도 않는 문의 반대편에서 모터 돌아가는 소리만 들렸다.

등이 욱신거리고 손바닥에 잡힌 물집들은 쓰라렸지만 베로가 내 밴 옆의 빈 공간에 차를 세울 수 있도록 차고 문을 번쩍 들어 올렸다. 길 건너편 해거티 부인의 주방 창문은 깜깜했다. 하지만 그 노파는 틀림없이 지켜보고 있을 터였다. 문을 머리 위로 떠받치고 있으니 팔이 부들거렸다. 하지만 가운뎃손가락을 쳐들어 그 집 커튼 뒤에서 어떤 움직임이 나타나는지 확인하고픈 충동을 느꼈다.

해거티 부인은 스티븐과 테리사의 불륜을 처음 들춰낸 사람이었다. 내가 아이들과 함께 친정에 간 사이 스티븐이 테리사를 우리 집으로 데려오는 몹쓸 짓을 한 탓이었다. 내가 집에 돌아오자마자 그 노파는 나를 우체통 옆에 세워놓고 내가 없는 사이에 남편이 집으로 끌어들인 예쁜 금발 여자에 대해 아느냐고 물었다. '나쁜 소식을 전한 사람에게 총을 쏘지 말라'는 말도 있지만 그런 허튼소리를 지어낸 사람의 맞은편에는 해거티 부인 같은 이웃이 없었을 거라 확신한다.

베로의 혼다가 나를 지나 차고에 서서히 들어가면서 내 발목에 뜨거운 배기가스를 내뿜었다. 차가 무사히 들어가자마자 나는 문에서 손을 뗐다.

벽이 덜컹거릴 정도로 요란한 소음을 내며 묵직한 문이 콘크리트 위에 떨어졌다. 해거티 부인이 지금까지는 우리를 훔쳐보지 않았다 해도 지금은 틀림없이 지켜보고 있을 것이다.

116

시트에 묶인 재크와 딜리아가 몸을 뒤척이자 베로가 차에서 내려 내게 도끼눈을 떴다. 우리는 고요가 깨질까 봐 조바심을 내며 차체에 몸을 기댄 채 아이들이 다시 잠에 빠지기를 기다렸다. 둘의 호흡이 길고 일정해지자 베로는 딜리아를 품으로 끌어당겼다. 그녀는 내 딸의 얼굴 둘레에 삐죽삐죽 뻗친 머리카락을 보고 눈살을 찌푸렸다. 나는 재크를 안고 엉덩이로 차 문을 밀었다.

아이들을 침대에 눕힐 즈음에 커튼 가장자리로 은은하고 희미한 새벽 빛이 스미기 시작했다. 운이 따라주면 아이들이 일어나기 전에 따뜻한 물에 샤워하고 커피 한 잔을 마실 수 있을지도 모른다. 하지만 그 순간, 어제 주방 싱크대에 쏟은 커피 가루가 떠올라 나는 신음 소리를 냈다.

베로와 함께 세탁기 앞에서 말없이 속옷을 벗었다. 우리의 옷 위에 식탁보와 원예용 장갑, 운동화를 던져 넣고, 비염소계 표백제를 뚜껑 가득 두 번 붓고, 마지막으로 가루비누를 마구 쏟아부었다. 베로는 세탁기를 돌려놓고 손님방으로 들어갔다. 딸깍 소리를 내며 문을 잠그고는 방 안에 틀어박혔다.

자기 전에 난장판을 하나라도 정리해야겠다는 생각에 주방으로 살금살금 들어갔다. 공연히 해거티 부인의 관심을 끌고 싶지 않아 불을 켜지 않았다. 주방 커튼 틈새로 들어오는 어둑한 여명에 의존해 쏟아진 커피 가루를 찾았지만 어느새 말끔히 사라지고 없었다. 바닥과 싱크대도 깨끗이 닦였고, 개수대에 가득 쌓여 있던 더러운 접시들도 이미 헹궈져 식기세척기에 들어가 있었다. 간밤에 베로가 상자에 내 프라이팬을 챙기면서 싹 정리한 모양이었다. 시체에 심폐소생술을 시도하다가 그녀에게 들키기 직전이었던 것 같다.

베로 말이 맞나 싶기도 했다.

해리스 미클러는 그런 일을 당해도 싼 인간인지도. 내일 그의 아내가 두둑한 봉투를 가지고 나타나고 우리는 진짜로 살인 혐의를 피할 수 있을지도. 하지만 커피포트 내부의 찌꺼기를 긁어 넘쳐나는 싱크대 밑 쓰레기통에 버리고 있자니 그다지 낙관적인 기분이 들지 않았다. 나는 사람을 죽였다. 고의가 있었는지 없었는지는 이제 무의미했다. 그를 묻었다는 사실 자체가 모호한 죄책감을 느끼게 했다. 내가 미클러 부인의 돈을 받으면 어떻게 될까?

주방에서 들려오는 시리얼 그릇에 식기 부딪치는 소리가 잠을 깨웠다. TV 속 만화 주인공들이 재잘대는 소리가 아래층에서 돌아가는 진공청소기 소리마저 묻어버렸다. 내 침실 블라인드 틈으로 환한 태양이 이글거렸다. 휴대전화로 시간을 확인하고 베개에 얼굴을 묻었다. 네 시간 전 길고 뜨거운 샤워를 마치고 침대로 파고들 때 머리카락의 물기가 스민 부분이 아직 축축하고 싸늘했다.

뻣뻣하게 굳은 내 근육은 깨어나기를 거부했지만 트레이닝 바시를 끌어올리고 헝클어진 머리를 틀어 올리며 아래층 주방으로 내려갔다. 식기세척기가 낮은 소음을 내며 작동하고 있었다. 현관 계단에 쌓여 있던 청구서들은 집 안으로 옮겨져 다이닝룸의 접이식 테이블 위에 몇 개의 무더기로 분류되어 있었다.

딜리아는 의자에 앉아 시리얼 그릇 위로 숟가락을 쳐든 채 나를 보고 눈을 깜박였다. 음식을 씹는 아이의 턱으로 우유가 질질 흘렀다. 나를 쳐다보는 여자아이가 내 딸이 맞는지 헷갈려서 나도 눈을 깜박거렸다. 끈끈한 접착제를 깨끗이 씻어낸 머리는 두피가 드러나도록 바짝 깎여 있었다. 젤을 발라 세운 까끌까끌한 머리카락 틈새로 가위에 베인 상처가 언뜻언뜻 보였다. 아이의 코에 얹힌 에비에이터 미러 선글라스 때문인지 말갛게 씻은 얼굴이 유난히 작아 보였다. 절묘하게 찢은 청바지 위에 겹쳐 입은 회색 긴 소매 티셔츠와 찢어진 핫핑크 티셔츠는 군데군데 탈색되어 더 멋스러웠다.

나는 한쪽 눈썹을 씰룩였다. 딜리아도 한쪽 눈썹을 씰룩이며 시리얼 한 스푼을 넘치도록 입에 넣었다. 조그만 두 손에는 손가락이 없는 줄무늬 장갑이 끼워져 있었다. 내가 지난주에 살 때만 해도 분명히 손가락이 있었지만 지금처럼 세련된 물건은 아니었다.

딜리아가 음식물을 씹자 베로의 선글라스가 콧잔등으로 내려왔다. "콘셉트야." 아이가 내 얼굴에 떠오른 의문에 대답하듯 대수롭지 않게 어깨를 으쓱했다. "베로 이모가 그랬어."

나는 둘에게 뭐라 쏘아붙이고 싶은 마음을 누르며 입술을 꼭 다물었다.

진공청소기가 멈췄다. 베로가 내 수면용 셔츠와 요가 바지를 입고 주방에 들어왔다. 그 속에 무엇을 입고 있는지, 또는 입지 않고 있는지 생각하기 싫었다. 내 속옷은 그녀와 공유할 필요가 없는 60퍼센트에 속하기를 간절히 바랄 뿐. 헐렁하게 묶은 기다란 포니테일을 찰랑거리며 그녀는 내 휴대전화를 싱크대에 내려놨다. 베로의 손은 깨끗했다. 매끈하게 다듬은 짧은 손톱에는 딜리아의 장갑 사이로 엿보이는 색과 같은 분홍 매니큐어가 칠해져 있었다.

"베로 이모라고, 응?"

베로가 실실 웃었다. "테리사한테 에이미 이모가 있듯이 당신한테는 베로 이모가 있네요."

재크도 유아용 의자에 앉아 깔깔 웃었다. 그 애의 머리카락도 젤의 힘을 빌려 뾰족하게 세워졌지만 길이가 너무 길어서 서로 엉켜 있었다. 내 주방 가위는 어디에도 보이지 않았다. 아무도 피를 흘리지 않고 떼를 쓰지도 않았다. 따지기가 너무 피곤해서 그냥 식탁 앞으로 느릿느릿 다가갔다.

"가서 옷 갈아입고 와요." 베로가 내 앞에 커피 잔을 놓고 나를 대충 훑어보며 말했다. 나는 게걸스럽게 한 모금을 마셨다. "머리도 어떻게 좀 해봐요. 한 시간 후에 파네라에서 M 부인을 만나야 하잖아요. 좀 그럴듯하게 보여야죠."

사레가 들려 셔츠 앞섶에 커피를 뿜었다. "무슨 짓을 한 거예요?" 서둘러 휴대전화를 집다가 머그잔을 스치는 바람에 커피가 출렁여 밖으로 넘쳤다. 화면을 스크롤하던 내 얼굴이 일그러졌다. 베로가 미클러 부인에게 보낸 두 글자 메시지를 보자 나는 정신이 혼미해졌다.

성공.

미클러 부인은 재깍 답장을 보내왔다. **11시 파네라.**

"이게 무슨 짓이에요, 베로?" 아이들이 눈치챌까 봐 낮게 쉿소리를 냈다. 흘끔 돌아보니 둘은 옆방에서 베로가 틀어놓은 TV 만화에 푹 빠져 있었다. "아니, 나는 그 여자를 만날 생각 없어요!"

그녀가 내 앞의 식탁을 두 손으로 짚었다. "당연히 만나야죠. 안 그러면 돈을 어떻게 받아요? 내가 왜 굳은살이 박이도록 삽질을 했겠어요?"

베로의 옷소매를 붙잡고 다이닝룸으로 끌고 들어가 목소리를 낮췄다. "그 여자 돈은 안 받아요. 받으면 진짜 청부살인이 된다고요."

"안 받으면 뭐가 달라져요?" 그녀도 소리 낮춰 반격했다. "그래봤자 살인이라는 건 달라지지 않잖아요? 차이는 5만 달러뿐이에요. 오. 만. 달. 러. 나는 돈을 받아야 한다에 한 표예요."

"아, 한 표라고요? 음, 내 지분은 과반수니까 내 한 표의 가치가 더 크겠는데요!"

"잘 생각해봐요, 핀레이. 우리에겐 그 돈이 필요해요." 그녀는 자기 등 뒤를 손가락으로 가리켰다. 접이식 테이블 위에 중요도순으로 분류된 청구서가 수북이 쌓여 있었다. 집세가 가장 먼저였고, 다음은 자동차 할부금, 공동관리비, 보험료, 전기요금, 그다음은 몇 달 전에 한도 초과한 신용카드에 대한 연체 독촉장들이었다. "우리가 일을 잘 처리했으니 보수를 받는 건 당연하죠. 해리스의 지갑이랑 휴대전화를 넘겨주고 돈을 받아요. 간단하잖아요."

탁자 위에 산더미처럼 쌓인 봉투들을 응시했다. 베로가 옳을지도 모른다. 청구서를 정산하지 않는다고 내가 더 나은 사람이 되는 것도 아니고 이미 저지른 잘못이 없어지는 것도 아니다.

내가 항복하는 것을 눈치챈 듯 베로의 어깨에 힘이 풀렸다. "스티븐의 삽은 밴 뒤에 실어뒀어요. 빨리 없앨수록 좋겠죠. 미클러 부인 만나러 가는 길에 테리사네 창고에 돌려놔야 해요. 돌아오는 길에는 세차장에 들러 차 내부를 진공청소기로 깨끗이 세차하고요. 이래봬도 〈본즈〉 시리즈를 한 편도 안 빼고 모조리 봤답니다. 브레넌과 부스는 꽃가루 한 점으로 유죄 판결을 이끌어내잖아요. 당신 언니의 지독한 동료들은 미클러의 바지에서 떨어진 징그러운 체모 한 올로 당신을 체포할지도 몰라요." 인상을 쓰는 내게 그녀가 밴 열쇠를 내밀었다.

"세차를 하고 삽도 갖다놓겠지만, 퍼트리샤는 안 만날 거예요. 그 여자 얼굴을 어떻게 봐요?"

베로가 식탁에서 봉투를 집어 내 눈앞에 흔들었다. 봉투 왼쪽 위에 정의의 저울이 짙은 빨간색 잉크로 찍혀 있었다. 스티븐의 변호사가 발송한 또 하나의 미개봉 편지였다. "퍼트리샤의 얼굴을 보면서 돈을 받아내지 않으면 전남편이 고용한 변호사의 얼굴을 보면서 아이들을 빼앗기게 될 거예요." 그녀는 밴 열쇠와 미개봉 통지서를 나란히 들었다. 그중 한쪽이 다른 쪽보다 확실히 더 나빠 보였다. 나는 열쇠를 받았다. 커피 잔을 비우고, 아이들의 머리에 입을 맞추고, 퍼트리샤 미클러에게 돈을 받으러 갈 준비를 하러 위층으로 올라갔다.

14

가발 스카프 속 두피가 지독하게 가려웠다. 나는 벌을 받고 있는 것이다. 신인지, 내 업보인지, 해리스 미클러의 유령인지 알 수 없는 존재가 나를 비참하게 만들기로 작정한 모양이었다. 나는 갈색 머리가 빠져나오지 않기를 바라며 가발 밑에 손가락을 집어넣어 긁었다. 선글라스의 짙은 색 렌즈 너머로 북적대는 파네라 내부를 살폈다. 내 시선은 퍼트리샤와 처음 눈이 마주친 날 앉았던 테이블로 향했다. 그곳에 그녀가 보이지 않자 안도의 한숨이 나왔다. 이제 나는 찾을 만큼 찾아봤지만 퍼트리샤 미클러가 나타나지 않았다고 베로에게 당당히 말할 수 있었다. 집에 돌아가서 대용량 아이스크림을 끌어안고 펑펑 울고 싶었다. 이 악몽은 전부 잊고 아무 일도 없었던 듯이 살고 싶었다. 해리스 미클러가 얼마나 혐오스런 인간이든, 그가 얼마나 끔찍한 짓을 저질렀든 나는 그를 죽였다. 죽이고 그 시체를 아무도 찾지 못하길 바라는 장소에 묻었다. 그래놓고 보상을 요구하는 건 염치 없어 보였다.

돌아가기로 마음먹고 짙은 색 선글라스를 콧등 위로 올리는데 시야 한구석에서 움직임이 감지되었다. 미클러 부인이 구석의 칸막이 자리에 웅크리고 있었다. 한 손에 핸드백을 꼭 쥐고, 다른 한 손은 위로 쳐들어 나를 향해 흔들고 있었다. 나와 눈이 마주치자 그녀는 손에 힘을 뺐다. 금발 가닥을 귀 뒤로 젖히고 재빨리 그쪽으로 걸어가는 사이, 그녀는 근심스러운 눈빛으로 식당 내부를 두리번거렸다.

내 기억 속에 남아 있는 파리한 얼굴 그대로였다. 내 기저귀 가방 속 피 묻은 손수건과 덕테이프를 흘깃대다가 내게 들켰던 순간과 똑같이 눈을 휘둥그레 뜨고 있었다. 내가 그녀의 칸막이 자리로 들어서는 순간 그녀의 표정은 두려움과 호기심 사이를 오락가락했다.

내 핸드백을 팔꿈치 밑에 단단히 끼웠다. 그 안에 해리스의 지갑과 자동차 열쇠, 휴대전화가 들어 있었다. 미클러 부인이 증거를 봐야겠다고 고집할 경우에 대비한 증거물 1호였다. 사실 나는 그것들을 얼른 처분하고 싶은 생각뿐이었다. 한시바삐 이곳을 나가 5만 달러어치의 동전으로 세차장의 초강력 청소기를 돌려 해리스 미클러의 몸에서 떨어진 세포와 각질을 모조리 없애고 싶었다.

"잘 마무리됐나요?" 그녀가 주위의 테이블들을 슬그머니 살피며 물었다.

나는 고개를 끄덕였다.

퍼트리샤는 달달 떨리는 손으로 핸드백에서 봉투를 꺼내 테이블 위로 밀었다. 잠을 아예 못 잔 듯 눈 언저리에 보라색 그늘이 져 있었다. 그녀도 나만큼이나 이 모든 시련이 조속히 끝나기를 바랄 터였다. 그럼에도 나는 봉투에 손을 대기가 꺼려졌다.

"세어보세요. 전액 다 넣었어요." 그녀가 봉투를 내 쪽으로 조금 더 밀었다.

"액수는 맞겠죠." 봉투는 두꺼웠다. 덮개가 여며지지 않을 만큼 두툼하게 채워져 있었다. 테이블 위의 봉투를 내 무릎 위로 휙 가져온 다음 핸드백에 손을 넣어 해리스의 지갑, 열쇠뭉치, 휴대전화를 꺼냈다. 퍼트리샤는 열쇠고리를 집어 들고 파들거리는 손가락을 움직여 작은 열쇠 하나를 빼냈다.

"오늘 밤까지 기다렸다가 그 사람 실종신고를 할 거예요." 그녀가 열쇠를 집으며 말했다. "그러면 당신도 그때까지 자질구레한 것들까지 뒷마무리를 할 수 있겠죠." 퍼트리샤는 테이블 위로 해리스의 지갑과 휴대전화, 나머지 열쇠를 밀었다. 그의 흔적을 모조리 없애고 싶다는 듯 그것들에 눈길도 주지 않은 채 침을 꿀꺽 삼켰다.

"나더러 처리하라는 건가요?" 내가 물었다.

"그러라고 돈을 드리는 거잖아요?"

뻔뻔하기도 해라. 딜리아가 저렇게 입을 놀린다면 건방지게 군 벌로 당장 방에 가두고 장난감을 압수할 텐데. 퍼트리샤가 조금 움츠러들었다. 엄한 엄마의 얼굴을 다른 것으로 착각한 것이 분명했다. 청부살인업자 특유의 냉담한 표정이라든지……. 둘은 비슷할지도 모른다. 하지만 알 게 뭐야. 긴장한 미소를 지으며, 그녀는 당장이라도 울음을 터뜨릴 듯 입술을 파르르 떨었다.

나는 할 말을 삼키며 해리스 미클러의 소지품과 돈을 슬그머니 핸드백에 챙겼다.

"언짢게 생각지 않으셨으면 좋겠는데요." 그녀가 목청을 가다듬었다. "내 친구 하나가…… 아니, 그냥 아는 사람이라 해야겠네요. 화요일과 토요일마다 헬스클럽에서 필라테스를 하면서 알게 된 사이

예요." 그녀는 스트레칭이 범죄라도 된다는 듯 죄책감 가득한 표정
으로 이야기를 꺼냈다. "그런데 그 친구가…… 남편이랑…… '문제'
가 좀 있어요. 그래서 내가 그 친구한테 도와줄 사람을 안다고 했어
요." 테이블 위로 밀쳐진 쪽지가 내게 불길한 기시감을 주었다. 나는
입을 떡 벌리고, 온갖 항변을 쏟아내려고 혀에 시동을 걸었다. 달러
표시 옆에 적힌 숫자를 보기 전까지는.

7만 5천 달러.

그 밑에 적힌 이름을 응시했다. 안드레이 보로프코프. 주소는 맥
린에 소재한 고급 고층 아파트였다. 나는 쪽지를 도로 접어 테이블
위로 밀었다.

"이보세요, 뭔가 크게 오해하신 것 같은데 나는……."

말꼬리가 흐려졌다. 퍼트리샤는 이미 자리에 없었다.

칸막이 안에서 서성거리며 눈으로 그녀를 찾았다. 쓰레기통 옆에
있는지. 화장실 쪽으로 가고 있는지. 디저트 판매대 옆에 있는지. 하
지만 퍼트리샤는 어디에도 없었다. 창밖으로 차에 타는 그녀가 보였
다. 그녀의 갈색 스바루 왜건이 주차장을 황급히 빠져나갔다. 마주
오는 차량 사이를 쏜살같이 달리는 차의 뒤창에 범퍼 스티커가 잔
뜩 붙어 있었다.

종이쪽지를 응시했다. 거기 적힌 이름이 왠지 익숙했다. 아니, 익숙
한 것은 쪽지를 받은 것만으로도 돌아갈 수 없는 선을 넘었다는 공
포인지도 모른다. 가방에 쪽지와 돈, 해리스 미클러의 주머니에 들어
있던 물건들을 집어넣고서 이제부터 뭘 어떻게 해야 할지 고민하기
시작했다.

15

파네라를 나온 다음 곧장 러시로 차를 몰았다. 영업 시작 시간까지 아직 한 시간이나 남았기에 주차장에는 차가 몇 대밖에 없었다. 덕분에 해리스 미클러의 차를 쉽게 찾을 수 있었다. 메르세데스 벤츠 로고가 선명히 새겨진 그의 열쇠고리에는 열쇠가 딱 세 개만 달려 있었다. 하나는 사무실, 하나는 집 열쇠 같았다. 그 사이에 걸려 있던 작은 열쇠는 퍼트리샤가 가져갔다. 헬스장 사물함이나 금고, 서류함 따위의 열쇠 같았다. 뭐든 상관없었다. 그것들을 없애고 싶다는 생각뿐이었다. 형사들이 내 집에서 그 물건들을 발견하는 상황만큼은 절대 피하고 싶었다.

내 차가 주차장에 딱 두 대밖에 없는 벤츠 사이에서 공회전했다. 열쇠에 달린 버튼을 누르고 깜박이는 후미등을 백미러로 확인했다. 운전석 쪽 문의 평행을 맞춰, 해리스의 차 옆 공간으로 내 차를 후진했다. 재크의 손수건으로 그의 휴대전화, 열쇠, 지갑 등을 문질러 닦았다. 호기심에 그의 지갑을 열어봤다가, 안에 들어 있는 빳빳한 지폐를 보고 눈이 휘둥그레졌다. 그걸 가져갈 수도 있다. 그러면 강도 사건처럼 보일지도 모른다. 하지만 그렇게 따지면 흔한 동네 건달이 신용카드가 잔뜩 꽂힌 지갑과 비싼 휴대전화를 해리스의 차에 두고 갈 리 있을까?

아니, 아무래도 그대로 놔두는 편이 나을 성싶었다.

범죄의 냄새를 풍기지 않는다면 경찰은 그의 실종을 깊이 파지 않을지도 모른다. 해리스가 조금 전에 만난 의문의 여인과 함께 술집을 나와, 자신의 삶을 박차고 타히티나 밀라노로 도피했다고 생각할 수도 있다.

가발 스카프와 선글라스를 쓴 그대로 밴에서 내렸다. 금발 가발의 긴 머리카락을 늘어뜨려 얼굴을 가린 채 해리스의 리모컨 키를 만지작거렸다. 그의 차가 경보음을 울렸다. 후미등에 불이 번쩍 들어오고 경적이 왱왱 울리자 내 심장도 덩달아 쿵쾅거렸다. 요란한 소음이 멈출 때까지 맹렬히 버튼을 눌렀다.

주차장 안을 흘끔거리면서 옷소매로 손을 감싼 채 해리스의 차 문을 열었다. 리모컨 키를 문질러 닦고 운전석에 그의 소지품을 널어뜨렸다. 지금껏 체포되거나 입건된 적은 없으니 지문으로 나를 찾을 수는 없을 터였다. 하지만 내가 용의자가 된다면 지문은 확실한 범행 증거가 될 수 있다.

내부에서 그의 차 문을 잠갔다. 여전히 심장이 두 배 속도로 뛰고 있었다. 내 차로 돌아가 시동을 걸었다.

"아, 이런." 브레이크를 밟고 다시 시동을 걸어봤지만 엔진은 고집스레 딸깍 소리만 냈다. "안 돼, 안 돼, 안 돼, 안 돼!" 견인차를 불러야 할 상황이었다. 그 말은 내 차가 이 주차장에서, 해리스 미클러의 차 바로 옆에서 견인된 기록이 남는다는 뜻이었다.

있을 수 없는 일이었다.

안전장치를 풀고 허겁지겁 밴에서 내려 보닛을 열었다. 왜 열었나 싶었다. 보닛 아래에 있는 금속 덩어리며 튜브, 전선을 보면서도 내가 뭘 보고 있는지 전혀 알 수 없었다. 나도 기저귀 발진, 까진 무릎, 형편없는 간편식에는 일가견이 있다. 자동차를 비롯한 유지보수는 전부 스티븐의 몫이었다.

"테리사?" 뒤에서 들리는 목소리에 몸을 홱 틀어, 내 차의 뜨끈한 그릴에 등을 갖다 댔다. 심장이 가슴에서 튀어나가는 줄 알았다. 진정시키려고 가슴을 손으로 누르며 범퍼에 기댔다. 줄리언이었다.

줄리언, 어젯밤에 이곳에서 나를 본 바텐더.

줄리언, 주차장 건너편에서부터 내 죄책감을 감지했을지 모를 로스쿨 학생.

큰일 났다.

"미안해요." 그의 시선이 당황하여 목까지 벌게졌을 나에게로 향했다. "이렇게 몰래 다가오려던 건 아니었어요. 별일 없으시죠?" 내 어깨 너머로 열린 보닛을 보고 그는 얼굴을 찌푸렸다.

"괜찮아요! 아무 문제 없어요." 이렇게 불쑥 내뱉었다. 머릿속이 어지러웠다. 줄리언이 경보음을 들었을까? 내가 해리스의 지갑과 휴대전화를 그의 차에 두는 모습을 봤을까? "배터리가 방전됐나 봐요. 그런데 여기는 웬일이에요?" 멍청한 질문이 튀어나와서 당황스러웠다.

"초저녁 근무라서요." 줄리언은 편한 면 티셔츠를 입고 어깨에 빳빳한 와이셔츠를 걸치고 있었다. 젖은 곱슬머리를 눈 위로 쓸어 올리는 그에게서 바디워시와 샴푸 향기가 났다. 그가 엔진을 가리켰다.

"제가 한번 볼까요?"

어머, 잘됐다.

아니, 이건 아니지.

"그래요." 나는 목청을 가다듬고 엄지손가락으로 어깨 너머를 가리켰다. "열쇠는 차 안에 있어요."

줄리언은 눈가에 주름을 잡으며 미소를 지었다. 어젯밤 술집에서는 그의 눈동자가 무슨 색인지 몰랐는데, 밝은 햇살 아래서 보니 은은한 녹색과 금색 사이에서 갈팡질팡하고 있었다. 그의 눈빛이 마음을 정할 때까지 마냥 바라보아도 질리지 않을 것 같았다. 그가 차 내부로 몸을 숙여 열쇠를 비틀었다. 나는 손바닥으로 눈을 꾹 눌렀다. 엔진이 귀에 거슬리는 딸깍 소리를 냈다.

"배터리 문제가 틀림없어요." 줄리언이 운전석 쪽 문에서 나오며 말했다. "제 지프에 점퍼 케이블이 있어요. 잠깐만 기다리세요. 제 차를 끌고 올 테니까."

그는 경쾌한 발걸음으로 소프트톱 밤색 지프로 다가갔다. 주차장을 가로질러온 차를 내 차 앞에 대고 범퍼를 가까이 붙였다. 그는 검정과 빨강 점퍼 케이블을 들고 나왔다. 지프 보닛을 열고 두 차를 연결하려고 엔진 위로 몸을 숙인 그의 뒷모습에서 눈을 떼기가 쉽지 않았다.

해리스 미클러를 죽이고 그의 아내에게서 돈을 받지 않는 것만큼이나 힘들었다.

"전에도 이런 문제가 있었나요?"

"음, 아니요. 이런 적 없었어요." 케이블의 다른 끝을 내 차에 연결하는 그에게 이렇게 대답했다. 완전히 사실은 아니었다. 밴은 몇 주 전부터 내 속을 썩였지만 나는 간혹 들리는 이상한 소음과 희미해지는 조명을 애써 무시해왔다. 그런 증상이 저절로 없어지길 바랐다. 내 통장 잔고처럼. 해리스가 뒷좌석에 쓰러져 있던 어젯밤에 이런 일이 생겼으면 훨씬 더 난감했을 것이다.

"발전기에 이상이 있나 봐요. 몇 분간 충전하면 집에 돌아갈 수는 있겠지만, 가는 길에 정비소에 들러 점검을 받으세요." 줄리언이 좀 더 가까이 다가왔다. 어쩌면 내가 다가갔는지도. 그의 매끄러운 얼굴이 자세히 보일 만큼 가까워지자 면도 크림 향이 희미하게 풍겼다. 정신이 아득해질 만큼 매혹적인 향이었다. "그나저나 여긴 어쩐 일이세요?" 그가 눈썹을 곤두세우며 물었다. "영업 시작하려면 아직 멀었는데요."

매연 때문이라고 생각했다. 아니면 숨이 막힐 것 같은 이 느낌은 엔진에서 나오는 열기 때문인지도 몰랐다. 그가 풍기는 향기 때문은 절대 아니었다. 그가 고개를 기울일 때 머리카락이 눈을 가리는 모습이나 햇빛을 받아 반짝이는 모습 때문도 아니었다.

"어젯밤에…… 주차장에서 뭘 좀 잃어버려서요." 그럴듯한 구실 같았다. 적어도 내 판단에는. "그런데 찾았어요." 거짓말을 했다.

"아." 그가 서운하다는 표정을 지었다. "난 또, 당신이 마음을 바꾼 줄 알고."

내 미니밴 뒷좌석에 탄 줄리언의 모습을 상상하다가 눈을 깜박여 떨쳐버렸다. 이번 주에는 뒷좌석에 남자를 충분히 태웠다. 그러다 결국 이런 꼴이다. 이 밴 뒷좌석은 일단 진공청소기부터 돌려야 한다. 아니면 불을 질러야 하나? "다음에요."

"좋죠." 어색한 침묵이 질질 늘어졌다. 그는 시선을 떨궈 수줍은 미소를 감췄다. 나는 가짜 머리를 귀 뒤로 넘겼다. 그가 시계를 확인하고는 고개를 까딱했다. "이제 시동을 걸어보세요. 이 정도면 충분할 거예요."

운전석 문으로 손을 뻗어 열쇠를 꽂았다. 엔진이 돌기 시작하자 안도감에 한숨이 나왔다. 줄리언은 케이블을 뽑았다. 보닛을 닫고 기름과 얼룩이 묻은 두 손을 마주쳤다. 그가 출근길에 들고 온 흰색 셔츠가 떠올라, 나는 밴에서 물티슈 한 갑과 마른 손수건을 집었다. 시큼한 젖내가 나지 않는지, 피나 머리카락이 묻어 있지 않은지 확인한 다음 손수건을 그에게 건넸다.

"고마워요." 그가 손끝을 닦으며 말했다.

"베이커!" 줄리언이 술집 쪽을 돌아봤다. 배 나온 대머리 남자가 열린 문을 붙잡고 손목시계를 두드렸다. 나는 고개를 숙이고 금발로 얼굴을 가린 채 줄리언의 등 뒤로 움직였다. 남자의 눈에 띄지 않게 숨고 싶었다. 줄리언은 고개를 까딱하며 남자에게 알은체를 했다.

"저분이 사장님이에요. 이제 가봐야겠네요. 잠깐 있다 가지 않을래요?"

"안 돼요." 나는 뒤에서 돌아가는 엔진을 가리키며 얼른 대꾸했다. "집에 가야 해요. 애들 때문에……. 부동산 일도 있고……."

"그렇죠." 그의 한쪽 입꼬리가 올라갔다. 멋진 미소였다. 진실하고 따뜻한 미소. 거짓말하기 힘들게 만드는 미소.

"도와줘서 고마워요." 햇빛을 받은 그의 눈썹이 곱슬머리 밑으로 사라지자 내 뺨이 화끈 달아올랐다. "뭐랄까…… 오늘은 뜻대로 풀린 일이 하나도 없었어요. 미안해요. 정말, 정말 이상한 하루였거든요."

"괜찮아요. 무슨 뜻인지 아니까." 그가 웃음을 참느라 입술을 깨물었다. 나는 콘크리트 밑으로 기어 들어가고 싶은 심정이었다. 그가 내게 재크의 손수건을 내밀었다. "제 전화번호 아직 갖고 계세요?"

나는 고개를 끄덕였다.

"그럼 또 만나요, 테리사." 지프 쪽으로 뒷걸음질하면서도 그는 내게서 눈을 떼지 않았다. 천진하기 그지없지만 나를 완전히 녹여버릴 것 같은 미소였다. 밴에 올라타 엄지손가락으로 휴대전화 화면을 쓸며 그의 번호가 저장됐는지 확인했다. 그사이 그의 지프는 주차장으로 돌아갔다.

내 손가락이 차 열쇠 위에서 맴도는 사이 그는 셔츠를 어깨에 걸친 채 러시로 들어갔다. 문자 메시지를 보내 줄리언에게 내 번호를 알릴까? 아니, 그것은 아주아주 터무니없는 생각이었다. 해리스는 땅에 묻혔고 나는 그를 죽인 대가로 조금 전에 5만 달러를 받았다. 해리스와 같이 있는 모습이 마지막으로 목격된 장소와는 최대한 거리를 두어야 했다.

하지만⋯⋯.

아직 미니밴도 괜찮은 거죠? 재빨리 문자 메시지를 입력하고 마음이 바뀌기 전에 발송을 눌렀다. 이 주차장에만 오면 내 판단력이 흐려지는 것이 분명했다.

운전대에 이마를 박았다. 그의 답장을 기다리는 시간이 고통스러울 만큼 길게 느껴졌다. 그 사람은 예의를 차렸을 뿐인데 나 혼자 착각에 빠진 건가? 유아용 손수건이 산통을 깬 건 아닐까?

내 허벅지에서 휴대전화가 진동했다. 똑바로 앉아 손으로 눈을 가렸다. 용기가 나지 않아 손가락 틈새로 겨우 그의 메시지를 읽었다.

언제든지 오세요. 제가 어디 있는지 잘 아시잖아요.

러시의 색유리를 올려다보았다. 줄리언의 흰 셔츠가 어렴풋이 보였다. 그가 창문 안쪽에서 손을 살짝 흔들었다. 나도 운전대에서 손가락을 쳐들었다. 내 반응이 저쪽에서도 보일지는 알 수 없었다. 어젯밤 나를 꿰뚫어봤듯이 그는 나에 대한 모든 것을 꿰뚫어봤는지도 모른다.

16

30분 후 차고에 서서 어제 해리스 미클러의 시신을 썼던 공간을 보고 있자니 피로감이 엄습했다. 축축한 콘크리트 바닥에 표백제 냄새가 희미하게 감돌았다. 바닥을 말리려고 열어둔 셔터 문으로 오후 햇살이 쏟아졌다. 내가 없는 사이에 베로가 호스로 물을 뿌린 모양이었다. 조그만 분홍 모종삽은 씻어서 말린 후, 타공판의 원래 자리에 걸어놨다. 해리스 미클러의 개인 소지품은 깨끗이 닦아 러시에 주차된 그의 차 안에 두었다. 스티븐의 삽은 그의 창고에 돌려놨다. 20달러 지폐를 동전으로 바꿔 내 미니밴 구석구석에 남았을 해리스 미클러의 흔적을 진공청소기로 빨아들였다. 우리의 흔적을 덮기 위해 할 수 있는 것은 다 했지만, 뭔가 놓치고 있는 듯한 찜찜함을 떨칠 수 없었다.

죄책감. 나를 자꾸만 차고로 끌어당기는 이 지겹고 끈질긴 감정은 죄책감이 분명했다. 평생 나를 따라다닐지도 모른다.

길 건너편에서 퍼덕거리는 소리가 내 주의를 끌었다. 해거티 부인의 주방 커튼이 미묘하게 달싹였다. 차고 문으로 다가갔다. 까치발을 하고 몸을 위로 쭉 뻗어 양손으로 문을 끌어내렸다. 문이 쾅 닫히면서 차고가 덜컹거렸다.

어리석었다. 내가 이렇게 어리석었다니. 주방으로 연결되는 짧은 나무 계단에 주저앉았다. 눈이 어둠에 익는 내내 어젯밤의 사건을 둘러싼 온갖 가정들이 쏟아져 내렸다. 빌어먹을 차고 문만큼 묵직하고 거슬렸다.

내가 퍼트리샤 미클러에게 전화를 걸지 않았더라면? ······테리사의 드레스를 빌려 입고 술집에 가지 않았더라면? ······해리스를 내 밴에 태우지 않았더라면? ······그를 여기, 내 집까지 데려오지 않았더라면? ······차고 문을 닫고 엔진을 켜놓지 않았ㅡ.

등골이 서늘해지고 온몸의 근육이 뻣뻣해졌다. 고개를 들어 밴에서 차고 문으로 주의를 돌렸다. 샴페인과 공포로 뭉개진 지난밤의 기억은 흐릿하기만 했다. 누군가가 지우개로 살짝 문지른 듯이. 하지만 떠올랐다. ······진입로로 차를 몰고 들어온 기억이. 내 차 차양에 부착된 리모컨을 누르고 문이 삐걱삐걱 열리기를 기다린 기억, 차 전조등에서 나온 밝은 원뿔형 빛이 타공판과 작은 분홍 모종삽을 비추던 기억, 밴에서 내려 작업대와 범퍼 사이를 비집고 지나간 기억, 부신 눈을 가늘게 뜨고 집 안으로 뛰어 들어간 기억이 났다. 주방은 깜깜했다. 벽 너머에서 울리는 엔진 소리를 제외하면 고요하기만 했다. 언니에게 전화를 걸었다. ······그런 기억들은 생생하고 또렷했다.

나를 불안하게 하는 것은 내가 기억하지 '못하는' 것들이었다.

주방으로 들어갈 때 벽에 붙은 버튼을 누른 기억이 없었다. 차고 문이 요란한 기계음을 내며 바닥으로 내려오는 소리도 들은 기억이 없었다.

나는 차고 문을 닫지 않았다.

나는 밴의 시동을 끄지 않았다. 하지만 차고 문을 닫지도 않았다.

벌떡 일어서서 벽에 붙은 전등 스위치를 켰다. 천장 한가운데에 설치된 전구 하나가 콘크리트 바닥을 희미한 노란색으로 물들였다. 그 밑에 서서 문을 작동시키는 모터를 올려다봤다. 내 눈길이 덜렁 거리는 빨간 비상용 당김줄을 따라가다가, 문을 올렸다 내렸다 하 는 도르래에 잠시 멈췄다. 도르래가 벨트에서 분리되어 있었다. 베 로가 벽에 붙은 버튼을 눌렀을 때 모터는 작동했지만 문이 꿈쩍하 지 않은 이유도 이걸로 설명이 가능했다. 문이 도르래에 연결되지 않았기 때문이다.

하지만 그럴 리가 없는데.

러시에서 집으로 돌아왔을 때만 해도 문은 작동했다. 차양의 리모 컨을 눌러 문을 열고 차고에 밴을 넣지 않았던가. 하지만 겨우 20분 후에 집에서 나와보니 해리스는 죽어 있고 차고 문은 모터에서 분리 되어 있었다. 나는 분명히 닫은 적이 없는데 문은 닫혀 있었다.

어떻게 그럴 수 있지?

내 머리 위에 매달린 빨간 줄을 올려다봤다.

벨트를 풀어 모터에서 문을 분리하려면 저 줄을 당기는 수밖에 없다. 문을 수동으로 여닫으려면 그 방법뿐이다. 그 말은 내가 집 안 에 들어간 사이에 누군가가 줄을 당겨 문을 닫았다는 뜻이다. 밴의 모터가 돌아가는 동안. 그 말인즉슨…….

내가 한 짓이 아니라는 뜻이다.

해리스 미클러를 죽인 사람은 내가 아니다.

베로가 짝다리를 짚은 채 차고 벽에 기대서서 정신 나간 사람 보듯 나를 흘겨봤다.

"진짜로 당신이 집 안에 있을 때 누가 빨간 줄을 당겨 차고 문을 닫았다고 생각해요?"

"그래요."

"왜요?"

가능한 설명은 딱 하나뿐이었다. "해리스 미클러가 죽기를 바란 사람이 또 있었던 거예요. 우리가 술집을 나서는 걸 보고 집까지 따라왔겠죠. 내가 차 엔진을 켜놓고 집 안으로 들어가는 바람에 해리스를 죽일 완벽한 기회를 잡은 거고요." 내 소설에 등장할 법한 범죄였다. 너무…… 뻔해서 아무도 사지 않을 소설에.

베로가 내 손에서 퍼트리샤의 봉투를 낚아챘다. 너무 꽉 쥐고 있어서 나는 쥐고 있다는 사실도 잊고 있었다. "죄책감 때문에 그런 말 하는 거 아니에요?"

"내가 죄를 많이 짓기는 했죠, 베로. 그래도 차고 문을 닫지는 않았어요. 확실해요."

그녀는 돈다발을 꺼내 얼굴에 갖다 대더니 부채처럼 펄럭이며 눈을 감고 냄새를 깊이 들이마셨다. "그런데도 우리가 이 돈을 가져도 될까요?"

작업대에 놓인 덕테이프를 집어 그녀에게 던졌다.

"알았어요, 알았다고요." 내가 물건을 또 던질까 봐 베로는 퍼트리샤 미클러의 봉투를 방패 삼아 들어 올렸다. "당신이 아닌 누군가가 차고 문을 닫았다고 쳐요. 그렇다면 줄을 왜 당겼을까요? 벽에 붙은 버튼을 누르고 도망가면 될 텐데?"

손톱을 씹으며 그날 밤의 사건들을 되짚었다. 일산화탄소가 차고에 가득 차기까지 시간이 꽤 걸렸을 것이다. 그 말은 내가 들어가자마자 범인이 문을 닫았다는 뜻이다. 나는 주방 바닥에 앉아 차고와 맞닿은 벽에 등을 기댄 채 조지아와 통화를 했다. 대화가 너무 길어져서 엔진을 끄지 않은 것을 까먹었다. 통화를 끝내고 위층으로 올라가 몸을 씻고 옷을 갈아입었다. 내 침실은 차고 바로 위에 있다. "아니야." 나는 고개를 저었다. "아니, 누가 됐든 벽에 붙은 버튼이나 리모컨을 썼을 리 없어요. 모터가 얼마나 시끄러운데. 틀림없이 소리가 들렸을 거예요. 조용히 처리하고 싶어서 줄을 당긴 거죠."

빨간 손잡이를 올려다봤다. 아직도 뭔가 앞뒤가 안 맞았다. 비상 당김줄을 쓴다고 소리가 안 나는 것도 아니다. 어느 겨울에 정전이 되었는데, 마침 열려 있던 차고 문으로 눈이 들이쳐서 줄을 당긴 적이 있다. 당기자마자 문은 콘크리트 바닥에 추락해 지독한 굉음을 냈다. 문이 떨어지며 해거티 부인을 놀라게 한 조금 전처럼. 침실에 있던 스티븐이 소음을 듣고 웬일인가 하고 달려올 정도였다. 그 일이 있은 후 그는 한 주 내내 나에게 문틀을 부술 셈이었냐고 타박했다. 그러면서 나나 아이들이 다칠 수 있으니 차고 문이 열려 있어도 비상용 빨간 줄은 절대 당기지 말라고 당부했다. 진짜 비상 상황이 아니라면…….

"그 표정 뭐죠? 내가 아는 표정 같네요." 구석에 놓인 녹슨 사다리 의자를 쥐는 나를 보고 베로가 말했다. "테리사의 배기관에 지점토를 쑤셔 넣기 전의 표정이랑 똑같아요."

"문 열어요." 빨간 줄 밑에 의자를 놓으며 말했다.

"무거워요! 당신이 열어요."

"내가 어떻게 열어요? 나는 의자에 올라가야죠."

베로는 나더러 그 의자를 이렇게 놔라 저렇게 놔라 지시하더니 두 손으로 차고 문을 들어 올렸다. 싸늘한 가을바람이 열린 문틈으로 불어와 머리카락을 흩날리자 베로는 몸서리를 쳤다. 중얼중얼 나를 욕하며 그녀는 차고 문을 머리 위로 완전히 올려 천장과 평행이 되게 놓았다. 나는 사다리에 올라 스티븐이 가르쳐준 대로 도르래를 벨트에 다시 연결했다. 그리고 줄을 당겼다.

슬슬 미끄러지던 문에 가속도가 붙자 베로가 비명을 질렀다. 그녀는 문이 바닥에 부딪치기 전에 잡으려고 돌진했다. "제정신이에요?" 그녀가 씩씩거렸다. "해거티 부인이 귀를 쫑긋 세우고 있다가 무슨 일이 있었냐며 참견하면 어쩌려고요!" 베로는 조그맣게 쿵 소리를 내며 문을 바닥에 내려놨다. 집 안에서는 들리지 않을 정도로 작은 소리였다.

"두 명이었어요." 내가 의자에서 내려오며 말했다. 베로는 나를 보고 코를 찡그렸다. "소음을 내지 않고 이 차고를 닫으려면 그 방법밖에 없어요. 한 사람은 줄을 당기고 한 사람은 문이 천천히 떨어지게 잡고 있어야 해요."

"그 말은 누군가가……, 누군가 두 사람이…… 해리스를 죽였다는 뜻인가요? 당신이 언니와 통화하는 사이에?"

"사고를 가장한 거죠."

"아니면 당신이 실수하도록 설정해놨거나." 내가 갑자기 돌려주기로 결심이라도 할까 두려운지 베로는 봉투를 집어 자기 요가 바지, 아니 내 요가 바지의 허리춤에 슬쩍 꽂았다. 내가 봉투를 홱 낚아채자 그녀는 꺅 소리를 질렀지만, 이제는 돌이킬 수 없는 일이었다. 나는 이미 돈을 받았다. 해리스를 차고에 가둔 사람이 누구든 돈을 받고 청부살인을 한 사람은 나였다. 해리스의 시체가 발견되면 대가를 치러야 할 사람은 우리였다.

오후에 아이들이 낮잠을 자는 틈을 타, 서재로 들어가서 문을 닫았다. 책상 위에 퍼트리샤의 봉투가 놓여 있었다. 베로가 40퍼센트를 가져갔기 때문에 눈에 띄게 얇아졌지만, 그렇다고 보고 있으면 마음이 가벼워지는 것은 아니라서 봉투를 책상 서랍에 넣었다.

퍼트리샤가 준 돈은 내 책 계약금과 다르지 않았다. 내가 하지 않은 일에 대한 빚이 한 가지 더 생겼을 뿐이다. 죄책감을 느껴야 할 대상이 하나 더 늘었을 뿐이다. 퍼트리샤의 돈은 많은 문제를 해결해줄 수 있는 만큼 나를 더 심각한 문제, 더 무서운 문제와 엮어놓았다. 아이들을 잃어야 하는 문제라든지, 남은 평생을 감옥에서 썩어야 하는 문제라든지. 해리스의 실종 건으로 다시 궁지에 몰릴 경우, 벗어날 유일한 방법은 내 차고에서 실제로 무슨 일이 일어났는지 분명히 설명하는 것뿐이었다. 내가 그를 죽이지 않았다는 사실을 확실히 증명할 수 있어야 했다.

구닥다리 컴퓨터를 켜고 그것이 덜덜거리며 살아나기를 기다렸다. 새 워드 문서를 열고 제목을 붙인 다음 처음으로 떠오르는 단어를 쳐 넣었다. 실비아와 편집자가 내게 기대했던 단어였다. 청부살인 — 핀레이 도너번. 화면이 눈부시게 하얬다. 커서가 나를 무심히 쏘아보며 천천히 깜빡였다. 굳은살 박인 내 손가락이 키보드 위를 맴돌았다. 패배적인 생각의 늪에서 빠져나오기는 몇 달 만에 처음이었다. 스티븐이 떠난 후로는 몇 문장도 제대로 만들어낼 수 없었다. 모든 대사가 변변찮고, 모든 로맨스가 밋밋했다. 내가 꾸며낸 이야기는 읽는 것 자체가 시간 낭비 같았다.

스티븐이 집을 나가고 처음으로 마감일을 넘긴 날, 전화로 실비아의 훈계를 들었다. 나는 슬럼프가 닥쳤다고 변명했지만, 그녀는 그마저 이겨내야 하는 대상이라며 내 사정을 전혀 봐주지 않았다. 페이지에 쏟아내기 전에는 전체 이야기가 보이지 않을 때가 있다고, 다음에 무슨 사건이 이어질지 알 수 있는 방법은 한 장면 한 장면 끝까지 쓰는 것뿐이라고 실비아는 말했다. 나를 강하게 압박해 스스로 해결책을 찾게 하려 했다. 대체로 그녀는 돈이 벌리는 쪽으로 머리를 쓴다. 나도 그랬어야 했는지 모른다.

계약한 소설을 어떻게 시작해야 할지 고민하며 키보드를 두드렸지만 해리스 이야기만 자꾸 머릿속을 맴돌았다. 나의 어리석음 때문에 스스로 사건의 한가운데로 빠져든 기분이었다. 해리스의 행방을 쫓던 경찰의 추적이 러시에서 내 차고로 향한다면 나는 꼼짝없이 유력한 용의자가 된다. 살인자는 다른 사람이라는 사실을 증명하지 못하면 베로와 나는 감옥에 가야 한다.

첫 장면은 정해졌다. 해리스 미클러가 내 코앞에서 살해당하는 장면이었다. 그 뒷이야기를 파헤쳐 나머지 줄거리를 찾기만 하면 된다. 등장인물들의 머릿속에 들어가 그들이 어떤 사람인지, 무엇을 원하는지, 무엇을 잃게 될지 따져봐야 한다. 결국 수단, 동기, 기회를 밝혀야 한다는 뜻이다. 나 자신과 연관된 범죄를 해결하는 게 어려우면 얼마나 어려울까?

퍼트리샤가 내 점심 쟁반에 끼워놓은 쪽지 이야기부터 시작해 사건의 세부 정황을 최대한 상세히 떠올리기 시작했다. 내 차 안에서 전화를 걸고, 러시로 찾아가고, 해리스를 데리고 주차장으로 빠져나가고, 차고에서 죽어 있는 그를 발견한다. 글을 쓰다 보니 이야기에 푹 빠져 내 기억으로 줄거리의 공백을 메울 수 있었다. 해리스, 퍼트리샤, 줄리언과 내 이름, 술집 이름은 바꿨지만, 그날 밤의 사건들은 있는 그대로 쏟아냈다.

키보드를 두드리는 속도가 점점 빨라졌다. 단락이 모여 페이지가 되었다. 지는 태양이 블라인드 사이로 나른하게 자신의 분홍 손가락을 뻗칠 때까지 쉬지 않고 글을 썼다. 주방에서 접시 달그락거리는 소리가 잠잠해지고, 아이들은 침대에서 소란을 피우다 마침내 잠이 들었다. 그 이후에 찾아온 고요한 시간 내내, 켜진 모니터가 집 안의 유일한 불빛이 될 때까지 나는 글쓰기를 멈추지 않았다.

17

다음 날 잠에서 깼을 때 온 집 안이 조용했고 아이들은 낮잠에 빠져 있었다. 베로는 물집 잡힌 두 손으로 머리에 받친 쿠션을 감싼 채 피곤한 얼굴로 소파에 잠들어 있었다. 그녀를 깨울 이유는 없어 보였다. TV가 지역 뉴스를 나직이 내보내고 있었다. 베로는 밤새 뉴스를 시청하면서 경찰이 우리 집 현관에 들이닥치지 않을까 전전긍긍했을 것이다. 해리스 미클러를 죽인 진짜 범인이 누군지 밝히기 전에는 우리 둘 다 맘 편히 잠들기는 글렀다는 생각이 들었다.

밤새 글을 썼지만, 내 차고에서 죽은 해리스를 발견하기 전까지 무슨 일이 있었는지 도저히 이해할 수 없었다. 퍼트리샤와 나 외에 그를 죽일 동기를 지닌 사람이 또 있을까? 내가 해리스에 대해 아는 정보는 그의 소셜 미디어 프로필과 휴대전화에서 얻은 게 전부다. 물론 그 끔찍한 사진 속 여자들은 하나같이 해리스의 목숨이 끊기기를 바랄 동기를 지닌 셈이지만 휴대전화는 이미 러시에 주차된 그의 차로 돌아갔고, 다시 가지러 가기에는 너무 위험했다. 나를 도와 해리스 살인사건을 해결할 수 있는 사람은 퍼트리샤가 유일했다. 그나마 그녀가 내 전화를 받아야 가능한 일이었다.

절박한 심정으로 퍼트리샤의 회사 전화번호를 찾았다. 전화를 받은 동료는 퍼트리샤가 오늘 아침에 전화를 걸어와 이번 주 내내 병가를 냈다고 설명했다. 해리스보다 퍼트리샤에 대해 아는 것이 훨씬 적지만, 그녀가 파네라에서 내 쟁반에 남긴 쪽지 덕분에 집 주소는 알고 있었다.

노스리빙스턴 가는 이미 핼러윈 분위기가 완연했다. 나뭇가지에는 부풀부풀한 거미줄이 매달려 있고, 때깔 좋은 호박이 현관 앞에 흩어져 있었다. 49번지에서 한 블록 떨어진 경계석 옆에 차를 멈추었다. 미클러 부부의 집은 수수한 주위 환경에 잘 녹아들도록 조경된, 1960년대식 복층 구조의 소박한 주택이었다. 같은 우편번호를 쓰는 다른 집들처럼, 무던해 보이는 벽돌 집의 내부는 노스알링턴의 비싼 집값과 고급스런 취향에 맞게 화강암 조리대와 고급스런 몰딩, 월풀 욕조 등으로 개조되었을 터였다.

창문 위의 원목 덧창은 죄다 닫혀 있고, 진입로에는 차가 한 대도 보이지 않았다. 집 밖에서 덮치려고 기회를 엿보는 경찰도 없는 것 같았다.

집을 나선 이후 퍼트리샤의 번호로 세 번이나 연락을 시도했다. 그녀의 음성사서함이 가득 찼다는 자동응답 목소리를 듣고 욕을 내뱉으며 휴대전화를 컵홀더에 던졌다. 차에서 내려 미클러 부부의 집을 향해 태연한 척 걸어갔다. 이웃 사람들은 직장에 있을 시간이었다. 퍼트리샤 미클러도 그래야 했는데.

남편을 죽인 대가를 지불한 다음 날 병가를 내다니 참 어리석었다. 아니면 남편을 걱정하는 아내를 연기하려는 심산인가? 그녀가 어디에 있는지 몰라도 이 도시를 몰래 **빠져나간** 건 아니길 바랐다. 도망쳐봤자 결국 경찰에게 발견될 텐데. 만약 경찰이 퍼트리샤에게 남편의 실종에 대해 캐묻는다면……. 음, 그녀가 감형받는 조건으로 어떤 자백을 할지는 생각도 하기 싫었다.

지켜보는 눈이 없다는 데 만족하고, 길을 건너 퍼트리샤의 집으로 다가갔다. 집 앞 계단이 깔끔했다. 우편물 더미도, 잡동사니도, 핼러윈 장식도 없었다. 초인종을 눌렀다. 현관 창문으로 벨 소리가 희미하게 들렸다. 다가오는 발소리, 개 짖는 소리는 없었다. 1분쯤 기다렸다가 문을 쾅쾅 두드렸다. 집 안은 고요했다. 창틈으로 내부를 들여다봤다. 실내에 조명이 꺼져 있었다.

대체 어디로 갔을까?

돌아서려다가 미클러의 집 현관문 옆에 걸린 우편함을 보고 멈칫했다. 내 손이 뚜껑 위에서 주저했다. 남의 우편물에 손대는 것은 틀림없는 범죄였지만, 해리스의 우편물 중에도 남들에게 숨기고 싶은 정보가 꽤 섞여 있을 터였다.

고개를 두리번거리며 길 양쪽을 살핀 다음 우편함을 열었다. 우편물의 양이 많지 않았다. 다 챙겨서 코트 호주머니에 넣어도 티가 별로 안 날 정도였다. 마음이 바뀌기 전에 재킷을 벌려 우편물을 쑤셔 넣고 서둘러 내 차로 돌아왔다. 차 문을 잠그고 봉투를 휙휙 넘겨보았다.

청구서 몇 장, 쿠폰, 광고지…… 모든 우편물에는 미클러 부부가 공동 수신자로 표시되어 있었다. 밀크맨 협회라는 법인 앞으로 온 은행 거래 내역서만 예외였다.

밀크맨. 그의 휴대전화 암호였다.

자동차 열쇠를 끼워 봉투를 개봉한 다음 내역서를 훑어봤다. 그가 퍼트리샤와 공유하는 계좌는 확실히 아니었다. 식품이나 공과금, 쇼핑몰에 쓴 돈은 없었다. 미용실, 병원, 집과 관련된 일상적인 비용 지출도 없었다. 내역서를 읽자 속이 쓰렸다. 고급 술집과 호화 레스토랑, 비에나의 꽃가게, 시내에 있는 고급 보석가게. 해리스의 집과 러시의 중간 지점에 있는 리츠칼튼 호텔로도 여러 차례 돈이 빠져나갔다. 해리스의 계좌가 틀림없었다. 해리스가 피해자들에게 약을 먹이고 협박하여 입막음하기 전에 술과 밥을 사는 데 이용한 계좌였다.

페이지를 넘기니 전부 똑같이 2천 달러가 찍힌 12건의 입금 내역이 보였다. 매달 1일에 이체된 금액이었다. 해리스가 부업으로 재무 컨설팅을 한 것이 틀림없다. 보아하니 컨설팅 사업도 꽤 잘된 모양이었다. 다달이 수수료를 송금하는 단골 고객이 12명이라니. 9월 마지막 주에 해리스의 계좌 잔고는 50만 달러가 조금 넘었다. 하지만 그 달 말에는 잔고가…… 0달러?

다시 출금 내역을 펼쳐봤다. 해리스는 살해당한 전 주에 계좌에서 돈을 남김없이 인출했다. 퍼트리샤가 나를 고용하기 일주일 전에.

아니면 혹시……?

그 사람을 떠나려고 마련해둔 돈요. 하지만 역시 이 방법이 낫겠어요.

퍼트리샤가 현금 5만 달러를 어떻게 그토록 쉽게 마련했는지 알 것 같았다. 남편의 계좌에서 돈을 빼돌려 달아날 계획을 세웠던 거다. 남편이 절대 쫓아오지 않기를 바라면서. 하지만 그녀는 나를 만났고, 차라리 그 돈으로 그가 절대 쫓아오지 못하게 만들겠다고 생각을 바꿨다. 돈의 행방이 묘연해지면 그녀가 경찰에 하려고 계획했던 설명, 즉 남편이 재산을 현금화하여 다른 여자와 함께 달아났다는 이야기도 더 설득력을 갖게 된다. 동시에 퍼트리샤는 그 돈을 가지고 다른 곳에 가서 새 출발을 할 수 있다.

남은 의문은 두 가지였다. 누가 해리스를 죽였나? 퍼트리샤 미클러는 어디로 갔나?

해리스의 입출금 내역서를 챙겨 넣고 나머지 봉투들을 우편함에 돌려놓으러 가려는 순간, 날렵한 검은색 링컨 타운카가 내 차 앞을 천천히 지나갔다. 그 차가 미클러 부부의 진입로에 멈추는 것을 보고 나는 좌석에서 몸을 낮췄다.

한 남자가 조수석 쪽 문을 열고 내렸다. 맞춤 정장을 입은 긴 다리가 절도 있는 걸음걸이로 퍼트리샤의 현관문 앞으로 다가갔다. 그는 초인종을 누르고 공들여 손질한 듯한 짙은 색 머리를 매만지며 반응을 기다렸다. 운전자는 짙게 선팅한 차창 뒤에 숨은 채 차 안에 머물러 있었다.

남자는 벨을 한 번 더 누른 다음 내 차에서도 들릴 만큼 요란하게 노크를 했다. 반응이 없자, 그는 차고 쪽으로 이동했다. 큰 키 덕분에 높고 좁은 창문을 쉽게 들여다볼 수 있었다. 그는 고개를 갸웃거리며 차로 돌아섰다.

운전석 문이 휙 열렸다. 떡 벌어진 어깨와 튼실하고 두꺼운 다리가 밖으로 나왔다. 묵직하고 느릿느릿한 걸음으로 운전자는 집 옆을 돌아 뒤편으로 사라졌다. 그는 소매에서 은색 칼을 꺼내 두툼한 손에 쥐었다.

정장 차림의 남자는 뒷짐을 지고 진입로를 성큼성큼 내려오더니 타운카 옆에 멈춰 서서 눈으로 거리를 훑었다. 나는 좌석에서 몸을 더 낮춘 채 운전대 위를 흘끔거렸다. 행여 내 등짝에 내리쬐는 오후 햇살 때문에 남자의 눈에 띄는 일이 없기를 기도했다.

잠시 후에 운전자가 돌아왔다. 그는 두 손을 비비며 다른 남자에게 고개를 까딱했다. 둘은 다시 미끈한 검은색 차로 들어갔다. 바닥에 납작 엎드린 내 심장이 벌렁거렸다. 링컨이 진입로를 후진해서 내 쪽으로 방향을 틀었다. 그 차의 엔진 소리가 멀어지기를 기다렸다가 슬며시 일어나 앉았다.

저들이 퍼트리샤가 경고한 무서운 사람들일까? 온 도시에 눈과 귀를 두고 있다는 사람들?

내 남편은 아주 위험한 사람들과 얽혀 있어요.

백미러로 그들이 멀리 갔는지 확인한 다음 차 문을 열고 우편물을 우편함에 돌려놓았다. 돌아가라고, 달아나라고 비명을 지르는 목소리가 내 머릿속에서 들렸다. 하지만 퍼트리샤가 쭉 집 안에 있었다면? 내가 아니라 그 남자들을 피해 숨어 있었다면? 운전자는 커다란 칼을 들고 있었는데 돌아올 때는 손에 없었다. 퍼트리샤가 괜찮은지 확인해야 했다.

차고로 살금살금 다가가 진입로 옆의 화분 위에 올라서서 창문을 들여다봤다. 차고 안에 갈색 스바루 왜건이 주차되어 있었다. 파네라에서 나를 두고 떠날 때 탔던 차와 같았다. 뒤창에 스티커가 덕지덕지 붙어 있었다. 제임스메디슨 대학교, '동물은 음식이 아니라 친구입니다', '사지 말고 입양하세요', 'OO 동물보호소'. 남녀와 개 두 마리를 선으로 표현한 그림도 유리창 전체를 뒤덮고 있었다.

퍼트리샤는 집에 있었다.

미클러의 집 옆을 돌아 뒤뜰 베란다 한가운데에 우뚝 멈췄다. 문틀에 박힌 기다란 칼이 햇빛을 받아 반짝였다. 칼날로 고정된 종이 한 장이 펄럭이고 있었다.

네년이 내 돈을 가져갔지.
딱 24시간 준다. 내 인내심의 한계는 거기까지다. ―z

주머니 속 거래 내역서를 만지작거렸다. 다달이 입금된 돈은 고객들이 보낸 수수료였을까? 아니면, 해리스가 고객의 계좌에서 야금야금 횡령한 돈일까?

……우리가 무슨 짓을 했는지 그들의 귀에 들어가면 둘 다 쫓기는 신세가 될 거예요.

나는 퍼트리샤의 그 말이 우리가 해리스에게 한 짓이 그 위험한 사람들에게 알려지면 우릴 찾아올 거라는 뜻이라고 짐작했다. 하지만 그런 뜻이 아니었다면? 그녀와 '해리스'가 저지른 일을 가리킨 거라면? 만약 해리스의 계좌에 들어 있는 돈이 이 남자들 것인데 퍼트리샤가 빼돌린 거라면? 남편이 아니라 그들에게서? 혹시 해리스를 죽인 게 이 남자들은 아닐까?

나는 떨리는 숨을 내쉬었다. 다행히 남자들이 집 안으로 쳐들어가지는 않았다.

뒷문을 쾅쾅 두드리다가 오므린 손을 눈에 대고 창문을 들여다봤다. 주방은 컴컴했다. 개수대에는 설거지 거리가 없고 조리대도 깔끔했다. 옷소매를 당겨 손을 감싼 채 문고리를 돌려봤더니 잠겨 있었다. 그 옆의 창문도 마찬가지였다. 반려동물 출입문을 열어서 소리를 쳐볼까 하고 둘러봤지만 놀랍게도 이 집에는 그런 문이 없었다. 다시 문을 두드렸지만, 혹여 집에 있다 해도 그녀는 있는 척할 의사가 전혀 없는 것이 분명했다. 방금 목격한 상황을 감안하면 그녀를 원망할 수도 없었다. 내가 퍼트리샤였다면 침대 밑에 숨어서 경찰서에 전화를⋯⋯.

아, 안 돼.

사이렌 소리에 문손잡이를 놓고 귀를 쫑긋 세웠다. 허둥지둥 내 차로 돌아가다가 현관 계단에서 발을 헛디딜 뻔했다. 퍼트리샤는 괜찮을 거야. 나는 혼잣말을 하며 차에 들어갔다. 이 밤이 끝나고 해리스가 실종된 지 48시간이 지나면 경찰이 이 일대를 샅샅이 뒤지고 다닐 것이다. 정장 차림의 무서운 남자와 더 무서운 그의 운전기사가 이곳으로 돌아오는 어리석은 짓을 할 리 없다. 나도 바보가 아닌 이상 그렇게 하지 않을 것이다.

18

나는 고문을 당하고 있었다. 세상의 모든 신들께 간절히 기도했다. 주로 쌍시옷으로 시작하는 단어를 읊조리며 자비를 베풀어 이 고통을 끝내달라고 빌었다.

한쪽 눈을 살며시 뜨고 방 안의 광경에 초점이 맞을 때까지 기다렸다. 딜리아가 내 침대 끄트머리에 앉아 있었다. 복도에서 침실로 흘러든 빛이 뾰족한 머리카락의 그림자를 드리웠다. 딜리아는 조그만 손으로 내 방광이 터지도록 오른쪽 콩팥을 꽉 누른 채 나를 앞뒤로 격렬하게 흔들었다. 재크도 나를 굽어보고 있었다. 젖내 나는 숨을 내뱉으면서 포동포동한 손가락으로 내 뺨을 찔러댔다.

나는 베개로 얼굴을 가렸다.

딜리아는 베개를 내 머리에서 치웠다. "일어나, 엄마. 베로가 저녁 먹을 시간이래."

"저녁이라고?" 나는 한쪽 팔꿈치를 짚고 몸을 일으켰다. 오늘이 무슨 요일이지? 지금은 몇 시일까? 컴퓨터를 끄고, 서재 문을 닫고,

좀비처럼 침실에 들어온 기억이 났다.

재크가 축축한 공갈젖꼭지를 내 귀에 끼우고 킥킥 웃었다. 해리스의 혀가 떠올라 진저리를 치며 벌떡 일어나 앉았다. 지난 사흘간의 기억이 서서히 되살아났다. "내가 얼마나 오래 잔 거야?"

"하루 종일." 어둠 속에서도 흰자위가 보일 만큼 딜리아가 눈을 휘둥그레 떴다.

"그래. 엄마가 좀 피곤해서." 앉아서 몸을 쭉 폈더니 등과 어깨 근육이 욱신거렸다. 자업자득이었다. 머리가 나쁘면 몸이 고생이라는 말이 딱 맞았다.

역시 베로 말대로 트랙터를 쓸걸 그랬나 보다.

침대 옆 전등을 켰다. 내 삶에 선명한 안도감을 던져주는 빛에 눈을 찡그렸다. 아이들은 나를 포로처럼 붙잡고 방에서 끌어냈다. 복도에서 마늘버터와 오레가노, 펄펄 끓는 토마토 냄새를 감지하자 배가 꼬르륵거렸다. 재크를 허리에 끼고 아래층으로 내려갔다.

뭔가 달랐다. 모든 게 달라졌는지도. 나는 재크를 높다란 유아 의자에 앉히며 주방을 둘러봤다. 잡다한 조리도구가 아무렇게나 널려 있던 조리대가 깔끔히 치워져 있었다. 거실 카펫에는 진공청소기가 지나간 듯 줄무늬가 남아 있고 바구니에는 단정하게 개켜진 빨래가 담겨 있었다. 어제 청구서가 쌓여 있던 식사 공간에는 펼쳐진 공책과 계산기, 회계학 교과서가 놓여 있었다.

가슴이 철렁했다. "청구서는 다 어디 갔어요?" 베로에게 물었다.

"다 처리했어요." 그녀가 스파게티와 마늘빵이 담긴 그릇을 내놓으며 말했다.

"무슨 뜻이에요, 처리했다니?"

"납부했다고요."

"무슨 돈으로?"

그녀는 눈썹을 올리며 딜리아의 접시를 식탁 위로 밀었다. 나는 위층 서재로 달려가 책상 서랍을 열었다. 퍼트리샤 미클러의 봉투가 없었다.

황급히 내려가다가 계단 밑에 칠해진 바닥 광택제에 미끄러질 뻔했다. "돈 어딨어요?" 아이들을 불안하게 흘끔거리며 소리 죽여 물었다. 딜리아가 기다란 면을 후루룩 빨아들였다. 재크는 소스가 묻은 파스타를 한 움큼 집었다가 비명을 지르며 쟁반에 떨어뜨렸다.

베로가 재크 옆의 빈 의자에 앉았다. "내가 당신 명의로 1인 기업을 만들어 계좌를 개설한 다음 청구서 정산하는 데에 썼어요." 그녀는 마늘빵을 한입 가득 베어 물었다. "감사 인사는 됐어요." 그녀가 음식을 우물거리며 말했다.

입맛이 뚝 떨어져서 의자에 털썩 주저앉았다. "전부 다요?"

대꾸 없이 포크를 스파게티에 찔러 넣는 베로를 보니 답은 뻔했다.

"그러면 좀 수상해 보일 거란 생각 안 들던가요? 스티븐이 돈의 출처를 물으면 나더러 어떻게 설명하라고요?" 제 아빠 이름이 나오자 딜리아가 접시에서 눈을 치켜떴다. 따지는 건 포기해야 할 모양이었다.

"새 계좌예요. 그건 당신 회사고요. 거기 그 사람 이름은 없어요." 베로는 어깨를 으쓱하며 자기 잔에 와인을 따랐다. "돈을 다 낸 걸 스티븐이 알아차릴 때쯤이면, 책도 완성됐겠죠."

"무슨 책 말이에요?"

"당신이 밤중에 쓰던 책이죠." 그녀가 와인을 길게 한 모금 마셨

154

다. "그 책, 좋던데요."

"좋다니 무슨 뜻이에요? 좋은지 안 좋은지 당신이 어떻게 알아요?"

"줄리언 베이커는 누구죠?" 그녀가 한쪽 눈썹을 움직거렸다.

"내 컴퓨터를 뒤졌어요?"

"당신이 브라우저에 그 남자 인스타그램 페이지를 열어놨던데요." 그녀가 와인 잔 너머로 나를 보며 실실거렸다. "엄청 섹시하던데."

"누가 섹시해?" 딜리아가 물었다.

"아니야." 나는 베로를 노려보면서 내 접시에 파르메산 치즈를 수북하게 뿌리고 캔을 쾅 내려놨다. 거실에서 음소거된 TV가 지역 뉴스를 내보내고 있었다. 베로는 눈으로 자막을 읽으며 음식을 먹었다. "그 남자는 그냥 친구예요." 나는 접시를 내려다보며 웅얼거렸다.

"좀 어린 거 아녜요?" 베로가 물었다.

나는 파스타를 찔렀다. "나 서른한 살이에요. 벌써부터 무덤에 한 발 담근 노인네 취급하기예요?"

"지난번엔 무덤에 두 발 다 들어가 있던데."

나는 식탁 밑에서 그녀에게 발길질을 했다.

"안드레이 보로프코프는요? 그쪽은 무슨 사연이에요?"

나는 놀리던 턱을 멈췄다. 퍼트리샤의 돈 많은 친구나 책상 서랍에 넣어둔 7만 5천 달러짜리 약속어음에 대해서는 베로에게 입도 뻥긋한 적 없었다. "당신이 그 사람을 어떻게 알아요?"

베로가 갑자기 마늘빵을 떨어뜨리고 휘둥그레진 눈으로 내 등 뒤의 TV를 응시했다. 그녀는 의자를 끽 밀치고 조리대에 놓인 리모컨을 집어 소리를 높였다. 나도 뒤를 돌아보았다. 화면에 낯익은 얼굴들이 보였다. 갑자기 배 속이 뒤틀렸다.

"알링턴에 거주하던 부부가 각각 실종되는 사건이 발생해 경찰이 살해 가능성을 조사하고 있습니다. 퍼트리샤 미클러는 남편 해리스 미클러가 그제 저녁 퇴근 시간 이후로 연락이 닿지 않는다며 지역 경찰서에 실종신고를 했습니다. 경찰이 미클러 부인의 진술을 받으러 찾아갔지만 부부의 집에는 아무도 없었던 것으로 전해졌습니다. 경찰은 수차례 전화 통화를 시도하고 자택에도 여러 번 방문했지만 미클러 부인을 만날 수 없어 그녀 역시 실종된 것으로 추정하고 있습니다. 오늘 밤 경찰은 부부의 행방을 밝히기 위한 수사에 착수할 예정입니다."

카메라가 미클러 부부의 집 앞을 비췄다. 이웃들은 전부 같은 말을 했다. 아니요, 이상한 낌새는 전혀 없었어요. 아니요, 미클러 부부는 지극히 평범하고 조용했어요. 아이나 동물은 키우지 않았어요. 둘 다 좋은 직장에서 일했고 어떤 말썽도 일으킨 적이 없어요.

뉴스 앵커의 말이 끊기고 광고가 나올 때까지 베로는 내 팔을 붙잡고 있었다.

"엄마, 나 먼저 일어나도 돼?" 딜리아가 먹는 둥 마는 둥 한 그릇을 밀치며 콧잔등을 우그렸다.

"그래라." 나는 맥 빠진 목소리로 대답했다. "가서 손 씻으렴. 네 방에 가서 놀아도 돼."

딜리아가 계단을 올라가자마자 베로가 나를 돌아봤다. "우리 어쩌죠?"

이것은 내가 계획한 반전이 아니었다. "겁먹을 거 없어요." 무슨 소리? 우리 둘 다 누가 봐도 겁먹었는데.

"대체 어디 있을까요?"

"퍼트리샤요? 무서워서 그 동네를 떠났을걸요."

"뭐가 켕겨서 그러는 거 같잖아요!" 그녀가 소리를 버럭 지르자 재크가 소스 범벅된 얼굴을 홱 들었다. 아이의 시선이 우리 둘 사이를 오가자 베로가 목소리를 낮췄다. "경찰이 찾아내면, 퍼트리샤는 모든 걸 실토할지도 몰라요." 그녀는 조리대 위의 휴대전화를 집어 내게 내밀었다. "그 여자한테 전화해서 이러면 안 된다고 얘기해야 돼요. 당장 돌아오라고 하세요."

"전화라면 이미 수십 번도 더 걸었어요. 전화를 안 받아서 집에도 찾아가—."

"미쳤어요?"

"나를 본 사람은 없어요." 없기를 희망했다. 퍼트리샤의 뒷문에 박혀 있던 칼을 떠올리며 나는 침을 꿀꺽 삼켰다. "그런데…… 내가 집 앞에 있을 때 남자 둘이 나타났어요."

"남자라뇨? 무슨 남자?"

"모르죠. 하지만 퍼트리샤가 경고한 사람들 같아요. 쪽지를 남기고 가더군요. 해리스의 고객일 수도 있어요. 그가 돈을 빼돌렸나 봐요. 우편물에서 은행 거래내역서를 발견했는데—."

"남의 우편물을 개봉했다고요? 봉투에 당신 지문이 잔뜩 묻었겠어요!"

나는 호주머니에서 거래내역서를 꺼내 식탁 위에 놓았다. "괜찮아요. 내가 가져왔으니까."

베로가 헉 소리를 냈다. 그녀는 식탁 위의 내역서를 집어 들고 펼치더니 실눈을 뜨고 들여다봤다. "입금 12건. 전부 같은 금액이 매달 1일에 들어왔네요. 해리스가 고객의 돈을 횡령했다고 생각해요?"

나는 고개를 끄덕였다. "뒷장은 더 의외더군요. 한번 넘겨봐요." 베로는 페이지를 뒤집어 잔고를 확인했다. 맨 밑에 표시된 숫자 '0'을 본 그녀의 입모양도 '0'으로 바뀌었다. "쪽지에는 퍼트리샤더러 24시간 내에 가져간 걸 돌려놓으라는 경고가 적혀 있었어요."

"해리스를 죽인 게 이 남자들이라고 생각해요?"

"이들에게 동기가 있는 건 분명해요. 돈을 되찾고 싶어 하잖아요. 그중 5만 달러는 우리가 가져왔고요."

베로는 내 휴대전화를 끌어안고 주방을 서성거렸다. "퍼트리샤는 우리에게 현금을 줬어요. 만약에 이 남자들이 술집에서 이 집까지 당신 뒤를 밟았다 쳐도 당신이 해리스의 데이트 상대고 해리스는 과음으로 필름이 끊겼다고 생각했을 거예요. 퍼트리샤가 당신을 고용했다는 사실을 알았을 리 없어요. 수중에 50만 달러가 있으면 퍼트리샤는 어디로든 달아날 수 있어요. 그 남자들이 퍼트리샤를 찾지 못하면 우리 정체를 알아낼 방법도 없겠죠?"

"맞아요."

재크가 유아용 의자에서 버둥거렸다. 얼굴에 묻은 파스타 소스를 닦아주고 누나한테 가도록 의자에서 내려주었다.

베로가 의자에 앉았다. 메스껍다는 표정을 지으며 자기 접시를 식탁 가운데로 밀었다. "경찰이 우리보다 먼저 퍼트리샤를 찾으면 어쩌죠?"

"그 여자가 아는 내 정보는 전화번호뿐이에요. 이름이 뭔지, 어디에 사는지도 모르죠. 용의자 확인할 때 내 얼굴을 알아볼지도 의심스러워요." 내가 가발과 하이힐을 착용하고 화장을 떡칠하는 데는 다 이유가 있었다. 변장이 충분했어야 할 텐데. "더구나 내겐 당신이라는 알리바이도 있잖아요." 나는 그녀 옆 의자에 털썩 앉았다.

"내가 공범인 줄 알았는데요."

"경찰이 증명하지 못하면 아닌 거예요. 해리스 미클러가 실종된 날 밤에 나는 당신이랑 같이 이 집에 있었다고 해야 돼요. 주방에 있는 집 전화로 언니한테 전화도 했잖아요. 아이들을 데리러 갔을 때 조지아도 우리 둘이 같이 있는 걸 봤고요. 우리가 할 일은 경찰이 우리를 다시 찾아오게 만들 증거를 없애는 것뿐이에요."

베로가 내 휴대전화를 내려다봤다. 거기에 이가 득실거리기라도 하는 듯 내 앞 식탁에 툭 떨어뜨렸다.

"안심해요, 선불전화니까. 요금을 안 냈더니 지난달에 통신사에서 서비스를 정지했더라고요. 이 휴대전화는 슈퍼마켓에서 산 거예요."

"경찰이 카드 사용 기록을 조회하지 않을까요?"

"내 신용카드가 전부 한도 초과거든요. 그래서 현금만 썼어요." 나는 팔꿈치를 식탁 위에 놓고 손바닥으로 두 눈을 눌렀다. "휴대전화로는 내 뒤를 캘 수 없을걸요."

"〈로앤오더〉 같은 드라마 안 봐요? 얼마든지 추적이 가능하다고요!"

"가장 가까운 송신탑에만 신호가 잡혀요."

"얼마나 가까워야 하죠?"

"글쎄…… 몇 킬로미터쯤?"

"내가 보기엔 너무 가까운데요." 베로가 의자에서 일어났다. 고개를 들어보니 그녀가 내 휴대전화를 도마 위에 올려놓았다. 베로는 싱크대 서랍에서 고기망치를 꺼내더니 머리 뒤로 쳐들었다.

"잠깐만요!" 박살 나기 전에 휴대전화를 낚아챘다. 베로를 등지고 서서 손가락으로 연락처를 획획 넘겼다. 줄리언의 번호를 메모지에 옮겨 적는 사이 베로가 내 어깨 뒤에 까치발로 서서 앞을 넘겨다봤다.

"그냥 친구라면서요?"

"변호사예요." 메모지를 호주머니에 넣으며 말했다. "이 전화번호를 쓸 일이 있을지도 모르잖아요."

"변호사치고는 너무 어린데요."

"국선변호인이죠." 내가 대꾸했다. "가까운 미래에. 졸업하고 나서요."

"그건 아니라고 봐요." 베로가 자신의 머리를 쓸어 넘기며 반대 의사를 표시했다. "감옥에 잡혀 들어가면 그 속옷 모델 같은 남자가 우리를 빼내주길 기대하는 거예요? 나는 커프스 링크를 달고 롤렉스를 찬 늙은 백인 남자를 원해요. 당신 전남편의 변호사처럼."

"전남편의 변호사는 '늙지' 않았어요. 나보다 겨우 세 살 위인데요. 그리고 그 사람은 시간당 200달러를 받아요."

"안드레이 보로프코프를 죽이면 그 정도 돈은 낼 수 있잖아요."

나는 그녀를 쏘아봤다.

"그나저나 어디서 만난 거예요?"

"보로프코프 말이에요?"

"아니요." 그녀가 내 휴대전화를 홱 낚아챘다. "줄리언 베이커요."

그녀는 대답을 기다리며 손톱으로 싱크대를 톡톡 두드렸다.

"바텐더예요. 내가 해리스를 납치한 밤에 러시에서 만났어요."

"그 사람이 바텐더였다고요? 당신 소설에 나오는 그 바텐더? 제정신이 아니군요!" 그녀가 소리 낮춰 나를 비난하며 사납게 삿대질을

160

했다. "그 전화번호를 갖고 있으면 안 되겠어요. 그 사람이 당신을 신고하면 어쩌려고요?"

"그 사람은 내가 누군지도 몰라요! 그때 나는 금발 가발을 썼고 줄리언한테 가짜 이름을 알려줬다고요. 내가 테리사라는 부동산 중개인인 줄 알아요."

주방에 침묵이 내려앉았다. 베로가 입을 떡 벌리고 나를 보며 눈을 깜빡거렸다. 그녀의 목구멍 깊은 곳에서 시작된 낄낄대는 웃음이 결국 밖으로 터져 나왔다. 나도 웃기 시작했다. "설마요."

"진짜예요."

그녀는 고개를 절레절레 흔들며 주방으로 건너가 우리의 와인 잔을 가득 채웠다. 내게 잔을 건네고는 내 아이들을 볼 때처럼 관심이 담뿍 담긴 눈길로 나를 바라보며 술을 홀짝였다. "그 사람 좋아하죠?"

나는 그녀 옆의 조리대에 기댔다. 눈을 마주치고 싶지 않았다. 답은 뻔하다고 생각하며 와인을 꿀꺽꿀꺽 마셨다.

베로도 술을 남김없이 비우고는 잔을 내려놓고 내 어깨에 팔을 둘렀다. "그 남자한테 전화하면 안 된다는 거 당신도 알죠? 그 사람이 당신 정체를 알아내면 알리바이고 뭐고 다 끝장이에요. 당신 입으로 그랬잖아요. 미클러와 엮일 소지는 모조리 없애야 한다고요." 그 말이 옳았다. 그런데도 줄리언의 전화번호를 없앨 수 없었다. "말썽을 미연에 방지하려면 줄리언도 죽여야 되는 거 아니에요?"

"안 돼요!" 나는 입을 떡 벌린 채 그녀를 돌아봤다. "우린 아무도 안 죽였어요! 앞으로도 안 죽일 거고요! 안드레이 보로프코프는 안 돼요. 줄리언도 절대 안 돼요. 그만해요. 더 이상 그런 말 말아요."

술기운에 뺨이 달아오른 베로가 깔깔 웃었다. "뭘 그리 발끈하고 그래요. 농담 좀 한 걸 갖고!"

휴대전화를 열고 유심칩을 음식물 분쇄기에 넣었다. 수도꼭지에서 물을 흘려보내고 벽에 붙은 스위치를 켜는 순간 베로의 웃음소리가 뚝 그쳤다. 금속과 금속이 부딪치는 소리를 듣고 우리 둘 다 소스라쳤다. 퍼트리샤 미클러와의 마지막 연결고리가 배수구로 내려가는 사이 그 소리는 내 등골을 타고 내려가며 온몸에 전율을 일으켰다.

19

경찰 언니를 둔 덕에 얻은 중요한 교훈 두 가지가 있다. 첫째, 인터넷에서는 거의 모든 사람을 찾을 수 있다. 둘째, 남의 눈에 뻔히 보이는 곳보다는 집에서 범죄를 저지르다 발각될 확률이 높다.

내가 지역 공공도서관에서 일을 꾸미는 이유는 그 때문이었다.

아이들은 주말 내내 스티븐에게 가 있기로 했고, 베로는 회계학 중간고사를 준비하느라 집에 머물렀다. 그녀에게 자료 조사를 하러 도서관에 다녀오겠다고 했을 때 나는 딱히 거짓말을 한 것이 아니었다. 퍼트리샤가 어디로 갔는지 알아내지 못하면 미클러 가족을 둘러싼 미스터리의 다음 장에 무슨 사건이 이어질지 어떻게 알겠는가?

열람실 구석의 마지막 남은 컴퓨터를 차지하고 브라우저를 열었다. 퍼트리샤의 이름을 입력하고, 소셜 미디어와 화이트페이지*를 뒤져 그녀에 대한 정보를 모조리 검색했다. 그녀가 살던 동네, 가까이 지내던 사람들, 자주 다녔던 장소들……. 한 시간도 지나지 않아

---

* 인터넷을 사용하는 개인들의 이메일, 전화번호 등의 정보를 제공하는 인터넷 전화번호부.

하품이 났고, 그녀를 찾는 작업은 조금도 나아가지 못했다. 퍼트리샤 미클러의 삶과 비교하면 차라리 내 인생이 화려해 보일 지경이었다. 사무실, 자원봉사를 하던 동물보호소, 매주 나갔다는 필라테스 수업을 제외하면 그녀는 집을 거의 벗어나지 않은 모양이었다. 나보다 친구가 더 적은 사람 같았다.

퍼트리샤의 온라인 프로필에는 사람보다 동물이 더 많이 등장했다. 유일한 예외는 지난달의 입양 행사에서 보호소 자원봉사자 몇 명과 찍은 사진이었다. 그들 중 가장 연장자가 분명한 퍼트리샤는 한쪽 눈이 검은 얼룩으로 덮인 얼굴이 흰 개를 껴안고 있었다. 설명에 따르면 그 개의 이름은 '해적'이고, 그녀 옆의 젊은 곱슬머리 자원봉사자 애런이 안고 있는 개는 해적과 한 배에서 난 '몰리'였다.

그녀의 친구 목록을 클릭해 사진 속 자원봉사자들이 있는지 살폈지만 일치하는 얼굴을 찾을 수 없었다. 퍼트리샤는 보호소에 있는 시간 외에는 그들과 따로 연락을 하고 지내는 것 같지 않았다. 놀랄 일도 아니었다. 다른 봉사자들은 모두 젊은 대학생일 테니까. 퍼트리샤는 눈가의 잔주름과 움푹한 그림자 때문에 상큼한 얼굴들 사이에서 유독 눈에 띄었다. 아마도 그 때문에 그녀는 보호소 활동을 나머지 삶과 분리했을 것이다. 그래도 사진 속 그녀는 내가 파네라에서 만났던 피곤하고 좌절한 여자보다는 젊어 보였다. 어쨌든 좀 더 행복하고 편안한 모습이었다. 마치 이곳이 그녀의 집이고 이 동물들이 그녀의 가족인 듯이.

공개된 자료에 따르면 퍼트리샤는 외동딸이고 그녀의 양친은 세상을 떠났다. 소셜 미디어를 보니 그녀와 해리스가 조지타운의 맥도너 경영대학원에서 만났다는 사실을 알 수 있었다. 그 말은 그녀가 평생 워싱턴 외곽순환도로의 6.5킬로미터 반경 내에 살았음을 의미했다. 현금을 확보했다 쳐도 그녀가 이 동네를 떠나 홀로 다른 곳에서 새 출발을 하는 모습은 상상하기 어려웠다. 그런 대담한 도전을 하기에는 너무 소심한 인물 같았다. 아마도 지금은 혼란과 공포에 시달리며 호텔 방에 틀어박혀 있겠지. 자신이 저지른 사고를 직시하기에는 너무 겁에 질렸을 것이다. 해리스와 얽힌 남자들이 무서웠는지도 모른다.

그녀가 어디에 숨었든 그곳에서 나오지 않으면 경찰이 그녀를 찾을 것이다. 그녀를 조사하다 보면 경찰의 시선은 자연스레 내 쪽으로 향하게 된다. 일처리를 대가로 그녀에게 돈을 받았고, 일을 깔끔하게 끝냈다고 그녀에게 알렸으니까. 경찰의 눈에는 너무 뻔한 사건으로 보일 것이다. 나로서는 그녀를 먼저 찾아 실제로 어찌 된 일인지 설명하는 수밖에 없었다. 그녀의 남편을 죽인 사람은 내가 아니라고 말이다. 퍼트리샤와 힘을 모으면, 그 두 남자가 범인임을 증명할 방법을 찾을지도 모른다.

의자를 뒤로 젖히고 욱신대는 다리를 쭉 뻗었다. 해리스를 묻은 지 나흘 가까이 지났지만 그의 무덤을 파는 데 사용한 모든 근육이 아직도 내게 벌을 주는 기분이었다. 머리 위로 팔을 뻗자 등이 쑤셨다. 퍼트리샤가 속마음을 털어놓을 만큼 신뢰하는 사람, 그녀를 어디서 찾아야 할지 아는 사람이 틀림없이 있을 텐데.

쭉 뻗은 팔이 공중에서 멈췄다.

필라테스.

퍼트리샤가 테이블을 위로 건넨 쪽지는 필라테스 수업에서 알게 된 여자가 쓴 것이라 했다. 안드레이 보로프코프의 아내. 퍼트리샤는 그냥 아는 사람일 뿐이라고 했지만, 명백한 거짓말이다. 살인 청부업자를 소개할 만큼 허물없는 사이라면 퍼트리샤는 보로프코프 부인에게 다른 민감한 정보까지 털어놨을 공산이 컸다. 이를테면 나를 써서 남편을 죽인 뒤에 떠나기로 계획한 목적지라든지.

안드레이 보로브코프의 아내를 검색창에 입력하고 흔한 소셜 미디어 정보가 쏟아질 것을 예상하며 의자를 컴퓨터 쪽으로 바짝 당겼다. 하지만 첫 검색 결과를 비롯한 거의 모든 결과는 최근에 발생한 3중 살인사건 관련 뉴스 기사였다.

몇 주 전에 조지아가 그 범죄 현장을 두고 하던 말이 떠올랐다. 세 명의 지역 사업가가 헌든에 위치한 창고에서 목이 베인 채로 발견되었다고. 화면 속 헤드라인에 따르면, 그 사건은 심리무효로 끝났다.

내가 훑은 모든 기사에 같은 사진이 실려 있었다. 법원 계단 밑에 대기 중인 리무진으로 몸을 숨기는 두 남자. 한 명은 대머리에 눈썹뼈가 툭 불거진 무서운 얼굴이었다. 다른 한 명은 세련된 옷차림으로 보아 그의 변호사 같았다. 조지아의 아파트에서 TV로 본 것과 같은 장면이었다.

이미지를 확대하여 자세히 들여다봤다.

가슴이 철렁했다.

링컨 타운카를 타고 온 바로 그 남자들이었다. 퍼트리샤의 뒷문에 칼을 꽂았던.

쪽지에 적힌 안드레이라는 이름이 어쩐지 귀에 익더라니. 뉴스에서 접한 적이 있어서였다. 해리스를 묻은 날 밤 아이들을 데리러 갔다가 조지아의 집에서 얼핏 뉴스를 들은 모양이었다.

안드레이 보로프코프는 여느 속 썩이는 남편과는 차원이 달랐다.

마약조직범죄 수사팀도 감방에 처넣지 못한 살인 용의자였다. 조지아의 동료들이 그토록 원통해 했다는데도 해리스 미클러가 살해된 날 아침에 그는 무죄 판결을 받았다.

기사에 따르면 이리나 보로프코프의 남편은 러시아 마피아로 알려진 부유한 사업가 펠릭스 지로프의 경호원이다.

나는 헉 소리를 막으려고 손으로 입을 가렸다.

당신 혹시…… 펠릭스 쪽 사람?

해리스는 술집에서 이렇게 물었었다. 그래서 나도 같은 금융계 사람이라는 듯이 대답했다. 그 말을 할 때 해리스의 안색이 좋지 않았던 이유가 약물 때문인 줄만 알았다. 퍼트리샤는 이리나 보로프코프를 필라테스 수업에서 알게 된 것이 아니었다. 둘의 남편은 같이 사업을 하는 사이였다. **마피아 사업.**

해리스는 마피아의 돈을 횡령하고 있었다.

누가 볼까 두려워 떨리는 손으로 화면의 검색 내용을 지웠다. 내 검색 기록도 다 지운 다음 비틀거리며 자리에서 일어섰다. 안드레이 보로프코프는 단순한 경호원이 아니었다. 경호원은 누군가를 보호하는 사람이다. 경호원은 창고에서 사업가들을 베어 죽였다는 혐의로 체포되는 사람이 아니다. 경호원은 보스의 돈을 빼돌렸다고 의심되는 사람의 집 뒷문에 협박 편지를 남기지 않는다.

나는 러시아 마피아의 행동대장을 처리하기 위해 고용된 것이었다.

갑자기 어느 쪽이 더 무서운지 헷갈리기 시작했다. 내가 저지르지 않은 살인으로 경찰에 붙잡힐 가능성과 아내가 꾸민 짓을 알게 된 안드레이 보로프코프의 손에 제거될 가능성.

주방 문을 닫고 등을 기댄 채 숨을 헐떡거렸다. 집 안의 조명은 전부 꺼져 있고 베로의 차는 차고에 없었다. 문에 빗장을 지르고 신발을 벗어 던진 다음 한 번에 두 칸씩 계단을 올라 서재로 향했다. 방 안에 들어가 떨리는 손가락으로 더듬더듬 문을 잠갔다.

아이들은 스티븐의 집에 있으니 안전하다고 혼잣말을 했다. 안드레이 보로프코프의 아내는 내가 누군지 전혀 몰랐다. 내가 쪽지에 적힌 번호로 전화를 걸지 않는 한 보로프코프 부인의 무서운 남편은 아내가 누구를 고용했는지, 나를 어디서 찾아야 하는지 절대 알 수 없다.

분홍 쪽지가 내 시선을 사로잡았다. 내 컴퓨터 화면에 베로의 접착식 메모지 한 장이 붙어 있었다. **데이트가 있어요. 기다리지 마세요. 딜리아의 파티 시간에 맞춰서 집에 올 테니까.**

맙소사. 딜리아의 생일파티는 내일 오전 11시. 머릿속이 복잡해서 깜박할 뻔했다. 키보드 위에 공책 낱장이 놓여 있었다. 딜리아가 큼지막한 글씨로 공들여 쓴 '갖고 싶은 생일 선물'이었다. 원하는 선물은 딱 하나…… 강아지였다. 그 밑에는 스티븐의 변호사가 보낸 내용증명 우편물이 놓여 있었다. 무슨 내용일지는 안 열어봐도 뻔했다.

모니터에서 메모지를 뜯었다. 내일 점심 때 우리 집에는 피자와 케이크를 먹겠다고 악을 써대는 아이들이 득실댈 것이다. 딜리아의 생일 파티는 전혀 준비되지 않았는데. 아직 그 애 선물도 사지 않았다.

스티븐 말이 옳을지도 모른다. 나는 엄마 자격도 없는 사람인지도. 스티븐이 모범 아빠였던 적은 없지만, 그가 떠난 이후로 내 인생이 정상 궤도를 벗어나는데도 나는 어찌할 바를 몰랐다. 내가 확실히 아는 건 아무도 나를 잡으러 오지 않는다는 확신이 들 때까지는 맘 편히 잠들 수 없다는 것뿐이었다. 어떻게든 경찰을 멀리하고 안드레이 보로프코프를 피해야 했다.

창가로 다가가 밖에 혹시 이상한 차들이 있는지 열심히 살폈다. 해거티 부인의 주방 커튼이 내려가는 것을 보고 우리 집 커튼도 얼른 내렸다. 돌아섰다가 진공청소기가 지나간 카펫 위에 남은 내 양말 자국을 보고 놀랐다. 손가락으로 블라인드 틈새를 쓸어봐도 이상하게 먼지가 없었다. 시큼한 냄새가 나서 코를 킁킁거렸다. 공포감에 찌든 나의 땀 냄새인 줄 알았는데 알고 보니 베로가 청소할 때 얼룩을 없애는 용도로 쓴 식초였다.

깨끗한 책상 표면을 손가락으로 문지르니 뽀드득 소리가 났다. 마음이 녹진녹진해졌다. 무게중심을 잡아줄 사람이 옆에 있어서 다행이었다. 내가 청구서 더미에 코를 박고 있을 필요가 없도록 정산하고 정리해줄 사람이 있다는 건 큰 위안이었다. 베로와 아이들이 없으니 집은 적막 그 자체였다. 아무도 없는 오늘 밤은 너무 공허했다.

이리나 보로프코프의 쪽지를 태워버리려고 책상의 맨 위 서랍을 열었다. 하지만 쪽지는 없었다. 베로가 어젯밤에 겁을 먹고 처리한 게 틀림없었다. 서랍 속에 종이 쪼가리라고는 줄리언의 번호가 적힌 메모지뿐이었다. 그것을 꺼내 들고 베로의 경고를 떠올렸다. 그에게 전화하는 건 어리석은 짓이라면서도 베로는 번호를 싱크대에 던지지 않았다.

경찰이 해리스의 차를 찾아 술집 주변을 어슬렁거린다면 줄리언도 모를 리 없다. 그날 밤 검은색 링컨 타운카가 나를 따라 주차장을 빠져나왔다면 그도 뭔가 눈치챘을 것이다.

마음이 바뀌기 전에 아침 일찍 슈퍼마켓에서 산 새 선불전화로 그의 번호를 눌렀다. 대기음이 네 번 울리고 전화가 연결되자 심장이 콩닥콩닥 뛰었다.

"여보세요?" 잠결에 받았는지 목소리가 낮고 거칠었다. 그냥 끊을까 잠시 고민했다. "누구신지 몰라도 저는 이미 깼으니 말씀하셔도 돼요." 줄리언다웠다. 분명 유쾌한 목소리는 아니었다. 내 컴퓨터의 시계를 보니 이미 정오가 지나 있었지만 그가 어젯밤에 근무를 했다면 새벽 3시 전에는 잠들기 어려웠을 것이다. "말씀 안 하실 거면 끊어요."

"테리사예요." 숨을 죽이고 그 이름을 내뱉었다.

"안녕하세요." 잠시 침묵이 흐른 후 그가 입을 열었다. 부스럭거리는 소리가 들렸다. 몸에 딱 맞는 잠옷 바지를 입고 있는 그의 모습을 떠올리자 다른 생각은 모조리 밀려났다. "전화번호 바꾸셨어요? 제 휴대전화에 '발신자 정보 없음'이라고 뜨는데요?"

'아니, 정보가 없다니. 내 정보를 이 남자에게 얼마나 밝히고 싶은데.' 머릿속의 생각을 떨치며 대답했다. "네, 실수로 음식물 쓰레기 분쇄기에 전화기를 떨어뜨렸거든요."

"안됐네요." 그 말이 나른한 미소를 머금고 있는 듯했다. "그래도 제 번호는 건져서 다행이에요."

이런, 내 목소리가 너무 간절하게 들린 모양이었다. "미안해요. 당신이 한밤중에 일한다는 걸 까맣게 잊었네요. 너무 일찍 전화를 해서……." 그래서 뭐? 그가 전화를 받으면 무슨 말을 꺼낼지 미처 생각하지 못했다. 누가 술집에 찾아와서 해리스에 대해 묻던가요? 그날 밤 주차장에서 내 뒤를 밟는 사람 혹시 봤나요? 그런 질문을 하면 호기심을 자극할 수밖에 없다. 그리고 솔직히, 내가 전화한 이유가 그뿐인지도 의문이었다.

눈을 질끈 감고 벽에 머리를 기댔다. "사실은, 너무 형편없는 한 주를 보낸 후라 대화를 좀 하고 싶었어요. 혹시 다가가기 쉬운 사람이라는 얘기 많이 듣지 않나요?" 그의 웃음소리에 내 어깨에 긴장이 조금 풀렸다. 그를 귀찮게 했나 싶어 축 처져 있었는데. "쓸데없는 소리 했네요. 이제 그만 끊어야—."

"아니, 쓸데없는 소리 아니에요." 그의 목소리에 나른한 토요일 아침의 부드러움이 돌아왔다. "사실 당신 전화를 기다렸어요." 이어지는 침묵 속에서 나는 그가 한 팔로 머리를 받치고 연한 금발 곱슬머리를 눈 위에 드리운 채 똑바로 누운 모습을 상상했다. "당신이 걱정됐거든요."

"그랬어요?" 두근거리는 마음을 애써 외면하고 등을 꼿꼿이 세웠다.

"네, 집에 무사히 도착하셨는지 궁금했어요. 자동차 점검은 받으셨나요?"

나는 자동차 배터리를 떠올리고 한숨을 지었다. "아직요. 조만간 받아야죠. 그날 도와줘서 고마웠어요."

"당신을 다시 볼 수 있어서 좋았어요."

미소를 억누를 수 없었다. "좀 더 오래 있다 가지 못해서 미안해요."

"어젯밤에 당신이 가게에 들러주셨으면 했는데, 안 오신 게 차라리 다행이었어요. 분위기가 어수선했거든요. 얘기 나눌 틈도 별로 없었을 거예요."

"그래요?" 그의 말투가 갑작스레 변하자 뒷목의 머리카락이 쭈뼛쭈뼛 서는 기분이었다. "어떻게 어수선했죠?"

"경찰이 무슨 수사를 한다나 봐요. 형사가 찾아왔어요. 질문을 한답시고 한창 일하는 웨이터들을 차례로 부르더라고요. 밤새 정신이 없었어요."

"무슨 일이래요?"

"어떤 부인이 남편의 실종 신고를 했대요. 화요일 밤에 여기 모임에 왔던 사람인데 그날 이후로 소식이 끊겼다나 봐요."

"정말요?" 나는 침을 꿀꺽 삼켰다. "형사가 당신한테도…… 질문을 하던가요?"

"주로 칸막이 좌석에서 일하는 웨이터들이랑 얘기를 하던데, 그 남자를 담당했던 직원은 어젯밤에 비번이었고 나머지 직원들은 그날 너무 바빠서 별로 기억하는 게 없었어요." 내 입에서 안도의 한숨이 새어 나왔다. 하지만 다음 말을 듣고 다시 목이 콱 막혔다. "주방에서 일하던 직원 한 명이 그 남자가 검은 원피스를 입은 금발 여자와 같이 나가는 걸 봤다더군요."

나는 무릎을 가슴에 붙여 꽉 끌어안았다. "그래요?"

"경찰에게 그날 밤 러시에 검은 원피스를 입고 온 금발 여성은 한 트럭쯤 됐을 거라고 말했어요. 물론 내 눈에 들어온 사람은 당신뿐이었지만요."

"나요?" 목이 메이는 기분이었다. "왜 나죠?"

"예쁘고 대화가 잘 통하는 사람이라는 것 말고 이유가 또 필요해요?"

불안한 웃음이 터져 나왔다. "그래서…… 형사한테 나에 대해서 뭐라고 했죠?"

"당신이 떠나기 전에 주차장에서 우연히 다시 만났다고 했어요. 좀 더 있다 가라고 설득했지만 혼자 차에 타더라고 했고요." 나는 머리를 무릎에 탁 부딪쳤다. 좋아. 잘됐다. 줄리언은 목격자가 아니다.

172

그는 알리바이다.

나를 예쁘고 대화가 잘 통하는 사람이라고 생각한 알리바이. 그래서 나랑 데이트를 하고 싶었던 알리바이.

그렇다면 베로도 우리 사이에 연락을 계속 유지하는 편이 낫겠다고 생각할 법한데?

"그래서 내가 눈에 들어왔다고요?" 양말의 실밥을 당기며 물었다.

"그럼요."

"거기 있던 다른 사람 중에는…… 눈에 들어오는 사람이…… 없던가요?"

"밤 9시에 블러디 메리를 주문하는 사람이 어디 또 있겠어요?" 그의 감미로운 웃음소리가 내 안의 경계심을 누그러뜨렸는지 나도 웃음이 터져 나왔다.

"혹시…… 내가 떠날 때…… 누가 내 뒤를 밟는 기색은 없던가요?"

"아뇨." 줄리언의 침묵에서 근심이 느껴졌다. "왜? 무슨 일 있었어요?"

"아니, 별일 아니에요." 내가 재빨리 대꾸했다. 물론 줄리언은 봤을리 없다. 내가 주차장에서 퍼트리샤에게 전화하느라 서성대는 사이 그는 이미 실내로 들어갔을 테니까. 이런 소리를 하면 내가 피해망상에 집착증이라고 생각할지도 모른다. 그가 수화기를 통해 내 뺨으로 피가 쏠리는 소리를 듣지 못했기를 바라며 얼굴에 흘러내린 머리카락을 쓸어 올렸다.

"정말로, 테리사." 마치 우리가 같은 방에 있는 듯 나직하고 친밀하게 이름을 부르는 그의 목소리가 몹시 마음에 들었다. 동시에 그가 속삭이는 게 내 진짜 이름이 아니라는 것이 내심 서운했다. "블러디 메리가 아니라도 자꾸만 당신이 생각났어요. 그래서, 원래 질문으로 돌아가면, 음, 전화해줘서 정말 기뻐요. 솔직히 당신을 좀 걱정했거든요."

되돌리고 싶은 것이 너무 많아서 나는 입술을 깨물었다. 한 주를 처음부터 다시 시작할 수 있다면 얼마나 좋을까.

"당신의 한 주가 어떻게 형편없었는지 말해줄래요? 바텐더라 그런지 얘기 들어주는 건 자신 있거든요."

"아니요." 나는 다 얘기할 수 있다면 얼마나 좋을까 생각하며 나른한 미소를 지었다. "이제 기분이 괜찮아졌어요. 고마워요." 놀랍게도 그 말은 사실이었다. 이제는 사람을 더 죽일 필요 없이 생일 파티만 준비하면 되니까.

"마음 바뀌면 언제든 얘기하세요. 그리고 언젠가 당신이랑 데이트하고 싶다는 생각은 아직 변함없어요."

언젠가……. 내가 경찰과 마피아를 피해 다니지 않아도 될 때. 다른 사람 행세를 하지 않아도 될 때.

"또 전화할게요." 내가 말했다. "복잡한 문제가 해결되고 나면요."

"언제든지요." 그의 목소리에 진심이 담겨 있었다. 감옥에 들어가서도 전화를 걸 수 있을지는 의문이었다.

20

파티 끝나고 나눠줄 마지막 과자 봉투를 채우고 있을 때 휴대전화가 울렸다. 화면에 엄마 이름이 떠서 전화를 받지 말까 잠시 고민했다. 재크는 축 처진 기저귀를 차고 주방을 뱅글뱅글 돌고 있었다. 엉덩이 틈새에 주황색 리본이 꼬리처럼 매달려 있었다. 딜리아와 친구들은 "앉아", "멈춰"라고 명령하며 재크의 뒤를 따라다녔다.

"여보세요, 엄마. 지금은 통화하기가 좀 곤란해." 휴대전화를 귀와 어깨 사이에 끼운 채 프레첼과 금붕어 과자를 그릇에 담았다. 우리집은 이미 아이들로 복작거렸다. 나는 베로가 얼른 피자를 사들고 집에 오기만을 기다리고 있었다.

"시간 많이 안 뺏을게. 5시에 1등실 산책 갑판에서 네 아빠랑 칵테일 마시기로 했거든. 이렇게 말해보는 게 소원이었어." 엄마가 킥킥 웃었다. 부모님은 지중해 어딘가에서 결혼 40주년을 기념하는 중이었다. "생일 맞은 아이 좀 바꿔보렴."

나는 종종걸음으로 지나가는 딜리아의 셔츠 등을 붙잡았다. 초인종이 울렸다. 휴대전화를 가슴에 대고 머릿수를 세었다. 딜리아가 초대한 여자아이들은 이미 다 왔다. 나는 스티븐이 도착하기를 한 시간 전부터 기다렸지만 원래 그는 예고하고 찾아오는 법이 없었다. 그냥 불쑥 들이닥치지.

초인종이 또 울렸다. 발이 떨어지지 않았다. 경찰이면 어떡하나? 내 딸의 생일 파티가 한창일 때 나를 체포하러 왔다면? 안드레이와 펠릭스라는 더 나쁜 손님이면 어쩌나?

"엄마, 문 안 열 거야?" 딜리아가 재촉했다.

나는 휴대전화를 아이 손에 쥐여주었다. "자, 할머니랑 얘기해. 네 생일 축하하려고 전화하셨어."

청바지에 붙은 금붕어 과자 부스러기를 문질러 닦으며 문 앞으로 살금살금 다가가 커튼 사이로 밖을 내다봤다. 문 앞에서 남자아이 하나가 뒤꿈치를 들고 서서 세 번째로 초인종을 누르려고 손을 뻗고 있었다. 안도감이 밀려왔다. 벨 소리가 거슬려 문을 열고 초인종을 손으로 가렸다. "안녕, 토비. 여긴 웬일이니?" 토비의 아빠는 스티븐의 친구였지만 토비와 딜리아는 친하지 않았다. 오늘의 초대 손님 목록에도 온통 여자애들뿐, 토비는 없었다.

토비는 어깨를 으쓱했다. 한 손에 선물을 든 채 다른 한 손으로 줄줄 흐르는 콧물을 쓱 닦더니 길 건너편 자기 아빠 집에 손짓을 했다. "아빠가 딜리아 생일 파티가 있다면서 나를 여기 데려다줬어요. 아빠는 어디 갈 데가 있대요." 토비는 내 팔 밑을 지나 현관으로 들어왔다. "여기서 점심 먹으래요." 토비는 주말마다 아빠 집에 온다. 아빠라는 사람은 주말마다 새 애인과 시간을 보내느라 토비를 이웃이나 친구들에게 떠넘긴다. 나는 이 아이를 도저히 돌려보낼 수 없었다.

"피자랑 케이크가 곧 도착할 거야. 하지만 지금 배가 고프면 주방에 크래커와 프레첼이 있단다."

"제가 글루텐 과민증이라서요." 그 애는 딜리아 선물을 바닥에 떨어뜨리고 내가 포장하고 있던 파티 선물을 먹어대기 시작했다.

"그렇구나." 골이 쑤셨다. 문을 닫으러 돌아서다가 알록달록한 상자에 얼굴을 쾅 부딪쳤다. 뒷걸음질하며, 그 상자를 집 안으로 옮기는 스티븐에게 자리를 비켜주었다. 그의 얼굴은 상자 위에 붙은 커다란 분홍 리본에 가려져 있었다. 테리사가 마룻바닥을 구둣발로 딱딱 밟으며 뒤따라 들어왔다. 다섯 살짜리의 생일파티에 어지간히 어울리는 차림이었다. "이게 뭐야?" 내가 스티븐에게 물었다.

"딜리아 선물이지." 그는 토비의 쇼핑백 옆에 그것을 내려놓으며 딜리아의 관심을 끌려는 듯 큰 소리로 말했다. 딜리아가 돌아보더니 주방 저편에서 그의 품으로 와락 달려들며 들고 있던 휴대전화를 내게 밀쳤다. 엄마에게 대충 작별 인사를 하고 전화를 끊었다. 스티븐은 딜리아의 등을 쓰다듬으며 이마에 입을 맞추고 바닥에 내려놨다. 다음으로 테리사를 안아주러 달려가는 딜리아를 보자 머리가 지끈거렸다.

"와줘서 고마워." 한 시간이나 늦게 왔지만 좋게 넘기기로 다시 한번 맘먹으며 말했다. 와준 것도 감지덕지였다. 아예 오지 않는다 한들 어쩌겠는가.

"안 올 수가 없지." 스티븐이 말했다. 테리사가 그의 팔짱을 꼈다. 그녀는 풍선과 리본을 보고 경직된 미소를 지었다. 그녀의 못마땅한 시선이 내 얼굴을 제외한 모든 곳을 훑었다.

"우리 집에서 파티를 하게 해줘서 고마워요." 내키지 않는 감사 인사를 뱉었다. 이 집에서 파티를 하자는 건 테리사의 의견이었다. 주말에는 아이들이 스티븐 책임이었지만, 그녀는 사나운 다섯 살짜리들이 깔끔한 자기 집을 난장판으로 만들 위험을 무릅쓰지 않았다. 나는 쾌활한 미소를 얼굴에 부착하고 물었다. "에이미 이모도 오는 거예요? 딜리아가 이모를 기다리던데."

"아니요." 테리사가 나와 눈도 맞추지 않고 말했다. "에이미는 바빠요."

"우리도 오래 못 있어." 스티븐이 말했다. "리스버그의 개발업자랑 점심 약속이 있거든. 집에 돌아가는 길에 잠깐 들러서 딜리아와 재크를 데려갈게. 지금은 그냥 선물을 주러 온 거야. 우리가 가기 전에 딜리아가 열어보면 좋겠는데."

내가 입을 열기도 전에 스티븐은 내 현관을 떡하니 가로막은 호화찬란한 상자 앞에 딜리아와 친구들을 불러 모았다. 테리사와 나는 남겨진 좁은 공간에 어색하게 붙어 서 있었다. 그녀는 휴대전화로 메시지를 확인하는 시늉을 했다. 스크롤을 하는 손가락에 낀 굵은 다이아몬드 약혼반지가 눈에 거슬렸다. 파네라 사건 이후로 우리는 몇 마디도 주고받은 적이 없었다. 몇 달 전 법정에서 지점토 사건에 대해 증언한 날을 제외하면.

"딜리아는 당신 속을 훤히 꿰뚫어볼걸요." 내가 말했다. "벌써 다섯 살인데, 눈치가 빨라요."

테리사는 눈썹을 치켜 올렸다. "눈치는 엄마를 안 닮았나 봐요."

"그러게요."

"어디 두고 보죠." 그녀는 자기 같으면 남들 보는 데서는 죽어도 그런 신발을 신지 않겠다는 듯 내 운동화를 내려다봤다.

"딜리아의 마음을 돈으로 살 수 있을 줄 알아요?"

"그럴 수는 없겠죠." 그녀가 자기 손톱을 들여다봤다. "그래도 괜찮은 미용실에 데려갈 수는 있잖아요."

테리사는 내 집에 들어온 이후로 나와 한 번도 눈을 맞추지 않았다. 죄책감 때문이겠지만 과연 그럴까 싶기도 했다. 스티븐이 집을 나가겠다고 선언하던 날에는 내 눈을 똑바로 쳐다봤으니까. 내 감정이 사망 선고를 받은 그 순간을 똑똑히 기억하겠다는 듯이. 스티븐이 손가락에 그 반지를 끼워준 날에는 의기양양해 보일 정도였다. 수치심이라고는 쥐뿔도 모르는 여자였다. 그런 마당에 지금 뭔가를 숨길 이유가 있을까? "대체 왜 이러는 거예요? 아이들을 좋아하지도 않잖아요."

"아이들이 같이 있으면 스티븐이 행복해하니까요." 그녀의 빨간 입술이 팽팽하고 얇은 선으로 변했다. 그랬구나. 스티븐은 행복하지 않구나. 그래서 그녀는 속이 타는 거다. 티 없이 하얀 카펫과 떠들썩한 사회생활을 희생할 만큼. 그것이 그녀가 감춰둔 어두운 번민, 가족과 친구들에게 숨겨온 비밀이었다.

"내 아이들을 빼앗는다고 당신들 관계가 나아지진 않아요. 차라리 내 남편과 그만두지 그래요?" 테리사가 명품 구두의 굽을 좌우로 틀었다. 내 말을 못 들은 척하고 휴대전화에 표시된 시간만 들여다보고 있었다. "스티븐은 순순히 보냈지만 내 아이들은 그렇게 못 해요."

"당신 변호사더러 내 변호사한테 연락하라고 해요. 아, 맞다." 그녀는 뭔가 생각을 하는 듯 손톱으로 턱을 두드렸다. "깜박했네. 당신한테는 변호사가 없죠?"

예상치 못한 타격이었다. 베로 말이 맞았다. 내겐 가이와 겨룰 만한 변호사가 필요했다. 늙은 변호사. 부자 변호사. 5만 달러짜리 변호사가 필요했다. "내가 호락호락 당하기만 할까 봐요?"

"당신은 이미 졌어요." 그녀가 나를 돌아봤다. 이글거리는 녹색 눈을 가늘게 뜨고 내 눈을 보았다. "나도 당신만큼이나 이러기 싫어요, 핀레이. 그런데 당신이 엄마 노릇을 할 수 없는 상황이 되면 결국 누가 아이들을 돌볼 거라고 생각해요? 그렇게 아이들을 사랑한다면 나한테 잘 보여야 하는 거 아니에요?"

내 입이 떡 벌어졌다. 상자의 리본을 풀고 포장지를 찢어 선물을 꺼내던 딜리아가 꺅꺅 소리를 질렀다. 강아지는 어느새 싹 잊은 듯 좋아서 난리였다. 바비 드림 하우스는 테리사의 타운하우스처럼 3층이었다. "우리 집에 있는 네 방에 갖다놓을게." 스티븐이 상자를 들어 올리며 딜리아에게 말했다. "오늘 밤에 집에 와서 갖고 놀아."

딜리아는 마지막으로 한 번 더 보겠다며 그를 문까지 쫓아갔다. 내가 직접 사서 포장한 작은 봉제인형 강아지가 갑자기 가엾어 보였다. 내가 감당할 수 없는 무언가를 그 애가 원한다는 증표 같았다. 테리사가 옳았다. 다 내가 못난 탓이다. 만약 내가 감옥에 간다면 내 아이들에게 부모는 스티븐과 테리사만 남는다.

차고에서 차 문이 쾅 닫히는 소리에 소스라쳤다. 딜리아가 피자를 들고 들어올 베로를 맞으러 주방으로 달려갔다. 스티븐은 빨리 못 떠나서 안달 난 듯 테리사를 앞세워 서둘러 현관문을 나섰다. "5시까지 애들 짐을 싸서 준비 좀 해줘. 파티 끝나고 데리러 올게." 그가 고개를 돌려 말했다. 현관문이 닫히는 순간 베로가 두 팔에 피자 상자를 산더미처럼 쌓은 채 주방문으로 들어왔다.

그날 밤, 스티븐이 아이들을 차에 태우고 떠난 후 나는 집 앞 계단에 앉았다. 점점 작아지는 그의 트럭 미등을 응시하는 사이 콘크리트에서 올라온 냉기가 내 양말로 스며들었다. 아이들은 하룻밤만 그 집에 있을 예정이었다. 고작 몇 블록 떨어진 곳에 있다가 내일이면 집에 돌아온다. 하지만 나는 내키면 쳐들어와서 원하는 걸 다 가지고 떠나는 스티븐이 밉살스러웠다. 내게는 너무 불공정한 상황인데 아무도 알아주지 않는 것 같아 속상했다.

스티븐의 수법은 늘 저랬다. 항상 매끄럽고 재빠르게 자신의 흔적을 지웠다. 오늘처럼 딜리아의 생일 파티에 한 시간이나 늦게 와놓고도 원하는 용건만 딱 해치우고 베로의 눈에 띄기 전에 민첩하게 빠져나갔다. 딜리아는 아빠가 떠나는 것도 눈치채지 못했다. 타이밍 감각은 흠잡을 데가 없었고, 눈속임은 기가 막혔다. 그런 식으로 오랫동안 내 등 뒤에서 테리사와 자고 다녔다. 해거티 부인이 그를 봤다고 떠벌리지 않았다면 나는 둘이서 무슨 짓을 하고 다니는지 영원히 몰랐을—.

양손으로 괴고 있던 턱을 쳐들었다. 길 건너 해거티 부인의 커튼이 휙 닫혔다. 일어서서 길을 건너 곧장 그 집 문으로 향했다. 만약 해리스 미클러가 죽던 날 밤 내 차고에 수상한 사람 둘이 몰래 들어가는 것을 목격한 사람이 있다면, 내가 진실을 말하고 있다는 것을 증언해줄 사람이 있다면, 그것은 주제넘게 참견하기 좋아하는 이웃일 것이다. 나는 그 집 유리창에 붙은 '마을 지킴이' 스티커를 쾅 내리쳤다.

"해거티 부인?" 창문 밖에서 외쳤다. "얘기 좀 해요!" 그녀가 반대편에서 듣고 있다고 확신하고 문에 귀를 갖다 댔다. 이번엔 더 세게

쳤다. "해거티 부인! 문 좀 열어주실래요? 중요한 일이에요." TV가 켜져 있었다. 저녁 시트콤의 웃음소리가 들려왔다. "싫으면 됐고요." 나는 결국 포기하며 이렇게 중얼거렸다.

전부 스티븐 탓이었다. 해거티 부인이 테리사와의 불륜을 경고하자, 그는 그녀를 마귀할멈이라 부르며 신경 끄라고 윽박질렀다. 그가 바람을 피운다는 소문이 동네방네 퍼지자 나 역시 해거티 부인을 찾아가 심술을 부렸다. 그 이후로 부인은 우리 둘 다와 말을 섞으려 하지 않았다.

나는 양말만 신은 발로 다시 길을 건너왔다. 현관문 앞에 다다랐을 무렵에는 발에 감각이 없어졌다. 집 안으로 들어와 문에 기댄 채 발가락에 감각이 돌아오길 기다리며 해거티 부인을 생각했다.

내가 해리스를 신고 집에 도착한 시간과 베로가 정문으로 들어온 시간 사이에 누가 베로와 나 몰래 차고에 들어왔다. 해거티 부인은 마을 지킴이 단장이니까 뭔가 의심스러운 광경을 목격했다면 우리가 해리스를 트렁크에 싣기 전에 경찰에 신고했을 것이다. 하지만 경찰이 찾아오지 않았으니 그녀가 본 것이 별로 없다고 추측할 수 있다.

그렇다면 살인범들은 어떻게 해거티 부인의 눈에 띄지 않고 빠져 나갔을까?

그날 밤 베로와 나는 서로를 보고 깜짝 놀랐다. 그녀가 다른 문으로 들어왔기 때문이다. 스티븐도 파티에 왔지만 같은 이유로 베로와 전혀 마주치지 않을 수 있었다. 만약 살인범들이 길가에 차를 대놓고 이웃집 뒷마당을 통해 뒤편에서 내 차고에 접근했다면?

아무리 생각해도 이치에 맞지 않았다. 안드레이와 펠릭스가 남몰래 움직이는 타입은 아닌 듯했다. 안드레이 보로프코프는 세 명의 목을 베고 피를 펑펑 쏟는 그들을 창고 바닥에 두고 떠나지 않았던 가. 뒤처리를 할 생각은 전혀 없었고 자신의 범행을 감추려고도 하지 않았다. 뭐 하러 그러겠는가? 조지아는 그 무엇도 그들을 막을 수 없다고 했다. 분명 그들은 뇌물을 먹여 심리무효를 이끌어냈다. 그런데도 교외에 사는 두 아이 엄마를 냉혹하고 조용한 범죄에 연루시킨 이유가 뭘까? 해리스가 죽기를 바랐다면 왜 그의 목을 가른 채 내 차고 바닥에 던져두지 않았을까?

아니, 이 수법은 너무 소심했다. 살인범들은 시체를 건드릴 필요조차 없었다. 피를 볼 필요도 없었다. 해리스의 목숨이 끊기는 순간에 현장에 있을 필요도 없었다. 이 범죄는 파렴치한 흉악범들의 소행으로는 느껴지지 않았다. 전에는 이런 짓을 한 번도 해본 적 없는 살인범이 확실했다. 모든 타이밍이 우발적이거나 충동적으로 보였다.

하지만 뭔가 계획된 측면은 분명히 있었다. 그들은 술집에서 해리스를 노리다가 우리 집까지 따라왔다. 그가 의식을 잃어 공격에 취약해질 때까지 기다렸다. 흡사······.

해리스가 피해자들에게 했던 것처럼.

문에 기댄 내 등이 뻣뻣해졌다. 충동적인 범행이 아니었는지도 모른다.

만약 깊은 원한 때문이라면?

2층으로 달려 올라갔다. 베로가 중간고사 벼락치기를 하고 있는 방을 지나 내 서재로 들어갔다. 책상 서랍을 열고 해리스의 입출금 내역서를 펼쳤다.

이 달 1일에 들어온 12건의 입금 내역을 보았다.

해리스의 휴대전화에는 번호가 매겨진 폴더가 13개였다. 과거의 피해자 사진이 담긴 12개와 화장실에서 내게 칵테일 세례를 받은 여자의 폴더였다.

내가 말했지? 생각 잘하라고. 아니면 이 사진들을 네 남편한테 보내 네가 무슨 짓을 했는지 까발릴 테니까.

매월 1일, 2천 달러씩 열두 건이 입금되었다.

이것이 펠릭스 지로프에게서 횡령한 돈이 아니라면? 입막음의 대가로 상납되는 돈이라면? 해리스가 여자들에게서 갈취한 돈이라면?

내 추리가 옳다고 확신하고 입금된 금액을 훑어보았다. 2천 달러는 워싱턴 인근 교외에 사는 고소득자에게는 푼돈일 것이다. 한 남자의 아내가 생활비 계좌에서 일부를 조용히 송금해도 별로 티가 나지 않을 금액. 해리스는 피해자들에게서 적은 돈을 뜯었지만 새로운 착취 대상이 추가되면 그 액수는 매달 늘어날 터였다. 그는 자신의 요구를 들어주지 않으면 외도 사실을 배우자에게 폭로하겠다며 사진을 무기로 여자들을 협박했을 것이다. 그러면 여자들은 시키는 대로 하는 수밖에 없지 않을까? 사진들은 그들이 겪은 현실과는 매우 다른 장면을 담고 있었다. 그들은 아마 해리스와 밤을 보낸 기억이 없을 것이다. 약물로 정신을 잃은 후 무슨 일이 있었는지 설명할 수 없었을 것이다.

그 여자들 모두에게는 해리스가 죽기를 바랄 동기가 있었다. 그렇게 생각하면 범행수법도 그럴듯했다. 하지만 그들 중 실제로 범행을 저지른 사람은 누구일까?

해리스의 휴대전화는 지금쯤 경찰의 수중에 들어갔을 것이다. 휴대전화가 없으니 나로서는 입금 내역으로 개인 계좌를 추적할 손쉬운 방법이 없어진 셈이지만, 이 여자들이 누구인지 밝혀 범인의 범위를 줄일 수는 있을 듯했다.

프린터에서 종이 한 장을 꺼내 그 열두 명 가운데 기억나는 이름을 최대한 적었다. 그리고 브라우저를 열어 해리스의 소셜 네트워크 그룹을 검색했다. 회원 페이지를 클릭해 명단을 열었다. 700개가 넘는 섬네일이 화면을 가득 채웠다.

아주 긴 밤이 될 것 같았다.

21

스티븐과의 신혼 초에 엄마는 세상에는 망칠 수 없는 요리도 있는 거라며 나를 안심시켰다. 이론상 그럴듯한 닭고기 수프나 간단한 미트로프쯤은 누구나 레시피 없이 뚝딱 만들어야 하지만, 엄마로서 늘 부족한 사람이었던 나는 요리 실력도 형편없었다. 결혼생활 역시 적성에 맞지 않았던 것 같다.

오븐 안의 팬 가장자리가 갈색으로 타면서 부글거리고 있었다. 오븐 문을 조금 열고 조심스레 코를 킁킁거렸다. 인터넷에서 찾은 조리법대로 만드는 캐서롤이었다. 해리스의 피해자들을 검색할 때보다는 많은 정보를 얻었고, 주방에 이미 모든 재료가 갖춰져 있다는 사실도 괜스레 뿌듯했다.

어젯밤의 검색은 기대만큼 순조롭지 않았다. 이름과 신체적 특징만 가지고 몇 시간 동안 개인 프로필을 샅샅이 뒤져 가능성을 좁혔다. 몇 사람에 대해서는 어느 정도 밝혀낸 것 같았다. 약간의 조사와 다른 소셜 미디어를 검색한 끝에, 범인 후보를 추릴 수 있었다. 몇

몇은 이사를 갔다. 한 명은 병원에 있었다. 몇몇은 해리스가 죽던 날 밤에 참석한 다른 가족 활동이나 행사 사진을 게시했다. 하지만 몇 몇 이름은 조사하기가 어려웠다. 페이스북 그룹에서 인맥 프로필을 전부 삭제해버려 도저히 찾을 수 없는 사람도 있었다.

나는 식탁을 차리고, 세탁기에 빨랫감을 왕창 던져 넣고, 침대를 정돈하고, 거실 바닥에 쌓인 장난감 더미를 치웠다. 베로에게 중간고사를 준비할 시간을 주느라, 카펫에 묻은 케이크 얼룩을 닦아내고 해리스의 피해자들을 조사하고 밀린 집안일을 하며 하루를 보냈다.

차고에서 차 문이 쾅 닫혔다. 나는 식기세척기에서 고개를 들었다. 베로가 주방으로 들어와 조리대에 지갑을 놓고 검은색 하이힐을 벗어던졌다. 나는 깨끗한 접시를 팔에 얹어 식탁 위로 옮기며, 그녀의 매끈한 맞춤 정장과 빳빳한 흰 칼라, 깔끔한 올림머리, 새빨갛게 립스틱 칠한 입술을 뜯어보았다. 월요일 오후의 커뮤니티 칼리지 수업에 가는 학생의 차림이 아니었다. 월요일 점심 무렵의 화끈한 데이트 차림도 아니었다. 고액 연봉을 주는 회계법인에 면접을 보러 가는 사람의 복장이었다. 사실 베로가 오후 내내 어디 있다 왔는지 걱정되는 마음이 없지 않았다.

딜리아 생일 파티 전날부터 그녀와 이야기를 나눌 기회가 없었다. 데이트에 대해 물어볼 기회도 없었다. 파티가 끝나고 청소를 할 때는 테리사와 주고받은 대화를 곱씹기 바빴다. 저녁으로 식어빠진 피자를 같이 먹은 다음에는, 베로는 시험공부를 하고 나는 서재에 틀어박혀 글을 썼다.

"중간고사 잘 봤어요?" 그녀가 더 좋은 직장, 건강보험과 유급 휴가가 있고 기저귀나 시체는 손대지 않아도 되는 일자리를 구했다고

통보하는 일은 없기를 바랐다.

베로는 어깨를 으쓱하더니 선글라스를 벗으며 콧잔등에 주름을 잡았다. "이게 무슨 냄새죠?" 그녀가 오븐을 열어 안을 들여다봤다.

"참치 캐서롤이에요."

연기가 뿜어져 나오자 그녀는 손으로 부채질을 했다. "원래 이렇게 시커먼가요?"

베로가 옆으로 비켜서자, 나는 오븐 문을 열고 화재경보기가 울리기 전에 창문을 열러 달려갔다. 주방 의자에 올라가 천장에 부착된 탐지기 앞에서 행주를 흔들고 있는데 베로가 가방에서 두툼한 지폐 뭉치를 꺼내 조리대에 턱 내려놨다. "나는 그거 안 먹을래요. 우리 배달 시켜요."

나는 행주를 떨어뜨렸다. 두꺼운 100달러 지폐 뭉치를 넋 놓고 보다가 의자에서 떨어질 뻔했다. 얼른 내려가서 창문을 닫고 커튼을 쳤다. "저게 다 뭐예요?" 나는 돈을 가리키며 물었다.

"3만 7천 500달러에서 40퍼센트를 제한 돈이죠. 고마우면 저녁을 사면 돼요."

"무슨 돈이냐고요."

"이리나 보로프코프를 만나서 절반을 선불로 받았어요." 숨이 턱 막혔다. 무릎이 꺾이면서 나는 서 있던 의자 위로 미끄러졌다. "핀레이? 왜 그래요?" 베로가 내 의자의 다리를 걷어찼다. 나는 그녀를 올려다봤다.

"그 여자 남편이 누군지 알기나 해요?" 내 목소리는 공포의 깊이와는 어울리지 않게 섬뜩할 만큼 차분하고 나직했다.

베로는 쓸데없는 소리 말라는 듯 손사래를 치며 나를 등졌다. 그리고 냉장고를 열었다. "물론이죠. 이리나가 다 말해줬어요. 엄청 나쁜 놈 같던데요. 양심의 가책 같은 거 없이 처리할 수 있겠어요." '이리나'라고, 베로는 오랜 친구라도 되는 듯 이름을 불렀다.

"베로." 일부러 절제된 목소리를 냈다. "안드레이 보로프코프는 러시아 마피아의 행동대장이에요. 살인이 직업인 인물이라고요. 사람들의 목을 갈라요. 지난 여름에 헌든의 창고에서 발견된 세 남자처럼요."

"말했잖아요. 나쁜 놈이라고. 틀림없이 많은 사람들이……." 베로는 냉장고를 닫고는, 손마디에 피가 다 빠져나가도록 콜라를 꽉 쥐고 내 쪽으로 돌아섰다. "잠깐만요, 방금 뭐라고 하셨죠? 내가 마지막 부분을 잘못 들은 것 같은데."

나는 양손에 머리를 파묻었다. "당장 증거를 깨끗이 없애고 그 여자와 관계를 끊어야 해요! 이게 무슨 상황인지 알기나 해요?"

베로가 콜라 캔 따는 소리에 나는 소스라쳤다. 그녀는 캔을 식탁에 탕 내려놓더니 돈다발을 들고 내 앞에서 흔들었다. "당신이 유능한 이혼 변호사를 써서 아이들을 지킬 수 있다는 뜻이죠. 바로 그런 뜻이라고요!"

말문이 막혀 그녀를 노려봤다. 어젯밤에 나는 테리사가 한 말을 베로에게 미주알고주알 털어놨다. 그들은 딜리아의 마음을 돈으로 사려 하고 있지만 내 수중에는 변호사 구할 돈이 없다는 얘기, 테리사가 내 아이들을 원하지도 않으면서 빼앗으려 한다는 얘기. 스티븐과 그의 빌어먹을 바비 드림하우스 얘기를 하기 바빠 베로에게 내가 안드레이 보로프코프에 대해 파악한 사실은 미처 알리지 못했다.

"이 돈 받으면 안 돼요!" 나는 돈다발을 다시 그녀 쪽으로 밀었다.

내 빚은 다 갚았다. 마침내 제자리로 돌아온 것이다. 어리석은 짓만 하지 않는다면 딜리아와 재크를 지킬 가능성은 좀 더 높아진다. "당장 그 여자한테 전화해서 전부 오해였다고 설명해야 돼요. 돈도 돌려주고요."

"그럴 수 없어요."

"왜요?"

"내가 돈을 좀 썼거든요."

"얼마나?"

"40퍼센트."

머릿속으로 계산을 하다 보니 입안이 타 들어갔다. "반나절 사이에 1만 5천 달러를 썼다고요?" 그녀가 콜라 위로 몸을 웅크린 채 주눅 든 표정으로 고개를 끄덕였다. "어디다가?"

베로는 몸을 꼿꼿이 세우더니 목청을 높여 내게 삿대질을 했다. "증거를 모조리 없애자고 한 사람은 당신이에요! 나는 그 말에 따랐을 뿐이고요."

"그게 무슨 소리죠?"

"혼다 트렁크에 시체가 실려 있었잖아요! 내가 〈CSI: 과학수사대〉를 한 편도 안 빼고 다 봤는데 그걸 덮을 방법은 없어요." 마스카라를 두껍게 바른 속눈썹 사이로 베로의 켕기는 눈빛이 보였다. "그래서 내 사촌 라몬한테 차를 팔았어요."

"그리고……?"

"그리고 새 차를 샀죠 뭐."

나는 일어서서 차고로 통하는 문을 벌컥 열었다. 전등을 켜는 순간 번쩍거리는 진회색 차체와 매끈한 은색 배기관에 눈이 부셨다.

내 미니밴 옆에 주차된 차저는 터무니없이 커 보였다. 아직 떼지 않은 뒤 유리창의 가격표 스티커가 뒷좌석에 고정된 두 개의 어린이 안전 시트를 가리고 있었다. "이게 무슨 차예요?"

베로가 양팔을 비비 꼬았다. "배기량 6.2리터에 8기통 엔진…… 트렁크도 엄청 넓어요."

나는 문을 쾅 닫았다.

베로가 술 진열장으로 다가갔다. "좀 더 튼튼한 차가 필요할 것 같아서요."

아직 배우지도 않은 다섯 가지 언어로 욕을 퍼부으려고 입을 연 순간 집 전화가 울렸다. 베로도 나도 움직이지 않았다. 벨이 다시 울렸지만 둘 다 전화기를 쳐다만 보고 있었다. 텔레마케터나 기부금을 요구하는 지역 경찰 공제조합 같은 단체 외에는 집으로 전화할 사람이 없었다.

베로가 슬금슬금 뒷걸음질을 쳤다. "누굴까요?"

안드레이 보로프코프면 좋겠다는 마음도 있었다. 베로에게 거보라고, 내 말대로 되지 않았냐고 자신 있게 말할 수 있으니까. 수화기로 손을 뻗으면서 나는 마음을 단단히 먹었다. "여보세요?"

"핀레이, 대체 어디 있었던 거예요? 사흘 내내 연락했어요! 휴대전화는 왜 안 받아요?" 실비아의 목소리에 내 어깨가 축 처졌다.

"알아요, 죄송해요." 나는 미끄러지듯 의자에 앉아 관자놀이를 문질렀다. 지금은 내 에이전트에게 잔소리를 들을 상황이 아니다. 그녀가 내 원고 소식을 물으러 금요일 오후에 보낸 이메일을 나는 곧바로 닫아버리고 답장하지 않았다. "휴대전화가 고장 났어요. 그래서 새걸 구했고요. 미안해요, 실비아. 요 며칠 너무 정신이 없었어요. 새

번호는 이메일로 알려드릴게요."

"편집자가 책이랑 작가님 소식을 궁금해해요. 시간을 더 벌어보려고 했지만, 지금까지 쓴 거라도 보여달래요."

"뭐라고요? 안 돼요!" 당혹스러웠다. "아무것도 못 보내요." 내가 쓴 건 해리스 이야기뿐이었다. 실명을 전부 바꿨는데도 진실에 너무 가까웠다. 그대로 보내기엔 위험했다. "엉망이에요. 교정도 봐야 하고, 준비가 전혀 안 됐다고요."

"뭐가 진짜 엉망인지 말해줄까요? 작가님은 계약을 위반했어요. 그게 무슨 뜻인지 알아요? 출판사에서 다음 책 계약을 취소하고 계약금을 회수할 수도 있다고요. 뭐라도 보내야 해요. 아무거나. 대체 얼마나 쓴 거예요?"

"별로 못 썼어요."

"핀레이!" 맙소사, 꼭 우리 엄마 말투 같았다.

"네, 알았어요. 몇 챕터는 보내드릴 수 있어요." 어찌 해도 실비아의 마음에는 안 차겠지만 편집자에게 성의는 보여야 했다. "지난번에 말씀드린 내용과 다르긴 한데, 쓴 게 이것뿐이에요."

"얼마나 썼길래요?"

"글쎄요. 한 2만 단어?"

"지금 당장 보내줘요."

"오늘 밤에 보낼게요."

"안 돼요, 핀레이. 지금 당장 보내요! 내 받은 편지함에 들어온 걸 확인하기 전에는 전화 못 끊어요."

무선전화기를 턱 밑에 끼고 위층으로 올라갔다. 실비아와의 통화를 얼른 끊고 안드레이 보로프코프와 주방에 있는 현금, 지금 내 차고에 주차된 1만 5천 달러짜리 차를 어떻게 처리할지 생각하고 싶은 마음뿐이었다.

제목도 입력하지 않고 실비아에게 파일을 송부했다. "이제 만족하세요?"

실비아가 손톱으로 키보드를 톡톡 두드리며 투덜거렸다. "작가님이 마감일을 석 달이나 넘기지 않았으면 만족하겠죠. 지난 이틀 내내 작가님한테 답도 없는 음성 메시지를 남길 일이 없었다면. 고든 램지가 우리 집에 찾아와서 저녁 식사를 직접 차려주겠다고 하면. 하지만……." 그녀는 기분이 상한 듯 한숨을 쉬었다. "어쩌겠어요. 새 전화번호나 알려줘요."

나는 주머니에서 선불전화를 꺼내 번호를 불렀다.

"내가 한번 읽어보고 시간을 좀 더 벌 수 있을지 생각해볼게요. 지금 당장 엉덩이를 의자에 붙이고 글쓰기를 시작하지 않으면 받은 계약금을 토해내야 할 거예요."

"고마워요, 실―." 그녀가 전화를 뚝 끊었다.

책상에 기대 키보드에 두 손을 놓고, 그 위로 고개를 숙였다. 에이전트가 나를 찾아올지도 모른다. 다음에는 출판사에서 찾아올지도. 내가 실비아에게 보낸 원고는 알아먹기도 힘든 수준이었다. 엉성하기 짝이 없었다. 다행히도 해리스와 퍼트리샤의 실종이 전국적인 뉴스거리가 되지는 않았다. 내 에이전트와 편집자는 뉴욕에 살았다. 그래도 보내기 전에 내가 등장인물의 이름을 전부 제대로 바꿔놨기를 간절히 기도했다.

내가 무슨 짓을 했지? 그토록 형편없는 글을 보내다니. 아마 실비아는 두 장도 못 넘기고 처음부터 다시 쓰라며 퇴짜를 놓을 것이다.

천천히 숨을 들이쉬었다. 온 집에 태운 참치와 치즈 냄새가 진동하고 배에서 꼬르륵 소리가 났다. 허기에 못 이겨 아래층으로 터덜터덜 내려가니 베로가 식탁에 앉아 두 손으로 머리를 받치고 있었다. 우리가 해리스를 파묻은 날 밤에 마시기 시작한 버번 병 옆에 작은 유리잔이 놓여 있었다. 오늘 밤이 지날 때까지 술이 남아날지 의문이었다.

그녀가 잔을 채워 내 쪽으로 밀었다. 술이 목구멍으로 내려가자 식도가 타는 듯했다. 돈다발을 바라보던 내 눈에 눈물이 고였다. 편집자가 나를 자른다 쳐도 출판사에 빚진 계약금은 갚을 길이 생긴 셈이다.

3주…… 3주 안에 책 한 권을 쓰고 이 상황에서 빠져나갈 방법을 찾아야 한다.

나는 돈다발에서 50달러를 빼냈다.

"샌드위치가 좋아요, 중국 음식이 좋아요?" 베로에게 물었다. "다 먹고살자고 하는 일이잖아요?"

194

22

화요일 방과 후 동물보호소 주차장에는 빈자리가 없었다. 길가에 마지막 남은 공간을 겨우 차지했다. 혹시나 시동이 걸리지 않으면 견인차를 불러야 하니 내 밴과 앞 차 사이에 공간을 넉넉히 확보해야 했다. 줄리언 말대로 점검을 받아야 했지만 정비소에 끌고 가면 문제가 줄줄이 발견될 게 뻔했다. 휠 얼라인먼트가 어긋나 있고, 튠업 시기를 한 차례 (또는 두 차례) 놓쳤고, 브레이크 패드가 고장 났고, 변속기가 불안했고, 주 정부에서 규정한 배기가스 배출 검사 시기를 넘겼고, 타이어도 몇 개 새로 바꿔야 할 것 같았다. 이제 시동을 걸 때마다 기도와 욕설을 한 바가지씩 쏟아내야 할 지경이 되었다. 그 편이 훨씬 저렴했다.

"당신 차를 타고 오면 좋았잖아요." 내가 베로에게 투덜거렸다.

"안 될 소리. 내 차는 동물 청정 구역이라고요." 베로는 재크를 카시트에서 꺼내 들고 나는 딜리아의 손을 잡았다. 우리는 길을 건너 보호소로 들어갔다.

"그냥 보러 가는 거야. 집에 데려가는 건 안 돼."

"왜 안 돼?" 딜리아가 발끈했다. "아빠는 우리가 같이 살게 되면 개를 키워도 된댔어."

"그랬다고?" 얼룩 한 점 없는 그 집 카펫을 고려하면, 스티븐은 테리사가 옆에 없는 틈을 타 그런 당근을 내밀었을 것이다. "그러면 네 마음에 드는 녀석을 정해서 아빠한테 알려주는 게 어때?"

높은 울타리 쪽으로 다가가자 왈왈 낑낑 소리가 우리를 덮쳤다. 재크는 귀를 막고 베로의 어깨에 파고들었다. 내 손을 놓고 딜리아는 묵직한 문을 열었다. 안내실이라고 별로 조용하지는 않았다. 플라스틱 창문은 책상 반대편에서 쏟아지는 개 짖는 소리를 거의 막아주지 못했다. 여자 한 명이 컴퓨터 앞에 앉아 카드 게임을 하고 있었다. 나는 그녀의 뒤편 창문을 통해 견사 안을 흘끔거리며 퍼트리샤의 사진에서 보았던 얼굴이 있는지 살폈다.

"저기요?" 여자가 화면에서 고개를 들었다. "아이들이랑 같이 개를 입양하려고 왔는데요. 좀 둘러봐도 될까요?"

"그럼요. 하지만 아이들이 견사 안에 손을 넣지 않게 주의해주세요. 경첩이 저절로 닫히는 구조라 손이 끼일 수 있거든요. 마음에 드는 녀석을 발견하면 말씀해주세요. 그러면 저희 직원이 면회실로 안내해드릴 거예요."

그녀가 책상 밑에 설치된 버튼을 눌렀다. 그 버저 소리에 나는 몸서리를 쳤다. 플라스틱 창과 쇠창살들은 조지아의 직장을 연상시켰다. 나는 퍼트리샤의 행방에 대한 단서를 찾을 생각밖에 없었다. 경찰이나 마피아가 그녀를 찾기 전에. 그래야 누가 해리스를 죽였는지를 밝히고, 내 결백의 증거를 찾아 집으로 돌아갈 수 있다.

고막이 터질 것 같은 견사 안으로 아이들을 이끌고 들어갔다. 개들이 뒷다리로 서서 벽면을 짚고 우리를 향해 짖어댔다. 칸막이 앞을 폴짝폴짝 옮겨 다니면서 개 하나하나를 들여다보며 딜리아가 지르는 기쁨의 환성마저 묻어버리는 소음이었다. 아이는 어느 견사 앞에 갑자기 멈추고 무릎을 꿇었다.

우리 한쪽 구석에 덥수룩한 털이 엉킨 조그만 개가 웅크리고 있었다. 눈망울이 꼭 우리 딸처럼 아련하고 절박해 보였다.

"한번 쓰다듬어보겠니?" 우리 뒤편에서 누군가가 물었다.

"엄마, 그래도 돼?" 젊은 자원봉사자가 옆에 무릎을 꿇자 딜리아가 애원하는 표정으로 물었다. 그는 호주머니에서 열쇠 꾸러미를 꺼냈다. 키가 멀대 같은 이 자원봉사자의 곱슬머리는 제멋대로 헝클어져 있었고 파란 눈은 촉촉했다. 퍼트리샤의 페이스북 단체사진에 있던 사람임을 곧장 알 수 있었다. 그의 명찰에 '안녕하세요. 제 이름은 애런입니다'라고 적혀 있었다.

"그럼, 애런이 괜찮다고 하면." 내가 대꾸했다. 베로와 나는 그의 머리 위로 시선을 교환했다. 베로도 퍼트리샤의 페이스북 사진을 떠올린 것이 틀림없었다.

애런이 열쇠를 골라 견사 문을 열자 딜리아는 손뼉을 쳤다. 개가 낑낑대며 더 구석으로 몸을 웅크리자 애런이 자신의 허리에 감겨 있던 가죽벨트를 당겨 풀었다. 개가 놀라지 않게 조심하면서 그는 벨트를 경첩에 끼워 견사 문을 고정했다. 그런 다음 애런은 호주머니에서 개 간식을 꺼내 딜리아의 손에 쥐여주었다. 그는 바닥에 앉아 자신의 옆자리를 두드렸다. 딜리아는 애런이 시키는 대로 얌전히 앉아 간식을 앞으로 내밀었다.

"특별한 아이야." 요란한 소음 사이에서 그의 목소리는 속삭임이나 다름없었다. "이름은 샘이고. 부끄럼을 많이 타서 아주 조심스럽게 대해야 해. 그럴 수 있지?"

딜리아는 고개를 끄덕였다.

개가 어둑한 견사 한구석에서 콧구멍을 벌름거렸다. 고개를 푹 숙이고, 귀를 납작하게 젖히고, 꼬리를 다리 사이에 숨긴 채 살금살금 앞으로 나왔다. 애런은 딜리아에게 조금만 더 기다리라고 속삭였다. 안전하다고 느끼면 다가올 거라면서.

개가 마침내 견사에서 고개를 내밀고 간식을 향해 주둥이를 뻗자 딜리아는 얕게 숨을 들이마셨다. 개는 딜리아에게 천천히 다가가 간식을 조심스레 입에 물었다. 쫄깃쫄깃한 작은 간식에 정신이 팔려, 애런이 자신을 들어 올려 딜리아의 품에 안겨주어도 거부하지 않았다.

재크가 법석을 떨며 견사 쪽으로 손을 뻗기 시작했다. 베로는 재크를 허리께에 추어올리며 나와 눈을 맞췄다. 그녀는 애런에게 턱짓을 하고 내 시야에서 사라졌다.

"샘한테 무슨 일이 있었던 거예요?" 개 뒷다리의 작은 깁스를 보고 내가 물었다.

"샘은 떠돌이개였어요." 샘의 등을 쓰다듬는 딜리아를 보며 애런은 미소를 지었다. "몇 주 전에 몸에 쇠사슬이 엉킨 상태로 발견됐죠. 얌전한 녀석인데 조금 불안정한 상태랍니다. 가족을 만나 사랑받으면 다 해결될 거예요. 떠돌이개도 훌륭한 반려견이 될 수 있거든요." 그는 벽에 걸린 클립보드로 손을 뻗었다. "말 나온 김에 신청서 작성을 부탁드릴게요. 입양을 희망하는 가족에게 전부 요청하고 있거든요." 그가 내게 클립보드와 펜을 내밀었다.

딜리아가 샘과 노는 사이 나는 설문지를 어색하게 응시했다. 이곳을 방문한 기록을 절대 남기고 싶지 않았지만 거절하면 더 수상해 보일 터였다. 애런은 예의 바르게 웃으며 휴대전화로 슬쩍슬쩍 시간을 확인했다.

나는 서류를 작성하기 시작했다. 빈칸에 테리사와 스티븐의 이름과 주소를 적었다. 개를 들이는 건 스티븐의 의견이니 안 될 거 뭐 있나 싶었다. 더구나 자기 집에서 개를 키우자고 딜리아에게 약속까지 않았나.

간식을 또 먹고 싶었는지 샘이 뽀뽀 세례를 퍼붓자 내 발치에 앉아 있던 딜리아가 킥킥거렸다. 샘의 아픈 다리에 엄청난 관심을 표현하며 딜리아는 개 귀에 대고 뭐라고 속삭였다. 퍼트리샤가 이곳에서 오랜 시간을 보낸 것도 이해할 만했다. 버려졌거나 사랑받지 못했거나 잔인한 주인들로부터 구조된 동물들을 보살피면서 보람을 느꼈을 것이다. 해리스 같은 남자에게 반평생 얽매여 살다가, 애런처럼 다정하고 친절한 사람들 곁에 있으면 마음이 편해졌을 것이다. 만약 이 보호소가 그녀의 쉼터이고 함께 활동한 봉사자들이 가장 가까운 가족이라면, 여기 있는 누군가에게는 속을 터놓지 않았을까?

애런에게 신청서를 돌려주었다. "지난번에 방문했을 때 퍼트리샤라는 여자분께 입양 상담을 받았는데요. 그때 눈 주위에 검은 반점이 있고 얼룩덜룩한 털에, 덩치는 요만한 개를 봤거든요." 나는 양팔을 펼쳐 보이며 사진 속에서 그녀가 안고 있던 개를 묘사했다.

"해적 말씀이세요?"

"맞아요! 그런 이름이었어요. 오늘은 안 보이는데요. 그 개 소식을 물어보고 싶어서 그러는데 혹시 퍼트리샤 연락처 아세요?"

"아니, 저도 알고 싶어요." 그가 고개를 푹 숙이며 말했다. "아무도 그분과 연락이 닿지 않네요. 퍼트리샤는 지난주 내내 여기 오지 않았고 아무 소식도 없었어요. 해적은, 그 아이랑 여동생 몰리는 몇 주 전에 함께 입양됐어요. 죄송합니다."

"아, 아쉽게 됐네요." 나는 얼른 전략을 바꿨다. "그분이랑 꼭 연락하고 싶어서요. 퍼트리샤가 괜찮은 필라테스 강사를 소개해준다고 했는데 그분이 다닌다는 스포츠클럽 이름을 까먹었지 뭐예요."

애런은 어깨를 으쓱했다. 내 신청서를 훑어보던 그의 얼굴이 갑자기 붉어졌다. "죄송하지만 잘 모르겠어요. 저는 필라테스를 안 해서요. 그분이 클럽 얘기는 전혀 한 적이 없는데요."

"그분을 어디서 찾을 수 있을지 아실 만한 다른 분은 없을까요?"

그는 미심쩍은 눈으로 나를 쳐다보았다. "없을 거예요. 경찰이 이미 여기 사람들에게 다 확인했거든요."

"경찰이라고요?" 나는 놀란 척하며 물었다. "경찰이 그분을 왜 찾을까요?"

그는 인상을 썼다. "뉴스에도 나왔어요. 퍼트리샤와 남편이 실종됐다고요. 그분이 어디 있는지는 아무도 모른대요."

"아, 세상에 그런 일이⋯⋯." 그 소식을 듣고 심란한 표정을 짓기는 어렵지 않았다. 퍼트리샤가 이곳의 누구에게도 얘기하지 않았다면, 그녀의 행방은 오리무중일 수밖에 없다. "경찰이 실마리를 좀 찾았대요?"

"그런 말은 없었어요. 형사가 그분 사물함을 뒤졌어요. 이것저것 물어보면서요. 마지막 몇 번은 봉사하러 왔을 때도 좀 불안하고 초조해 보였지만 떠난다는 얘기는 전혀 없었거든요. 경찰들은 주로 그분의 남편에 대해 궁금해했어요. 우리가 보기에……." 그의 턱에 힘이 들어갔다. 그는 불안한 눈으로 주위를 둘러보고는 목소리를 낮췄다. "우리가 보기에 남편이랑 별로 사이가 좋지 못했던 것 같아요. 남편이 순 몹쓸 인간이거든요." 누가 애런의 이름을 불렀다. 그는 발끝으로 서서 내 머리 위를 두리번거리다가 곧 가겠다는 뜻으로 손가락을 들어보였다.

"이제 샘을 들여보내야겠네요." 애런은 여전히 미간을 찌푸리고 있었다. 그는 허리를 굽히고 딜리아의 손에서 개를 받아 견사에 넣었다. "다른 아이들도 한번 보시겠어요?"

"네." 나는 건너편에 서 있는 베로와 눈을 맞추며 말했다. "괜찮으시면 조금 더 둘러볼게요." 베로가 우리 쪽으로 힘차게 걸어오다가 바지에 벨트를 끼우는 애런과 뜻하지 않게 부딪쳤다. 둘은 황급히 사과의 말을 나눴다. 애런이 모퉁이 너머로 사라지는 순간 내가 베로에게 물었다. "뭘 좀 찾았어요?"

"뒤쪽에 직원 휴게실이 있어요." 베로가 속닥거렸다. "문이 안 잠겨 있더라고요. 안을 들여다보니 자원봉사자 몇 명이 있었어요."

"뭐가 보이던가요?"

"봉사자마다 이름이 표시된 사물함을 하나씩 갖고 있더군요."

"퍼트리샤 것도 있나요?"

베로는 고개를 끄덕였다. "한번 열어볼 가치는 있겠죠." 퍼트리샤의 사물함에 그녀의 행방을 짐작할 수 있는 단서가 들어 있지 않을까?

"우리가 불쑥 들어가서 기웃거릴 수는 없잖아요."

"나한테 맡겨요." 베로가 내 코앞에서 애런의 열쇠 꾸러미를 흔들었다.

201

"어디서 났어요?"

"조금 전에 저 사람 벨트에서 빠졌어요. 눈치 못 챈 거 같아요." 그녀가 재크를 내 품에 안겼다. "휴게실 앞에서 만나요."

"언제요?"

"두고 보면 알아요." 그녀는 줄지어 늘어선 견사를 따라 슬그머니 멀어졌다. 나는 딜리아를 따라 견사에서 견사로 이동했다. 베로의 신호를 계속 눈으로 쫓았지만 내가 뭘 기다리고 있는지는 알 수 없었다.

갑자기 앙칼진 울음소리가 들리고 뒤이어 견사 문이 쾅 닫히는 소리가 들렸다. 고양이 두 마리가 꼬리를 꼿꼿이 세우고 등을 잔뜩 구부린 채 중앙 통로를 재빠르게 달려왔다. 날카롭게 컹컹대는 소리가 보호소를 휩쓸었다. 또 쾅 소리가 들렸다. 개 네 마리가 이를 드러내고 턱을 딱딱거리며 쏜살같이 달려왔다. 동물들이 휙휙 지나가는 사이 아이들은 울고불고 소란을 피웠고 부모들은 비명을 질렀다. 재크가 내 어깨에 몸을 밀착했다. 내가 팔을 뻗자 딜리아는 순순히 내 손을 잡았다. 우리가 서둘러 복도를 빠져나가 휴게실로 향하는 사이 자원봉사자 전원이 풀려난 동물들을 잡으러 달려왔다.

베로가 빨리 오라고 손짓하고는 내 품에서 재크를 받아 안았다. "서둘러요, 휴게실이 얼마나 비어 있을지 알 수 없어요." 그녀는 보는 사람이 없음을 확인하고 나를 안으로 밀어 넣었다. 휴게실 문이 닫히자 고양이 앵앵거리는 소리와 개 월월대는 소리가 잦아들었다. 줄지어 늘어선 사물함 앞으로 직행해 퍼트리샤의 이름을 찾았다. 원래는 자물쇠가 있었는지 몰라도 지금은 없었다. 애런 말대로 경찰이 이미 뒤졌다는 뜻이었다.

금속 문을 열자 사물함 입구를 가로지르는 노란 경찰 테이프가 바스락거렸다. 그녀의 사물함 문 안쪽에 동물 사진이 잔뜩 붙어 있었다. 대부분 해적과 몰리의 사진이었다. 구석에는 명함 한 장이 꽂혀 있었다. 페어팩스 카운티 경찰서의 니콜러스 앤서니 형사. 퍼트리샤 미클러 사건의 담당자인 모양이었다.

경찰 테이프를 건드리지 않도록 조심하며 그녀의 사물함 내용물을 뒤적이다가 옷걸이에 걸린 티셔츠를 꺼냈다. 남색 천에 검고 흰 개털이 덕지덕지 붙어 '타이슨 피트니스 클럽' 로고가 가려질 지경이었다. 그 위의 선반에는 테이프 클리너, 개 사료 영수증, 스타벅스 커피 두어 잔의 영수증이 들어 있었다. 경찰은 발견한 것을 나는 발견하지 못한 것이 아니라면 퍼트리샤가 어디로 갔는지 알려줄 단서는 전혀 없었다.

사물함을 닫고 베로나 내가 놓친 게 있는지 휴게실을 둘러봤다. 문 옆 게시판에 알록달록한 압정이 점점이 박혀 있었다. 봉사자들의 사진과 봉사 일정을 고정하는 압정이었다. 퍼트리샤는 애런을 비롯한 몇몇 사람들과 함께 화요일과 목요일 팀 소속이었다. 사진 속 그녀는 사물함에 들어 있던 티셔츠를 입고 애런의 바로 옆에 앉아 있었다. 두 사람의 무릎에는 해적과 몰리가 웅크리고 있었다. 나는 사진에 가까이 다가가 실눈을 뜨고 그녀의 손을 들여다봤다. 약지가 휑했다. 다이아몬드 결혼반지가 없었다.

견사에서 소동이 일어났다. 휴게실 문을 열고 밖을 내다봤다. 몇 미터 떨어진 곳에서 베로가 보호소 유니폼을 입은 자원봉사자 둘을 막고 있었다. 내가 휴게실을 빠져나오자 그녀가 눈썹을 추켜세우며 다급한 표정을 지었다.

"홀 부인? 홀 부인?" 개 소리에 섞여 목소리가 들렸다. "테리사!" 이번에는 더 큰 목소리였다. 뒤를 돌아보니 통로 저편에서 당황한 표정의 애런이 내 쪽으로 달려오고 있었다. 그가 나를 부르고 있었다는 사실에 가슴이 철렁했다. "혹시 열쇠꾸러미 못 보셨어요? 정신이 없어서 어딘가에 떨어뜨렸나 봐요."

고개를 저으며 나도 모르게 머리를 긁적였다. 그 신청서에 테리사의 이름과 주소를 적는 게 아니었다. 경찰이 벌써 다녀갔다니 그나마 다행이었다. 그들은 이미 퍼트리샤의 사물함을 뒤지고 모두를 심문했다. 하지만 여기 온 것 자체가 끔찍한 실수라는 기분을 떨칠 수 없었다. "미안해요, 열쇠는 못 봤어요."

후회로 온몸이 오싹해진 순간, 노란 얼룩 고양이가 우리 사이를 휙 지나갔다. 애런이 그 뒤를 쫓아갔다.

23

갑자기 울리는 요란한 소리에 화들짝 놀라 잠을 깼다. 휘둥그레 뜬 눈을 깜박이며 침대에 똑바로 일어나 앉았다. 올 것이 왔다. 나를 체포하러 온 거다. 깜짝 놀라서 이불을 가슴에 끌어안았다. 침대 옆 탁자에서 내 휴대전화가 진동하고 있었다. 실비아의 번호가 어둠 속에서 빛났다. 나는 베개에 기대어 요동치는 심장이 진정되기를 기다렸다. 경찰이 아니었다. 내 에이전트였다.

새벽 5시 45분인지 저녁 5시 45분인지 헷갈려서 휴대전화를 더듬어 시간을 확인했다. 누가 해리스를 죽였는지 밝히겠다고 마음먹고 지난 사흘 밤을 꼴딱 새며 그의 피해자 명단을 조사했지만 용의자를 17명에서 9명으로 좁히는 데 그쳤다. 지치기만 하고 사건은 해결하지 못한 채 동트기 한 시간 전에 잠자리에 들었다.

"여보세요?" 전화기에 대고 웅얼거렸다.

"하루 종일 글 쓰느라 피곤한 목소리겠죠?" 그럼 저녁인가 보군. 나는 눈을 비볐다. "깜짝 놀랄 소식이 있어요."

"별로 안 궁금하네요."

"작가님 원고를 읽었어요." 나는 한 팔로 얼굴을 가리고 최악의 경우에 대비해 마음을 다잡았다. "어젯밤에 출판사에도 보냈고요. 작가님에게 새로운 제안을 하기로 했어요."

나는 천천히 일어나 앉았다. 머릿속으로 이것이 무슨 상황일지 가늠했다. "제안이라고요? 계약은 이미 끝났잖아요."

"그건 없던 일로 하고요."

나는 손으로 눈을 가렸다. 생각보다 더 나빴다. 아무래도 돈을 물어내야 할 모양이었다. 계약이 파기되면 계약금을 토해내야 한다. 실비아의 수수료도. 그러면 그녀는 나를 관리 작가 명단에서 삭제하겠지. 스티븐이 알면 무슨 소리를 할지 생각조차 하기 싫었다. "실비아, 미안해요. 우리가 어떻게 해야—."

"내가 계약을 해지하는 쪽으로 작가님을 설득하기로 편집자와 이야기가 됐어요."

잘못 들은 것 같아 고개를 흔들었다. "어떻게 하셨다고요?"

"내가 보기엔 이 책이 엄청난 히트작이 될 텐데, 그러면 지난번에 계약한 원고료는 턱없이 부족한 금액 아니겠냐고 편집자한테 얘기했죠. 작가님이 이미 받은 계약금을 내가 직접 갚고 새로 충분한 보상을 받게 해주고 싶어서요."

내가 아직 꿈을 꾸고 있나 싶어 전등을 켰다. 불빛 때문에 눈물이 맺힌 눈을 가늘게 떴다. "편집자는 뭐라던가요?"

"작가님 초고를 읽고는 내 말에 동의했어요. 이번 작품이 대박을 터뜨릴 것 같대요!"

"정말요?"

"기막힌 설정이잖아요. 소심한 아내가 누군가를 고용해 끔찍한 남편을 살해하고, 용감한 여자 주인공과 젊고 섹시한 변호사는…… 엄청 잘 어울리던데요? 아주 흥미진진했어요, 핀레이. 여태 쓴 작품 중 최고예요. 살인자가 누구인지 궁금해 죽겠더라고요."

음험한 미소가 내 입가를 스쳤다. "저도요."

"편집자가 말하길, 작가님이 다른 출판사로 옮기지 않겠다고 약속하면 판권을 구입하고 싶대요. 계약을 두 권으로 늘리고, 계약금을 올리고, 초고를 쓸 마감 기간을 연장해줄 거예요."

"계약금을 올려준다고요? 얼마나요?"

"권당 7만 5천 달러." 내 입이 무릎까지 벌어졌다. 출판사가 내게 15만 달러를 준단다. 해리스 미클러 살인사건에 대한 이야기로. 범죄의 세부 내용을 속속들이 묘사한 책으로. 지금 수사 중인 데다가 나도 은밀히 연루된 사건으로. "핀레이, 듣고 있어요?"

"네, 듣고 있어요." 내가 쉰 목소리를 냈다. "며칠 생각 좀 해봐도 될까요?"

"날 믿어요, 핀레이." 실비아의 목소리가 꿀 바른 버터처럼 감미로웠다. "어떤 기분인지 정확히 아니까. 나도 같은 생각을 했거든요."

나는 불안한 웃음을 삼켰다. "그럴 리가!"

"알았어요. 그래요. 작가님 말이 맞아요. 계약을 무르고 원고를 다른 유명 출판사에 가져가거나 경매에 붙일 수도 있겠죠. 하지만 너무 욕심 부리면 안 돼요. 지금껏 작가님의 책 판매 실적이 워낙 형편없었기 때문에 우리가 대단히 콧대를 세울 입장은 아니에요. 우리는 돈을 받고 그쪽에서 원하는 것을 줘야죠."

"글쎄요, 실―."

"잘됐어요, 우리 의견이 일치해서 기뻐요."

"그렇게 간단한 일이 아니에요! 저는 그저—." 휴대전화에서 그녀의 컴퓨터가 이메일을 '쉭'하고 발송하는 소리가 들렸다. 곧이어 내 휴대전화에 알림음이 울렸다.

"변경된 계약 조건을 보내드려요. 작가님을 대신해 몇 가지 사항을 새로 협상했어요. 편집자는 작가님이 새 필명을 써야 한다고 했어요. 피오나 도나휴가 좋겠대요. 작가님이 무척 기뻐할 거라고 편집자한테 얘기했어요. 이미 출판사 내부에서 새 계약서를 준비 중이니 몇 주 안에 수정된 계약서와 나머지 계약금을 받을 수 있을 거예요. 30일 뒤에 초고를 보내야 하니까 부지런히 써야 해요. 며칠 뒤에 전화해서 다시 확인할게요."

실비아가 전화를 끊었다. 나는 얼떨떨하여 다시 베개를 베고 누웠다.

갑자기 돈방석에 앉게 되었다. 상상도 못 할 큰돈이었다. 전업 베이비시터와 비싼 변호사를 고용하기에 충분한 돈. 내 차를 고치고, 무엇보다 내 아이들을 구하기에 충분한 돈. 스티븐과 테리사의 영향에서 벗어나기에 충분한 돈.

어느 쪽이 더 나쁜지 알 수 없었다. 나 자신이 자랑스럽다고 느낀 것이 태어나서 처음이라는 것인지, 내가 번 돈이 나를 평생 감옥에서 썩게 할 수도 있다는 것인지.

다음 날 아침, 스티븐이 아이들을 데리러 올 때까지 술이 깨지 않았다. 딜리아와 재크가 잠든 후에 베로는 샴페인을 들며 새 계약을 따낸 것을 축하해야 한다고 고집했고 우리는 결국 한 방울도 남기지 않고 한 병을 다 비웠다. 내가 이리나 보로프코프에게 연락해서 계약금을 돌려줄 생각이라고 말해도 베로는 너무 들뜨고 취해 있어서 신경도 쓰지 않았다. 스티븐이 열쇠를 문에 꽂고 들어오는 소리를 듣지 못한 이유는 샴페인이 남긴 숙취 때문이라고밖에 설명할 수 없었다. 아래층에 내려가니 그가 이미 딜리아와 재크에게 외투를 입히고 있었다. 아이들을 가로막고 얼른 껴안아주려니 가슴이 뻐근히 저려왔다.

"초인종 잘 울릴 텐데." 나는 아이들의 머리 위로 스티븐을 노려봤다.

"바깥이 추워서 기다리고 싶지 않았어." 그는 문을 열고 딜리아와 재크를 밀어냈다. "트럭에 가서 테리사, 에이미 이모랑 기다리렴. 아빠도 금방 갈게." 아이들이 불룩한 외투를 입고 뒤뚱뒤뚱 멀어지는 동안 우리 둘은 성질을 꾹꾹 눌렀다.

"여긴 내 집이야, 스티븐." 아이들이 탄 차 문이 닫히자마자 내가 지적했다. "당신 기분 내킬 때 불쑥불쑥 들이닥치는 곳이 아니라고."

"내가 못 올 이유가 어딨어? 내 명의로 돼 있는데."

그의 등 뒤 주방 입구에 베로가 나타났다. 그녀는 팔을 내밀어 그의 손에서 열쇠 뭉치를 빼앗더니 우리 집 열쇠를 빼내기 시작했다. 입을 떡 벌린 스티븐 앞에서 그녀는 보란 듯이 열쇠를 뽑아 들었다. 그러더니 화장실로 다가가 득의만만한 미소를 지으며 열쇠를 기저귀 휴지통에 떨어뜨렸다. 베로가 손잡이를 돌려 스티븐이 가진 하나뿐인 열쇠를 똥 기저귀 틈에 묻어버리자 그의 얼굴이 붉으락푸르락해졌다.

"저 여자, 여기서 뭐하는 거야?" 손을 닦고 뚜껑을 닫는 베로를 보며 그가 내게 소리 죽여 물었다. "당신, 베이비시터 쓸 돈 없다고 했잖아."

"저는 도너번 씨의 회계사 겸 사업 매니저입니다." 베로가 꾸벅 인사를 하며 끼어들었다. "집세는 이미 지불됐습니다만."

"전부는 아닌데." 스티븐이 의기양양하게 말했다.

"전부 지불됐거든요." 베로가 쏘아붙였다. "분명해 해둘 게 있는데요, 집주인님. 당신 명의의 집이라고 함부로 쳐들어올 권리는 없습니다. 임대차 계약서, 특히 4조 b항을 읽어보셔야겠네요. 세입자에게 이 집에 들어오겠다는 의사를 미리 고지해야 한다고 명시되어 있어요. 다음에도 이 집에 예고 없이 침입하시면, 원치 않는 광경을 보실지도 모릅니다."

"원치 않는 광경?"

'설마 시체는 아니겠지. 제발 시체라고는 하지 마.'

"핀레이 씨가 최근에 교제하기 시작한 섹시한 속옷 모델이라든지."

스티븐의 눈이 휘둥그레졌다. 나는 베로의 팔꿈치를 꼬집었다.

"속옷 모델 아니에요." 내가 말했다.

"딱 속옷 모델처럼 생겼던데―."

"더구나 내 애인도 아니―."

"사실은 변호사죠." 베로가 내 말을 가로챘다. 머리가 지끈거렸다. 숙취 때문인지도 몰랐다. "다음부터는 임대차 계약 조건을 지켜주시기 바랍니다. 그렇지 않으면 그 변호사에게 도너번 씨의 소송 일체를 의뢰해야 할 수도 있으니까요." 베로는 탐탁찮다는 듯 스티븐의 몸을 눈으로 훑었다. "그렇게 못하시겠다면, 엿이나 드시―."

나는 손가락으로 관자놀이를 눌렀다. "베로는 우리랑 같이 살고 있어, 스티븐." 그가 못 믿겠다는 표정으로 나를 돌아봤다. 그가 입을 열기도 전에 내가 말을 이었다. "내가 베로를 고용했다고."

"당신이 고용해?"

"우리 둘 다 당신이 제시한 조건이 마음에 안 들었거든."

침묵이 쿵 내려앉았다. 베로는 입을 꼭 다문 채 당당한 미소를 지으며 속눈썹을 깜박거렸다. 스티븐의 이마에 정맥이 불거졌다.

"무슨 돈으로 고용해?" 그가 미친 사람들 보듯 우리 둘을 쳐다보며 물었다. "당신 돈 없잖아. 공과금도 몇 달치나 밀렸으면서. 당신 형편에 대체 누굴 고용한다는 거야?"

"도너번 씨는 돈이 아주 많습니다." 베로가 끼어들었다. "그리고 이제 당신께 빚진 집세도 없으니 지불 능력이 있든 없든 당신이 상관할 바가 아니죠."

"저 여자가 무슨 소리 하는 거야?"

나는 베로를 쏘아봤다. 그녀는 자기 손톱을 들여다보며 눈치 없는 척 매니큐어를 뜯었다. 스티븐이 나를 밀어붙였다. 지금 뭔가 설명하지 않으면 그는 당장 가이에게 달려가서 내 자산 상태에 대해 꼬치꼬치 캐물을 것이다. "책 판권을 팔았어."

"두 권이죠." 베로가 덧붙였다. 그녀의 매섭고 까만 눈에 드러난 자부심을 보자 나는 목이 메었다. 내 직업을…… 음…… 직업으로 취급해준 사람은 여태 아무도 없었다. 아무도 내가 하는 일을 감싸주거나 뿌듯해 하거나 자랑하지 않았다. 책상 뒤에서 나는 언제나 혼자였다.

"그래서 얼마나 받았지? 3천 달러?" 스티븐의 입술이 말려 올라갔다. 빈정대는 기색이 너무 역력했다. "한도 초과된 신용카드는 어쩌고? 차 할부금은? 그리고 저 여자……." 그가 베로에게 엄지손가락을 치켜세웠다. "틀림없이 저 여자는 돈을 꽤 요구할 텐데—."

"도너번 씨의 수입이 얼마나 되는지 역시 당신이 상관할 바가 아닙니다." 베로가 스티븐을 도발했다.

"헛소리 말아요!" 스티븐은 그녀를 노려보며 내게 손가락질을 했다. "그런 형편없는 책 나부랭이를 써서 어떻게 그 빚을 다 갚느냐고." 그 공격이 내 가슴에 똑바로 날아와 박혔다. 그 사람 앞에서 계약금 수표를 펼칠 때마다 느꼈던 답답한 수치심이 다시 나를 후려쳤다. 그는 내 등을 토닥이며 달래곤 했다. 기저귀 몇 박스를 사거나, 운이 따라주면 식료품은 충분히 살 돈을 벌 방법에 대해 조언하면서. 그는 개봉하지 않은 우편물이 쌓여 있었던 등 뒤의 현관을 손짓했다. "저 청구서들은 몇 달씩이나 저렇게 쌓여 있었다고요. 나한테 빚진 돈이 얼만데……." 그의 얼굴이 일그러졌다. 이마를 구기고 팔을 축 늘어뜨린 채 눈으로 탐조등처럼 집 안을 두리번거렸다. "청구서가 다 어디 갔지?" 그는 우리를 어깨로 치고 주방으로 들어가 싱크대에 놓인 얼마 안 되는 전단지와 쿠폰 더미를 뒤졌다. 베로가 그의 등 뒤로 바짝 다가갔다. 두 사람이 옥신각신하는 소리를 들으며 나는 계단을 뛰어올라 서재로 들어갔다.

나는 무시당했다. 하찮은 일을 하는 사람, 내 앞가림도 못하고 아이들을 보살필 능력도 없는 사람으로 취급당했다. 절대 스티븐과 테리사처럼 풍족하게 사는 부류에는 낄 수 없는 사람으로 취급당했다. 나는 이메일을 열고 프린터에 종이 한 장을 밀어 넣었다. 기계가 돌아가는 사이 조용히 스티븐을 욕했다. 인쇄가 끝나자마자 트레이에서 종이를 꺼내 들고 베로와 스티븐이 서로를 할퀼 기세로 대치하고 있는 아래층으로 달려 내려갔다.

둘 사이로 손을 뻗어 종이를 탁자 위에 탁 내려놨다.

베로가 천천히 뒤로 물러나 팔짱을 꼈다. 날카롭도록 선명한 미소를 지으며 잘 보라는 듯 스티븐을 향해 눈썹을 찡긋거렸다.

"이게 뭐야?" 그가 마지못해 종이를 집어 들었다.

"내가 받은 제안서야. 내 형편없는 책 나부랭이의 가치가 얼만지 알고 싶어? 직접 확인하라고."

스티븐이 탁자에서 종이를 휙 집었다. 그의 파란 눈이 서류를 레이저처럼 훑었다. 가운데 어딘가에 적힌 달러 표시를 뚫어지게 응시하는 그를 보자 마음이 뿌듯해졌다.

"이게 무슨 돈인데?" 그가 물었다.

"내가 받을 계약금."

그의 입이 움직였지만 혀가 그 속도를 따라가지 못했다. 말문이 막힌 스티븐의 모습은 처음이었다. 그는 헛기침을 하며 종이를 내게 내밀었다. "이제 당신도 합당한 원고료를 받을 때가 됐지. 하지만 이 정도로는 충분하지 않―."

"계속 읽어봐요." 베로가 종이를 그의 얼굴에 가까이 밀었다. "두 권을 계약했다잖아요. 이 금액의 두 배를 받을 테고, 미디어, 영화 판권, 해외 판권 등을 팔면 추가로 돈이 들어오겠죠. 그다음엔 '인세'를 받을 테고요. 직접 계산해볼래요, 아니면 내가 도와드려요?"

스티븐은 제안서를 탁자에 내려놨다. 베로를 한번 노려보고는 어깨로 그녀를 밀치고 문 앞으로 갔다. 내게는 눈길도 주지 않았다. 그럴 수 없었을 것이다. 그동안 나를 실패작으로만 취급했으니까. 나를 그 외의 존재로 보는 법은 잊었을 만도 했다.

"일요일에 아이들 데리고 올게." 그가 우물거렸다.

"다음에는 초인종 누르시고요." 베로가 뒤통수에 대고 외쳤다.

그는 뒤를 돌아보지도 않고 가운뎃손가락을 들었다. 무엇보다 베로를 무시하는 그 모습에 나는 꼭지가 돌았다.

"스티븐." 느닷없이 튀어나온 명령조에 나 자신도 놀랐다. 그의 발이 문 바로 앞에서 멈췄다. "당신이랑 테리사 말이야, 양육권 소송은 다시 생각하는 게 좋을 거야. 내 회계사에 따르면, 우리 쪽엔 소송에서 이길 재원이 충분하니까."

스티븐의 짧은 턱수염이 부들거렸다. 그는 벌컥 현관문을 열고 나가더니 쾅 닫았다.

떠나는 스티븐을 지켜보는 내 옆으로 베로가 다가와 어깨에 손을 얹었다. 잠시 후 그녀가 계단을 삐걱거리며 자기 방으로 올라가는 소리가 들렸다. "왜 그랬어요?" 내가 물었다.

베로가 멈췄다. "뭘요?"

"그날 밤에요. 해리스 데려왔을 때. 나 혼자 차고에 두고 떠날 수도 있었잖아요. 나랑 같이 시체를 묻은 이유가 뭐예요?"

베로가 어깨를 으쓱했다. "당신한테 가능성이 있다고 생각했어요." 어리둥절한 내 표정을 보고 그녀는 말을 이었다. "당신이 처음 나를 고용했을 때 계산을 해봤어요. 은행에서 있었던 일 때문에 내가 어떤 대가를 치러야 했는지 알아야 했으니까요. 내가 보기에 당신이 에이전트를 구할 확률은 만분의 일 정도였어요. 책 계약을 성사시킬 확률은 훨씬 더 낮았고요. 그런데도 당신은 둘 다 용케 해냈잖아요. 살인 혐의를 벗는 건 그보다는 쉽겠죠?" 그녀는 다시 계단을 오르다가 또 멈춰 서서 나를 돌아보았다. "우리 엄마도 싱글맘이었어요. 기지와 배짱이 넘치는 분이었죠…… 당신처럼. 만약 내 미래의 수입과 자유를 베팅할 파트너를 선택해야 한다면." 그녀가 쓴웃음을 지으며 덧붙였다. "당신한테 거는 게 안전한 도박이라고 봤어요." 그녀는 계단을 올라 방으로 들어갔다. 그날 밤, 텅 빈 화면 앞에 앉은 나는 아주 오랜만에 나 혼자 그것을 마주하고 있는 게 아니라고 느꼈다.

24

"그걸 어쩌려고?" 일요일 오후, 봉지를 눈높이까지 쳐들며 물었다.

"그거라니. 얘도 이름이 있거든." 딜리아가 대꾸했다. 할 말이 목구멍까지 올라왔지만 전부 꾹꾹 눌렀다. 우리가 이름을 붙이면 그것은 그냥 물고기가 아니었다. 반려동물이 되는 것이다. 그리고 지난 몇 주 사이 내가 뭔가를 살린 기억은 별로 없었다. "얘 이름은 크리스토퍼야."

"크리스토퍼? 진짜?"

아이가 인상을 쓰며 봉지를 낚아채려고 손을 뻗자 나는 딜리아의 손에 닿지 못하게 높이 쳐들었다. "아빠는 이름이 마음에 든댔는데."

"크리스토퍼는 예쁜 이름이야." 나도 인정했다. "그냥 딱 크리스토퍼같이 생겼다 싶어서. 크리스토퍼의 엄마 아빠가 엄청 자랑스러워하겠다."

베로가 복도에서 한쪽 어깨를 딜리아의 방 문틀에 기댄 채 나를 보고 히죽거렸다. 죽일 생각 말라는 뜻이었다.

나는 고무밴드를 풀고 크리스토퍼를 유리그릇에 부었다. 차고 안의 상자에서 발굴한 유물로, 스티븐의 할머니 결혼식 때 썼다는 물건이었다. 딜리아가 얼굴을 유리에 바짝 붙였다. 미간에 근심어린 주름을 잡고, 한쪽으로 기우뚱한 채 툭눈을 부릅뜨고 입을 뻐끔거리는 물고기를 지켜보고 있었다. 어차피 집에 데려오자마자 산소 부족으로 숨이 끊어지는 생물이 처음은 아니었다. 적어도 땅에 묻기는 훨씬 쉽겠지.

크리스토퍼가 기운을 차렸는지 밝은 오렌지색 비늘을 흔들며 춤을 추었다. 유리 그릇 안에서 빙글빙글 도는 물고기를 보고 재크가 꽥꽥거렸다.

아래층에서 초인종이 울렸다. "내가 나갈게요." 베로에게 말했다. "스티븐이 뭔가를 잊었나 봐요." 그녀가 눈을 굴렸다. "적어도 이번엔 초인종은 눌렀네요."

"그나마 훈련이 가능한 동물이네요." 그녀도 나를 따라 계단을 내려왔다. 내 발이 계단 맨 아래 칸을 밟는 순간 창문을 통해 진입로에 서 있는 차가 언뜻 보였다. 트렁크 뚜껑에 안테나가 여러 개 서 있고 대시보드에 실내등이 켜진 평범한 남색 쉐보레 세단이 우리 집 앞에 주차되어 있었다.

스티븐이 아니었다.

베로가 내 등에 부딪히는 바람에 마지막 계단에 서 있던 나는 앞으로 고꾸라질 뻔했다. 그녀는 욕을 하다가, 내 시선을 따라가 현관문을 등지고 선 사람을 발견하고는 입을 다물었다. 키가 크고 머리가 검고 어깨가 넓었다. 남자는 발을 어깨너비로 벌리고 두 손을 골반에 얹은 채 경찰처럼 서 있었다. 그는 거리를 이쪽저쪽 살피고는 천천히 현관문 쪽으로 몸을 돌렸다. 그 순간 그의 재킷 속에서 총집이 삐죽 드러나고 벨트에서 경찰 배지가 반짝거렸다.

"젠장, 망했네, 망했어." 베로는 얼어붙은 내 옆을 지나 주방으로 살금살금 들어가더니 커튼 틈새로 밖을 내다봤다. "아, 우리 이제 끝장이에요." 그녀가 소곤거렸다. "어떡하죠?"

내 주위 공간이 점점 좁아지는 기분이 들다가 결국 창밖의 경찰 외에는 아무것도 보이지 않았다. 그렇게 선택지가 좁혀지자 나는 선명히 깨달았다. "문을 열어야겠어요." 나는 애써 태연한 척 말했다. "변호사 없이는 아무 말도 안 하면 돼요. 나를 체포하러 온 거면 당신이 딜리아랑 재크를 데리고 여기 남아줘요. 우리 언니한테 연락해서 나를 보석으로 빼달라고 부탁하고요."

베로가 창백한 낯빛으로 고개를 끄덕였다.

나는 문 앞으로 다가가며 손잡이를 돌리는 내 손에 떨지 말라고 주문을 걸었다.

문이 끼익 열렸다. 문밖의 사복 경찰이 미소를 지었다.

"맙소사, 엄청 섹시하잖아." 베로가 내 어깨 뒤에서 말했다.

나는 그녀의 옆구리를 팔꿈치로 쿡 찔렀다. 그리고 목청을 가다듬었다. "무슨 일이세요, 경관님?"

그의 거뭇한 볼에 깊은 보조개가 팼다. 그가 손을 내밀자 나는 악수를 하느라 문을 조금 더 여는 수밖에 없었다.

"페어팩스 카운티 경찰서의 닉 앤서니 형사입니다. 핀레이 도너번 씨를 만나러 왔는데요." 무릎이 풀릴 것 같아 문을 꽉 붙잡았다. 경관의 이마가 우그러졌다. "지금이 불편하시면, 나중에 다시 찾아뵙죠." 그의 목소리에 남들에게 노상 명령을 하며 사는 사람 특유의 단호함이 느껴졌지만, 짙고 긴 속눈썹 밑의 까만 눈은 부드러웠고 내 이름을 발음할 때도 끝이 내려가기보다 올라가는 쪽이었다.

"제가 핀레이인데요." 나는 조심스럽게 대답하며 그의 뒤에 다른 경찰은 없는지 기웃거렸다. 나를 살인 혐의로 체포하러 왔다면 혼자 오지는 않았을 테니까.

그의 수줍은 미소가 따스해지면서 그을린 눈가에 주름이 잡혔다. "저는 당신 언니의 친구예요. 당신이 관심을 가질 만한 사건을 수사하고 있죠. 조지아가 제게 당신을 만나서 이야기를 나눠보는 게 어떻겠냐고 제안해서요."

"저요? 왜 저예요?" 몸을 문 뒤에 반쯤 감춘 채 그에게 물었다. 베로도 그 뒤에서 듣고 있었다.

형사는 뒤통수를 긁적이며 겸연쩍게 웃었다. "수사가 난관에 부딪혔는데 조지아 얘기로는 당신한테 도움을 받을 수 있을 거라더군요." 그는 등 뒤의 해거티 부인네 창문을 슬쩍 돌아봤다. "좀 들어가도 될까요?"

그는 영장을 들이밀거나 미란다 원칙을 읊지 않았다. 나를 체포하러 온 건 아닌 모양이었다. 나는 잘못하는 일이 아니길 바라며 문을 열어주었다. "그럼요. 들어오세요."

베로는 눈썹을 씰룩이며 현관에 들어서는 그의 늘씬한 다리를 감정했다. 내가 계단 쪽으로 턱짓했지만 그녀는 고개를 저었다. 앤서니 형사가 그녀를 보고 우뚝 멈췄다. "죄송합니다. 손님이 계신 줄 몰랐네요. 먼저 전화를 드리고 왔어야 했는데." 그는 엄지손가락으로 현관문을 가리켰다. "나중에 다시 올—."

"아니요." 베로와 내가 동시에 말했다. 앤서니 형사가 지금 가버리면, 나는 하루 종일 그가 애당초 왜 찾아왔는지 알지 못한 채 불안에 떨어야 한다. 볼일은 얼른 해치우고 반창고 떼듯 없애버리는 편이 낫다.

"이쪽은 베로예요, 베이—."

"도너번 씨의 회계사입니다." 베로가 끼어들어 그와 악수를 했다.

"베로는 이 집에서 살고 있어요. 지금 막 위층으로 올라가려던 참이에요." 나는 그녀를 째려봤다. "우리는 여기서 얘기해요." 나는 앤서니 형사를 주방으로 몰았다. "마실 것 좀 드릴까요? 커피? 탄산음료?"

"탄산음료가 좋겠네요." 내가 냉장고를 여는 사이 그는 바람막이 재킷을 벗었다. 나는 냉장고 문 너머로 그를 지켜봤다. 갈색 가죽 권총집이 그의 등에서 X자로 교차하고 있었다. 그가 식탁에 앉자 총의 검은 손잡이가 내 쪽으로 향했다.

나는 침을 꿀꺽 삼켰다. "그러니까…… 앤서니 형사님—."

"닉이라고 부르세요."

"닉." 나를 체포하러 왔다면 이렇게 허물없이 대할 리가 없겠지? 저렇게 웃지도 않을 것이고. 언니 말로는 저런 식으로 뒤통수치는 경찰도 있다지만. "조지아를 아신다고요?" 얼음이 달각거리는 콜라 잔을 그의 앞에 놓았다.

"네, 예전에 경찰대학을 같이 다녔어요." 이 사람은 내 언니보다 별로 나이가 많아 보이지 않았다. 턱을 뒤덮은 짙은 수염에는 회색기가 없었고 머리카락도 검었으며 접어 올린 긴팔 면 티셔츠 밑으로 드러난 팔뚝에는 근육이 울룩불룩했다. "가끔씩 같이 맥주도 마시고요. 글을 쓰신다면서요. 조지아한테서 얘기 많이 들었어요. 당신이랑 아이들 얘기요."

나는 우리 사이에 거리를 유지하려고 의자를 조금 뒤로 떨어뜨렸다. "그래요?"

"걱정 말아요. 다 좋은 얘기였으니까."

나는 긴장된 웃음을 뱉었다. 닉도 껄껄 웃었다. 하지만 그의 날카로운 눈빛은 당혹스럽게도 나를 낱낱이 뜯어보고 있었다. "그래서…… 수사 중인 사건이 있으시다고요?"

그의 뺨에 홍조가 돌면서 짝짝이 보조개가 또 한 번 깊이 팼다. "네, 맞아요. 사건 얘기를 해야겠네요. 이런 말 꺼내려니 좀 이상하긴 한데." 그가 민망한 표정을 지었다. "조지아가 그러는데 당신은 이해할 거라더군요. 우리가 서로에게 도움이 될지도 모른다면서요."

내 의심이 방향을 틀었다. 해리스나 퍼트리샤와는 아무 상관 없는 용건인지도 몰랐다. 조지아가 자기 직장 동료와 나를 엮어주려고 시도한 게 이번이 처음도 아니었다. 나는 음료수를 집는 그의 왼손을 흘끗 보았다. 결혼반지는 없었다. 수상한 자국도 없었다. 나는 실눈을 뜨고 그를 보았다. "서로에게 어떻게 도움이 될까요?"

"실종 사건인데요. 이미 뉴스에서 보셨을지도 모르겠네요. 알링턴에서 실종된 해리스와 퍼트리샤 미클러 부부라고 들어보셨나요?"

입안이 바짝 말랐다. 베로가 엿듣고 있는 듯 층계참이 삐걱거렸다. "뉴스에서 본 것 같기도 해요."

"아직 아내에 대한 단서는 없지만 남편은 12일 전에 미클린의 한 술집에서 실종됐어요. 주차장에서 그의 차와 지갑, 휴대전화가 발견됐고요. 여자를 만나 술을 마셨다는데 그 여자가 뭔가 급한 용무로 잠시 화장실에 있었나 봐요. 그사이 해리스가 다른 여자랑 같이 나가는 모습을 봤다는 웨이터가 있어요. 같이 나간 여자의 신원은 이미 밝혀진 듯하고요."

등골이 서늘해졌다. "밝혀졌다고요?"

그는 고개를 끄덕였다. "해리스가 소속된 소셜 미디어 그룹의 회원이더군요. 해리스는 무슨 모임 때문에 그 술집에 갔던 모양이에요. 여자는 온라인에서는 참석 여부를 회신하지 않았지만, 술집에서 밝힌 이름과 소셜 미디어 프로필이 일치하고, 웨이터가 우리에게 알려준 인상착의와도 맞아떨어지더군요."

나는 안도하여 떨리는 한숨을 토했다. 용의자를 찾았다니. 그런데 내가 아니라니. "그런데 이 일이 나랑 무슨 상관이죠?"

"여기서부터 뭔가 좀 이상해져요." 그는 음료를 내려놓고 맺힌 물방울을 엄지로 문질렀다. "그 여자가 용의자라는 뜻은 아니에요. 하지만 이 사건의 핵심 인물은 틀림없어요." 그가 검은 눈동자를 내 눈에 맞췄다. "우리는 해리스 미클러가 당신 전남편의 약혼자 테리사 홀과 함께 술집을 나갔을지도 모른다고 봐요."

내 잔이 엎질러졌다. 음료수가 식탁 위로 퍼졌다. 형사와 나는 동시에 벌떡 일어서서 홀더에 꽂힌 냅킨으로 손을 뻗었다. 냅킨을 한 뭉치 움켜쥐며 나는 미안하다고 웅얼거렸다. 쏟은 음료를 치우는 내 손이 발발 떨렸다.

내가 무슨 짓을 한 걸까?

식탁에 몸을 기댔다. 닉이 손을 뻗어 의자에 주저앉는 나를 부축했다.

줄리언에게 내 이름을 테리사로 밝혔다. 내가 부동산 일을 한다고도 말했다. 그날 나는 금발 가발을 쓰고 테리사의 검은 원피스를 입었다. 해리스의 뒤를 캘 때 그의 인맥에 내가 아는 사람이 있는지 확인도 하지 않았다. 그 모임의 회원은 700명이었다. 이번 주에도 나는 해리스의 휴대전화에서 본 이름과 일치하는 이름만 조사했다.

"확실해요?" 내가 물었다. "그렇다 해도 저는 별로 드릴 말씀이 없겠는데요."

"제가 알아낸 게 거기까지라면 그러시겠죠. 하지만 그날 밤 늦게 그 여자의 집 반경 5킬로미터 이내에 있는 기지국에서 해리스의 휴대전화 신호가 잡혔거든요."

아니, 테리사네 집이 아니다. 이 집이지. 해리스의 전화는 내 차고에서 신호를 보냈다. 스티븐과 테리사의 타운하우스에서 도로 맞은편에 있는 집.

"그 여자는 만나보셨어요?" 나도 모르게 그렇게 물었다

"오늘 아침에 테리사 홀의 사무실에 찾아갔어요. 그날 밤 술집에 있었다는 사실을 완강히 부인하더군요. 그곳 바텐더 한 명이 테리사의 인상착의에 부합하는 여자를 접대했다고 기억하는데도요. 그 바텐더를 통해 그 여자 이름이랑 부동산 중개업자라는 직업을 알게 됐지만, 바텐더도 신분증까지 확인한 건 아닐 테니 두 사람이 꼭 동일인이라고 장담할 수는 없어요. 지금 당장은 정황증거밖에 없지만 아무튼 차곡차곡 쌓이는 중이죠. 테리사는 해리스가 사라진 그날 밤에 본인의 행적을 입증할 수 있는 알리바이도 없고요."

"무슨 뜻이죠?" 테리사는 그날 밤 술집에 없었다. 내가 해리스를 찾느라 그곳을 샅샅이 살펴봐서 잘 안다. 만약 그녀가 그곳에 있었다면 내가 못 봤을 리 없다.

"어디에 있었는지는 몰라도 밝히기를 꺼리더군요. 집에 줄곧 혼자 있었다고 우기던걸요. 그리고 당신 남편은 —." 닉이 고쳐 말했다. "아

223

니, 스티븐은 고객들을 만나러 나갔다더군요. 그래서 테리사가 그날 저녁에 집에 있었는지 확인해주지 못했어요."

"그 말은 테리사가 집에 없었다는 뜻도 아니잖아요." 내가 그 여자를 감싸고 있다니 믿을 수 없었다. 어쨌거나 내 아이들의 새엄마가 될 여자가 중범죄 혐의를 뒤집어쓸 위기에 처한 것이다.

그가 힘차게 고개를 저었다. "그런데 말이죠, 핀레이. 내가 이 일을 꽤 오래 하다 보니 이제 사람 마음 읽는 데 도가 텄어요. 테리사는 분명히 뭔가 숨기고 있어요. 지금 불안해서 어쩔 줄 모르는 거예요."

"당신이 경찰이니까요." 나는 그의 총을 가리켰다. "누구라도 경찰 앞에서는 불안해져요. 행여 그 여자가 술집에 있었다 쳐도, 해리스를 납치할 이유가 어딨겠어요?"

"내가 그 지점에서 막힌 거예요." 닉이 까끌한 수염을 손으로 문지르다가 살짝 맥 빠진 목소리로 말을 이었다. "미클러의 휴대전화에서 사진이 발견됐어요. 수십 명의 여성을 찍었던데, 그중에는 꽤…… 은밀한 사진도 있더군요. 그 여성들의 동의 없이 찍은 것들이 꽤 있으리라 짐작되죠." 나는 이미 안다는 티를 내지 않으려고 애써 무표정한 얼굴을 유지했다. 하지만 테리사는 찍히지 않았다. 여자들을 한 명 한 명 확인할 때 나는 혹시나 아는 사람이 있을까 두려웠다.

"약 1년 전에, 페어팩스 경찰서로 한 여성의 제보 전화가 걸려온 적이 있어요. 해리스를 만나서 같이 술을 마신 후에 약에 취해 성폭행을 당했다고 주장했죠."

"그 여자가 누구였죠?" 나는 불안감을 힘겹게 감추며 물었다. "본인 이름을 밝혔나요?"

"제보 전화는 익명이에요. 상담원이 그 여성에게 경찰서로 와서 신고하라고 설득했지만, 여성은 자신의 외도 사실을 해리스가 남편에게 폭로하겠다고 협박한다며 거부했어요. 경찰에 신고하면 해리스가 결혼을 파탄 낼 거라더군요. 휴대전화에 찍힌 사진들을 보면 해리스는 연쇄범일 가능성이 높아요. 그런 남자에게 원한을 품은 여자가 세상에 얼마나 많겠어요? 테리사도 그중 하나라고 생각했는데 휴대전화에 그 여자 사진은 없더군요. 인맥이 겹친다는 사실 외에는 해리스와 연결점도 없었고요. 내가 동기를 찾아내지 못하면 이 수사는 더 이상 진행이 힘들어져요."

"아직도 이 일이 나랑 무슨 상관인지 모르겠어요."

그는 검정 곱슬머리를 쓸어 넘기고 한 주 내내 잠을 못 잔 사람처럼 눈을 문질렀다. "이런 얘기 꺼내지 말았어야 했나 싶기도 해요. 어젯밤에 맥주를 몇 잔 마시면서 조지아에게는 전부 털어놨거든요. 조지아가 테리사를 아는 줄은 몰랐어요. 당신의 양육권 소송 얘기를 들었어요. 당신과 테리사가 앙숙 관계라면서, 당신은 뭔가 알고 있을지도 모르니 가서 물어보라더군요."

싸늘한 불안감이 내 마음을 휘저었다. "내게 뭘 바라시죠?"

그는 호주머니에서 명함을 꺼내 식탁 위에서 내 쪽으로 밀었다. "테리사는 분명 뭔가를 숨기고 있어요. 그게 뭔지 밝히는 걸 도와주시면 그 여자를 잡아넣기에 충분한 증거를 모을 수 있을 거예요. 만약 내 생각대로 테리사가 진짜 미클러와 관련이 있다면, 당신한테도 도움이 될 거예요."

"무슨 도움이 되죠?"

"테리사가 살인 혐의로 체포되면 변호사가 당신 전남편에게 양육권 다툼을 포기하라고 조언하겠죠."

"살인이라고요? 아까 해리스는 실종됐다고 하셨잖아요." 내가 조심스레 지적했다.

닉은 우리 사이에 놓인 명함은 그대로 두고 두 손의 깍지를 꼈다. "해리스가 없어진 지 일주일이 넘었어요. 그 사람 아내도 마찬가지고요. 몸값을 요구하는 전화도 없었고 돈을 출금한 흔적도 없어요. 아까도 말했지만, 나는 이 일을 꽤 오래 했고요." 그는 침묵으로 긴 여운을 남겼다.

닉의 명함을 집어 뾰족한 모서리를 손가락으로 문질렀다. 내가 지은 죄를 테리사에게 뒤집어씌우고 죗값을 치르게 하기 딱 좋은 상황이었다. 테리사는 남편과 가족을 잃어도 싼 여자 같기도 했다. 내 것도 거리낌 없이 훔쳐갔으니까. 하지만 그녀에 대한 내 감정이 어떻든 그녀는 스티븐의 아내, 내 아이들의 새엄마가 될 터였다. 비열한 짓을 많이 했어도 해리스를 납치하지는 않았다.

고의는 아니었지만 테리사에게 경찰의 이목이 쏠리게 한 장본인은 나였다. 내가 그녀의 이름을 도용하고 그녀의 옷을 입었기 때문이었다. 지난 2주 동안 여러 차례 선을 넘은 나지만 그녀가 내 잘못을 뒤집어쓰고 닉에게 체포되는 것을 두고만 본다면 나야말로 괴물이 되는 거 아닐까?

여기까지. 내가 넘지 말아야 할 선은 여기까지였다. 죽은 해리스를 살려낼 수는 없지만 다른 사람이 대가를 치르는 건 막을 수 있었다.

닉의 명함을 가슴에 갖다 댔다. "나도 좀 알아볼게요."

25

"내가 어쩌자고 언니한테 맡겼을까." 현란한 조명과 꺅꺅거리는 아이들, 요란한 비디오 게임 틈바구니에서 당장이라도 편두통의 습격을 받을 것만 같았다. 한 달에 한 번씩 만나 점심을 먹는 날, 약속 장소를 언니에게 정하게 하는 실수를 저지르고 말았다. 내가 보기에 언니가 이 공포의 집을 선택한 이유는 재크를 한 시간 내내 요양원 환자처럼 키 큰 의자에 앉혀놓고 비위를 맞출 필요가 없기 때문인 듯했다. 적어도 여기서는 그냥 풀어놓고 뛰어다니게 두면 되니까.

"운전하는 사람 마음이지." 조지아가 셔츠에 묻은 기름때를 종이 냅킨 뭉치로 닦으며 말했다.

"참 속 편해서 좋겠다." 나는 휴대전화로 시간을 확인하며 멍하니 내뱉었다. 아직 베로에게서 소식이 없었다. 안 좋은 상황이 틀림없었다. "고를 데가 그렇게 없었어?"

오늘 아침, 밴에 시동이 걸리지 않아서 베로에게 내 차 열쇠를 주며 그녀의 사촌 라몬이 운영하는 정비소로 견인해달라고 부탁했다.

집으로 돌아오는 길에 베로는 은행에 들러 안드레이 보로프코프의 아내에게 돌려줄 1만 5천 달러를 대출받거나 차를 팔기로 했다. 그녀는 대출을 선택했다. 보로프코프 부인을 만날 약속을 잡아 이 거래를 무르고 그녀에게 받은 선금을 돌려줄 계획이었다. 피 묻은 돈을 내 집에서 없애야 기분이 좀 나아질 것 같았다.

"아이들이 신나게 놀고 있잖아. 너도 피자 먹고 싶댔고." 사이렌과 조명이 조지아에게는 전혀 거슬리지 않는 모양이었다. 언니가 느글느글한 피자 조각을 입에 집어넣는 걸 보면서 나는 한쪽 눈으로는 우리 머리 위로 감겨 올라가는 놀이기구에서 놀고 있는 딜리아와 재크를 지켜보았다. "책 자료 조사는 어떻게 돼가?"

"그 때문에 닉을 우리 집에 보낸 거야? 이상한 질문은 딴 사람한테 하라, 뭐 그런 뜻이지?"

"내가 그 사람한테 너희 집에 가보라고 했어." 그녀가 피자를 한입 가득 우물거리며 말했다. "스티븐의 약혼녀는 언론의 관심이 집중되고 있는 실종 사건의 핵심 인물이잖아. 테리사가 이 사건과 어떻게 얽혀 있는지 밝혀질 때까지는 내 조카들을 그 여자 옆에 누기가 꺼려질 수밖에."

"그래서 날 감시하려고 닉을 보낸 거야?"

그녀는 탄산음료를 한입 가득 머금어 피자를 씻어 내렸다. "닉이 자발적으로 나섰다고 해야겠지."

나는 의자에 털썩 앉았다. "잘됐네, 날 돌봐줄 베이비시터가 생긴 건가?"

"닉은 베이비시터가 아니야. 형사지. 그것도 엄청 유능한 형사." 그녀가 빨대로 나를 가리키며 말했다. "두 사람 다 테리사가 흉악범이 아닌지 확인해야 하는 공통의 이유가 있으니 서로 도울 수 있을 거야."

"그게 다야?"

"그냥 내 부탁 들어준다고 생각해도 돼."

"내가 왜 언니 부탁을 들어줘?"

"2주 전에 너희 애들을 봐줬잖아." 나는 따지려고 입을 열었다가 조지아의 싸늘한 눈빛에 움츠러들었다.

"닉의 파트너가 당분간 병원에 입원해 있게 됐어. 암으로." 언니가 짐짓 숙연하게 덧붙였다. "닉이 외로워진 거야. 옆에 있어줄 사람이 필요해." 언니의 거짓말은 항상 형편없었다.

"그러니까 언니가 꾸민 짓이네."

조지아는 어깨를 으쓱했다. "닉은 좋은 사람이야, 핀레이. 독신이고, 정직하고, 안정된 직장도 있고." 그녀는 손가락에 묻은 피자 기름을 핥았다. "경찰은 건강관리도 잘 받고 퇴직 연금도 넉넉하잖아."

"베이비시터나 남편 따위는 필요 없어. 나는 잘 살고 있으니까." 조지아는 좋아하는 셔츠 걸치듯 회의적인 표정을 걸쳤다. 나는 그녀에게 턱을 내밀었다. "그러는 언니는? 짝은 언제 구할 거야? 연애 안 한 지 10년은 된 것 같은데, 내가 언제 그걸로 언니한테 잔소리한 적 있어?"

"10년까지는 아니거든." 남은 피자를 입에 밀어 넣고 씹는 언니를 보며 나는 눈을 치켜뜬 채 팔짱 낀 팔위에서 손가락을 까딱거렸다. 그녀는 벤치에 몸을 기대 손을 닦았다. "정확히 말해서 18개월이야. 그리고 난 배우자 따위는 필요 없어. 연금도 나오고 건강관리도 잘 받을 테니까. 반면에 너는—."

"언니, 나는 진짜로 괜찮아."

"뭐가 괜찮아?"

"책 계약을 하게 됐거든." 조지아가 인상을 썼다. 그녀는 가슴을 주먹으로 두드려 트림을 살짝 뱉었다. "잘하는 짓이다. 공공장소에서 자꾸 그러다간 진짜로 10년 채우는 수가 있어."

조지아가 눈을 흘겼다. "계약은 진작에 한 줄 알았는데." 과거에도 계약이야 많이 했지만 실비아에게 수수료를 챙겨주고 나라에 세금을 뜯기고 나면 외식 좀 하고 괜찮은 발톱관리 받기에도 빠듯했다.

"이번엔 조건이 훨씬 좋아."

조지아는 관심 없다는 듯 탄산음료를 쭉 빨아들였다. "그래? 얼마짜리야?"

"책 두 권에 15만 달러."

조지아의 입이 떡 벌어졌다. 그녀의 턱으로 기름 한 방울이 흘러내렸다. "개소리 작작해."

"진짜거든. 실비아한테 초고를 던져줘야 할 기한이 30일도 안 남았는데 언니 친구 비위 맞출 시간이 어딨겠어."

조지아가 테이블을 내리쳤다. "이런 미친, 핀! 네가 해냈구나!" 옆 부스에 앉아 있던 아이 엄마가 우리를 노려보자 나는 주눅이 들었다. "믿기지가 않아. 애들 좀 봐달라고 한 날 밤에 나는 네가 그냥 혼자 외출하고 싶어서 그러는 줄 알았어. 진짜 일하러 간다고는 생각 안 했지."

"믿어줘서 고마워."

조지아는 냅킨을 구겨 내게 던졌다. "핀, 네가 정말 자랑스럽다." 진짜 그런 모양이었다. 그녀의 눈이 반짝였다. 조지아가 마지막으로 나를 그렇게 바라본 건 재크가 태어난 날이었다. 그전에는 딜리아가 태어난 날. 경찰학교를 졸업했을 때, 그 이후 승진을 거듭했을 때 부모님이 조지아를 바라보던 눈빛이기도 했다. 달콤쌉싸래한 자부심에 목이 메어 탄산음료를 꿀꺽 마셨다. 마침내 읽을 만한 이야기를 써내나 싶었는데 그 소설이 결국 나를 감옥에 처넣을지도 모른다니.

"그 소식, 엄마 아빠한테는 알려드렸어?"

나는 고개를 저으며 빨대를 만지작거렸다. "두 분이 어떻게 생각하실지 언니도 알잖아." 내가 결혼할 때 엄마는 취미를 갖는 건 좋은 일이라고 했다. 하지만 스티븐이 떠난 후에는 두 분 다 글을 쓰겠다는 건 무책임한 선택이라고 잘라 말했다. 그 이후로는 나더러 공무원이 되라고 성화였다.

조지아는 테이블 위로 몸을 숙인 채 목소리를 낮췄다. "그 정도 돈이면 스티븐, 테리사랑 양육권 소송할 때 트집 잡힐 일은 없겠다. 그 여자가 그날 밤에 어디에 있었는지 너랑 닉이 밝혀내기만 하면 전부 끝이야."

헛웃음을 억지로 삼켰다. 아, 그러면 전부 끝이구나. 닉이 단서를 따라가다가 해리스의 시체를 찾아낸다면, 나는 언제 내 아이들을 다시 보게 될까.

나는 고개를 저었다. "테리사가 구린 짓을 얼마나 했는지는 몰라도 솔직히 이번 일은 그 여자 짓이 아니라고 생각해. 유죄가 입증되기 전까지는 무죄가 추정되잖아, 맞지?"

조지아가 이 사이로 숨을 빨아들였다. "테리사가 그날 밤 술집에 있지 않았다면 아무것도 숨길 게 없겠지."

아무것도 숨길 게 없다. 창고에 보관된 삽과 랩톱 컴퓨터에 남은 검색 이력, 약혼자의 잔디 농장에 묻힌 시체만 빼면. 살얼음을 밟고

231

있는 처지였지만, 테리사는 자기 처지를 알지도 못했다. 해리스가 사라진 날 밤의 알리바이만 확실하면 자신의 결백을 밝힐 수 있을 텐데. 그 말은 곧 테리사가 그날 밤 어디에 있었는지만 알아내면 그녀가 감옥에 가는 것을 내가 막을 수 있다는 뜻이었다.

우리 집 진입로에 수상쩍을 만큼 아무 특징 없는 남색 세단이 서있었다. 안테나 수가 적고 녹이 좀 덜 슬었을 뿐 앤서니 형사의 차와비슷했다. 불안감이 엄습했다.

"누구 올 사람 있니?" 점심 식사를 마치고 조지아가 그 차 뒤에 차를 세우며 물었다.

"베로 친구가 왔나 봐. 태워줘서 고마워. 나중에 전화할게."

뒷좌석의 아이들을 꺼내놓고 차고 문 비밀번호를 눌렀다. 베로의차저는 있는데 내 밴이 보이지 않았다.

베로가 식탁에 앉아 봉지에서 마지막 남은 오레오 쿠키를 꺼내 먹고 있었다. 재크는 외투를 벗어던지며 놀이방으로 쏜살같이 달려갔다. 나는 바닥에 떨어신 딜리아의 외투를 집어 의자에 길쳤다. 아이들이 주방에서 완전히 나가기를 기다렸다가 베로에게 물었다. "내 차는 어디 갔어요?"

그녀는 우유 잔 너머로 나를 흘끔 보았다. "라몬이 그러는데 부품이 도착할 때까지 기다려야 한대요. 그래서 밴 대신에 다른 차를 빌려왔어요."

피로한 한숨과 더불어 억눌렀던 불안감이 새어 나왔다. "그렇게까지 배려해주다니 참 고맙네요. 그래, 나쁜 소식은 뭐죠?" 그녀의 맞은편에 앉았더니 베로가 식탁 위로 영수증을 밀었다.

"손 볼 데가 엄청 많은가 봐요."

나는 계산서를 훑어봤다. 놀라운 정보는 딱 하나, 총액이었다. "아이고야."

그녀는 우유에 가라앉은 찌꺼기까지 남김없이 마시고는 좀 더 독한 음료에 쿠키를 담글걸 그랬다는 듯 허탈한 한숨을 쉬며 잔을 내려놨다. "그래도 다행인 게 우리가 그 돈을 내는 데는 전혀 문제가 없어요." 베로는 일어서서 냉동실에서 불룩한 지퍼백을 꺼내더니 그것을 얼음덩어리처럼 식탁에 툭 놓았다.

내 팔에 털이 곤두섰다. "그게 뭐예요?" 봉지에는 직사각형의 녹색 물체가 담겨 있었다. 냉동된 시금치는 확실히 아니었다.

"이리나 만나고 왔어요. 해명하려고요. 우리가 실수했다고 얘기했어요. 당신 남편이 어떤 사람인지도 모르고 설쳤다고. 너무 위험한 일이니 선금을 돌려주겠다고 했어요. 그런데 이리나는 안드레이가 누구 밑에서 일하고 그자의 목숨값이 얼마나 비싼지 우리가 알아차리고 돈을 더 뜯어가려고 수작을 부린다고 생각했나 봐요. 그래서 돈은 두 배로 올려주겠지만 의뢰한 일은 절대 취소할 수 없대요."

사방이 흔들리는 듯 현기증을 느끼며 의자에 주저앉았다. "안 돼요. 안 돼, 안 돼, 안 돼!" 나는 관자놀이를 손가락으로 누른 채 도리질을 쳤다. 내 머릿속에서 도저히 있을 수 없는 일이라는 절규가 울리는 가운데 베로가 목소리를 높였다.

"나는 진짜 할 만큼 했어요, 핀레이! 돈을 손에다 쥐여줬는데도 이리나는 받지 않았다고요. 어떤 방법이든 상관없으니 꼭 처리해달라고 당부했어요. 신속하게."

나는 아이들의 귀에 들릴세라 목소리를 낮췄다. "안드레이 보로프코프는 피도 눈물도 없는 '살인 전문가'라고요! 인터넷에서 검색해봤어요? 작년에는 사람을 산 채로 태워서 체포됐다고요. 6개월 전에는 주차장에서 한 남자를 토막 내고 목격자들은 전부 처형하듯이 쏘아 죽인 혐의로 기소됐어요. 7월에 창고에서 목이 베인 채 발견된 세 남자는 벌써 잊었어요?"

"그 가운데 어떤 혐의로도 유죄 판결을 받지 않았잖아요." 그녀가 변명하듯 말했다. "소문만큼 위험한 인간이 아닌가 보죠."

"누가 증거를 갖고 장난을 쳤기 때문에 풀려난 거예요, 베로! 펠릭스 지로프는 경찰을 멋대로 쥐락펴락하는 인간이니까요! 마피아 행동대장을 내가 무슨 수로 없애요?"

"나도 이리나한테 같은 말을 했어요. 그랬더니 당신한테 묘안이 있을 거라더군요. 적절한 동기만 있으면 이 일을 할 수도 있는 거잖아요." 베로의 안색이 조금 파리해졌다. 메마른 입술에는 오레오 부스러기가 점점이 붙어 있었다.

"동기라뇨?" 내가 쏘아붙였다. "돈이 더 탐나는 거예요?"

"꼭 그런 건 아니에요."

그녀는 빈 오레오 포장지를 멍하니 응시했다. 내 뱃속에 싸늘한 공포가 밀려들었다. "그럼 무슨 동기요?"

"앞으로 2주 안에 이리나의 남편을 해치워야 돼요. 안 그러면……." 베로의 목이 꿀럭거리며 침을 삼켰다.

"안 그러면?"

그녀는 두려움이 일렁이는 눈으로 내 눈을 마주봤다. "이리나가 남편한테 우리가 돈을 훔쳤다고 일러바치겠대요. 우리를 잡으라고 남편을 보내겠대요."

26

이리나 보로프코프와는 성숙한 인간답게 얼굴을 맞대고 대화를 하는 수밖에 없었다. 이제 중개인 따위는 없다. 변장도 없다. 현금이 두둑한 봉투도 없다. 퍼트리샤가 나를 실제와 다른 사람으로 오인해 고용했다는 사실을 분명히 밝혀야 했다. 그리고 해리스 미클러를 죽인 사람은 내가 아니며, 실제로는 내 차고에 침입한 다른 누군가가 살인을 저질렀고 내게는 그녀의 남편을 암살할 능력이나 의사가 없었다고 설명해야 했다.

그다음에는?

그다음에도 성숙한 인간답게 처신하는 거다. 현금이 가득 담긴 가방을 던져주고 그녀가 막을 새도 없이 줄행랑을 쳐야지. 법에 따르면 점유하고 있는 사람이 소유자로 추정되니까. 누가 만든 법인지, 마피아가 법 따위에 눈이나 깜짝할는지는 몰라도. 하지만 계산기를 쥔 사람이 누구든 셈은 셈이다. 내가 이리나 보로프코프의 돈을 갖고 있지 않다면, 그녀에게는 내가 자기 돈을 훔쳤다고 주장할 구실이 없어질 테고, 살벌한 남편을 보내 내 목을 따려 들지도 않을 것이다.

타이슨 헬스클럽의 주차장에는 번쩍번쩍한 수입 자동차가 빼곡했다. 이곳의 월간 이용료가 우리 집 대출 상환금보다 클 것 같았다. 나는 라몬이 빌려준 차를 아우디와 포르쉐 사이에 주차하고 문이 옆 차량을 찍지 않도록 각별히 조심하며 살살 빠져나왔다. 나의 녹슨 세단이 유난히 튀어 보였다. 그건 나도 마찬가지였다. 나는 손마디가 하얘지도록 딜리아의 디즈니 공주 가방을 꼭 쥐고 안내데스크로 다가갔다. 이 클럽이 맞아야 할 텐데. 퍼트리샤의 보호소 사물함 속 티셔츠에 인쇄된 상호며 로고와 일치하는 곳이었지만 퍼트리샤 미클러와는 전혀 어울리지 않는 분위기였다. 헬스클럽 내부가 눈이 핑핑 돌 정도로 으리으리했다. 로비에는 주스 바가 있고, 안뜰에는 분수대가 있으며, 길고 환한 복도 천장은 알록달록한 유리였다. 테니스 스커트 차림의 퍼트리샤가 어색한 미소를 띤 채 복도를 걸어가는 모습은 상상이 되지 않았지만 베로가 설명한 안드레이의 부인의 인상착의를 바탕으로 이곳에 있는 이리나 보로프코프의 모습은 생생히 떠올릴 수 있었다.

내 뒤에 줄을 서 있던 여자가 코웃음 비스무리한 소리를 냈다. 뒤를 획 돌아보니 내 배낭을 빤히 보고 있었다. 내 머리와 운동화도. 킥킥거리며 데스크 앞을 지나가는 여자들의 시선을 무시하고 나는 딜리아의 가방을 어깨 위로 들어 올렸다. 디즈니 공주 가방에 얼마나 많은 돈이 들어 있는지, 내가 그 돈을 손에 넣으려고 무슨 짓을 했는지 알면 저렇게 낄낄대지 못할 텐데.

"도와드릴까요?" 젊고 발랄한 접수담당자는 짙은 화장을 하고 로고가 박힌 티셔츠를 입고 있었다. 카운터에서 지문 인식기가 빨갛게

236

빛났다.

"네." 나는 스캐너를 경계하듯 흘끔거렸다. "필라테스 수업에 관심이 있어서요. 이리나 보로프코프라고, 제 친구가 강사를 추천했거든요. 아까 여기 전화했더니 10시에 시작하는 수업이 있다던데요? 등록하기 전에 시험 삼아 수업을 들어보고 싶다고 말씀드렸어요." 오늘 아침에 나는 필라테스 영상 하나를 시청했다. 베로 말마따나 유튜브에서는 진짜 뭐든지 배울 수 있었다. 나도 얼마든지 해낼 수 있을 것 같았다. "이리나가 여기 왔는지 알 수 있을까요?"

"이리나 씨요? 네, 방금 도착하셨어요. 그런데 오늘은 스피닝 수업을 들으시네요. 10분 후에 시작할 거예요. 제가 불러드릴까요?" 그녀는 탁상전화로 손을 뻗었다.

그녀가 수화기를 집기 전에 얼른 만류했다. "아니, 아니, 괜찮아요!" 이럴 때는 약간의 기습 작전을 펼치는 편이 나을 것이다. 하긴, 이 여자에게 말을 어떻게 전해달라고 하겠는가? '보로프코프 부인. 부인이 고용하신 청부살인업자가 로비에서 기다리고 계세요.' 나는 얼굴에 미소를 만들었다. "그 수업에 들어가볼게요, 고마워요."

"신발 필요하세요?"

나는 내 운동화를 내려다보고 고개를 저었다.

"알겠습니다. 여기 건강과 안전에 대한 면책 서류만 작성해주세요. 끝나면 지문 등록도 부탁드리고요. 여성 로커룸은 복도 끝 오른쪽에 있어요. 트레이너들에게 물으면 수업 장소를 안내해드릴 거예요."

"고마워요." 클립보드를 받아들고, 그녀가 다음 고객을 응대하는 사이 빈칸에 가짜 이름과 주소를 써넣었다. 그녀가 등을 돌린 틈을 타, 카운터에 클립보드를 냅다 던져놓고 지문 스캔은 생략한 채 로커룸으로 허둥지둥 이동했다.

고개를 푹 숙인 채 트레이닝룸을 슬쩍슬쩍 둘러봤다. 베로가 묘사한 이리나와 일치하는, 찰랑이는 검은 머리에 성형수술로 깎은 얼굴을 눈으로 찾았다.

환한 라켓볼 코트를 양옆에 낀 긴 복도에 한 무리의 여자들이 모여 있었다. 그들이 하나둘 트레이닝룸으로 들어가기 시작했다. 그 가운데서 윤기 흐르는 까만 머리를 발견하고 서둘러 따라갔다. 이리나의 돈을 등에 지고, 나는 스피닝 교실 줄에 끼었다.

남의 발을 밟지 않도록 조심하면서 일렬로 이동하는 사람들 틈에 합류했다. 하나같이 찍찍이와 미끄럼방지 밑창이 붙은, 볼링화를 닮은 까만 신을 신고 있었다. 이곳과는 어울리지 않는 딜리아의 백팩처럼, 내 흰 운동화만 두드러졌다.

무리를 따라 컴컴하고 네모진 방으로 들어갔다. 천장에는 요즘 유행하는 인더스트리얼풍으로 노출된 배관에 보라색 전구가 밝혀져 있었다. 내 주위 여자들이 사이클을 하나씩 차지하기 시작했다. 안장 높이를 조절하고 물병을 홀더에 꽂은 다음 재잘재잘 대화를 나누며 앉은 채로 스트레칭을 했다.

강사는 트레이닝룸 가운데에 놓인 사이클에 앉더니 헤드셋 음량을 테스트했다. 신을 페달에 끼우려고 몸을 숙이는 이리나의 새까만 머리칼이 내 눈에 띄었다. 방이 어두워졌고 하나로 묶은 그녀의 머리가 자외선 조명을 받아 보라색으로 빛났다. 내가 얼른 그녀 옆의 빈 사이클로 옮겨가는 순간 음악이 시작되었다.

"이 자리에 주인 있나요?" 내 뒤쪽 벽에 붙은 스피커에서 테크노 비트가 터져 나왔다. 나는 음악보다 목소리를 높여 다시 물었다.

이리나가 나를 슬며시 돌아보았다. 그녀는 고개를 저으며 잔잔한 미소를 짓다가, 나의 새하얀 운동화를 발견하고 눈썹을 찡그렸다. 그 이후로는 아는 척도 않고 내 얼굴을 쳐다보지도 않았다. 나쁘지 않았다. 침침한 방, 많은 사람들, 시끄러운 음악. 그녀는 내 얼굴을 자세히 살피지 못할 테고 누가 우리 대화를 엿듣지도 못할 테니까.

페달에 발을 끼우고 눈부시게 흰 신발로 느릿느릿 원을 그리며 움직이기 시작했다. 이리나를 곁눈질로 흘깃거리며 동작을 따라했다. 별로 어렵지 않다는 생각이 들었다. 강사가 사람들에게 큰 소리로 뭐라고 지시했다.

수강생들이 일제히 일어섰다가 파도 타듯 페달을 돌리는 사이 음악의 박자에 맞춰 조명이 보라에서 초록, 파랑으로 바뀌었다. 나도 사람들을 따라 오르락내리락하며 리듬을 찾으려 했지만 자꾸 반 박자씩 뒤처졌다. 내 주위에서 사이클을 타는 사람들은 완전히 열중한 표정이었다. 이때다 싶었다.

"이리나?" 한껏 목소리를 짜냈다. 그래도 음악 때문에 들릴락 말락 할 정도였다.

그녀가 고개를 아주 살짝 틀었다. 내 목소리를 들었다는 유일한 기척이었다.

"당신이 내 친구를 만났다면서요." 페달을 밟느라 숨을 헐떡이며 말했다. "친구한테 돈을 주면서 내게 일을 의뢰했다던데. 그런데 뭔가 착오가 있었나 봐요. 당신이랑 얘기 좀 해야겠어요."

페달을 놓치지 않으려고 용을 쓰는 사이 그녀의 눈길이 내 팔과 다리, 그리고 페달에 힘겹게 얹혀 있는 신발로 옮겨갔다. 이리나는 땀도 거의 흘리지 않았다. "착오는 없어요." 그 목소리는 그녀의 눈빛처럼 어둡고 차가웠고, 앞뒤가 잘린 짧은 문장에서 강한 억양이 느껴졌다. "돈은 당신 거예요." 그녀가 뾰족한 턱을 내 쪽으로 내밀며 말했다. 찰랑찰랑한 앞머리가 들쭉날쭉하게 층을 이룬 채 얼굴을 감싸고 있었다. "나머지는 일이 끝나면 드릴 거고요. 더 할 얘기 없어요."

강사가 수강생들에게 소리쳤다. "여러분, 속도 좀 올려볼까요?" 환호성이 터지고 박자가 빨라졌다. 나도 따라가려고 안간힘을 썼지만 점점 뒤처졌다. 엉덩이가 안장에 텅텅 부딪치고 페달은 휘청거렸다. 뒤꿈치를 페달에 아프게 부딪힌 끝에 간신히 다시 제자리에 올렸다. 내 벌이로는 이런 데 다니는 것이 무리겠다 싶었다.

"하지만…… 그게 문제예요." 숨을 헉헉대며 말을 이었다. "나는 당신이 생각하는 그런 사람이 아니거든요. 당신이 의뢰한 일을 할 능력이 없다고요."

"퍼트리샤 얘기랑 다르네요. 당신이 실력자라던데요. 일 처리가 깔끔하다고."

"잘못 알고 있는 거예요."

"나는 그렇게 생각하지 않아요. 퍼트리샤는 내 남편이 어떤 사람인지 알죠. 그 일에 적임자라는 확신이 없었다면 당신을 추천하지 않았을 거예요."

"내가 한 짓이 아니라고요!" 나는 한 손을 손잡이에서 떼어 가슴을 눌렀다. 그 때문에 또다시 균형을 잃고 미끄러졌다. 발을 다시 페달에 걸었다. "내가 그런 게……." 주위를 둘러보고는 끈질기게 쿵쾅대는 베이스 소리에 묻히지 않는 한도에서 목소리를 낮췄다. "그 일을 끝낸 건 내가 아니에요." 목으로 땀이 뚝뚝 떨어지고 허벅지가 타는 듯이 쑤시기 시작했다. "어디 조용한 곳으로 가서 설명하면 안 될까요? 당신 돈을 갖고 왔어요. 돌려드리고 싶네요." 페달을 밟으며 나는 우리 사이에 놓인 디즈니 백팩을 내려다봤다.

"설명할 거 없어요." 그녀는 다른 수강생들과 똑같은 순간에 몸을 낮게 숙였다가 다시 올라왔다. "퍼트리샤의 남편은 잘 처리했잖아요?"

"아니에요." 나는 씨근거리며 말했다. "사실, 그렇긴 한데……." 걱정스레 이쪽저쪽 둘러봤지만, 우리 주위의 여자들은 강사에게 완전히 집중해 맹렬하게 페달을 밟으며 아래위로 오르내릴 뿐이었다. 음악이 너무 요란해서 제대로 생각을 할 수 없었다.

"더 빨리! 달려요!" 강사가 외쳤다.

이리나는 무릎 사이의 레버를 조절하더니, 몸을 핸들 위로 숙이고 엉덩이를 안장 위로 높이 들었다.

나도 따라갈 각오로 다리를 놀렸다. 내 페달이 굶주린 짐승처럼 날뛰고 있었다. 멈추면 그것들이 내 발등을 물어뜯기라도 할까 봐 속도를 더 올렸다.

"나를 도울 사람은 당신뿐이에요." 그녀의 이마가 번들거리기 시작했다. "내 남편은 당신네 업계 사람들을 전부 알아요. 당신은." 땀에 흠뻑 젖은 내 옷깃을 보고 그녀가 피식 웃으며 말했다. "당신은 그이가 모르는 사람이고요. 어렵지 않을 거예요. 남편이 전혀 예상을 못 할 테니까요. 당신처럼……." 내 신발이 페달에서 위태롭게 미끄러지면서, 사이클에서 튀어나갈 뻔했다. 그녀가 환히 웃었다. "허술해 보이는 사람일 거라고는."

맙소사, 이렇게 황당할 수가. 그녀는 내가 뛰어난 실력자일 뿐 아니라 그 일에 딱 맞는 적임자라고 생각하는 거다.

"더! 힘내요!"

아니, 젠장. 여기서 더 어떻게 힘을 내라고!

"발각될까 봐 두렵지 않아요?"

"누구한테 발각되죠? 펠릭스?" 이리나가 내 허를 찔렀다. 박자를 조금도 놓치지 않은 채 그녀는 손사래를 쳤다. "펠릭스는 남의 집 문제에 관여하지 않아요. 만약에 안드레이가 다른 여자한테 넘어간다면, 내가 그에게 무슨 짓을 해도 펠릭스는 그러려니 할 거예요. 그 동안 안드레이는 제멋대로였어요. 골칫거리였죠. 펠릭스가 직접 제거하지 않은 것이 안드레이에게는 오히려 다행이에요."

"더 밟아요, 여러분!" 강사가 고함을 쳤다. "더 빠르게, 강하게!" 이여자 누구 놀리나? 재크를 낳은 이후로 이렇게 용을 써보기는 처음이었다.

사람들은 마치 악몽에서 튀어나온 듯 단체로 끙끙대며 속도를 높였다. 다리에 감각이 없어지고 온몸이 욱신거렸다. 디스코 조명과 리듬이 나오자 이리나는 짓궂은 미소를 지으며 사이클에 몸을 더 바싹 붙였다. 불빛이 번쩍이고 사이렌이 왕왕대고 베이스가 쿵쾅거렸다. 심장이 몸 바깥으로 튀어나갈 것 같았다.

"이 일을 거부하고 싶은 마음 이해해요." 그녀가 음악 사이로 목소리를 높였다. "당신 입장도."

"그래요?"

"더 많은 대가를 요구하는 것도 이해해요."

"아니…… 그게 아니라……."

"좋아요! 조금만 더! 힘을 내요!" 강사가 소리쳤다.

"아니에요." 내가 씩씩거리며 말했다. "돈을 더 달라는 게 아니라고요."

이리나가 미소를 지었다. 딱딱한 얼굴 표정이 엔도르핀으로 누그러졌다. 이 운동을 진심으로 즐기는 것 같았다. 마조히스트가 틀림없다. "남자의 세상에서 여자로 사는 건 힘든 일이죠. 우리는 스스로를 가치 없는 존재로 여기도록 길들여졌어요. 하지만 내가 그래서 당신을 믿는 거예요. 나를 위해 이 일을 해줘요. 그러면 펠릭스가 같은 일을 한 남자에게 주는 것과 같은 대가를 치를게요. 여자들은 뭉쳐야 해요. 퍼트리샤가 내게 당신 번호를 알려준 것도 그 때문이죠. 그 여자도 이해하는 거예요."

"퍼트리샤 걱정은 전혀 안 돼요?" 씩씩거리며 그녀에게 물었다.

"내가 왜 걱정해야 하죠?"

"경찰이 그분을 찾고 있잖아요. 결국 찾아내면 어떡해요?"

"그 여자를 찾을 단서가 남아 있기나 할까요?"

그녀의 말이 내 머릿속을 맴도는 사이 다리는 더 이상 움직이지 않고 페달의 가속도로 신발만 딸려 돌아갔다. "그게 무슨 뜻이죠?"

턱을 쳐들고 나를 곁눈질하는 이리나의 싸늘하고 날카로운 눈에는 어떤 판단이나 후회도 담겨 있지 않았다. "퍼트리샤 미클러는 이제 존재하지 않아요. 내가 확실히 처리했어요."

말을 뱉으려 해도 숨이 골라지지 않았다. 조금 전 이리나 보로프코프의 고백을 들은 사람이 또 있나 싶어 주위를 두리번거렸다. 하지만 모든 시선은 강사에게 쏠려 있었다. 이리나만 제외하고. 뭐가 재밌는지 비꼬는 미소를 띤 얼굴이 살짝 내 쪽으로 향해 있었다. 그녀의 관자놀이에 땀방울이 흘러내렸다. 그런데도 이리나는 침착해 보였다. 그녀의 심박수는 이 모든 상황에 조금도 영향받지 않는 모양이었다.

"그편이 모두에게 좋아요. 당신한테도 마찬가지고요. 퍼트리샤는 항상 겁이 많고 변덕스러웠어요. 경찰이 압박해오면 어리석은 말을 털어놓을지도 모를 사람이에요. 그렇게 되면 우리 둘 다 상당히 난처해지겠죠?"

내 입이 떡 벌어졌다. 따라가려고 용을 썼지만 이미 다리에 감각이 없었다. 퍼트리샤 미클러가 죽었다. 이리나는 오로지 입을 막기 위해, 내가 저지르지도 않은 범죄를 감추기 위해 그녀를 죽였다. 나는 두 사람이 친구인 줄 알았다. 그래놓고 여자끼리 뭉쳐야 된다는 건 또 무슨 소린지?

음악이 절정에 달했고, 우레 같은 베이스에 모든 숨결과 소리가 묻혔다. 폐가 쓰라렸다. 입이 바짝 말라서 말이 나오지 않았다. 수업이 끝나면 탈의실까지 이리나를 따라가기로 마음먹었다. 돈이 가득 담긴 백팩을 넘기면서 다시는 만날 일 없기를 바란다고 말할 작정이었다. 그녀와 퍼트리샤 사이에 무슨 일이 있었는 나와는 무관했다. 음악이 멈추고 앞자리의 여자들이 사이클에서 내려오자 나는 긴장을 풀며 비명을 질렀다. 이리나는 얼굴을 수건으로 토닥이며 나를 돌아봤다.

"일이 끝나면 연락 줘요." 내가 숨을 고르고 말을 꺼내기도 전에 그녀는 사이클에서 내려 수건을 어깨에 걸치고 문으로 향했다.

"아니, 잠깐만요!" 나는 그녀를 불렀다. 사이클 옆으로 발을 내려놓다가 딜리아의 백팩에 걸려 넘어졌다. 접질린 다리를 몸으로 누른 채 땀투성이로 바닥에 엎어져 있었다. 내 앞에서 사이클을 타던 사람이 돌아보더니 도움을 주려고 내 발로 손을 뻗었다. 그러는 사이 이리나는 시야를 벗어나 복도로 나갔다. 무릎이 후들거렸지만 나도 문으로 달려갔다. 축축하고 싸늘한 셔츠에 닿은 백팩이 무겁게 느껴졌다. 겨우 복도로 나갔더니 이리나는 이미 사라지고 없었다.

식수대로 터벅터벅 걸어갔다. 눈을 감고 목구멍의 응어리 위로 쇠맛이 나는 찬물을 꿀꺽꿀꺽 들이켰다. 손에 물을 받아 땀에 전 얼굴에 뿌리면서 얼른 잠에서 깨기를 바랐다. 이 모든 일이 나쁜 꿈이기를. 해리스 미클러를 죽이려고 나를 고용했던 여자가 죽었다. 나를 이 사건에 옭아맬 수도 있고 동시에 내 무죄를 밝힐 수도 있는 유일한 사람이었는데. 이 상황을 어떻게 받아들여야 할지 알 수 없었다. 내가 아는 건 이리나 보로프코프 역시 그 남편만큼이나 위험한 인물이고 그녀의 돈이 아직 내 수중에 있다는 것뿐. 의뢰받은 일을 끝내지 못하면 어떤 꼴을 당할지 알 수 없었다. 내가 그 일을 해낸다쳐도 그녀가 내게 무슨 짓을 할지 알 수 없었다.

쑤시고 결리는 몸을 곧게 펴고 돌아섰다가 내 뒤에서 차례를 기다리던 사람의 얼굴을 마주했다.

한 손에 라켓을 쥐고 다른 손으로는 셔츠 자락을 얼굴까지 끌어올려 이마의 땀을 닦는 남자였다. 셔츠 밑으로 탄탄하고 반질반질한 구릿빛 복부가 엿보였다. 셔츠가 제자리로 돌아가자 곱슬머리를 쓸어 올리는 줄리언 베이커의 얼굴이 드러났다. 그 순간, 나는 숨이 막히고 머리가 멍해졌다. 그의 뺨은 발그레했고 연갈색 머리카락은 땀에 젖어 짙은 색을 띠었다.

나는 폭 고개를 숙여 묶은 머리에서 흘러내린 머리카락으로 얼굴을 가렸다. 조지메이슨 대학교는 여기서 엎어지면 코 닿을 거리다. 어리석게도 여기서 줄리언을 마주칠 가능성을 전혀 생각하지 못했다. 마주치면 어떻게 될지도.

식수대 옆으로 움직였더니 그도 내가 지나가도록 옆으로 비켰다. 그러다 우리는 서로의 발을 밟고 말았다.

"미안해요." 나를 부축하는 그에게 웅얼거렸다.

"미안하긴요. 내 잘못인데. 정신을 딴 데 파느라." 줄리언이 내 팔뚝에 가만히 손을 얹었다. 그가 눈을 마주치려고 머리를 기울이자 나는 시선을 피했다. 이대로 꽁무니를 빼고 달아나면 수상하고⋯⋯ 무례해 보일 것이다. 하지만 내가 누구인지를 알게 되면, 내가 이리나 보로프코프와 같은 수업을 들었음을 알게 되면, 그가 혹시라도 앤서니 형사를 다시 만나게 될 경우 우리 둘 다 입장이 곤란해진다. 그는 내가 어느 방에서 나왔는지 모를 수도 있다. 지금 가버리면 나를 못 알아보겠지.

"스피닝 배우세요? 엄청 힘든데." 그가 거친 숨을 쉬며 라켓 끝으로 내가 방금 나온 교실을 가리켰다.

"네, 장난 아니에요." 나는 얼굴을 아래로 비스듬하게 튼 채 몸을 돌려 탈의실로 향했다.

"잠깐만요." 그가 나를 부르며 따라왔다. "우리 전에 만난 적 있나요?"

"아닐걸요." 지금 내 얼굴에는 화장기라곤 없었다. 아마 시뻘겋고 얼룩덜룩하겠지. 갈색 머리는 축 처지고 수면부족으로 눈 밑이 푹 꺼져 도저히 못 봐줄 몰골일 것이다.

"확실해요?" 그가 내 뒤에서 몇 발짝 따라오며 물었다.

그를 마지막으로 한번 훔쳐보고 싶은 마음과 달아나고 싶은 마음 사이에서 갈등했다. 그의 미소는 부드럽고 얼굴은 다정했다. 땀에 젖은 옷 밑으로 근육이 선명하게 드러났다. "만났으면 분명히 기억하겠죠."

"그냥…… 낯이 좀 익은데." 탈의실 문으로 손을 뻗으려는데 바로 등 뒤에서 줄리언의 목소리가 들렸다. 그의 깨끗한 땀 냄새가 느껴질 만큼 가까웠다. 그의 숨결은 아직도 조금 거칠었다.

돌아보면 안 된다. 돌아보면 절대 안 된다. 베로 말대로 줄리언과 연락하는 것은 위험하고 어리석은 짓이었다. 닉이 러시에 찾아가 이것저것 질문한 다음에는 더더욱. 내가 누구인지 확실히 증언할 수 있는 사람은 줄리언뿐이다. 그럼에도 당장 돌아서서 그에게 전부 털어놓고 싶은 마음이 없지 않았다.

머리카락 틈으로 내다보니 그가 눈을 가늘게 뜨고 나를 살피고 있었다.

"가봐야 해요." 백팩을 가슴에 꼭 끌어안고 문을 밀었다. "늦었어요."

탈의실 안으로 몸을 숨기고 문에 등을 기댔다. 내부를 두리번거렸지만 이리나는 이미 떠난 지 오래였다.

27

"퍼트리샤 미클러가 죽었다니 믿을 수 없어요." 베로는 차저 운전
석에서 몸을 낮춘 채 테리사의 사무실 문을 지켜보고 있었다. 우리
가 전략적으로 선택한 위치인 주차장 구석 자리였다. 뒷좌석에서 재
크가 옹알옹알 혼잣말을 했다. 금붕어 과자를 우물거리며 베로의 휴
대전화로 만화를 보는 중이었다. "그게 좋은 일인지 나쁜 일인지 판
단이 안 서네요."

"어떻게 좋은 일일 수가 있죠?"

"이제 그자들한테 붙잡혀 당신 뒤통수를 칠 수는 없게 됐잖아요."

"아니, 그래도 이리나한테는 그런 식으로 당할 수 있어요." 더구나
내가 자기 남편을 죽이지 않으면 퍼트리샤를 제거할 때와 같은 방식
으로 나를 처리할 게 틀림없었다.

"그 여자가 남편을 시켜 퍼트리샤를 죽였을까요?"

나는 그녀의 집 뒷문에 꽂혀 있던 칼을 떠올리며 전율했다. "아마
도요." 이리나는 나를 이러지도 저러지도 못하는 상황으로 몰아넣었

다. 내가 안드레이를 제거하지 않으면 안드레이에게 나를 제거할 이유를 까발리겠다며 으름장을 놓았다. 하지만 지금은 그 생각을 할 여력이 없었다. 테리사의 알리바이부터 찾아내야 내가 비명횡사하더라도 내 아이들을 데리고 살아줄 사람이 남는다.

아침 식사 때 커피를 두 잔이나 마신 것을 후회하면서 좌석에 앉아 몸을 꿈틀거렸다. 딜리아는 점심때까지만 유치원에 있을 터였고, 우리가 여기 도착한 한 시간 전부터 신나는 일은 하나도 일어나지 않았다.

"소변 마려워요." 내가 입을 열었다.

"소변 금지예요. 잠복근무 중이잖아요."

"이게 무슨 잠복근무예요?"

"잠복근무 맞거든요. 이건 잠복 차량이고."

"내 방광은 그딴 거 관심 없어요."

"내 새 차에다 오줌을 싸는 사람은 전부 죽인다는 원칙을 정했어요." 베로라면 저런 말을 쉽게 할 수 있다. 출산 경험이 없는 스물두 살이니까. 어디 폐경 때까지 고수해보라지.

"사실 뭘 찾아야 할지도 모르잖아요." 내가 투덜거렸다.

"섹시한 형사님 말 들었잖아요. 뭐든 수상쩍은 낌새를 찾는 거죠."

"그날 밤 어디서 뭘 했냐고 테리사에게 직접 물어보는 편이 낫지 않을까요?"

베로가 나를 날카롭게 째려봤다. "테리사 홀이 당신한테 솔직했던 적 있나요? 정말로 그 여자가 어느 화요일 밤에 무슨 짓을 했는지 당신한테 털어놓을 거라 생각해요? 당신 남편이랑 1년 내내 별 짓을 다하면서 당신한테 입도 뻥긋하지 않은 사람이?"

나는 앉은 자리에서 몸을 더 낮췄다. 30분 전부터 엉덩이에 감각이 없었다. "테리사는 여기 있고 스티븐은 농장에 있어요. 그냥 두 사람 집을 좀 뒤져보는 게 어떨까요?"

베로가 손가락을 치켜세우며 말했다. "첫째, 그건 무단침입이라 까딱 잘못하면 대가를 톡톡히 치러야 해요. 둘째, 그날 밤 스티븐이 일하는 사이에 그 여자가 뭔가 수상한 일을 꾸몄다면 증거를 그의 눈에 띄도록 집에 남겨놓지는 않았겠죠. 테리사라고 그렇게 멍청할까 봐요? 구린 증거는 전부 랩톱 컴퓨터나 휴대전화에 있을 텐데 그마저도 아마 —."

"테리사예요!" 그녀의 늘씬한 다리와 하이힐이 유리문 안쪽에 나타나자 나는 몸을 더욱 낮췄다. 이중문이 휙 열렸다. 비싸 보이는 양복을 입은 남자가 그녀의 뒤에서 걸어 나왔다. "맙소사. 펠릭스 지로프잖아."

낯익은 검은색 타운카가 그들 앞 경계석에 멈췄다. 안드레이가 운전석에서 내려 펠릭스 쪽의 차문을 열었다. 테리사가 펠릭스에게 사무적으로 손을 내밀었지만, 펠릭스는 그 손을 잡고 그녀를 가까이 끌어당기더니 귀에 대고 뭐라 소곤거리고 볼에다 입을 맞췄다. 그녀는 얼굴을 붉히며 등 뒤의 건물 창 쪽으로 불안한 시선을 던졌다.

"단순히 업무적인 관계는 아닌 거 같은데요." 베로가 말했다.

차 뒷좌석에 앉으면서도 펠릭스는 테리사를 품평하듯 한참 뜯어봤다. 타운카가 출발하자마자 테리사는 자기 BMW로 직행했다.

"이게 무슨 상황일까요?" 베로가 물었다.

"모르죠." 내가 확실히 아는 한 가지는 닉 앤서니 형사가 나보다 먼저 밝혀내는 일은 절대 없어야 한다는 거다. 나는 뒷좌석의 기저귀 가방을 당겨 가발 스카프를 꺼냈다. 그것을 머리에 쓰고 베로의 코에 걸쳐진 거울 선글라스를 낚아챘다. "여기서 기다려요. 금방 돌아올 테니까."

"어디 가려고요?" 선글라스를 쓰고 나가는 나를 보고 베로가 소리 죽여 물었다.

"테리사가 펠릭스 지로프와 무슨 작당을 하는지 알아내야죠." 내가 러시에 갔던 날 밤에 그녀가 어디 있었는지도 밝혀야 했다. 마음이 바뀌기 전에 주차장을 건너 건물 안으로 들어갔다. 책상에 다가가자 안내담당자가 고개를 들었다.

"어떻게 오셨죠?" 그녀가 물었다.

나는 테 너머로 그녀가 보일 만큼 선글라스를 내렸다. "저는 지로프 씨의 비서입니다. 방금 테리사 홀 씨를 만났는데, 그분 사무실에 중요한 물건을 놓고 오셨대요. 제게 갖다달라고 부탁하셔서요." 나는 안경을 다시 올렸다.

여자가 전화기로 손을 뻗었다. "홀 씨는 방금 나가셨어요. 그분 휴대전화로 연락해서―."

"아뇨!" 성급하게 말이 튀어나와서 잠시 마음을 가다듬어야 했다. "그러실 필요는 없어요. 지로프 씨가 기다릴 시간이 없으니 제가 직접 가져올게요."

나는 복도 끝의 유리문 쪽으로 움직이기 시작했다. 나를 붙잡지 못하게 하려고 엉덩이로 그녀를 막았다. "그분 사무실이 어디죠?" 문을 당기면서 고개를 돌려 그녀에게 물었다.

"왼쪽 마지막 사무실이에요." 여자가 얼른 대답했다. "제가 안 도와드려도 정말 괜찮―."

유리문이 등 뒤에서 닫혔다. 고개를 숙이고 여러 개의 칸막이를 지나 뒤편의 구석진 사무실 앞에 멈췄다. 잠기지 않았기를 기도하며 문손잡이를 돌렸다. 문이 조금 열렸다. 문틈으로 책상 네 개가 보였다. 공동 사무실이었다. 책상 세 개는 비어 있었다. 일하는 사람은 여자 한 명뿐이었는데 나를 등진 채 휴대전화를 귀에 대고 있었다. 나는 소리를 내지 않으려고 조심하며 안으로 들어갔다.

테리사의 책상은 찾기가 어렵지 않았다. 그녀의 집처럼 티끌 하나 없고, 약혼 사진 액자들이 놓여 있었다. 다이어리나 탁상용 달력 같은 건 없었다. 컴퓨터와 서류 보관함 몇 개뿐. 그 여자가 이쪽을 보지 않는지 흘끔흘끔 살피며 마우스를 움직였다. 화면에 비밀번호를 입력하라는 메시지가 떴다.

젠장. 테리사의 비밀번호가 뭔지 내가 알 리도 없고 때려 맞출 시간도 없었다. 내가 테리사에 대해 확실히 아는 건 더러운 빨랫감을 절대 남의 눈에 띄는 곳에 두지 않는다는 것뿐이었다. 책상 서랍을 슬며시 열어봤다. 반쯤 뜯은 껌 한 통, 잘근잘근 씹힌 펜, 클립 몇 개, 동전, 구겨진 접착식 메모지……. 그 밑을 뒤져보니 얇은 서류철 더미와 노란색 메모장이 보였다. 메모장에는 알아보기 힘든 글씨가 가득했다. 서류철을 넘겨보다가 제목에 지로프의 이름이 적힌 것만 빼내고 나머지는 제자리에 돌려놨다. 내용물을 재빨리 훑어보니 부동산 목록, 지적도, 손으로 쓴 쪽지 등이었다. 목록은 전부 2주 전, 해리스 미클러가 실종된 날 인쇄되었다.

서류철과 메모장을 가슴에 끌어안고 서랍을 닫았다. 해리스가 실종된 날 밤 테리사가 부동산을 보여주러 다녔다는 증거를 찾을 수 있다면, 나는 그녀가 고객과 함께 있었다고 설명하면서 닉을 떼어낼 수 있을 터였다.

돌아서서 나가려다가, 그녀의 책상 위에 놓인 사진 하나를 보고 우뚝 멈췄다. 그것이 왜 내 관심을 끌었는지 알 수 없었다. 유일하게 스티븐이 안 나온 사진이라서 그랬는지도 모른다. 아니면 사진 속의 아가씨가 어렴풋하고 아득하게 낯이 익어서였는지도. 그녀는 테리사의 어깨에 팔을 두르고 있었다. 둘 다 건강한 구릿빛 피부에 금발이었고, 가슴팍에 그리스 문자가 적힌 여학생 클럽 셔츠를 입었다. 액자에는 '영원한 단짝'이라고 적혀 있었다.

귀가 따갑도록 들었던 '에이미 이모'가 틀림없었다. 내 딸에게 눈화장하는 법을 가르쳐주고 토요일을 내 아이들과 함께 보낸다는 여자, 내가 감옥에 가게 되면 아이들의 양육을 도와줄지도 모르는 여자. 그런데도 나는 그녀를 한 번도 만나본 적이 없다.

"아, 여기 있었네요, 테리사. 뭐 빠뜨리고 갔어요?" 사진에 정신을 빼기는 바람에 등 뒤의 여자가 전화 끊는 소리도 듣지 못했다. 가발 스카프 밑이 근질근질해지면서 돌아보고 싶은 충동이 생겼지만 억지로 눌렀다.

"네." 나는 손에 대고 기침을 했다.

"필요한 건 찾았나요?"

테리사를 위해서라도, 나는 진심으로 그랬길 바랐다.

펠릭스 지로프의 서류철을 들어 얼굴을 가린 채 여자를 지나 문 밖으로 나갔다. 내게 필요한 답이 그 서류철 안에 있기를 바라며.

아이들이 낮잠을 자는 동안 베로와 나는 서재 바닥 카펫 위에 펠릭스의 서류철과 테리사의 메모장을 펼쳐놓고 퍼질러 앉았다. 내게 필요한 건 닉이 테리사를 더 이상 귀찮게 하지 않게 해줄 알리바이 그러니까 테리사의 화요일 밤 행적을 알려줄 단서, 그녀가 모두에게 숨기고 싶어 하는 이유였다. 펠릭스 지로프 같은 악명 높은 인물과 거래를 하다 보니 그저 몸을 사리고 싶었는지도 모른다. 하지만 그건 내가 아는 테리사가 아니었다. 테리사는 사회적 지위와 명성에 혹하는 유형이었다. 만약 펠릭스 같은 유명인사가 자기 고객임을 과시할 기회가 있다면 그의 매끈한 검은색 리무진 지붕 밖으로 고개를 내밀고 동네방네 소리라도 지를 사람이었다. 그녀가 펠릭스 지로프와 어떤 관계든, 나는 페어팩스 카운티 경찰이 알게 되는 것만은 막고 싶었다. 적어도 지금은. 그 단서를 쿵쿵대며 추적하다 보면 안드레이에게 바짝 다가갈 수밖에 없다. 그러면 결국 베로와 내 쪽으로 수사망이 좁혀지게 된다.

"그자와 자고 다닌다는 걸 스티븐에게 숨기려는 게 틀림없어요." 베로가 추측했다.

"그럴지도 몰라요. 아니면 화요일에 펠릭스와 아예 함께 있지 않았거나. 또 다른 누군가와 같이 있었을 수도 있죠."

"그러면 그 여자가 뭘 하고 있었는지 그냥 경찰에 얘기해도 되잖아요? 아니, 그 러시아 놈이랑 뒹굴었던 게 분명해요. 그자가 테리사를 바라보던 눈빛을 당신도 봤잖아요. 그 여자의 벗은 몸을 떠올려야만 할 수 있는 키스였다고요."

펠릭스의 서류 내용을 훑어봤다. 부동산 매수나 임대 계약을 할 때 테리사를 대리인으로 세우는 위임장, 토지 검색 기준을 정리한 목록, 이미 줄을 그어 지운 주소 몇 개…… 목록과 지적도로 짐작건대 그는 땅을 보러 다니고 있었다. 지적도에는 농촌 지역의 넓은 토지들에 표시가 되어 있었다. 토지의 경계선은 노란색으로 강조되었고, 여백에는 대로에서 너무 가깝다, 나무가 너무 많거나 적다, 배수가 불량하다, 지역권이 너무 많이 설정돼 있다, 경사가 너무 심하다 등등의 메모가 적혀 있었지만…… 그가 전부 거절한 모양이었다.

"화요일 밤 9시에 울퉁불퉁한 시골 언덕으로 드라이브를 가지는 않았을 테고." 나는 지도를 떨어뜨리고 눈을 비볐다. 베로 말이 맞을지도 모른다.

"보나마나 펠릭스의 번쩍번쩍한 차 뒷좌석에서 붙어먹었겠죠."

어느 쪽이 더 문제인지 헷갈렸다. 그녀의 추측이 그럴듯하다는 게 문제인지, 그 추측이 스티븐에게 주는 영향이 문제인지. 스티븐이 안됐다는 뜻은 아니다. 역시 잔디 농장에서 브리랑 놀아났을 테니까. 둘의 관계에 숨겨진 지저분한 비밀을 알게 될수록 스티븐과 테리사는 찰떡궁합이라는 확신이 들었다. 두 사람이 가진 것에 대한 질투심도 점차 옅어졌다.

곧이어 내 생각은 테리사와 그녀의 친구 에이미의 사진으로 넘어갔다. 그 사진도 테리사의 집 거실에 걸려 있던 액자들과 같은 의미인지 궁금했다. 그녀가 사람들에게 과시하고 싶은 것을 보여주는 사진인지…… 그녀와 에이미가 진짜로 둘도 없는 친구라면 말이다.

베로는 노란 메모장을 골똘히 들여다보며 단서를 찾고 있었다. 그녀는 지금껏 내 아이들을 자기 자식처럼 돌보았다. 스티븐에게 맞섰고 내 청구서를 정산했다. 내 원고가 마음에 든다며 읽어주었다. 빌어먹을 시체를 묻는 것까지 도와줬는데 내게는 그녀와 같이 찍은 사진이 한 장도 없었다. 그럴 필요가 없어서인지도 모른다. 서로 증명해야 할 건 다 증명했으니까.

"두 사람, 참 안됐네요." 내가 말했다.

"누구 말이죠?"

"스티븐과 테리사요."

베로가 메마른 웃음을 뱉었다. "쓸데없는 데 에너지 낭비하지 말아요. 나는 스티븐이 그 여자 어딜 보고 넘어갔는지 도저히 모르겠어요. 물론 뻔히 보이는 겉모습은 빼고요."

내 늘어진 티셔츠의 누런 이유식 얼룩과 너덜너덜한 밑단을 내려다봤다. 전부 다 벗어던지고 거울 앞에 서도 나는 영락없는 애 엄마로 보이겠지. 수면 부족으로 눈 밑에 생긴 시커먼 그늘은 거짓말을 하지 않는다. 실용적인 면 속옷에 생긴 구멍이나 내 아이들이 남긴 허연 튼살도 마찬가지다.

줄리언이 데이트 신청을 했던 그날, 나는 테리사처럼 차려입고 있었다. 내가 진짜 어떤 사람인지 안다면 어제 헬스클럽에서 그가 그토록 관심을 보였을지 의문이었다.

"왜 그래요?" 베로가 내 발가락을 꼬집으며 물었다.

"남자들은 왜 테리사 같은 여자한테 반할까요?" 남자들은 왜 벌거벗은 테리사를 상상하는 펠릭스의 눈빛으로 그녀를 바라볼까?

"잘나가는 금발 미녀의 겉모습 뒤에 숨겨진 흉허물을 꿰뚫어볼 줄 아는 남자라면 그럴 일 없겠죠." 내가 두려워하던 게 바로 그거였다. 허탈한 한숨을 쉬며, 나는 펠릭스의 서류철을 바닥에 던졌다. 베로가 그것을 줍고 노란 메모장을 내게 건넸다. "이거, 나랑 바꿔서 읽어봐요. 우리가 뭔가를 놓치고 있는지도 모르니까."

노란 종이를 훑어봤다. 지번, 주소, 미용실 예약, 장보기 목록 등이 괴발개발 갈겨진 틈에…… 전혀 다른 글씨체가 섞여 있었다. 스티븐의 큼직큼직한 정자체는 곧바로 알아볼 수 있었다.

T—

농장에서 고객을 만나기로 했어. 재크도 데리고 있어.

핀레이힌테 급한 일이 생겼나 봐. 그 집에 가서 차고 문 좀 닫아줘.

전기가 끊겼다나. 개폐기가 멈췄대. 에이미랑 같이 가.

문이 떨어질 때 잡아줄 사람이 필요할 거야.

고마워. 내가 신세 졌네.

그는 내가 실비아를 만난 날 아침에 이 쪽지를 썼다. 집에 전기가
나가서 차고 문이 안 닫히던 날 아침에.

**……점심 먹으러 가는 길에 에이미랑 같이 그 집에 들러서 차고 문도 닫았
다더라.**

'에이미'가 아니었다. '애이미'였다.

"그 사진들……." 내가 중얼거렸다.

베로는 한창 들여다보던 서류에서 눈을 뗐다. "무슨 사진 말이에요?"

나는 벌떡 일어서서 책상 의자에 털썩 주저앉았다.

"무슨 일이에요?" 베로가 정신 나간 사람 보듯 나를 보며 물었다.
나는 컴퓨터 전원을 켰다.

"애이미는 해리스의 휴대전화에 저장된 폴더명 중 하나였어요. 확
실해요."

브라우저를 열어 해리스 미클러의 소셜 미디어 페이지에 들어갔
다. '친구 그룹' 페이지를 클릭해 명단을 훑어봤다. 테리사의 섬네일
을 지나 애이미 R이라는 닉네임에서 멈췄다. 섬네일 자리가 비어 있

었다. 클릭했지만 프로필 내용이 아무것도 없었다. 닉네임을 제외한 모든 정보가 지워져 있었다.

그녀의 다른 소셜 미디어 페이지 링크를 눌렀지만 전부 연결되지 않았다. 계정은 모두 삭제되거나 폐쇄되었다. 애이미 R은 '잠수를 타는' 상태였다.

그 여자가 틀림없었다. 이름 철자도 특이했고 해리스의 다른 피해자들과 공통점도 많았다. 그녀와 테리사가 같은 그룹에 속한다는 것도 그럴싸했다. 둘은 무엇이든 함께했으니까.

"그 여자예요. 틀림없어요. 이 그룹에 마지막으로 글을 올린 지 1년이 조금 넘었네요. 닉한테 듣기로 어떤 여자가 경찰서에 전화를 걸어 익명으로 신고를 한 적이 있다는데, 그 시기와도 비슷해요." 내 머릿속에서 어떤 장면이 서서히 펼쳐졌다. "두 사람이 해리스를 죽인 거예요. 테리사에 대한 닉의 직감이 맞다면요. 테리사와 애이미가 러시 바깥에서 해리스를 기다리고 있었던 거 아닐까요?"

"두 여자가 그의 뒤를 밟았다고 생각해요?"

"해리스가 거기 간다는 사실은 알고 있었겠죠. 내가 그를 밴으로 데려가는 모습을 봤을지도 몰라요." 어둠 속에서는 비틀대는 사람이 나라고 생각했을 수도 있다. 해리스의 체중 때문에 우리 둘 다 휘청거렸으니까. "내가 해리스의 다음 피해자라고 착각했을지도 몰라요. 테리사가 내 밴을 알아보고 우리를 따라왔을 가능성도 있어요. 아마 그를 죽일 생각까지는 없었을 거예요. 그냥 범행을 막으려 했는지도. 하지만 내가 집 안으로 들어가버렸으니 두 사람에게 완벽한 기회가 생긴 거죠." 나는 스티븐이 쓴 쪽지를 베로에게 보여주었다. 그것을 읽는 그녀의 검은 눈이 가늘어졌다. "두 사람은 모터를 돌리지 않고 문을 닫는 방법도 알고 있었잖아요. 이미 함께 닫은 적이 있으니."

베로의 얼굴에서 핏기가 사라졌다. "테리사가 닉에게 그날 밤 어디 있었는지 말하기를 꺼릴 만도 하네요. 정말 테리사와 애이미가 해리스 미클러를 살해했다고 생각해요?"

"모르죠. 하지만 닉은 동기만 찾으면 테리사를 당장 잡아들일 수 있다고 했어요." 테리사에게는 큰 동기가 있었다. 그리고 나는 그녀에게 동기를 실행할 수 있는 수단과 기회를 제공했다.

하지만 내가 닉에게 그의 의심이 옳았다고 인정한다면……, 애이미와 테리사가 진짜로 살인을 했든 안 했든 둘을 잡는 데 필요한 정보를 준다면, 닉의 관심은 곧장 내 차고로 향할 것이다. 닉이 펠릭스에 대해 밝혀내는 것보다 더 끔찍한 결과다.

지갑에서 닉의 명함을 꺼냈다.

"어쩌려고요?" 베로의 목소리에 두려움이 묻어났다. "닉한테 알려서는 안 돼요!"

"그럴 생각 없어요." 나는 문자 메시지를 입력하며 말했다. "테리사에게 알리바이를 만들어주려는 거예요."

베로가 내 어깨 뒤에서 들여다보는 가운데 신중하게 선택한 단어로 닉에게 문자 메시지를 보냈다. **테리사가 바람을 피우고 있는 것 같아요.**

28

서재 앞을 지나가려니 손가락이 근질근질했다. 차고 장면을 쓴 이후로 교착상태에 빠진 기분이었다. 앞으로 무슨 일이 생길지 전혀 모르던 차에 테리사가 이 일에 연루되었다는 새로운 사실이 밝혀지자 내 소설의 다음 장도 활짝 열리는 듯했다. 이렇게 되면 줄거리가 그럴싸해진다. 모든 퍼즐 조각이 들어맞는다. 이야기 전개에 나 자신을 엮어넣지 않고 한 달이 채 못 되는 기간 안에 이 책을 완성해야 했다.

다른 이름으로 바꾼다 쳐도, 테리사와 애이미를 내 이야기의 살인자로 만들 수는 없었다. 진실에 너무 가까이 다가가는 것은 어리석은 짓이었다. 아니, 이야기는 진실과 다른 방향으로 흘러가야 했다. 개연성이 조금은 떨어지는 방향으로. 살인자는 실제보다 과장된 인물이어야 했다. TV나 극장 화면에서 익히 보아온 전형적인 악당이라야 사람들은 내가 지어낸 인물이라고 믿을 것이다. 그 역할에 걸맞은 인물은 내가 앤서니 형사에게 넘기려고 계획 중인 진짜 악당뿐이었다.

펠릭스 지로프는 누구도 건드릴 수 없는 존재였다. 조지아의 말에 따르면 그는 누가 봐도 명백한 죄를 짓고도 단 하루도 감옥에서 보낸 적이 없다. 자신이 직접 연루되지 않은 사건이라 해도 일단 수사의 낌새를 맡으면 틀림없이 사건을 막다른 길로 몰아붙일 터였다. 나에게 그는 가장 안전한 선택지다. 나와 테리사가 감옥에 가지 않으려면 그 사람을 범인으로 모는 수밖에 없었다.

책상에 앉아 내 소설 원고를 열고 지금까지 쓴 장면들을 대충 훑어봤다. 노련한 살인 청부업자가 골칫덩어리 남편의 살해를 의뢰받는다. 그녀는 목표물을 뒷조사한 다음 술집까지 따라가 약을 먹이고 방치된 지하 차고로 끌고 가 유기한다.

나는 책상에 머리를 떨구고, 어쩌자고 에이전트에게 별 생각도 없이 이런 초안을 보냈는지 자책했다. 세부 내용이 지나치게 진실에 가까웠다. 하지만 조금 수정하면 괜찮을 것 같기도 했다.

다시 원고로 돌아가 지금까지 쓴 글을 꼼꼼히 살피며 등장인물과 설정에 조금씩 변화를 주었다. 문제의 남편은 악명 높은 마피아 보스의 회계사다. 그는 엄청난 부자이며 아내가 수익자로 지정된 거액의 생명 보험에 가입되어 있었다. 첫 잔을 들이켠 후 약을 탄 술을 마시기 전에, 청부업자인 여자 주인공은 그의 아내가 약속과 달리 자신의 해외 계좌로 돈을 입금하지 않았음을 알게 된다. 방향을 바꾸기에는 너무 늦었다는 생각에, 주인공은 자신의 목표물을 대형 밴에 싣고 지하 차고로 데려가 잠든 상태로 방치한다. 청부업자는 이 일의 보수가 지불되지 않았음을 아내에게 알리기 위해 전화를 걸러 밖으로 나간다. 그러는 사이 누군가가 몰래 차고에 들어가 소음기를 써서 남편의 미간에 총알을 박는다. 스스로 정의를 실현하고 누가 자신의 목표물을 살해했는지 밝히기로 결심한 그녀는 도망친 아내를 경찰보다 한발 먼저 뒤쫓기 위해 자신을 조금도 의심하지 않는 유능한 형사와 힘을 모아 그의 죽음을 파헤친다.

'이거다!' 키보드 위에서 손가락 마디를 꺾으며 생각했다. 됐다, 이 정도면 괜찮을 거다. 법을 전공한 젊고 매력적인 바텐더, 남의 남편을 뺏는 부동산 중개인은 이 이야기에 등장하지 않는다. 음란 사진을 찍거나 입막음조로 돈을 갈취한다는 줄거리도 없다. 양육권 분쟁은 언급되지 않고 궁핍한 작가가 공과금을 내기 위해 수상한 일에 손을 댄다는 설정도 없다.

몇 시간이 지났다. 손가락이 아프고 머리는 피곤했다. 주방에서 냄새가 올라오기 시작했다. 구운 빵, 찐 야채, 버터와 로즈마리를 바른 통닭 냄새였다. 아래층에서 그릇 달그락거리는 소리, 식탁 앞의 유아용 의자가 밀리는 소리, 베로가 저녁 식사 후 뒷정리를 하면서 진공청소기를 돌리는 소리가 들리는 사이 서재 창밖으로 밤이 찾아왔다. 내내 아무도 내 문을 두드리지 않았다. 세 챕터를 막 끝낸 순간, 나는 경쾌한 휴대전화 벨 소리에 소스라쳤다.

화면에 스티븐의 전화번호가 떴다. 받을까 말까 고민했다.

"여보세요." 나는 눈을 비비며 시계를 확인했다. 아이들은 이미 잠자리에 들었을 시간이었다. 잘 자라고 뽀뽀도 안 해줬는데.

"저기, 핀레이. 지금 통화 괜찮아?" 발음이 어눌해서 내 이름이 부드럽게 들렸다. 몇 잔이나 마셔야 그의 입에서 나오는 내 이름이 욕처럼 들리지 않는지 궁금했다.

"왜?"

"얘기 좀 하고 싶어서." 피곤한, 어쩌면 풀죽은 목소리였다. 이 인간이 나한테 무슨 짓을 했는데, 이런 순간에 아려오는 내 마음이 싫었다.

"당신 괜찮아?" 나는 모니터를 끄고 깜깜한 방에 앉아 있었다. 전화 저편에서 부글거리는 액체를 따르는 소리와 침을 꿀꺽 넘기는 소리가 들렸다.

그가 기침을 하고 나서 거친 목소리를 냈다. "모르겠어. 그럴 거야. 아닐지도."

스티븐이 약혼녀 대신 내게 전화를 했다는 것이 많은 사실을 시사하는 동시에 많은 의문을 던졌다. 1년 전만 해도 우리는 함께였다. 우리 네 식구가 한 지붕 아래 살았다. 왜 그는 모든 걸 망치고 떠났을까?

"무슨 일이야?"

"테리사 때문에. 내가 실수를 한 것 같아서 걱정이야." 나는 모진 말을 하고 싶어서 입이 근질근질했지만 참으려고 입술을 깨물었다. "그 여자를 믿은 내가 어리석었지. 테리사는 뭔가 숨기고 있어. 그게 정확히 뭔지는 몰라도……."

"왜 그래?" 내가 다그치면 그가 움츠러들까 봐 조심스레 물었다. "왜 테리사가 뭔가를 숨기고 있다고 생각해?"

그는 주저하고 있었다. 술을 한 모금 더 들이켜더니 소리 죽여 욕을 했다. "테리사의 속옷 서랍에서 현금을 발견했어. 어마어마한 거액이었어, 핀레이. 며칠 전에는 웬 경찰이 테리사를 찾는다며 전화를 했고. 내가 무슨 일이냐고 테리사한테 물었더니, 지나치게 예민하게 반응하면서 대답을 안 하더라."

"그냥 할 얘기가 없었을 수도 있잖아."

"모르겠어, 핀레이. 거물급 고객이 새로 생겼는데 노상 그 남자랑 함께 다녀. 테리사 얘기로는 그냥 같이 매물을 찾으러 다니는 거라지만, 내가 그 남자를 본 적이 있는데……." 스티븐이 말끝을 흐렸다.

"매력 있어?"

"매력은 무슨, 아무 볼품없더구만." 그가 투덜거렸다. "내가 조사를 좀 해봤는데 지저분한 일을 벌이고 있더라고. 그 돈이 전부 그 자식한테 받은 거 아닐까? 혹시 테리사가……?" 스티븐이 입을 닫았다.

"당신을 버리고 딴 남자랑 떠날까 봐?" 조용한 가운데 사이렌이 울렸다. 내게는 그 소리가 스테레오로 들렸다. 우리 집 창밖에서는 요란하게, 그의 휴대전화에서는 희미하게. "당신 지금 어디야?" 책상 의자를 뒤로 밀고 창가로 다가가 블라인드를 올렸다. 바깥에 스티븐의 트럭이 주차되어 있었다. 그는 창밖에서 겸연쩍은 듯 손을 흔들었다. "잠깐만 기다려. 지금 나갈게."

외투를 걸치고 테니스화를 신었다. 구태여 머리 꼴을 확인하거나 바지를 갈아입지는 않았다. 스티븐과 나 사이에는 의미 없는 행동이었다. 추워서 팔짱을 낀 채 푸석푸석한 잔디를 밟으며 그의 트럭으로 다가갔다. 스티븐이 앞좌석으로 손을 뻗어 문을 열어주었다. 나는 운전석으로 들어갔다. 갑갑하고 훈훈한 공기에 그의 숨결에 섞인 알싸한 위스키 냄새와 그의 옷에 밴 농장의 흙내가 진동했다.

몰골이 말이 아니었다. 그런 모습을 보고도 통쾌하지 않은 건 아주 오랜만이었다. 우리 사이에 빈 술병이 놓여 있었다. 열어젖힌 재킷 안쪽으로 바지 위에 늘어진 플란넬 셔츠가 보였다. 머리카락은 손가락으로 쥐어뜯은 듯이 곤두서 있었다.

해거티 부인의 주방 창문에서 커튼이 살짝 움직였다. 내일 첫새벽부터 전화통을 붙들고 스티븐이 찾아와 트럭 안에서 전처와 은밀히 만났다는 소문을 온 동네에 퍼뜨리겠지. "다른 데 갈까?"

스티븐도 내 시선을 따라 해거티 부인의 집을 보았다. 그는 어깨를 들썩이며 음침하게 껄껄대다가 열쇠를 돌려 시동을 걸었다. 그리고 어설프게 차를 돌리며 거대한 타이어로 그녀의 앞마당 잔디를 뭉갰다.

스티븐의 손이 운전대 위에 느슨하게 놓여 있었다. 내가 운전을 하겠다고 나서야 하나 고민하고 있는데 그는 곧 우리 도로 끝에 있는 작은 공원 앞에 차를 세웠다. 그는 엔진을 끄고 트럭에서 내렸다. 나는 느릿느릿 비틀거리는 그의 발걸음을 따라 희미한 달빛이 쏟아지는 그네로 다가갔다.

그는 끽끽 소리를 내며 쇠사슬을 풀었다. 나는 그 옆의 그네에 앉았다가 옷 사이로 스며드는 딱딱한 플라스틱의 냉기에 몸을 부르르 떨었다. 우리는 가까운 고속도로를 지나는 차량이 낮게 우르릉대는 소리를 들으며 날아가는 비행기들의 반짝이는 불빛을 올려다봤다.

"딜리아가 태어난 날 밤이 생각나네." 그가 유난히 밝은 밤하늘을 바라보며 말했다. 나는 그를 한참 째려봤다. 그날 밤에 대한 우리 두 사람의 기억은 판이하게 달랐다. 내 기억에 남은 것은 고통과 기나긴 분만이었다. 간격이 점점 짧아지는 진통 사이사이에 스티븐에게 미친 듯이 메시지를 남겼다. 기억나는 건 조지아의 얼굴뿐이었다. 그녀의 입에서 나는 커피 냄새, 딱 경찰 같은 말투로 힘주라고 소리치며 내 손을 잡아주던 손. 마침내 술도 덜 깬 채 겁먹은 얼굴로 나타난 내 남편을 언니는 입술이 터지도록 후려갈겼다. 그는 아빠가 되어 코가 패이는 게 두려웠는지 밤새도록 이 공원에서 술을 마셨다. "나 무서워, 핀레이."

"뭐가?"

"테리사가 그 자식이랑 놀아날까 봐 두려워."

나는 눈썹을 꼿꼿이 세우고 앉은 채로 몸을 틀어 그의 면상을 똑바로 응시했다. 쇠사슬이 서로 꼬여 그네가 당겼다. 내가 땅에서 발을 떼면, 쇠사슬 줄은 내 몸을 틀어 앞을 보게 할 것이다. 그렇게 생각하니 묘하게 안심이 됐다. "그러는 당신은 안 놀아나고 있나?"

스티븐은 흠칫 놀라며 나를 올려다봤다. "그렇게 티 나?"

"이제 그런 눈치는 빤하지."

그는 고개를 절절 흔들며 신발에 묻은 풀과 흙을 응시했다. "그뿐이 아니야. 테리사가 바람만 피우고 다닌다면 나도 뭐라 나무랄 처지는 아니지. 하지만 그 남자한테서 못 빠져나올까 봐 걱정이야. 여간 골치 아픈 인간이 아니니까. 테리사가 어리석은 짓을 하다가 사고를 칠까 봐 두려워. 내 사업이나 아이들이 해를 입을지도 모르잖아. 사업이야 다시 시작하면 되지만 아이들은…… 이미 한 번 잃었는데 또……." 그의 목에서 근육이 꿈틀거리고, 눈은 보도의 가로등 불빛을 받아 반짝거렸다. "미안해." 그의 목이 메었다. "모든 게."

"나도 알아." 우리 둘 사이의 공간에 손을 뻗었다. 잠시 그대로 있었더니 스티븐의 굳은살 박인 싸늘한 손가락이 내 손에 와 닿았다. 그 손가락을 꼭 쥐었다. 그가 한 짓을 용서한다는 뜻이 아니라 그 심정을 나도 이해한다는 뜻이었다. 나도 비슷한 두려움을 느끼고 있었으니까. 지금 두려워해야 할 모든 것 가운데, 나를 가장 두렵게 하는 것은 아이들이었다.

스티븐의 눈꺼풀이 무거워졌다. 그는 내 손을 살짝 당겨 그네를 자기 쪽으로 끌었다. 그의 숨결에서 술 냄새와 공포감, 절망감이 느껴졌다. 가까이 오라는 듯 그는 고개를 까딱했다. 우리의 이마가 서로 닿을 정도로 가까워졌다. 그에게 기대는 건 너무 쉬운 일 같았다. 너무 익숙해서 아무 생각 없이 할 수 있는 일. 내가 발을 들자, 손가락이 그의 손에서 빠져 나오면서 그네가 제자리로 돌아갔다.

"진짜 속옷 모델하고 사귀는 거야?" 그가 나른하고 얼빠진 미소를 지으며 물었다.

나도 모르게 입꼬리가 올라갔다. "내 변호사라면 그런 질문에는 대답하지 말라고 할걸."

스티븐이 고개를 끄덕였다. 그네 밑의 흙덩어리를 살짝 걷어차는 그를 보고 나는 혹시 질투라도 하나 싶었다. 질투를 하건 말건 무슨 상관인가 싶기도 했다.

일어서서 스티븐을 그네에서 끌어내렸다. 안정적으로 세워놓고 손을 뗐다. "가자." 그의 호주머니에서 차 열쇠를 꺼내며 말했다. "내가 집까지 데려다줄게."

29

스티븐의 집에서 우리 집으로 걸어가는 길. 주머니 속에 느껴지는 그의 열쇠가 따뜻하고 적당히 묵직했다. 차로 데려다주면서 나는 스티븐의 열쇠고리에서 그의 집 열쇠를 빼냈다. 스티븐도 내 집 열쇠를 1년씩이나 갖고 다녔으니 이래야 공평할 것이다. 내일 아침에 일어나면 없어진 걸 알게 되겠지. 어떻게 잃어버렸는지 테리사한테 개소리를 늘어놓을 테고, 마지못해 놀려줄 때까지 나를 들들 볶을 것이다. 한동안이겠지만 내가 통제권을 쥐고 있는 듯한 기분이 썩 괜찮았다. 신선한 공기를 마시며 집으로 걸어가는 길에 생각할 시간도 가질 수 있었다.

내 신발이 보도를 사뿐히 밟자 낙엽이 바스라졌다. 엷은 서리가 내린 풀밭 위로 산들바람이 낙엽을 굴렸다. 우리 집 마당을 건너가다가 현관 앞에 반듯이 누워 있는 시커먼 형체를 발견하고 나는 기겁했다.

"그래." 닉이 긴 다리를 앞으로 쭉 뻗고 팔꿈치로 현관 계단을 짚으며 말했다. "뭘 좀 알아냈어요?"

한 발짝 조심스레 다가갔다가 웃음 띤 그의 얼굴을 보고 비로소 참고 있던 숨을 내쉬었다. 구름처럼 하얗게 퍼지는 입김을 보며 그의 옆에 주저앉았다.

"놀라 자빠질 뻔했잖아요." 내가 가슴을 쓸어내리며 말했다. "당신 차도 못 봤는데."

그는 골목 쪽을 가리켰다. 낡은 순찰차가 어둠 속에 숨어 있었다. "좀 더 일찍 왔어야 했는데, 미안해요. 정신없이 바빠서. 뭐 좀 알아냈어요?"

'간단히 얘기해.' 속으로 생각했다. '최대한 진실에 가깝게. 이 사람에게 일거리를 던져줄 만큼만.'

"아무래도 테리사가 고객이랑 바람을 피우는 것 같아요. 화요일 밤에 그 남자랑 같이 있었기 때문에 스티븐한테 숨기려는 거예요."

"스티븐도 모르는 그런 얘기는 어디서 들었어요?"

"베로랑 같이 그 여자 뒤를 밟았거든요."

닉이 입꼬리를 올리며 쓴웃음을 지었다. 그의 웃음소리는 거칠고 짓궂었다. "잠복근무라도 했어요? 당신 언니가 가르쳐주던가요?"

"몇 번 언니를 따라가봤어요." 나는 항변하듯 말했다. "완전 초짜는 아니라고요."

그의 치아가 어둠 속에서 하얗게 빛났다. "알았습니다, 형사님. 그래서 뭘 보셨죠?"

나를 놀리는 듯한 그의 눈빛은 무시했다. "테리사가 사무실에서 매력적인 남자랑 같이 나오는 걸 봤어요. 정장을 빼입었고 나이는 30대 후반쯤. 체격이 좋고 검은 머리였어요."

"왜 둘이 불륜관계라고 생각해요?"

"작별인사가 예사롭지 않았거든요."

"어땠는데요?"

"남자가 테리사의 뺨에 입을 맞추면서 귀에 뭐라 속살거리던데요. 베로가 그러는데 테리사의 벗은 몸을 떠올리는 것 같았대요."

그는 경찰 특유의 날카로운 눈빛으로 나를 뜯어봤다. "무슨 근거로 그런 추측을 하죠?"

"나야 모르죠." 피가 뺨으로 쏠렸다. 다행히 어둠 속이라 닉에게는 잘 보이지 않을 터였다.

"그러면 당신은 그 여자가 고객이랑 바람을 피우는지 아닌지 확실히 모른다는 뜻이에요. 그 남자가 고객이 맞는지, 해리스가 사라진 날 밤에 그 남자랑 같이 있었는지도 분명치 않고요."

"아니, 꼭 그렇진 않아요. 오늘 밤에 스티븐이랑 얘기를 나눴거든요. 테리사가 그 남자랑 자주 어울려 다닌다더군요. 둘이 눈이 맞은 게 아닌지 걱정이래요."

이 말에 닉은 의심이 조금 풀린 듯 고개를 까딱했다. "그 고객의 이름은 알아요?"

"몰라요." 닉이 조사하는 데 시간을 많이 뺏길수록 좋았다.

"테리사가 그날 친목 모임에 참석하지 않았다고 어쩌면 그토록 확신하죠?"

"당신이 말한 인맥 그룹을 인터넷에서 찾아봤어요. 회원은 주로 부동산과 대출 중개업자더군요. 테리사는 그날 밤 술집에 모였던 사람 태반과 안면이 있을 테니까 그 자리에 왔다면 틀림없이 그 여자를 본 사람이 있었겠죠." 내 설명이 타당하다고 확신하며 그의 표정

을 살폈다. 테리사는 그날 밤 분명히 러시에 없었다. 적어도 내부에
는. 닉은 예리한 사람이었다. 자기 입으로 형사 생활을 오래 해왔다
고 말했다. 행사 초청자 명단에 있는 사람들부터 면담했을 것이다.
만약 테리사가 그 자리에 있었다면, 그녀의 동료들이 확인해주었을
것이다.

며칠 전에 앤서니 형사는 테리사가 유죄라고 확신했다. 오늘은 그
확신이 흔들리는 듯했다. 그 확신을 더 약화시키고 그를 엉뚱한 방
향으로 따돌리는 것이 내가 할 일이었다.

닉은 팔꿈치로 무릎을 짚으며 천천히 일어나 앉았다. "오늘 저녁
에 러시에 다시 찾아가 바텐더를 만나봤어요."

"그래요?" 목소리에서 놀라는 기색을 애써 제거하며 물었다. "그
가 뭐라던가요?"

"테리사 홀의 사진을 보여줬더니 그날 자기랑 대화를 나눈 여자가
아닌 것 같다고 하더군요. 그런데……." 그는 양손 손끝을 모으고 풀
밭을 노려보며 고개를 저었다.

"그런데 뭐요?"

"사진을 보여주기 전에 바텐더에게 우리가 여자를 찾는 이유를 얘
기했어요. 테리사는 단순한 증인이 아니라 이 사건의 용의자일 가
능성이 있다고. 그랬더니 나더러 헛다리 짚고 있다고 호언장담하더
군요."

"그래서요?"

"그 바텐더는 조지메이슨 로스쿨에서 성적 올 A에 수석을 하는 학
생이었어요. 지난해 여름에는 국선변호사 사무실에서 인턴을 했고
요. 그래서인지 우리가 뭘 쫓고 있는지 정확히 알고 있었어요. 그 여

자 혼자 술집을 나가는 모습을 직접 봤다는 얘기만 반복했고요. 하지만 테리사 사진을 보여주니 생각이 바뀌는 눈치였어요. 입을 다물어버리더군요. 같은 여자가 아닌 것 같다면서. 하지만 사진 속 여자와 이야기를 나눈 게 아니었다면 그 일에 왜 그리 흥분했을까요?"

속이 울렁거렸다. 당연히 줄리언은 흥분했을 거다. 내가 거짓말을 했으니까. 헬스클럽에서 그는 누군지 아리송하다는 듯이 나를 자꾸만 쳐다보았다. 아는 사람이 맞는지 헷갈린다는 듯이. 그는 자신의 눈썰미가 얼마나 예리했는지 모르고 있었다. 베로 말이 맞다. 내가 사과를 하겠답시고 그에게 전화를 거는 바보짓을 한다 쳐도, 줄리언은 나와 다시 말을 섞는 것조차 싫을 것이다.

나는 손바닥으로 눈을 꾹 눌렀다. "테리사가 진짜 이 일에 연루됐다고 믿으시는 거예요?"

"네, 믿어요. 그 여자를 제외할 이유가 생기기 전까지는요."

나는 두 손을 호주머니에 꽂고, 손가락으로 스티븐의 집 열쇠의 요철을 문질렀다. 닉을 테리사에게서 따돌릴 방법을 찾아야 했다. 내게서도.

"괜찮아요?" 그가 물었다.

"괜찮아요." 나는 한숨을 쉬었다. "그냥 피곤해서요. 하루가 참 기네요. 한 시간 전에는 스티븐이 술을 진탕 마시고 나타나지를 않나."

닉의 자세가 굳어졌다. 목소리에 날이 섰다. "접근금지 명령을 내릴까요? 그 사람이 당신을 힘들게 하면 내가ㅡ."

"아니, 그런 거 아니에요. 그냥 얘기할 사람이 필요해서 왔을 테니." 스티븐이 술을 마시고 행패를 부린 적은 없다. 취하면 오히려 경계를 풀고 속마음을 터놓는 스타일이었다. "테리사 흉보는 걸 들어주다가 집까지 태워줬어요."

닉의 웃음소리가 흉곽에서 나직이 울렸다. "그 남자 참 바보 같네요."

"왜요? 술에 취하면 옛날 버릇이 나와서?"

"당신을 놓쳤으니까요."

나는 외투 속에서 몸을 옹송그렸다. "자기 딴엔 이유가 있었겠죠."

"그렇게 따지면 누군들 이유가 없겠어요." 닉은 입을 꾹 닫았다. 할 말은 많지만 하지 않겠다는 듯이.

"결혼한 적 없어요?" 닉이 항상 독신이었다고는 믿기 어려웠다.

"할 뻔한 적은 있어요."

"왜 안 했죠?"

그는 흰 입김을 만들며 긴 한숨을 지었다. "상대가 마음을 바꿨어요. 경찰이랑 평생을 살기엔 버겁다고 느꼈나 봐요."

"아니, 그분이 복을 차버렸네요." 닉은 고개를 갸웃하며 무슨 뜻이냐는 듯 씩 웃었다. "조지아 말로는 건강보험 때문에라도 경찰이랑 결혼하면 엄청 이득이라던데요." 그가 웃음을 터뜨리며 눈가에 주름을 잡았다. 묵직한 침묵이 뒤따랐다. 나는 발끝을 내려다봤다.

"핀레이." 그가 몸을 낮춰 나와 눈을 맞췄다. "양육권 소송은 걱정 말아요. 이 수사가 끝날 즈음이면 테리사의 미심쩍은 행적도 충분히 밝혀질 테니까요. 그러면 판사들 눈에도 곱게 보이지 않겠죠. 책 계약했다는 얘기, 조지아한테 들었어요. 그렇게 목돈이 들어오면 당신 전남편도 딴지를 걸지 못할 거예요."

예의를 차리느라 웃음 짓고 있던 내 얼굴이 찌그러졌다. "조지아가 그 얘기를 했다고요?" 닉이 내게 그 책 내용을 캐묻는 것만큼은 절대 원하지 않았다.

"그 소식을 온 경찰서에 퍼뜨렸어요. 당신 자랑을 엄청 하고 다니던걸요."

산더미 같은 죄책감에 말문이 막혔다. 내 이야기의 출처가 어디인지 알았다면 조지아가 내 자랑을 했을 리 없다. 나는 계단에서 일어섰다. "말 나온 김에 들어가서 일을 시작해야겠어요." 닉도 따라 일어섰다. 그사이 그의 주의는 해거티 부인네 침실 커튼의 좁은 틈으로 옮겨갔다.

"내일 바빠요?" 현관문에 손을 뻗는 내게 그가 물었다.

"딱히 바쁘지는 않아요."

"현장 조사 생각 있어요?" 어둠 속에서 그의 눈이 빛났다.

"어떤 현장 조사요?" 내가 조심스레 물었다.

"원고 집필에 필요한 조사죠." 조지아가 머리를 굴린 모양이었다. 닉에게 이런 제안을 하라고 시키다니. 나도 지금은 조지아를 실망시키고 싶지 않았다.

"네, 좋아요."

그는 양손을 호주머니에 꽂고 차까지 걸어갔다. "11시에 모시러 올게요."

자신이 이미 내 조사에 발을 얼마나 깊이 담그고 있는지 알아도 이번 현장 조사에 저렇게 기대를 할까, 의아한 심정으로 멀어지는 그를 지켜봤다.

30

"지금 무단침입하고 있다는 거 알아요?" 베로가 완강히 만류했다.

나는 휴대전화를 턱 밑에 끼운 채 백미러를 보며 가발 스카프를 매만졌다. "무단침입 아니에요. 열쇠로 열고 들어가잖아요."

"훔친 열쇠죠." 그녀가 지적했다.

"훔친 것도 아니에요." 나는 휴대전화에 대고 우겼다. 스티븐에게 집까지 태워주겠다고 제안했더니 그가 술김에 열쇠를 내주었다. 나는 그저 열쇠 돌려주는 걸 소홀히 했을 뿐이다.

"하 참, 걸리지나 말아요. 앤서니 형사가 한 시간 후에 현장 조사 가자고 찾아올 텐데."

내가 알기로 테리사에게는 해거티 부인처럼 신경 쓰이는 이웃이 없었다. 그래도 라몬 정비소에서 빌린 차는 그 집에서 멀리 떨어진 곳에 댔다. 초대형 선글라스를 코에 얹었다. 가발 스카프 속이 미치도록 가려웠다. 쥐어뜯고 싶은 충동을 억누르며 무사히 스티븐과 테리사의 집에 잠입했다.

닫힌 현관문에 등을 대고 휴대전화를 귀에 댄 채 숨을 고르며 귀를 기울였다. 집 안은 조용했다. 전화기를 통해 재크가 재잘대는 소리만 들렸다.

"들어왔어요." 전화에 대고 속삭였다. 스카프를 셔츠 호주머니에 쑤셔 넣고 집 열쇠를 벗은 운동화 속에 넣어 문 옆에 두었다.

테리사의 침실이 있는 2층으로 살금살금 올라갔다.

"필요한 것만 찾아서 얼른 나와요." 바닥이 삐걱거릴 때마다 불안감이 치솟았고, 베로의 잔소리도 신경에 거슬렸다.

촘촘한 카펫 위로 침실 문을 휙 열었다. 블라인드는 내려져 있고, 퀴퀴한 알코올 냄새, 땀 냄새, 입 냄새 등 스티븐의 체취가 희미하게 느껴졌다. 그의 침대 옆에는 이불이 너저분하게 엉켜 있고, 탁자 위 제산제 병 옆에는 두통약이 놓여 있었다.

"지금 어디예요?" 베로가 물었다.

"테리사와 스티븐의 침실요." 테리사의 침대 옆 탁자 서랍을 열고 내용물을 뒤졌다. 내가 정확히 뭘 찾고 있는지 알 수 없었다. 메모인지, 전화번호인지, 영수증인지. 애이미 R의 정체에 내한 단서가 필요했다. 화요일 밤에 두 여자가 함께 있었다는 증거. 러시에서 멀리 떨어진 곳이면 더 좋았다.

서랍을 닫고 복도를 가만가만 지나 딜리아의 방 앞에서 잠시 멈추었다. 침대가 흐트러져 있었다. 분홍색 공주 이불은 구겨졌고, 빽빽한 깃털 베개가 성인 여성 머리 크기로 눌려 있었다. 인형의 집 옆에는 테리사의 정장 구두 한 켤레가 널브러져 있었다. "테리사가 어젯밤에 손님방에서 잔 것 같아요."

베로가 쿡쿡 웃었다. "스티븐이 술에 취해서 당신을 찾아갔다고 해거티 부인이 온 동네에 퍼뜨렸나 봐요."

"그 여자가 닉에 대해서는 나불대지 않았어야 할 텐데." 내가 중얼거렸다.

베로가 정신을 번쩍 차렸다. "그 생각은 미처 못 했네요."

테리사의 서재 문에서 쏟아지는 원뿔 모양의 햇볕을 향해 걸어갔다. 그녀의 책상 위에는 구질구질한 물건이 일절 없었다. 랩톱 컴퓨터가 꽂혀 있어야 할 곳에 커넥터만 느슨하게 걸려 있었다. 구식 PC는 없었다. 먼지도 한 점 없었다. 맨 위 서랍을 당겼더니 온갖 잡동사니가 넘칠 듯이 들어차 있었다. 애이미가 누구인지, 해리스 미클러가 살해되던 날 밤 두 여자가 어디에 있었는지 알려줄 만한 물건은 없었지만, 엉망진창인 서랍 속을 보자 기분은 좀 나아졌다.

반대편 벽의 책장을 돌아봤다. "찾았다."

"뭘요?"

"테리사의 대학 졸업앨범." 두껍고 딱딱한 양장본 앨범을 뽑았다. 조지메이슨 대학교 2009년도 졸업앨범. 바닥에 주저앉아 색인 부분을 펼쳤다. 테리사의 자매회 사진으로 넘어가 이름들을 훑어봤다. 나란히 실린 자매들의 사진 틈에 테리사가 보였고 그 옆은 애이미였다.

"애이미 샤피로라고 적혀 있네요." 베로에게 전했다.

"온라인 프로필에는 애이미 R이라고 되어 있었잖아요."

"결혼할 때 남편 성을 따랐나 봐요."

아래층에서 문이 쾅 닫혔다.

"무슨 소리예요?" 베로가 물었다.

현관에서 탁자에 열쇠 떨어지는 소리를 듣고 나는 허리를 세웠다. 마룻바닥에 구두 굽이 또각또각 부딪쳤다.

테리사였다.

전화를 끊고 휴대전화를 무음으로 바꿨다. 졸업앨범을 책장에 다시 꽂고 천천히 일어섰다. 고급 카펫을 양말 발로 밟으니 소리가 나지 않았다. 신발을 벗어놓고 올라오기를 잘했다고 생각했는데…….

아, 안 돼.

내 신발.

책장 옆 구석에 몸을 밀어 넣었다. 내 심장 쿵쾅대는 소리가 길 건너 해거티 부인에게까지 들릴 것 같았다. 테리사는 뭔가를 빠뜨리고 가서 집에 돌아왔는지도 모른다. 점심을 빨리 먹고 서둘러 나간다면 문 옆에 놓인 내 운동화를 미처 발견하지 못할 수도 있다. 그녀가 화장실 간 사이에 몰래 빠져나갈 수도 있지 않을까?

그녀가 계단을 쿵쿵 올라왔다.

내 시선이 방 건너편 창문으로 향했다. 여기는 고작 2층이었다. 뛰어내려도 죽지는 않겠지만…… 운동화만 신고 있다면 좋을 텐데. 방충망을 박살 내거나 창문 아래 진달래 덤불을 피바다로 만들 염려만 없어도 좋으련만.

주머니에서 휴대전화를 꺼내 베로에게 문자 메시지를 보냈다.

핀레이: 도와줘요. 갇혔어요. 테리사가 집에 왔어요.

베로: 창문으로 뛰어내려요.

핀레이: 내 신발이랑 열쇠가 현관에 있어요.

베로: 일 좀 제대로 할 수 없어요?

핀레이: 알았거든요!

한참이나 답장이 없었다.

베로: 내게 계획이 있어요. 기다려봐요. 10분만.

내가 눈에 띄지 않기를 바라며 벽에 몸을 딱 붙였다. 테리사는 복도 건너편에서 세탁기와 건조기에 빨래를 채우고 침실로 돌아가 TV를 켰다. 그녀의 방은 층계 옆이었다. 들키지 않고 지나갈 방법은 없었다.

테리사의 휴대전화가 울렸다. 그녀는 TV의 소리를 껐다.

"너라서 다행이다. 나 이제 어떡해?" 테리사가 복도를 왔다 갔다 하는지 목소리도 커졌다 작아졌다 했다. "내가 어디 있었는지 그 사람한테 절대 말 못 하지. 완전히 꼭지가 돌 텐데. 그리고 형사한테서 전화가 왔는데……." 침실로 들어가면서 희미해진 그녀의 목소리를 들으려고 나는 숨을 죽이고 귀를 쫑긋 세웠다. "스티븐이 알면 안 된다고. 전처랑 양육권 다툼이 한창인데. 그 여자도 변호사를 고용했다잖아." 테리사는 화장지에 코를 풀었다. 잠시 말을 멈추고 흐느끼는 소리가 들렸다. "어디서 목돈이 들어온 게 틀림없어. 소설 판권을 팔았든지. 어젯밤에 그 여자가 스티븐 트럭에 타는 걸 그 할망구가 봤다잖아. 집에 왔더니 스티븐은 잔뜩 취해서 쓰러져 있고……. 내일 와줄 수 있어? 나 진짜—."

그 대화는 요란한 덜커덕 소리에 묻히고 말았다. 테리사의 서재 창문 밖에서 디젤 자동차가 부릉대고 있었다. 엔진이 웡웡거렸다. 쇠사슬이 덜컹거렸다

"잠깐만, 네 말이 잘 안 들려서." 테리사는 서재로 뛰어 들어와 한 손으로 창문의 플라스틱 블라인드를 내렸다. 나는 벽에 몸을 밀착한 채 숨을 참으며 눈을 부릅떴다. 그녀가 고개를 돌려 책장 옆 구석에 웅크린 나를 발견하는 일이 없기만을 기도했다. "어떤 빌어먹을 자식이 내 차를 견인하고 있어!" 테리사가 몸을 획 틀어 내 앞을 빠르게

지나갔다. 계단을 서둘러 내려가는 동안 엔진은 계속 부르릉부르릉 소리를 냈다.

'라몬 정비소'라고 적힌 흰색 견인차가 테리사의 BMW를 끌고 거리 저편으로 멀어지는 사이 나는 창가로 다가갔다. 맨발의 테리사가 소리를 지르고 휴대전화를 흔들며 견인차 뒤를 따라갔다. 나는 아래층으로 뛰어 내려가 내 운동화를 들고, 테리사가 뒤를 돌아보지 않는지 살피며 집에서 뛰어나갔다. 견인차는 한 블록 떨어진 곳에 서 있었다. 라몬으로 추정되는 남자가 차를 제자리에 갖다놓으라는 테리사의 요구를 무시한 채 클립보드에 뭐라고 적고 있었다. 나는 신발 한 짝을 발에 끼우며 빌린 차로 서둘러 돌아가려다 잔디에 걸려 휘청거렸다. 다른 한 짝을 허둥지둥 신으며 고개를 들었다가 그 자리에 얼어붙었다.

길 건너편에 주차된 차에서 앤서니 형사가 차창을 내린 채 라몬을 죽여버리겠다는 테리사의 협박에 귀를 기울이고 있었다. 하지만 닉이 보고 있는 사람은 테리사가 아니었다.

그는 손가락을 구부려 나를 차로 불렀다. 그의 굳은 표정을 보니 뭐라고 변명할 여지가 없어 보였다.

나는 신발을 손에 든 채 그의 차로 달려가 문을 열고 안으로 뛰어들었다.

31

닉이 타고 온 세단은 흔한 순찰차였다. 지나치게 눈에 띄는 남색이었다. 테리사가 매의 눈으로 지켜보는 가운데 라몬이 천천히 후진해 그녀의 차를 진입로에 돌려놓는 사이, 나는 계기판 밑에 숨어 창밖을 흘끔거렸다.

"밖에서 무슨 일이 벌어지는지 궁금해요?" 닉이 물었다. 나는 호주머니에 손을 꽂아 가발 스카프가 보이지 않도록 잘 쑤셔 넣었다. 내가 변명하려고 입을 열자 닉이 손가락을 치켜들었다. "대답은 신중하게 해야 돼요."

"이제 그만 출발할래요?" 내가 가슴 위로 팔짱을 낀 채 좌석에 기대자 닉은 고개를 저으며 차에 기어를 넣었다. 한 블록 아래에 주차해둔 내 렌터카는 미처 발견하지 못한 듯했다. 나도 지금 굳이 그 차가 있는 곳으로 갈 생각은 없었다.

"여기서 뭐 했어요? 11시 전에 데리러 온다고는 안 했잖아요."

"좀 일찍 도착했어요. 당신 집으로 가는 길에 마침 테리사의 차가 견인되는 광경을 봤죠. 혹시 재밌는 인물이 나타날까 싶어서 그 집을 지켜봤어요." 그가 슬며시 미소를 지으며 우리 집 진입로로 방향을 틀었다.

"재밌으셨다니 기쁘네요." 나는 그의 차에서 내려 열쇠를 우리 집 현관문에 꽂았다. 하지만 돌리기도 전에 베로가 문을 열었다. 내 뒤에 서 있는 닉을 보고 그녀는 입을 떡 벌렸다.

"라몬한테 고맙다고 전해줘요." 베로 옆을 지나 집 안으로 들어가며 말했다.

"앤서니 형사님, 또 뵙네요." 베로의 시선이 내 뒤에서 따라 들어오는 그를 아래위로 훑었다. 나는 그녀를 나무라듯 흘겨보며 스웨터를 벗어 계단 맨 아래 난간에 걸쳤다.

딜리아가 닉을 흘끔흘끔 쳐다봤다. "저 사람 누구야?"

"조지아 이모의 경찰 친구야." 가발 스카프 때문에 정전기로 엉망이 된 머리카락을 가라앉히려 애를 썼지만 뜻대로 되지 않았다. 나는 머리를 묶은 고무줄을 풀고 가려운 두피를 벅벅 긁었다. "닉 아저씨라고 불러."

딜리아는 콧잔등을 찡그렸다. "우리 집에 왜 왔어?"

나는 내 셔츠에 코를 킁킁댔다. "엄마가 글 쓰는 데 필요한 조사를 도와주실 거야."

"엄마랑 저 아저씨랑 데이트하는 거야?"

목이 컥 막혔다. 닉은 슬며시 웃으며 내 눈치를 살폈다.

"딜리아 마리 도너번. 무슨 질문이 그래?" 내가 흥분하여 쏘아붙였다.

"이리 와." 베로가 딜리아의 손을 잡으며 낄낄거렸다. "엄마랑 닉

아저씨랑 둘이서 얘기 좀 하게." 그녀는 아이들을 계단으로 이끌면서 이쪽을 돌아봤다. "애기들 귀에 안 들리는 데 가서 얘기하지 그래요?"

"나 아직 여기 있거든." 딜리아가 씩씩거렸다. "그리고 나는 애기 아니야. 데이트가 뭔지도 안다구……." 딜리아가 자기 방으로 들어가자 쫑알대는 소리는 잦아들었다. 베로가 방문을 닫았다.

"죄송해요. 아직 다섯 살이라." 나는 그것이 충분한 변명거리가 된다는 듯이 말했다. 닉은 목덜미를 긁적이며 억눌렀던 미소를 활짝 펼쳤다.

"꼬마가 거침이 없네요. 형사 시키면 엄청 잘하겠어요."

나는 그의 재킷을 받으러 손을 내밀었다. "언니한테는 그런 말 하지 마세요. 가족 중에 형사는 하나도 너무 많아요."

닉이 재킷을 벗었다. 가죽은 나긋했고 안감은 그의 체온으로 따스했다. 그의 등 뒤 코트걸이에 어설프게 팔을 뻗어 옷을 걸다가 실수로 그의 어깨 권총집을 스쳤다. 현관이 갑자기 너무 갑갑하고 답답하게 느껴졌다. 갓 면도한 닉의 얼굴에서 구강청결제와 머스크 향이 났다. 청바지와 몸에 달라붙은 짙은 색 면 티셔츠 차림이었는데도 그는 날카로워 보였다. 나를 바라보는 눈빛이 예사롭지 않았다.

"청소 좀 해야겠어요." 내 뒤의 계단 쪽을 가리키며 말했다. "기다리시는 동안 마실 것 좀 드려요?" 그가 주방으로 따라오자 피가 뺨으로 쏠렸다. 건조대에서 유리컵을 집어 들고 얼음을 꺼내려 냉동실 문을 열었다. 브로콜리 봉지 밑에 돈이 가득 든 지퍼백이 살짝 보였다.

냉장고를 쾅 닫았다.

"가는 길에 먹는 게 낫겠죠?" 긴장된 목소리로 이렇게 둘러대고 손가락 하나를 쳐들며 냉장고에서 물러났다. "2초 안에 끝낼게요.

아무 데도…… 가지 마세요." 유리컵을 개수대에 놓고 옷을 갈아입으러 내 방으로 달려갔다. 세면대에서 대충 세수를 한 다음 머리를 빗고, 깨끗한 청바지 한 벌과 티셔츠, 세탁한 후드 티셔츠를 입고 다시 계단을 내려갔다.

"어서요." 옷걸이에 걸린 그의 재킷과 내 가방을 쥐며 말했다. "여기서 나가요." 베로에게 얼른 인사를 외치고 현관문을 잠갔다. 해거티 부인의 커튼을 슬쩍 확인하고 닉의 차 조수석에 탔다. "세상에, 저 여자는 저렇게 할 일이 없나?"

닉이 안전벨트를 딸깍 끼우고 차에 시동을 걸었다. 계기판 밑에서 라디오가 요란하게 울리기 시작했다. "누구 말이에요? 이웃 사람?" 그는 백미러를 조절해 미간을 찡그린 채 주방 창문에 비친 그녀의 모습을 살폈다.

"짜증 나는 여자예요." 우리 집 진입로를 빠져나오면서 그녀에게 가운뎃손가락을 들어 보이고 싶은 충동을 억눌렀다.

"그럴 리가요? 형사들은 저런 이웃을 갖는 게 소원인데요. 저 할머니는 이 동네에서 무슨 일이 일어나는지 속속들이 꿰고 있을 거 아네요." 그는 백미러를 제자리로 돌리고 거리를 천천히 내려갔다.

"참 많은 것을 알고 있죠." 내가 까칠하게 대꾸했다. 닉이 테리사의 집 근처, 라몬의 렌터카 바로 뒤에 정차하자 나는 당황했다. "어디로 가려고요?"

"당신 차를 이용하려고요."

"하지만 저건 내 차가 아니—." 닉은 이미 내 차 열쇠를 손에 쥐고 세단 밖으로 나가 있었다. 그는 렌터카 운전석 문을 열고 자리에 앉았다. 비속어를 주절거리며 나도 조수석으로 들어갔다.

"내 열쇠를 어떻게 당신이 가지고 있죠? 이게 내 차라는 건 어떻게 알았어요?"

"당신이 2층으로 올라갈 때 주방 조리대에 열쇠를 놓고 갔어요. 오늘 아침에 당신이 주차를 할 때 나는 차 뒤에 있었고요." 그는 경계석 옆에 주차된 렌터카를 움직이기 시작했다. 테리사의 BMW는 진입로에 없었다. 그래도 사이드미러에서 그녀의 집이 멀어지자 긴장이 좀 풀렸다. "주거침입치고 너무 엉성했어요. 걸리지 않은 게 천만다행이지, 원."

나는 그를 빤히 쳐다보았다. "테리사가 들어와서 내가 집 안에 꼼짝없이 갇힌 걸 알고도 당신은 보고만 있었어요?"

"그럴 때 끼어드는 건 범죄 방조거든요."

"범죄라뇨? 엄연히 열쇠로 열고 들어갔는데."

그는 입꼬리를 올리며 회심의 미소를 지었다. "탈출 방식은 인상적이었어요."

"그건 베로가 꾸민 일이에요. 내가 그 집에 들어간 건 당신 때문이고요."

"나 때문이라고요?" 그는 렌터카를 패스트푸드 드라이브스루로 몰았다.

"테리사의 비밀을 파헤치라면서요. 그래서 파헤쳤잖아요."

닉은 음침하게 낄낄 웃었다. "그래서 뭘 찾는데요?"

"아무것도요. 내가 들어가자마자 그 여자가 집에 왔는데 어쩌겠어요." 닉의 예리함에 주눅이 들었다. 그는 항상 나보다 한발 앞섰다.

닉이 인터폰에 대고 자기 몫의 햄버거 두 개와 내가 고른 메뉴를 주문했다. 운전하면서 그는 햄버거 두 개를 먹어치웠다. 그러자 나는 딜리아 말이 틀렸고 이것이 절대 데이트가 아니라는 생각에 기분이 좀 풀렸다. 닉이 옆 거리를 돌아 테리사의 부동산 중개소 앞을 지나는 사이 나는 햄버거와 감자튀김을 허겁지겁 먹으며 스쳐 지나가는 건물들을 지켜봤다.

"우리 어디 가는 거예요?" 음식 포장지를 구겨 빈 봉지에 넣으며 물었다. 닉이 브레이크를 밟고 내 몸이 옆으로 쏠리도록 차를 획 돌려 불법 유턴을 했다.

"형사 놀이 해보고 싶었죠? 우리 진짜 잠복근무하러 가는 거예요." 그는 렌터카를 도로변에 세우고 엔진을 껐다. 배 속의 햄버거가 딱딱하게 굳는 기분이었다.

"바텐더가 술집에 왔던 여자는 테리사가 아니라고 했다면서요. 그런데도 테리사를 감시할 이유가 있나요?"

닉은 기름 묻은 손가락을 냅킨에 닦고 눈으로 주차장을 훑다가 테리사의 차를 발견했다. "두 사람 다 뭔가 숨기고 있는 것 같았고, 그날 밤에 테리사가 누구랑 있었는지 알고 싶거든요."

"그걸 어떻게 알아내려고요?"

그는 좌석을 뒤로 젖히더니 팔짱을 끼고 눈을 감았다. "테리사의 애인이 나타나기를 기다리는 거죠."

20분이 지났다. 닉은 얼굴에 야구 모자를 덮은 채 내내 눈을 감고 있었다. 적어도 그가 음료를 주문하지 않은 이유는 알 만했다.

"내가 뭘 보고 있어야 하죠?" 자리가 불편해서 비닐 시트를 찍찍대며 몸을 꿈지럭거렸다. 나도 닉처럼 좌석을 뒤로 젖히면 둘 다 앞을 볼 수 없을 터였다.

그가 마침내 잠긴 목소리로 대답했다. "펠릭스의 링컨 자동차가 나타나면 말해줘요."

등골이 서늘해졌다. "펠릭스라고요?" 닉의 얼굴을 덮은 모자를 잡아챘다. "그러니까 당신은 테리사의 고객이 누군지 쭉 알고 있었군요? 내게는 언제 얘기할 작정이었어요?"

닉은 한쪽 눈만 뜨고 뺨에 보조개를 만들며 나른한 미소를 지었다. "물어본 적 없잖아요."

"나한테 얘기 안 한 거 또 뭐가 있어요?"

그는 다른 쪽 눈도 뜨고 두 팔이 천장에 닿도록 기지개를 쭉 켰다. 깍지 낀 두 손으로 뒤통수를 받친 채, 운전대 양쪽에 놓인 무릎을 살짝 굽히고 재킷을 젖혀 옆구리에 찬 총집을 드러냈다. "펠릭스 지로프라는 자가 테리사의 고객이라는 사실은 알아요. 아주 부유하고 막강한 인물인데 조직범죄에 깊이 관여하고 있죠. 우리 정보통에 따르면, 펠릭스는 해리스 미클러의 회계법인과도 거래하고 있었어요."

불안한 웃음이 새어 나왔다. "우연의 일치 아닐까요?"

닉은 모자를 쓰고 챙을 눈 위로 젖혔다. "마피아의 세계에서 우연의 일치는 극히 드물다고 봐야 해요. 불행히도 펠릭스는 천하무적이에요. 어떤 처벌도 피해가죠. 감옥에 수십 번도 더 들어갔어야 마땅하지만 우리 주에는 그자에게 유죄를 선고할 만큼 배짱 두둑한 판사가 없어요. 용케 구속하는 데 성공해도, 그자의 수하들은 누구든지 흔적 없이 사라지게 할 수 있어요. 처음부터 존재하지 않던 사람처럼 새 이름, 새 여권을 갖고 자취를 감춰버리게 하는 거죠. 보석 중에 행방이 묘연해지면 우리는 펠릭스 지로프라는 이름을 다시는 듣도 보도 못하게 될걸요."

"그자가 테리사에게 원하는 게 뭘까요?"

"나도 그게 궁금해요." 내 표정을 읽은 듯 그는 한숨을 쉬며 말했다. "이봐요, 핀레이. 나는 스티븐이나 테리사의 인생을 망치려는 게 아니에요. 미클러의 실종에 펠릭스가 관여했다면 테리사도 이 모든 일의 피해자가 될 수 있어요. 우리가 이 사건을 반드시 해결할게요. 당신과 아이들은 무사할 거예요. 세 사람은 수사에서 가급적 멀리 떼어놓을 생각이에요. 조지아가 내게 그러라고 맹세까지 시켰어요."

"언니가요?"

닉이 움찔했다. "네, 그랬어요."

나는 호기심에 못 이겨 질문을 던졌다. "또 뭐라던가요?"

그는 창밖으로 눈길을 피했다. 목덜미까지 시뻘개지고 있었다. "당신이 여태 마음고생을 심하게 했다고요. 만약에 내가 당신한테 상처를 주면 경찰 배지를 빼앗고 얼굴을 부숴버리겠대요."

나는 혼자 킥킥대며 고개를 저었다. "우리 언니랑 내 아이가 한 말 때문에 당신에겐 이 모든 게 꼭 연출처럼 보이겠어요. 하지만 맹세코 당신이 내게 데이트 신청하게 만들려고 수작을 부린 건 아니에요."

"그랬다 쳐도 뭐 나쁠 거 있나요?" 그는 차창에서 고개를 돌려 어젯밤 우리 집 현관에서 그랬던 것처럼 눈으로 나를 훑었다. 다만 이번에는 날카로운 형사의 눈빛이 아니었다.

내 웃음이 뚝 그쳤다. 진땀 나는 묵직한 침묵이 우리를 덮쳤다. 닉은 매력적인 미혼 남자였다. 내 언니의 친구이기도 했다. 그 말은 그가 세상에서 가장 까다로운 신원 조회를 이미 통과했다는 뜻이었다. 당장이라도 키스를 해야 할 것 같은 분위기가 조성되었다. 나도 싫지는 않았다.

내 등을 타고 땀방울이 흘러내렸다. 내가 계기반의 온도 조절 장치에 손을 뻗는 순간 닉이 라디오에 손을 뻗었다. 서로의 손이 스쳤다. 고개를 들어보니 그의 모자챙이 우리 얼굴에 그림자를 드리울 만큼 가까이 다가와 있었다. 둘 다 꼼짝하지 않았다. 닉이 내 손에 깍지를 꼈다. 내 심장이 콩닥거렸다.

"고백할 게 있어요." 그의 나직한 목소리에 가슴이 조여왔다. "전부 조지아 생각은 아니었어요." 비닐 눌리는 소리를 내며 그가 몸을 더 숙여도 나는 피하지 않았다. 아드레날린이 분출하면서 공기가 희박하게 느껴졌다. 스티븐이 아닌 남자랑 이렇게 가까이 있어본 게 언제였는지 까마득했다.

"괜찮겠어요?" 그의 모자 밑에서 이마와 이마가 맞닿았다. 그가 살짝 뒤로 물러났다.

아니, 괜찮지 않았다. 나는 아주, 아주 터무니없는 것을 바라고 있었다. 안 되는 이유는 차고 넘쳤다. 현기증을 느끼며 고개를 끄덕였다. 그가 만든 한 치의 거리가 나의 자제력을 시험에 들게 했다. 우리의 코가 스치는 순간 닉의 머리 뒤로 기다란 검은 차가 지나갔다.

나는 뒤로 휙 물러났다. "그 사람이에요. 펠릭스의 차가 나타났어요."

닉은 욕을 중얼거리며 머리받이에 털썩 기댔다. 눈을 감고 깊은숨을 내쉬더니 등받이를 똑바로 세웠다.

링컨이 테리사의 사무실 앞 경계석에 멈췄다. 안드레이가 차에서 내려 펠릭스 쪽 문을 열어준 다음 그를 뒤따라 건물 안으로 들어갔다.

"저 사람들, 보아하니 한동안 저기 있겠네요. 잠깐만 여기서 기다려요. 금방 돌아올게요." 내가 어디로 가느냐고 묻기도 전에 닉은 차에서 내렸다. 그는 사무실을 향해 성큼성큼 걸어가다가 펠릭스의 세단 뒤에 열쇠꾸러미를 떨어뜨렸다. 그러고는 내 시야를 벗어나 무릎을 꿇고 열쇠를 집었다. 잠시 후, 일어서서 뭔가를 호주머니에 넣고 휴대전화를 꺼냈다. 그것을 귀에 대고 급히 전화를 걸며 렌터카 쪽으로 돌아왔다.

"뭐 한 거예요?" 운전석으로 들어와 문을 닫는 닉에게 물었다.

"그냥 내 예감을 확인하는 거예요." 그가 건성으로 대답했다.

"이제 우리 뭐 하죠?" 나의 목 아랫부분은 조금 전에 하려던 것을 다시 시작하기를 갈망했다. 나머지 부분은 그래서는 안 된다고 확신하고 있었다.

닉의 시선은 사무실 문에서 떨어질 줄 몰랐다. "기다려야죠."

잠시 후, 안드레이가 밖으로 나오더니 문을 붙잡고 서 있었다. 펠릭스도 나왔다. 테리사의 등허리에 손을 댄 채 얼굴에 미소를 띠고 있었다. 손이 더 아래로 내려가려는 순간 그녀가 그의 차에 탔다.

"봐요, 내 말이 맞죠. 둘이 같이 자는 사이라니까요. 이제 테리사가 숨기는 게 뭔지 알았으니까 우리는 그냥 가면 되는 거죠?"

닉이 시동을 걸었다. 그는 잠시 기다렸다가 다른 차 몇 대를 사이에 두고 펠릭스의 차를 따라가기 시작했다. 미간을 찌푸린 채 그는 아무 말 없이 그들을 뒤쫓아 서쪽으로 차를 몰았다. 이윽고 우리는 도시를 벗어나 주간고속도로에 접어들었다. 한 시간은 족히 미행했을 무렵 펠릭스의 링컨은 고속도로 나들목으로 방향을 틀어 시골길로 빠져나갔다. 도로가 좁아지자 우리는 멀찍이 뒤로 처지는 수밖에 없었다. 그들은 울타리에 '매물' 표지가 붙은 큰 농장 네 곳의 입구마다 차를 멈추었다. 매번 타운카는 기어가다시피 속도를 줄였지만, 펠릭스는 한 번도 내리지 않았다. 네 번째 농장을 떠난 링컨은 주간고

속도로로 진입해 우리가 왔던 길을 되돌아갔다.

"내 눈에는 그냥 부동산 매물을 보러 다니는 것 같던데요. 전혀 수상하지 않았어요." 닉이 이 말에 동의하고 나를 집에 데려다주길 바랐다.

"펠릭스 지로프가 하는 일 중에 수상하지 않은 건 없어요. 땅을 물색하고 있잖아요."

"그래서요?" 그들이 오늘 둘러본 땅도 테리사의 메모장에 가로줄로 지워져 있던 매물들과 다르지 않았던 모양이다. 펠릭스는 그 네 곳이 전부 마음에 안 드는 듯했다.

"펠릭스가 땅을 어떤 용도로 쓸 생각인지가 문제예요." 닉은 링컨이 움직이는 방향으로 쫓아가고 있었다. 그 차가 나들목 쪽으로 이동하자 차 몇 대를 사이에 두고 조심스레 따라붙었다. "펠릭스 일당은 마약과 무기 거래, 인신매매를 하고 있어요. 많은 건물과 창고를 매입해놓고 창고를 끊임없이 옮기죠. 그가 오늘 보러 다닌 땅은 덜레스 서쪽이에요. 공항이랑 두 개의 주간고속도로와 가깝지만 도시에서는 꽤 떨어져 있어 쉽게 눈에 띄지 않을 위치죠. 물건을 항공편으로 들여온 후 트럭에 실어 옮기겠다는 심산이에요."

내 아이들의 새엄마가 될 여자가 그런 남자랑 자고 다닌다고 생각하자 속이 울렁거렸다. "진짜 무서운 사람인가 봐요."

"그렇다니까요." 그 순간 링컨이 부동산 중개사무소 주차장으로 들어갔다. "펠릭스 지로프를 평생 감옥에서 썩게 할 수만 있다면 소원이 없겠어요."

"우리가 그러려고 이러는 거 아니에요?"

닉이 요란하게 웃어젖혔다. "펠릭스 지로프를 감옥에 보내는 것보다는 복권에 당첨될 확률이 차라리 높아요. 우리가 이러는 이유는 지로프가 하는 사업이 전부 추잡하고 위험하기 때문이에요. 어떤 역할이 됐든 테리사가 그자를 위해 뭔가를 하고 있다면, 이미 벗어나기 어려운 수렁에 빠진 거예요." 테리사가 혼자 차에서 내려 자신의 사무실로 들어갔다. 링컨이 다시 다른 차량 사이로 섞여들었지만 닉은 따라가지 않았다.

"저 차, 뒤쫓아야 하지 않을까요?"

닉은 사무실 문에 시선을 고정한 채 신중하게 고개를 저었다. "테리사를 따라가야 더 많은 걸 알아낼 수 있어요. 저 여자가 살인 수사의 주요 관계자인 동시에 펠릭스의 대리인이다 보니 일이 훨씬 편리해졌네요."

"실종 수사 말씀이죠?" 내가 지적했다.

"똥처럼 생겼고 똥 냄새가 난다면 똥일 공산이 크죠." 그가 진지하게 말했다. "어젯밤에 오코콴 저수지 바닥에서 퍼트리샤 미클러의 볼보가 발견됐어요."

"그 여자 차가 확실해요?" 내가 퍼트리샤의 차고에서 본 차는 스바루였는데.

"차 안에 그 여자 개인 소지품이 들어 있고, 차량 등록번호가 일치했어요." 속에서 욕지기가 올라와서 좌석에 털썩 몸을 기댔다. 닉은 어깨를 으쓱했다. "해리스와 그의 아내도 결국 나타날 거예요. 시체는 언젠가 발견되기 마련이거든요."

싸늘한 유리에 머리를 댔다. 해리스의 시체가 발견되는 것이야말로 나로서는 무엇보다 두려운 일이었다.

닉이 손을 뻗어 내 후드 티셔츠의 끈을 살짝 당겼다. "에이, 괜찮을 거예요. 내가 보장해요." 그의 손이 내 손 위로 미끄러져 엄지가 내 손가락 관절을 천천히 쓰다듬었다. 이래서는 곤란했다. 닉과 엮일 수는 없었다. 일이 더 꼬이게 된다.

"닉." 내 자리에서 그를 돌아봤다. "아까 일 말이에요. 아무래도……." 그 순간 새빨간 색이 내 눈길을 사로잡으면서 생각이 흐지부지해졌다. 내 시선을 따라 닉도 고개도 돌렸다. 선홍색 스카프를 두른 애이미가 테리사와 나란히 건물 입구에서 나오고 있었다. 닉이 해리스의 휴대전화 사진에서 애이미의 얼굴을 본 기억을 떠올리기라도 하면 모든 일이 심각하게 틀어진다.

나는 한 손으로 내 얼굴을 쥐었다. "어머나! 눈에 뭐가 들어갔나 봐요."

닉이 내 쪽으로 몸을 돌려 내 손을 가만히 떼어냈다. "괜찮아요?"

"모르겠어요." 나는 눈물이 찔끔 나올 만큼 한쪽 눈을 질끈 감았다. 다른 한 눈으로는 닉의 머리 뒤에서 테리사의 차에 타는 두 여자를 열심히 살폈다.

"가만, 내가 봐줄게요." 닉은 내 얼굴을 쥐고 엄지로 아래 눈꺼풀을 살살 뒤집었다. 그가 내 턱을 쳐들자 숨이 턱 막혔다. 우리의 눈길이 서로 얽혔다. 그의 엄지손가락이 내 뺨에 흐른 눈물방울을 닦으며 미끄러져 내렸다.

"이제 괜찮아요?" 그가 차분히 물었다.

"그런 것 같아요." 나는 숨을 내쉬었다.

닉이 눈을 감았다. 그의 몸이 우리 사이의 간격을 좁히며 다가왔다. 그의 입술이 내 입술에 닿는 순간 테리사와 애이미는 이미 안중에 없었다.

괜찮은 키스였다. 사실…… 괜찮은 정도가 아니었다. 이런, 제기랄. 그의 혀가 내 이를 훑었다. 내 손가락이 그의 머리칼을 파고 들었다. 계기판 위에서 우리의 몸이 만나자 안전벨트 버클이 내 골반을 눌렀다. 그는 목구멍 안쪽에서 끙끙대는 소리를 내며 손가락으로 내 스웨터 밑을 파고들었다. 등을 쓰다듬다가 내 청바지의 솔기를 더듬었다.

맙소사, 차 안에서 이러는 게 얼마 만인지. 이러면 후회할 거라는 머릿속의 목소리를 무시하고 몸을 구부려 그에게 더 다가갔다.

닉의 거친 숨결이 내 목에 와 닿았다. "당신을 당장 뒷좌석으로 데려가고 싶어요. 하지만 그랬다가는 당신 언니가 나를 쏴 죽이겠죠." 긴 마지막 키스에 내 발가락이 오그라들고 호흡이 가빠졌다. 그가 내 귀에다 코를 비비며 속삭였다. "1분 전에 주차장에서 무슨 일이 있었죠? 당신이 내게 보여주기 싫었던 장면이 뭐였죠?"

내 온몸이 얼어붙었다. 내 턱에 밀착한 채 미소를 짓는 그의 얼굴이 느껴졌다. 화난 것 같진 않았다. 그냥 놀란 것 같았다. 조금 당황한 정도인지도. "내가 그 여자 뒤를 밟는 게 싫었으면 그냥 그러지 말라고 하면 되잖아요." 그는 좌석 기대어 눈을 가늘게 뜬 채 내가 얼마나 약이 올랐나 가늠했다. "당신이 이야기는 잘 지어내는지 몰라도 거짓말에는 형편없네요."

"어떻게 알았어요?"

향수에 젖은 듯 그의 눈가에 주름이 잡혔다. "나야 총에 맞고 칼에 베이고 흠씬 얻어터지면서 살았으니까요. 각막 찰과상보다는 그런 일을 훨씬 자주 당했죠."

"허풍 떨지 말아요."

빈정대는 내 표정을 보고 그는 고개를 저었다. "나 엄청 진지하거든요. 경찰대학을 졸업한 다음 주에 처음으로 위반 차량을 잡아 세웠더니 웬 껄렁한 인간이 재떨이를 내 얼굴에 냅다 던지지 뭐예요. 너무 아파서 제정신이 아니었어요. 눈에 들어간 담뱃재를 꺼내야겠다는 생각밖에 없어서 차가 쌩쌩 달리는 2차선 도로를 비틀거리며 건넜어요. 그때 죽지 않은 게 다행이죠. 일주일 내내 앞이 안 보였거든요."

나는 우롱당한 기분에 좌석에 털썩 기댔다. 짜증이 치밀었다. 닉은 내 눈에 아무것도 들어가지 않았다는 것을 알고 있었다. "내가 거짓말하는 거 알았으면서 키스는 왜 했어요?"

"속아줄 가치가 있을 거 같아서요."

뺨이 화끈거렸다. 누구랑 키스해본 지 1년이 넘었다. 스티븐이 아닌 사람과 키스한 지는 10년도 더 됐다. 남편이 나를 떠난 이유가 무엇일지 고민하며 지난 한 해를 보냈다. 테리사의 머리 모양이나 몸매, 돈, 옷차림에 혹해서가 아니라 내게 문제가 있어서 가버린 게 아닐지 생각하고 또 생각했다. 그저 내가 싫어서 달아났는지도 모른다. "그래서요?"

닉이 음흉한 미소를 지었다. "당신 언니에게 총 맞을 짓을 할까 말까 심각하게 고민했어요." 그는 두 손으로 마른세수를 하고는 등받이를 조절했다. "사우스라이딩까지 다시 데려다줄게요. 나는 내 차를 타고 머내서스에 있는 연구소가 문이 닫기 전에 뭘 좀 갖다 주러 가야 해요."

'연구소'란 이 지역의 법의학 연구소를 가리킨다는 것을 조지아에게 익히 들어서 알고 있었다. 아까 닉이 링컨 뒤에서 몸을 숙이며 주머니에 무언가를 집어넣고 휴대전화를 꺼낸 기억이 났다.

"뭔가 찾은 거예요?"

"아직은 몰라요."

무엇인지는 몰라도 중요한 증거가 틀림없었다. "내가 같이 갈까요?"

그의 나직한 웃음소리는 거칠었고, 웃는 얼굴은 불온해 보였다. "지금 할 일이 굉장히 많아요. 그래서 당신을 집에 데려다주려는 거예요."

닉이 차에 시동을 걸었다. 나는 유리창에 머리를 갖다 댔다. 그가 주머니에 숨긴 것이 무엇인지, 내가 그곳에 같이 가면 어떤 일이 생길지 궁금증이 더 커졌다.

32

문을 열고 집에 들어갔더니 베로가 내 머리와 옷을 유심히 뜯어보다가 팔짱을 끼고 이렇게 말했다. "그 남자랑 잤죠?"

"아니거든요." 나는 거실을 휙 돌아보고 소리 죽여 대꾸했다. 제발 딜리아가 엿듣지 않았기를.

"잡아뗄 생각 말아요." 베로는 턱을 내 쪽으로 내밀고 목 양쪽 옆을 두드렸다. "그 형사가 범죄 현장에 증거를 떡하니 남겨놨네요." 그녀가 눈썹을 꿈틀거렸다.

"맙소사!" 나는 손으로 목을 싸쥐었다. 고등학교 이후로 키스마크는 처음이었다. "진짜, 그 사람 가만 안 두겠—."

베로는 배꼽을 쥐고 소리 죽여 킬킬거렸다. "거봐요, 그럴 줄 알았다니까. 지금 당신 표정이 어떤지 봐야 하는데!"

내 스웨터를 뭉쳐 그녀에게 던졌다.

"안심해요." 베로가 웃음을 참으며 말했다. "아이들은 낮잠 자는 중이니까." 그녀는 내 소매를 잡고 주방으로 끌고 가 식탁 의자에 앉했다. 그리고 내 앞에 오레오 쿠키 한 봉지를 놓았다. "10점 만점에 몇 점이던가요?"

나는 쿠키로 손을 뻗었다. 베로가 내 오레오를 인질 삼아 낚아챘다. "어서 실토해요! 전부 털어놔봐요."

그녀의 손에서 봉지를 빼앗았다. "11점." 나는 입에 쿠키를 잔뜩 쑤셔 넣으며 웅얼거렸다.

베로가 의자에 기대 앉아 쿠키 하나를 빼갔다. "그럴 줄 알았어. 나도 경찰이랑 한번 해보는 게 소원이었는데. 그 남자, 틀림없이 엄청 적극적이었겠죠?" 그녀가 손으로 부채질을 했다.

"꼭 그렇지는 않던데." 베로는 이 분야에 관한 한 자기 말이 틀렸을 리는 없다는 듯 나를 보고 실눈을 떴다. "내가 먼저 부추겼거든요."

그녀는 킥킥 소리를 억누르며 내 팔을 찰싹 때렸다.

"달리 방법이 있어야죠! 테리사랑 애이미가 같이 있는 걸 못 보게 막으려다 보니 눈에 뭐가 들어간 척할 수밖에요. 그 사람이 내 눈을 들여다보려고 몸을 숙였다가 그렇게 된 거―."

베로의 웃음기가 사라졌다. 쿠키를 씹던 입이 떡 벌어졌다. "테리사랑 애이미가 같이 있었다고요? 어찌 된 일이에요? 닉이 둘을 봤어요?"

나는 고개를 저었다. "애이미가 테리사의 사무실에 나타났어요. 같이 점심 먹으러 가는 모양이던데요. 닉은 둘이 같이 나서는 걸 못 봤고요. 하지만 그게 다가 아니에요." 나는 봉지에 든 쿠키 하나를 더 꺼내며 말했다. 오늘 같은 오전을 보냈다면 오레오 두 개쯤은 먹어줘야 했다. "닉은 테리사가 펠릭스 지로프를 만난다는 사실을 이미 알고 있었어요."

"젠장. 빨리도 알아냈네요."

"닉은 테리사가 해리스의 실종에 관련되어 있다고 여전히 확신하지만 이제 그 배후가 펠릭스라고 생각해요. 뿐만 아니라 닉은 러시를 다시 찾아가 줄리언도 만나봤대요. 테리사의 사진을 보여줬더니 줄리언이 자기랑 대화를 나눈 여자가 아니라고 주장했다더군요. 닉은 그가 그 여자를 감싸려는 게 아닐까 의심했대요. 이제 무엇보다 줄리언이 내가 거짓말한 걸 알게 됐네요."

베로가 움찔 놀랐다. "그나마 다행이죠. 줄리언한테 당신 진짜 이름을 밝혔으면 어쩔 뻔했어요? 그랬다면 더 큰일이잖아요." 그녀는 식탁 위로 자기 우유 잔을 밀었다. 나는 오레오에 우유를 적셨다. "닉이 뭔가를 밝혀내서 수사 방향이 다시 당신 쪽으로 향하는 일은 없을까요?"

한숨이 나왔다. "그렇게 생각하진 않아요. 나야 펠릭스와도, 그의 사업과도 연결고리가 전혀 없으니까요."

베로가 쿠키 봉지를 전부 내 쪽으로 밀었다. "안드레이 보로프코프라는 연결고리가 있죠."

그날 밤, 나는 컴퓨터 앞에 앉아 깜박이는 커서를 응시하고 있었다. 내 비밀을 지키기 위해 원고의 상당 분량을 고쳤다. 매력적인 젊은 변호사는 이야기에서 빼고 잘나가는 경찰로 바꿨다. 책 속에서 주인공과 경찰은 손발이 척척 맞았지만, 그 변호사를 내 이야기에서 지운 것이 못내 아쉬웠다. 둘 사이에 오가던 말장난과 그의 편안한 미소가 그리웠다. 가발 스카프와 화장, 빌린 원피스로 정체를 감춘 그녀를 꿰뚫어 보던 그의 예리함이 그리웠다. 여자는 복잡한 사연을 지닌 킬러였지만 그는 여자의 본모습에 호감을 느꼈다.

휴대전화를 가까이 놓고 줄리언의 이름을 찾아 그의 번호를 응시했다. 내 손가락이 삭제 버튼 위를 맴돌았다. 그것을 누를 이유는 얼마든지 있었다. 이미 여러 날 전에 그를 내 인생에서 삭제했어야 할 이유가 차고 넘쳤다.

하지만 나는 휴대전화를 집어 들고 책상 옆 바닥으로 내려가 화면에 뜬 그의 이름을 두드렸다. 무릎을 끌어안은 채 통화 연결음을 들으며 음성사서함으로 넘어가기 전의 안내 메시지와 삐 소리가 나오기를 기다렸다. 하지만 막상 그가 전화를 받자, 나는 어찌할 바를 몰랐다.

침묵이 흘렀다.

"내 이름은 테리사가 아니에요." 나는 차분히 고백했다. "부동산 중개인도 아니에요." 그가 아직 내 말을 듣고 있는지 귀를 바짝 기울였다. "금발도 아니에요. 하지만 당신이 러시에서 나에 대해 추측했던 말은 전부 다 맞아요. 나는 그 세계에 속하지 않아요. 내가 입었던 옷도 내 것이 아니었어요."

한참 침묵이 이어지자 나는 그가 전화를 끊었다고 확신하며 숨을 죽였다. 나도 전화를 끊으려는데 그가 이렇게 물었다. "당신 얘기 중에 진실은 있었나요?" 목소리에 비난의 기색은 전혀 없었다. 기대나 요구도 없었다.

"얼마간은요." 느닷없는 죄책감에 당황하여 양손으로 머리를 싸쥐었다. "내겐 아이가 둘이에요. 이혼했고요. 전남편과 지저분한 양육권 싸움을 벌이고 있어요." 나는 늘어진 티셔츠에 떨어진 오레오 부스러기를 내려다봤다. "내 패션 감각과 식성은 당신도 어느 정도 파악했겠죠."

그는 한숨을 내쉬었다. 아니, 침울한 웃음이라 해야 하나? "당신은 대체 누구죠?" 진심으로 궁금한 목소리였다.

머리를 책상에 기댔다. "말 못 해요. 아직은요."

"왜 못 하죠?"

"나도 털어놓고 싶어요." 가렵지도 않은 두피를 손톱으로 긁으며 머리카락을 뒤로 쓸어 넘겼다. "그냥…… 일단 정리할 일이 몇 가지 있어요."

"무슨 문제라도 있나요?"

"그래서 두려워요." 터지려는 눈물을 억지로 참았다. "잘해보려고 아무리 애를 써도 어쩐지 자꾸 역효과만 나요." 그저 아이들을 지키고 싶었을 뿐이다. 나를 잘못 알고 있다는 것을 스티븐에게 증명하고 싶었을 뿐이다. 하지만 잘못 아는 게 아니라면?

"그 실종됐다는 미클러라는 남자요." 그가 차분히 물었다. "그 남자가 당신한테 해코지를 했나요?"

"아니요." 그의 휴대전화에서 본 이름들이 떠올랐다. "나한테는 잘못한 거 없어요."

"당신이 그를 해쳤나요?" 내 잘못을 캐려는 말투는 아니었다. 비난이나 평가하려는 의도도 없는 것 같았다. 마땅히 있어야 할 것 같은데.

"아니에요, 하지만 아무도 내 말을 안 믿을 거예요."

"무슨 일이 있었는지 설명하면 내가 도와줄 수 있어요." 더없이 진지하고 진실한 목소리였다. 나의 추악한 진실을 전화로 그에게 전부 쏟아내면 성당에서 고해성사를 하는 기분일까? 성모송을 몇 번 읊으면 줄리언이 바라는 대로 온 세상이 내 죄를 사해줄까?

"못 하겠어요. 내가 좀…… 복잡한 일에 얽혀 있어서요." 줄리언까지 이런 일에 끌어들일 수는 없었다. "미안해요. 이런 전화는 하는 게 아닌데—."

"왜 걸었어요?" 내가 전화를 끊으려는 참에 그가 물었다.

대답이 궁했다. 나는 청바지 무르팍의 해진 실밥을 잡아당겼다. "내가 그렇게 몹쓸 인간이 아니라는 것만 알아줬으면 했어요. 당신을 속일 생각은 없었어요. 일이 이렇게까지 꼬이지 않았으면 내 이름을 알려주었을 거예요. 같이 피자를 먹으러 가서 맥주 한 잔을 들며 모든 걸 털어놨겠죠. 하지만……."

"복잡한 사정이 있나 봐요." 그가 부드럽게 말했다. "이해해요."

"나를 믿어요?" 눈을 질끈 감고 마음을 다잡으며 대답을 기다렸다. 마침내 그의 대답을 듣자 놀랍게도 안도감이 밀려왔다.

"네, 믿어요."

"왜요?"

"핸런의 면도날이라고 들어봤어요?" 나는 고개를 뒤로 젖히고 눈을 감았다. 그의 나직한 목소리는 차분하고 평온했다. 너덜너덜해진 내 신경에 바르는 연고 같았다. "이런 말이 있죠. '별로 악하지 않은 동기로 설명할 수 있는 상황을 악의와 무자비로 해석하지 말라.' 저는 사람들이 나쁜 동기로 행동했다고 단정하지 않는 것을 원칙으로 삼고 있어요."

"그게 옳겠죠."

"누구나 실수를 하니까요."

둘 다 말이 없어졌다. 그 실수의 엄청난 깊이를, 그 실수 밑에 해리스 미클러의 시체가 묻혀 있다는 사실을 알아도 줄리언이 똑같이 생각할지 의문이었다. "아무래도 이 전화를 없애고 다시는 당신한테 연락하지 말아야겠어요."

"정말 그러고 싶어요?"

"아니요."

"그럼 갖고 있어요." 조언을 건네는 변호사의 목소리였다. 왠지 나를 안심시키고 의지하게 하는 단단한 심지가 느껴졌다. "나는 당신 이름도 모르잖아요. 내 휴대전화에는 아무 이름이나 붙여서 이 번호를 저장해둘게요. 형사는 테리사라는 여자한테만 관심이 있는데 당신 이름은 테리사가 아니니까, 내가 형사한테 당신 얘기를 할 이유는 없겠죠?"

나는 목구멍의 응어리를 힘겹게 삼켰다. "네."

"도움이 필요하면 전화하겠다고 약속해요."

고장 난 배터리를 고치는 것처럼 간단한 일은 아니라고 말할 수 있다면 얼마나 좋을까. 나는 도저히 감당 못 할 상황에 빠져 있고 내가 친 사고를 수습하려면 점퍼 케이블과 물티슈 정도로는 어림없다고.

"별일 없을 거예요." 나는 전화를 끊으며 말했다. 그냥 그렇게 믿고 싶었다.

33

7년 전 지방 신문에 실린 약혼 기사에 따르면 애이미 샤피로는 프랜차이즈 세차장을 소유한 젊은 사업가와 결혼했다. 그의 이름은 대니얼 레이놀즈였다. 검색해보니 애이미와 대니얼 레이놀즈 부부는 여기서 23킬로미터쯤 떨어진 포토맥폴스의 타운하우스에 살고 있었다. 오늘 아침, 정장에 이름표를 달고 집을 나선 것을 보면 애이미 레이놀즈, 혹은 애이미 R은 출근하는 중이었다.

베로와 나는 페어옥스 쇼핑몰 주차장에서 메이시스 화장품 매장까지 그녀를 미행했다. 우리는 의류 진열대에 바짝 달라붙어 유리 카운터 밑의 상품을 정리하는 그녀를 지켜봤다.

"가서 말을 걸어봐요." 베로가 팔꿈치로 나를 쿡 찔렀다.

나는 베로의 품에서 재크를 받아 안았다. "내가 말을 걸 수는 없어요. 스티븐의 집에 있던 사진을 보고 나를 알아볼지도 모르잖아요."

베로가 눈을 굴렸다. "그러게 말이에요. 테리사가 당신 얼굴을 집 안 곳곳에 보란 듯이 걸어놨겠죠?"

핵심을 찌르는 말이었다. "해리스를 우리 집에 데려간 날 밤에 애이미가 현장에 있었다면, 내 얼굴을 봤을 수 있잖아요. 아무래도 당신이 해야겠어요." 나는 애이미를 슬쩍슬쩍 훔쳐보며 금속 진열대에서 옷을 내렸다. "내 번호로 전화를 걸고 당신 휴대전화는 호주머니에 넣어둬요. 내가 여기서 대화를 들을 수 있게. 무선이어폰을 끼면 당신도 내 말이 들리겠네요."

"가서 무슨 말을 하죠?" 베로가 귀에 이어폰을 끼우며 물었다.

"글쎄요." 나는 재크가 씹기 전에 명품 실크 뷔스티에를 멀찍이 치웠다. "가볍게 말을 붙여야죠. 해리스가 사라진 날 밤에도 여기서 일했는지 알아봐요."

베로가 손을 내밀었다. "신용카드 내봐요."

"내 카드를 쓰면 어떡해요! 내 이름이 박혀 있는데!"

"그럼 현금 좀 줘요. 아무것도 안 사면서 계산대 앞에서 얼쩡거릴 수는 없잖아요."

지갑에서 지폐 몇 장을 꺼내 그녀의 손에 쥐여주고 화장품 진열대로 떠밀었다. 나는 휴대전화를 귀밑에 대고 재크를 다른 쪽에 안은 채 통화를 하는 척했다. 높은 옷걸이를 가림막 삼아, 화장품 매장 주위를 어슬렁거리다가 둘의 대화를 엿들을 수 있을 만큼 가까운 위치에 멈췄다.

"내 말 잘 들려요?" 휴대전화에 대고 물었다.

"귀가 따가울 정도네요." 그녀가 웅얼거렸다.

"도와드릴까요?" 내 수화기에서 들리는 애이미의 목소리는 경쾌하고 유쾌했다.

"네, 부탁드려요." 베로가 너무 크다 싶은 목소리를 냈다. "친구한테 선물하려고요. 외출을 잘 안 하는 친구예요. 쓸쓸히 은둔 생활을 하면서 고양이를 키우죠."

"난 고양이 안 키우는데." 내가 퉁명스레 내뱉었다.

"그런데 이 친구한테 관심을 보이는 남자가 있네요. 경찰인데, 엄청 섹시해요." 베로가 손으로 부채질을 했다. "제발 데이트할 때 트레이닝 바지 좀 입지 말라고 입이 닳도록 잔소리를 했더니 노력하는 시늉은 하더라고요. 화장도 좀 하면 좋을 텐데 말이죠."

"뭣 하러?" 내가 툴툴거렸다. "머그샷에 예쁘게 나오려고요?"

"와우!" 애이미가 눈을 반짝이며 팔꿈치로 유리를 짚었다. "흥미로운데요."

"모르는 소리 마세요." 베로가 말했다.

애이미는 두 손을 펼쳐 카운터 밑에 가지런히 놓인 알록달록한 팔레트를 드러냈다. "제가 고르는 걸 도와드릴게요. 그분의 매력 포인트는 뭔가요?"

베로가 눈을 치떴다. "와, 어려운 질문이네요."

"말조심해요." 내가 속삭였다.

"음, 그 친구 머리가 적갈색 곱슬머리인데요. 잘 손질하면 엄청 세련돼 보여요. 자주 있는 일은 아니지만요."

나는 진열대에 옷걸이를 탁 내려놨다.

"그리고 녹갈색 눈동자요. 화가 나면 눈 색깔이 변하고 얼굴도 시뻘개져요. 집 밖으로 잘 안 나가가니까 평소에는 흡혈귀처럼 창백해 보이거든요. 하지만 얼굴에 주근깨가 잔뜩 박혀 있다 보니 관 속에 누운 무시무시한 흡혈귀보다는 이웃에 사는 만만한 흡혈귀 같긴 해요."

애이미가 소리 높여 깔깔 웃었다.

"그게 뭐가 재밌다고." 내가 구시렁거렸다.

"음, 그분 눈을 한번 강조해볼까요. 눈이 예쁘신가 본데." 애이미가 유리 진열장을 열고 샘플이 담긴 트레이를 카운터에 올려놨다.

"이제 뜸은 그만 들여요." 애이미가 고개를 푹 숙인 사이 나는 험악한 표정을 지으며 으르렁거렸다.

베로는 턱을 두드리며 팔레트를 늘어놓는 애이미의 얼굴을 뜯어봤다. "우리 전에 본 적 있나요?"

애이미가 시선을 들고 고개를 갸웃했다. "아닐 텐데요."

"확실해요? 몇 주 전에 여기 들렀었는데 제게 블러셔를 판매한 분이 아닌가 싶어서요. 어디 보자……. 화요일 저녁이었던 것 같은데요."

"아닐 거예요." 그녀가 예의 바르게 미소 지었다. "제가 아니었을 거예요. 저는 화요일 밤에는 근무하지 않거든요. 아마 줄리아 말씀하시나 봐요." 그녀가 경쾌하게 덧붙였다. "고객들이 저희 둘을 늘 헷갈리시더라고요."

베로가 고개를 끄덕였다. "아, 맞다! 그 이름이 맞는 것 같네요. 근데 저거 샘플이에요?" 베로가 발끝으로 서서 카운터 반대편의 전시 상품을 가리켰다. 애이미가 몸을 틀어 그쪽을 보는 사이 베로가 나를 돌아보며 입모양으로 말했다. "이제 어떡해요?"

나는 공중에 손을 휘휘 저었다. "날 쳐다보지 마요! 그날 밤에 저 여자가 어디에 있었는지나 알아내요."

"그러니까……." 애이미의 주의를 카운터로 돌리려고 베로가 큰 소리로 말을 꺼냈다. "화요일에는 쉬신다고요? 그럼 화요일 저녁에는 외출을 하셔야겠네요. 이 주변의 좋은 데는 다 가보셨겠죠?"

"잘 치고 들어갔어요." 내가 진지하게 평했다.

애이미가 애매한 미소를 지었다. 베로가 드디어 본론으로 들어가자 조금 불편한 모양이었다.

"러시라는 데가 그렇게 좋다던데 혹시 들어보셨어요?"

애이미가 아이섀도 트레이를 떨어뜨리며 고개를 번쩍 들었다. 플라스틱 깨지는 소리가 온 매장에 울리며 플로어 매니저의 주의를 끌었다. 애이미는 뺨을 분홍빛으로 붉히며 황급히 사과하고는 허리를 굽혀 수습했다. "아, 죄송합니다. 거긴 제가 안 가는 곳이에요." 파들거리며 바지에 묻은 파우더를 닦는 손이 진열대 뒤에 선 내 눈에도 보였다.

"제 친구가 그러던데 거기 바텐더가 속옷 모델이라면서요. 화요일 저녁에는 특별 음료가 나온다던데, 정말 한 번도 안 가보셨어요?" 애이미의 얼굴에서 핏기가 사라졌다.

"그런 말은 너무 노골적이잖아요." 내가 경고했다.

애이미는 불안한 눈빛으로 카운터 주위를 흘끔거리며 듣는 사람이 있는지 살폈다. "혹시 경찰이세요?"

베로가 고개를 뒤로 젖혔다. 둘은 서로를 가늠하며 기싸움을 했다.

"안 돼요, 안 돼, 그러지 마요." 내가 수화기에 대고 식식거렸다. "당신은 경찰이 아니잖아요!"

베로가 눈썹을 올렸다. "그렇다면요?"

"저기요." 애이미가 거친 소리로 속삭였다. "저를 어떻게 찾아오셨는지는 몰라도 저는 그 남자의 실종과 아무 관계가 없어요. 1년 넘도록 만난 적도 없다고요. 저도 남들처럼 뉴스에서 그 이름을 봤을 뿐이에요."

"그렇다면 그 사람이 실종된 날 밤 어디 계셨는지 말해주실 수 있겠네요."

나는 숨을 죽이고 애이미의 대답을 기다렸다.

"밴 뷰런 성공회 교회에서 열린 알코올의존증 치료 모임에 갔어요. 지난 11개월 내내 화요일 밤마다 참석했어요. 모임 주최자한테 확인해보시면 돼요. 그분은 매주 나오시니까. 모임은 8시에 시작해요. 부디 제 남편만 모르게 해주세요."

"그래서 여기서 일하시는 거예요?" 베로가 낮은 목소리로 물었다. "남편 모르게 돈을 벌려고? 해리스가 대니얼에게 까발리지 않게 입막음해야 하니까?"

애이미의 입이 벌어졌다. 두 눈은 걱정스레 주위를 흘끔거렸다. "무슨 말씀이신지 모르겠네요."

"괜찮아요." 베로가 부드럽게 달랬다. "경찰은 이미 그 사진에 대해 알고 있어요. 다시는 누구도 당신을 협박하지 못할 거예요. 하고 싶은 말이 있으면 제게 하셔도 돼요."

애이미의 눈에 눈물이 그렁그렁 맺혔다. 그녀는 꼿꼿이 몸을 세우고 물었다. "포장해드릴까요?" 억지로 날을 세웠지만 힘없이 떨리는 목소리였다.

베로도 느꼈을 것이다. "저기, 이 새도 다 살게요." 그녀가 유리 진열대 밑에 보이는 세트를 가리켰다. 애이미는 금전등록기를 눌렀다. 베로가 지폐를 손에 쥐여주자 그녀는 어색하게 웃었다. 베로는 나와 시선을 맞추며 카운터에 놓여 있던 가방을 집었다. 우리 둘 다 같은 생각을 하고 있는 게 틀림없었다.

애이미에게는 동기가 있었다. 하지만 알리바이도 있었다. 테리사를 도와 해리스를 죽일 사람이 애이미 말고 또 있을까?

"이게 무슨 의미일까요?" 베로가 화장품이 든 쇼핑백을 내 무릎에 던지고 차 문을 쾅 닫으며 물었다.

애이미 레이놀즈는 해리스의 휴대전화에 저장된 애이미와 동일 인물이 분명했다. 그리고 익명으로 경찰에 제보했던 여자가 틀림없었다. 하지만 그녀가 8시부터 9시까지 알코올중독자 모임에 참석했다면, 적시에 술집에 도착해 해리스를 데리고 그곳을 나가는 나를 봤을 가능성은 희박했다.

"애이미가 그곳에 없었다 쳐도 테리사에게는 확실히 동기가 있었어요. 아직 알리바이도 없고요." 스티븐이 그녀의 속옷 서랍에서 발견했던 돈이 생각났다. 만약 그녀가 복수보다 훨씬 시시한 이유로 해리스를 죽였다면? 돈 때문에 죽인 거라면? "테리사가 펠릭스를 벗어날 수 없게 됐다는 닉의 추측이 옳은 거 아닐까요?"

머리받이에 기대어 있던 베로가 고개를 돌려 나를 보았다. "테리사가 펠릭스를 위해 부동산 거래 이상의 일을 한다고 생각해요?"

"그럴 수 있어요." 지금까지 닉은 틀린 말을 한 적이 없었다. "해리스는 취향이 확고했어요. 펠릭스가 해리스를 죽이려 했다면 테리사야말로 완벽한 미끼였을 거예요. 나 같아도 그 여자를 해리스에게 보냈을걸."

"닉은 어떻게 따돌리죠? 여간 악착같은 사람이 아니잖아요. 이렇게 테리사 뒤를 캐고 다니다가는 결국 우리 차고 앞에 이를 텐데."

나는 스스로 확신을 갖고 싶어 고개를 가로저었다. "시체가 없는 한 사건은 성립되지 않아요." 시체가 없어도 살인죄로 유죄를 선고

할 수는 있지만 조지아에게 듣기로 그런 사건은 유죄를 입증하기가 매우 힘들다. 닉은 확실한 증거를 확보해야 할 것이다. 직감만으로 우리를 체포할 수는 없다. "줄리언이 닉에게 사진 속 여성은 테리사가 확실히 아니라고 했대요. 테리사와 우리는 아직 입도 뻥긋하지 않았고요. 펠릭스의 변호사들이 철벽을 쌓으면 닉은 지로프 근처에도 다가갈 수 없을걸요. 닉이 자기 입으로 그랬어요. 펠릭스를 잡아들일 방법은 전혀 없다고. 우리 중 누구도 입을 열지 않는다고 가정하면 닉은 기껏해야 정황증거밖에 얻을 수 없어요. 그가 막다른 길을 헤매다 지치면 사건은 미결로 끝나겠죠." 나는 창밖에 줄지어 선 차량, 앞 유리에 반사된 눈부신 빛을 바라보았다. 사람들은 날마다 실종된다. 시간이 흐를수록 사건은 쌓일 수밖에 없다. 결국 해리스는 그 많은 실종자 가운데 하나로 묻힐 거라고 나는 혼잣말을 했다.

"당신 책에는 잔디 농장을 아예 언급하지 않는 게 좋겠네요."

"장소를 묘지로 바꿨어요." 창문을 내다보며 웅얼거렸더니 뒷좌석에서 끊임없이 재잘대는 재크의 옹알이에 묻혀 내 말이 들리지 않은 모양이었다. 베로가 곁눈질로 나를 보았다. "책에서 주인공은 남자를 묘지에 묻어요. 갓 만들어진 무덤이었어요. 그 자리에 묻힌 다른 남자의 위에다가."

베로가 잠시 생각하더니 알았다는 듯 고개를 끄덕였다. 마음 한 구석의 게시판에 고정해둔 모양이었다. "좋은 방법이네요. 진작에 그럴 생각을 했어야 하는데. 안드레이를 죽이고 나서 시도해봐야겠어요."

"안드레이는 절대 안 죽일 거예요."

"그 말 이리나 보로프코프한테 해보시든가요."

34

사무실 창문에서 희미하게 새는 불빛을 제외하고 라몬의 정비소는 컴컴했다. 쇼핑몰에서 집으로 돌아오는 길에 베로의 사촌에게서 내 밴 수리가 끝났으니 8시에 가지러 오면 된다는 문자 메시지가 도착했다. 하지만 정비소 앞에 차를 댔을 때는 이미 셔터가 내려와 있고 창문의 네온사인도 꺼져 있었다. 라몬이 빌려준 렌터카의 계기판 시계를 보니 분명 제시간에 왔는데도 정비소 전체가 "꺼져, 신삭 문 닫았거든" 하고 외치는 것만 같았다.

차에서 내려 주위를 기웃거렸다. 마모된 아스팔트에서 떨어져 나온 덩어리들이 운동화 밑에서 달그락거렸다. 차고 뒤편에 서 있는 내 밴을 발견했지만 문이 잠겨 있었고 여분의 열쇠는 가져오지 않았다. 애꿎은 타이어를 걷어찼다. 괜히 헛걸음한 셈이었다.

욕을 중얼거리며 핸드백 속을 더듬었다. 오후에 쇼핑몰에 갔다가 집에 도착하고 나서도 휴대전화를 기저귀 가방에서 꺼내지 않은 게 틀림없었다. 내 휴대전화는 베로와 같이 집에 있다는 뜻이었다. 한숨을 푹 쉬며 차고 문을 쾅쾅 두드렸다. 라몬이 아직 건물 안에 있을지 도 몰랐다.

노크 소리가 텅텅 울렸다. 라몬의 이름을 외쳤다. 대답이 없어서 사무실 옆문을 슬쩍 밀어봤더니 놀랍게도 열려 있었다.

문에 달린 종이 짤랑거렸다. 그 소리가 담배 연기 찌든 벽과 곰팡 이 핀 천장에 으스스하게 메아리쳤다. 대기실의 그늘진 구석에서 냉 수기가 꿀꺽거렸다. 배기가스와 재떨이 냄새가 밴 공간이었다. 플라 스틱 의자 위에는 빛바랜 자동차 잡지가 흩어져 있었다.

"라몬?" 다시 불렀다. 뒤에서 문이 철컹 닫혔다. "라몬? 핀레이 도 너번이에요. 제 차를 가지러ㅡ."

철컥.

싸늘하고 날카로운 물체가 턱 밑의 부드러운 살갗을 강하게 파고 들었다. 나는 완전히 얼어붙었다.

내 핸드백이 바닥에 쿵 떨어졌다. 들리는 소리는 그것뿐이었다.

천천히 두 손을 들었다. 두려움에 꼼짝도 못 하고 있는데 묵직한 부츠가 내 핸드백을 옆으로 걷어찼다. 열린 지퍼에서 내용물이 쏟아 져 나왔다. 금발 가발이 펼쳐지고, 동전이 굴러 나오고, 빨간 립스틱 이 바닥에 미끄러졌다.

턱을 내리지 않으려고 조심하면서 지갑이 떨어진 위치를 흘끔거 렸다. 이 남자의 커다란 부츠는 발볼이 넓었고 울퉁불퉁한 밑창은 두꺼웠다. 옷에서는 담배 냄새가 풍기고, 입에서는 마늘 냄새가 진 동했다.

나는 칼날이 닿은 목으로 조심스레 침을 삼켰다. "지갑이 바닥에 떨어져 있어요. 열쇠는 주머니에 있고요. 차는 저 앞에 있어요. 다 가지고 가세요."

흡연자답게 남자의 웃음소리는 낮고 거칠었다. 그는 내 머리채를 잡고 껌껌한 복도로 밀었다. 나는 비명을 질렀다.

혼비백산한 채 출입문으로 떠밀려 어둑한 차고에 이르렀다. 남자는 내가 알아듣지도 못하는 걸걸한 소리를 내뱉으며 갑자기 나를 멈춰 세웠다. 어디선가 매끄럽고 서늘한 목소리가 러시아어로 추측되는 언어로 대답하자 내 뒤의 남자는 끙 소리를 내며 내 머리채를 놓았다.

"앉아요, 도너번 씨." 차고 저편 어딘가에서 희미한 소리가 들렸다. 미묘하게 어색한 영어였다. 서늘하게 날이 선 목소리에 등골이 오싹해졌다. 나는 눈을 깜빡이며 서서히 어둠에 적응했다. 높고 좁은 창으로 들어오는 바깥 가로등의 희미한 불빛 속에 남자가 입은 셔츠의 하얀 칼라가 드러났다. 매끈한 정장을 입은 형체가 앞으로 다가왔다.

그는 차고 한복판에 삐걱대는 접이식 금속 의자를 펼쳤다.

내가 움직이지 않자 등 뒤의 남자가 내 머리채를 의자 쪽으로 끌어당겼다. 그는 굳은살투성이인 큼직하고 두툼한 손으로 나를 거칠게 의자에 앉혔다.

"도너번 씨, 내가 누군지 알죠?" 정장 차림의 남자가 말했다. 질문이 아니었다.

칼잡이 괴물을 어깨 너머로 흘끔 살폈다. 드레스 코드에 대해 사전에 전달받지 못한 모양이었다. 그는 다부지고 탄탄한 몸에 딱 붙는 검은색 티셔츠와 짙은 색 청바지를 입고 있었다. 내 눈길이 차츰 위로 올라가 꿈틀거리는 짙은 눈썹과 매끈하게 삭발한 머리, 여러 번 부러진 듯한 코에 이르렀다. 가까이서 보니 안드레이 보로프코프는 내가 상상했던 것만큼이나 무서운 얼굴이었다.

차고 바닥 위에 구두 굽이 천천히 딱딱거렸다. 펠릭스 지로프가 어스름한 빛줄기 속으로 발을 들여놓자 내 가슴은 철렁 내려앉았다. 그의 미소는 차분했다. 기대에 차 있었다. 나는 도리질밖에 할 수 없었다. "아니요." 쉰 목소리가 나왔다. "저는 당신을 몰라요."

그가 새하얀 치아를 드러내며 환히 웃었다. 매끄럽고 검은 머리카락이 이상하게도 한쪽 눈만 가리고 있었다. "그런데도 내 뒤를 밟았죠. 왜 그랬어요?"

"뒤를 밟은 게 아니라—."

그가 한 손을 쳐들자 옅은 빛 속에서 커프스 링크가 반짝거렸다. "피차 시간 낭비할 짓은 하지 맙시다." 그의 부드러운 음성이 불길하게 느껴졌다. 조바심이 나는지 턱에는 힘이 잔뜩 들어가 있었다. "당신이 방금 주차한 차와 같은 번호판을 단 파란 세단이 어제 포키어 카운티까지 내 자동차를 따라오더군요. 그 번호를 추적해보니 바로 이 차고가 나오던데." 펠릭스가 호주머니에 양손을 찔러 넣은 채 내 앞에서 우아한 걸음걸이로 왔다 갔다 하며 신중하게 한 단어 한 단어를 뱉어냈다. "라몬이랑 얘기를 좀 했죠. 당신이 오늘 밤에 차를 반납하러 온다기에 저녁에 좀 쉬라고 했어요. 우리가 이 차고에 얼마든지 머물러도 된다는 뜻이지. 하지만 당신은 아무래도 아이들이 기다리는 집으로 가고 싶겠죠, 도너번 씨?" 내 이름이 허공을 맴돌았다. 이 사람이 내 집, 내 아이들을 찾아내는 건 식은 죽 먹기일 것이다. 이미 찾아내지 않았다면…… "그러면 이제 본론으로 들어가죠. 말해봐요." 그가 어슬렁어슬렁 다가오며 양쪽 소매부리를 당겨 소매를 폈다. "나를 미행한 이유가 뭔지."

"당신을 미행한 거 아니에요." 펠릭스가 내 의자 앞에서 멈췄다. 그의 입매가 굳으면서 가느다란 선이 되었고 눈은 안드레이를 쏘아봤다. 담배 냄새가 섞인 안드레이의 후끈한 입김이 내 뒷목에 와 닿았다. 그는 칼을 내 목에 댄 채 못 박인 손으로 나를 의자에 눌렀다. 내 머릿속에는 조지아의 동료들이 빈 창고에서 발견했다는 살해된 세 남자 생각밖에 없었다. 한쪽 귀에서 반대쪽 귀까지 칼에 베인 채 피바다에 방치되어 있었다는 남자들.

"테리사를 미행한 거예요!" 이 말이 불쑥 튀어나왔다. 아예 거짓말은 아니었다. 눈을 질끈 감고, 목숨이 끊길 각오를 했다. 하지만 칼이 목에 들어오지 않아서 한쪽 눈을 슬그머니 떠보았다.

펠릭스가 고개를 갸웃했다. 호기심에 날카로운 얼굴선마저 누그러졌다. 그는 먹잇감을 앞에 둔 고양이처럼 나를 관찰했다. 숨통을 끊을까 가지고 놀까 고민하는 듯이. "테리사 홀 씨한테 무슨 볼일이 있으시기에?"

"그 여자가 제 전남편과 약혼했어요."

의외라는 듯 그의 눈썹이 올라갔다. "우리가 만나는 걸 감시해서 당신이 얻는 게 뭐죠?"

입이 바싹 탔다. 안드레이의 칼날을 의식하지 않으려 애를 썼다. 내 목을 타고 흐르는, 땀인지 아닌지 모를 서늘한 물방울도. "스티븐…… 그러니까 제 전남편은 테리사가 바람을 피운다고 생각하거든요."

"그래서 그 여자의 뒤를 캐려고 경찰을 끌어들였다?" 펠릭스가 소리 없이 웃었다. 그는 턱에 난 짧은 수염을 긁적였다. "그렇게 놀랄 거 없어요, 도너번 씨. 앤서니 형사는 나랑 제법 인연이 깊지. 내가 그

316

차는 못 알아봐도 운전자는 한눈에 알아봤거든." 그의 짓궂은 두 눈이 가까이 다가왔다. 비싼 술 냄새, 부드러운 가죽 냄새, 미묘한 향수 냄새가 풍겼다. 리무진 내부에서 날 법하다고 상상했던 딱 그 냄새였다. "홀 씨와 나는 순수하게 사업상의 관계예요. 아마 수상한 장면은 못 보셨을 텐데?" 엉큼하게 말려 올라간 그의 입술을 보니 '사업상'이라는 말의 의미를 우리가 서로 다르게 정의한다고 짐작할 수 있었다. 내 얼굴에 흘러내린 머리카락을 그가 손끝으로 쓸어 넘기자 온몸이 움츠러들었다. "그래도 말해봐요." 그가 양손을 다시 호주머니에 찔러 넣었다. "그 형사는 뭘 쫓고 있었을까?"

"쫓는 거 없어요." 내 목소리가 떨렸다. "그냥 저랑 동행해준 거예요."

"당신과 앤서니 형사가…… 특별한 관계라고?"

나는 고개를 끄덕였다. 펠릭스가 내 앞에 무릎을 꿇고 앉자 말문이 막혔다. 그가 검은 눈을 번득이며 내 얼굴을 쥐고 턱을 치켜들었다. 그의 목소리가 싸늘하게 갈라졌다. "거짓말이라는 게 밝혀지면 내가 당신을 찾아갈 거예요. 알아들었죠?"

쿵쿵대는 심장 박동을 느끼며 나는 그의 손에 잡힌 머리를 끄덕였다.

안드레이는 칼을 들고 펠릭스를 지켜보며 지시를 기다렸다.

멀리서 사이렌 소리가 들렸다.

펠릭스는 손을 놓았다. 차 한 대가 건물 밖에 멈추자 그는 벌떡 일어섰다. 높은 창문으로 푸른 빛이 소용돌이치며 들어왔다.

"시간 내줘서 고마워요, 도너번 씨." 펠릭스가 말했다. "다시 만나는 일 없길 바랄게요."

그가 안드레이에게 손짓하자 우락부락한 남자는 펠릭스를 따라 차고 뒷문으로 나갔다. 뒷문이 닫히는 소리에 나는 몸서리를 치며 숨을 몰아쉬었다.

"핀레이!" 밖에서 닉이 소리 죽여 나를 불렀다. 그는 건물을 돌며 문을 하나하나 덜컹덜컹 흔들었다. 사무실에서 종이 땡그랑 울렸다. 나는 이토록 부들거리는 다리가 나를 지탱해준다는 데 놀라며 몸을 일으켰다.

"이쪽이에요." 간신히 입을 열었다.

닉이 총을 손에 든 채 차고로 획 들어왔다. 눈으로는 건물 구석구석을 샅샅이 살피고 있었다. 그가 내 쪽으로 황급히 달려왔다. 그의 시선이 내 목에 와 닿았다가 재빨리 나머지 부위를 살폈다. "괜찮아요? 어떻게 된 거예요?"

나는 목에 배어난 끈적한 피를 문질러 닦았다. 손끝에 묻은 붉은 얼룩을 보니 현기증이 났다. "그냥 좀 긁혔어요." 나는 그를 안심시켰다. "다 멀쩡해요."

닉은 총을 권총집에 꽂으며 천천히 다가왔다. 베인 상처를 확인하느라 내 턱을 들어 올리는 그의 손길에 나는 움찔했다. 그의 손은 내 턱에 한참이나 머물렀고, 그의 몸은 직무규칙에 규정된 정도보다 조금 더 밀착되었다.

"여긴 어떻게 알고 왔어요?" 내가 물었다.

"베로가 내게 전화했었는데 회의 중이어서 받을 수 없었어요. 그랬더니 긴급 메시지를 남겼더라고요. 당신이 라몬 정비소에 있고 휴대전화는 두고 갔다며, 당장 가서 도와야 한다고. 그 말을 듣고 부리나케 달려왔어요."

라몬이 베로에게 전한 모양이었다. 펠릭스와 안드레이가 정비소에서 나를 기다리고 있다고. 베로는 내게 그 사실을 경고하려고 연락을 시도하다가 내 휴대전화가 자기 손에 있다는 사실을 깨달은 거다. 걱정이 돼서 닉한테 연락했을 테고.

"여기서 대체 무슨 일이 있었는지 말해줄래요?" 닉이 물었다.

"미리 연락하고 밴을 찾으러 왔는데 도착하니까 라몬이 없더라고요. 대신에 펠릭스 지로프가 자기 똘마니랑 같이 안에서 나를 기다리고 있었어요."

닉의 손이 내 턱을 쥔 상태로 멈췄다. 그와 나의 시선이 자꾸만 얽혔다. 그의 눈가에 근심어린 주름이 잡혔다.

"나는 괜찮아요. 당신 차의 사이렌 소리를 듣고 뒷문으로 허겁지겁 달아나던걸요." 그들을 뒤쫓아 가기라도 할 듯 그의 눈이 차고 뒤편을 쏘아보았다. "신경 쓰지 마세요. 지금쯤은 저 멀리까지 내뺐을 거예요." 내가 주차를 할 때는 펠릭스의 차가 보이지 않았다. 아마 다음 블록에 세워뒀겠지. 닉이 그들을 쫓아가는 것은 절대 원하지 않았다.

그는 접이식 의자를 가까이 끌어와 가만히 붙잡고 있었다. 나는 의자에 털썩 앉았다. 분출하던 아드레날린이 잦아들고 갑자기 피로가 밀려왔다.

"자세히 얘기해봐요." 그가 요구했다.

"며칠 전에 우리가 미행했다는 걸 펠릭스는 알고 있었어요. 렌터카 번호판을 추적해서 여기까지 찾아온 거예요. 여기 정비사가 베로의 사촌이거든요. 내가 곤경에 빠지리라는 걸 알고 베로한테 알렸을 거예요." 나는 팔꿈치로 무릎을 짚고 관자놀이를 문질러 긴장을 풀었다. 이제 나뿐만 아니라 닉까지 펠릭스의 레이더에 걸려든 셈이었다.

그는 양손을 허리에 짚고 바닥을 내려다봤다. "베로가 보낸 메시지를 좀 더 일찍 확인 못 해서 미안해요."

"그게 뭐 당신 잘못인가요." 내가 떨리는 한숨을 내뱉었다.

"펠릭스가 뭐라던가요?"

"내가 자기를 왜 따라다녔는지 알고 싶대요. 나는 테리사를 따라다닌 거라고 했어요. 그런데 펠릭스는 당신을 한눈에 알아봤다더군요."

"젠장." 닉이 얼굴을 문지르며 차고 내부를 천천히 돌았다. "그건 어떻게 설명했어요?"

"당신이 나랑…… 가까운 사이라고 했어요. 당신이 내 차에 타고 있었던 건 그와 아무 상관 없는 일이라고 했죠. 펠릭스가 그 말을 믿었는지는 잘 모르겠네요."

흐뭇하다는 듯 닉의 입꼬리가 살짝 올라갔다. "그 사람을 확실히 설득할 좋은 아이디어가 있어요."

나는 눈동자를 굴리며 일어서서 그를 등진 채 핸드백을 수습하러 사무실로 들어갔다. 베로가 괜찮은지 확인하고 애들이 잘 자고 있나 들여다보며 굿나잇 키스를 해주고 싶은 생각뿐이었다.

"핀, 기다려요." 닉이 내 팔꿈치를 잡으며 조용히 말했다. "미안해요. 그냥 실없이 해본 소리예요. 오늘 밤에 당신이 얼마나 두려웠을지 잘 알아요. 우리가 같이 있던 것 때문에 펠릭스가 당신을 힘들게 한 것 같아서 미안하네요." 그는 고개를 저으며 까만 곱슬머리를 쓸어 넘기고 두 손으로 털썩 내려놨다. "내 차를 이용할걸 그랬네요. 당신을 데려가는 게 아니었는데. 조지아가 알면 내 목을 조를 게ㅡ."

"언니가 어떻게 알겠어요." 나는 마음속에 휘몰아치는 죄책감을 무시하며 말했다. "당신이 말하지 않으면 나도 말 안 할 텐데요."

닉의 어깨가 축 처졌다. 그는 고개를 끄덕이며 말했다. "가서 물건 챙기세요. 내가 집까지 태워줄게요."

무릎을 후들거리며 사무실로 돌아갔다. 운전을 하지 않을 구실이 생겨서 다행이었다. 몸을 숙여 가방에서 쏟아진 내용물을 주워 모았다. 바닥에서 화장품을 집고 흩어진 동전을 긁어모아 지갑을 다시 가방 안에 쑤셔 넣었다. 가발 스카프를 잡으려고 손을 뻗는데 닉의 발소리가 들렸다. 그가 내 뒤로 다가오자, 나는 그것을 얼른 책상 밑으로 밀어 넣었다.

"사람을 보내 당분간 당신 집 주위를 지키게 해야겠어요." 내가 항의하려고 일어서자, 닉은 손가락을 들었다. "그냥 며칠만요. 놈이 다시는 당신을 찾아오지 않을 때까지."

따지려고 입을 열었지만, 그는 이미 전화로 지시를 내리고 있었다. 그가 나를 집에 데려다놓을 때쯤이면 경찰이 우리 집 맞은편에 배치되어 있을 것이다. 한동안 내 일거수일투족을 기록하고 출입을 감시하겠지. 해거티 부인보다 더 지독한 감시자라니. 훨씬 지독한 감시자가 틀림없다. 신발로 가발 스카프를 더 깊이 밀었다. 집에 가져갈 수 없는 물건이었다.

35

갑자기 살인 모의쯤은 대수롭지 않은 일로 느껴졌다. 현실에서는 누군가를 죽이지 않는 것이 차라리 어려워 보였다. 토요일 아침 8시 30분에 초인종이 울리자 나는 사람 한 명은 우습게 죽이겠다 싶을 만큼 짜증이 치밀었다.

솔직히 스티븐이 구태여 초인종을 눌렀다는 사실이 의외였다. 베로의 훈계가 먹혔는지도. 아니면 그녀가 기저귀 쓰레기통에 던진 열쇠가 진짜로 유일한 열쇠였거나. 나는 커피잔을 안고 현관문으로 다가갔다.

"일찍 왔네." 머그잔을 입에 댄 채 문을 당겼다. "애들이 아직—."

닉이 문틀에 기대섰다. 갓 면도한 얼굴에 머리카락은 아직 축축했다. 내 흐트러진 몰골을 찬찬히 살피며 그는 슬며시 웃었다. "나도 반가워요."

머리를 한 손으로 매만지고 어젯밤에도 입었던 쉰내 나는 옷 위로 가운 앞섶을 여몄다. "미안해요, 스티븐인 줄 알고. 그나저나 어쩐 일이에요?" 이 말을 하고 입을 꾹 다물었다. 아직 양치질도 하지 않았는데.

"어젯밤 이후로 어떻게 지내나 궁금해서요." 그의 눈길이 내 목에 닿았다. 나는 안드레이가 낸 상처를 가리려고 손을 뻗었다. 아침이 되니 눈에 거의 보이지도 않는 작은 딱지만 남아 있었지만 그 기억 자체를 얼른 지우고 싶었다. 닉의 미간이 우그러지고 평소의 편안한 미소는 굳은 표정으로 바뀌었다. "잠은 잘 잤어요?"

"아니요. 잘 못 잤어요." 마감일이 가까워지고 에이전트의 이메일이 수없이 날아오자 압박감에 시달려 3시까지 잠들지 못했다. 옷을 걸치기 전 최근 작업분을 실비아에게 보냈는지 안 보냈는지조차 가물가물할 지경이었다.

닉은 길 건너편에 잠복해 있는 자동차를 엄지로 가리켰다. "오늘 밤에는 편히 쉴 수 있을 거예요. 로디 경관이 지켜줄 테니까요. 펠릭스가 반경 150미터 이내에 얼씬거리면 당장 내 귀에 보고가 들어올 거예요."

맙소사. 이렇게 고마울 데가. 이러다 로디 경관이랑 해거티 부인이 같이 차를 마시며 정보를 교환할지도.

닉이 눈썹을 꼿꼿이 세웠다. 그리고 정장 구두 뒤꿈치로 바닥을 가볍게 찼다. 평소에 입던 짙은 색 청바지와 티셔츠 대신 청회색 정장바지와 와이셔츠 차림이었다. "현장 조사 생각 있어요?"

"데이트를 완곡하게 표현한 단어인가요?"

"편한 대로 생각하세요."

커피 잔 너머로 그에게 눈을 흘기며 들어오라고 손짓했다. 그는 나를 따라 주방으로 들어왔다.

"어서오세요, 형사님." 독서용 안경을 쓰고 교재를 들여다보던 베로가 말했다. "커피 좀 드세요. 컵은 포트 위에 있어요." 그녀는 기다란 속눈썹 사이로 닉을 뜯어보다가 그가 등을 돌린 순간에 입모양으로 말했다. "완전 섹시!"

"우리 어디 가는 거예요?" 약간 짜증을 느끼며 물었다. 닉이 얼마나 멀끔하게 생겼든 별 관심 없었다. 그가 내 집 앞에 나타날 때마다, 수갑과 영장을 들고 오지 않아서 고맙다는 생각뿐이었다.

닉은 찬장에서 머그잔을 꺼냈다. "우유 있어요?"

"냉장고에요." 베로가 고개도 들지 않고 책에 형광펜을 그으며 말했다.

"제가 꺼내 마실게요." 나보다 먼저 냉장고 앞으로 가서 문을 여는 닉을 보고 나는 숨을 죽였다.

"법의학 연구소에서 연락을 받았는데요." 그가 냉장고 선반에 놓인 우유팩을 쥐며 말했다. 머그잔에 우유를 붓는 그를 보며 우유팩 밑에 현금을 끼워놓지 않았음에 조용히 감사했다. "오전에 보고서를 가지러 그쪽으로 갈 생각이에요. 같이 가고 싶으신가 해서요."

연구소라는 단어가 나오자 베로가 고개를 들었다. "다녀와요. 아이들은 내가 보고 있을게요."

"시험공부 해야 되잖아요."

"스티븐이 곧 올 거예요. 그러면 집이 조용해지겠죠."

"그래도—."

"연구소에 가볼 기회를 포기하면 안 되죠." 그녀가 단호하게 말했다. "거기 가면 배울 게 있을지도 모르잖아요. 글 쓰는 데 도움이 될 거예요." 그녀는 마지막 부분을 특히 강조했다.

"좋아요." 나도 단어 하나하나에 힘을 주며 말했다. "닉이 로디 경관을 시켜 밖에서 지켜주고 있으니 집은 안전할 거예요."

베로가 입을 'O'자로 만들었다. "참 사려 깊으시네요." 그녀는 엉덩이를 살짝 들고 창밖으로 로디의 차를 내다봤다. "가서 외출 준비 하셔야죠? 내가 앤서니 형사님의 말 상대가 되어드릴게요." 베로는 내 항의를 무시하고 나를 위층으로 몰았다. "로디 경관님 얘기 좀 해주세요. 그분은 미혼이세요?" 방문을 닫으려는데 베로의 목소리가 들렸다.

참. 뭐라 할 말이 없었다. 닉이라면 필시 테리사 집 밖에도 경찰을 배치했을 것이다. 하지만 베로가 옳았다. 창문만 내다보며 밖에서 무슨 일이 벌어지는지 살피는 것보다는 그의 차에 타는 편이 수사 상황을 파악하는 데 용이할 것 같았다.

샤워를 후다닥 마치고 머리 물기를 닦았다. 마스카라와 립글로스를 대충 바르고 타월로 몸을 감은 채 옷장 앞에 섰다. 옷장에는 트레이닝 바지와 티셔츠가 대부분이었기에 빳빳한 흰색 셔츠 옆에 내 하나뿐인 검은색 정장 바지가 다림질되어 단정히 걸려 있는 것을 보고 깜짝 놀랐다. 베로가 나를 위해 세탁하고 다림질한 모양이었다. 낮은 굽 구두를 발에 꿰려다 넘어질 뻔하자 그 옷들을 얼른 붙잡았다. 법의학 연구소에 가려면 적어도 순찰차 뒷좌석이 아니라 앞좌석에 탈 만한 사람처럼 보여야 했다.

계단을 내려가면서 결혼 1주년 기념일에 스티븐이 사준 다이아몬드 귀걸이를 귀에 난 구멍에 찔렀다. 이혼한 이후로는 한 번도 착용하지 않았는데 의외로 귓불이 완전히 막히지는 않았다.

굽을 딱딱거리며 주방으로 들어가자 닉과 베로가 고개를 들었다. 베로는 어리둥절한 표정을 지었다. "죄송하지만 누구시죠? 이 집 주인은 트레이닝복 차림 흡혈귀인 줄 알았는데."

그녀를 무시하고 닉을 돌아봤다. "출발할까요?"

그가 어색한 미소를 지으며 의자에서 일어섰다. 그의 시선은 내 블라우스의 깊은 가슴골로 향했다. "데이트하러 가자는 뜻이죠?"

가슴이 화끈 달아올라서 문 쪽으로 휙 돌아섰다.

베로는 교재에 얼굴을 묻고 킥킥거렸다. "어두워지기 전에 집에 데려다주세요, 형사님. 핀레이 작가님은 글을 써야 하거든요."

"몇 시간만 있다가 올 거예요." 내가 그녀를 돌아보며 외쳤다.

이미 싸놓은 아이들 가방이 로비에서 기다리고 있었다. 그것들을 보니 마음이 좀 산란해졌다. 아무래도 익숙해지지 못할 광경이었다. 닉이 기다리는 동안 그럴듯한 미소를 띤 채 아이들에게 작별 키스를 했다. 복숭아털 같은 딜리아의 머리카락이 내 턱을 간질였다. 재크의 오동통한 볼에서 나는 시리얼과 따뜻한 우유 냄새를 흠뻑 들이마셨다. "아빠 말 잘 듣고 월요일 아침에 보자, 알았지?"

나는 눈가를 훔쳤다. 문을 열었더니 내 앞에 스티븐이 노크할 듯이 손을 쳐들고 서 있었다. 나는 그의 트럭 앞유리를 황급히 살폈다. 다행히 테리사와 애이미는 차에 없었다.

스티븐이 내 어깨 뒤의 닉을 보고 턱에 힘을 주었다. 닉이 내 앞으로 와서 그에게 손을 내밀었다. 스티븐이 마지못해 악수를 했다.

"누구야?" 스티븐이 내게 물었다.

"닉이야." 거실에서 홀딱 벗은 바비 머리채를 끌고 다니던 딜리아가 대답했다. "조지아 이모 친구야."

"아, 그래?" 야구 모자 밑에서 스티븐이 일그러진 미소를 지었다. 스웨터 주머니 속 불끈 쥔 주먹 윤곽이 도드라졌다.

"엄마랑 사귀고 있어."

이 상황이 스티븐에게 어떻게 보일지를 깨닫고 눈을 부릅떴다. 화장한 모습을 스티븐에게 마지막으로 보여준 게 언제인지 기억도 나지 않았다. 트레이닝복 이외의 옷을 입은 모습도. 닉을 가리키며 말했다. "우리는…… 아니 이 사람은……."

"이 사람이 그 변호사야?" 닉을 쏘아보는 스티븐의 파란 눈에 경계심이 가득했다.

"아니야." 딜리아가 말했다. "저 아저씨는 경찰이야. 조지아 이모처럼."

나는 스티븐을 한쪽으로 끌고 가 소리 죽여 말했다. "딜리아가 원래 그러잖아. 자기가 무슨 말을 하는지도 모르고 말하는 거야."

"엄만 왜 자꾸 그런 소리를 해?" 딜리아가 발끈했다.

"크리스토퍼한테 먹이 주는 거 잊지 마." 내가 돌아보며 외쳤다.

"크리스토퍼가 누구죠?" 닉이 내 귓바퀴에 따뜻한 숨이 닿을 정도로 몸을 가까이 숙이며 물었다. 스티븐이 그를 노려봤다.

"딜리아가 키우는 금붕어요." 내가 대답했다.

딜리아는 현관으로 나와 제 아빠의 소맷동을 잡아당겼다. "오늘 샘을 데리러 가면 안 돼?"

스티븐의 얼굴이 일그러졌다. "샘은 또 누구야?"

"보호소에 사는 강아지야." 아이는 간절한 눈으로 스티븐을 올려다봤다. "애런이 나한테 집에 데려가도 된댔어. 그런데 엄마가 이 집에는 크리스토퍼가 있으니까 샘은 테리사네 집에서 살아야 한대."

스티븐이 이를 악물었다. "엄마가 그랬다고?"

"우린 가봐야 해." 나는 문밖으로 나가다가 내 등허리에 슬그머니 손을 얹는 닉 때문에 당황했다. 그는 히죽거리며 나를 위해 문을 붙잡고 서 있었다. 아이들에게 키스를 보내고 월요일에 만나자고 인사했다. 닉이 조수석 문을 열어주는 순간 나는 창문 안쪽에서 우리를 내다보는 스티븐의 얼굴을 보았다. 내 차 백미러에 해거티 부인의 커튼이 유령처럼 펄럭였다. 닉이 차에 올라 시동을 걸었다.

"그래, 그 변호사란 사람은 누군지 설명해봐요." 그가 말했다.

차를 타고 연구소로 가는 내내 내 연애 생활에 대한 닉의 질문 공세를 피하느라 정신이 없었다. 내 입 밖으로 나간 말은 전부 진실이었다. 엄밀히 따지면 나는 변호사를 만나고 있지 않았다. 엄밀히 따지면 나는 줄리언과도 닉과도 사귀고 있지 않았다. 하지만 닉이라면 내 주장의 진위 여부를 직접 조사할지도 모른다. 그러다 다시 러시를 찾아가는 일이 없기를 바랄 따름이었다.

차가 주차장에 들어서면서 비로소 질문도 끝이 났다. 닉은 내 셔츠 깃에 방문자 배지를 달아주고 자기 셔츠에도 달았다.

"무슨 결과를 기다리는 거예요?" 지역 법의학 연구소의 환한 2층 로비를 길으며 그에게 물었다.

닉은 길고 구불구불한 계단으로 향했다. 지나가면서 연구원들에게 목례를 하거나 이름을 부르며 인사했다. 닉은 그들의 귀에 들리지 않을 만한 곳에 이르자 이렇게 대답했다. "우리가 펠릭스와 테리사를 미행했을 때, 그들은 매물로 나온 땅을 네 군데나 들렀지만 한 군데도 직접 발을 들이지 않았어요. 심지어 차도 멈추지 않았죠. 그런데도 그날 펠릭스의 링컨 짐칸에는 흙과 풀이 붙어 있었어요. 최근에 어딘가 비포장 길을 달렸다는 뜻이에요." 계단을 오르는 닉의 발걸음이 빨라지고 눈빛이 날카로워졌다. "아무래도 그자가 땅을 이미

328

구했거나 마음을 정했나 봐요. 위치와 구획을 알아낼 수 있다면, 그 땅으로 무슨 짓을 벌일 꿍꿍인지 추측할 수 있을 텐데요. 그자가 땅을 사기 전에 선수를 칠 수도 있고요."

"왜요?"

"펠릭스는 어떤 행위든 자기 명의로 하는 법이 없어요. 허수아비를 세우거나 유령 회사를 이용하기 때문에 그자의 자산을 찾아내기가 그렇게 힘든 거예요. 누구 명의로 땅을 샀는지 알면, 그 정보를 이용해 몇 가지 사실을 밝힐 수 있어요."

"밝힌 다음에는 어쩌려고요?"

"급습하는 거죠. 어떤 지저분한 범죄를 적발할지 알 수 없거든요."

"그게 테리사나 해리스 미클러랑 무슨 상관인데요?"

"아무 상관 없을 수도 있어요. 하지만 펠릭스를 입건해서 취조실에 집어넣고 죄상을 밝힐 구실을 찾고 싶어요."

닉은 기다란 다리로 계단을 두 칸씩 성큼성큼 올라갔다. 꼭대기에 가까워질수록 걸음은 빨라졌다.

"흙덩이만 가져가도 연구소에서는 뭐든지 밝힐 수 있나요?" 내가 그를 힘겹게 따라가며 물었다.

"글쎄요. 승산이 낮아 보였는데 오늘 아침에 희망적인 전화를 받았어요." 닉이 문을 열더니 나를 위해 붙잡고 기다렸다. 우리는 복도 끝에 있는 실험실로 이동해 창문 유리를 두드렸다. 흰 실험복 가운을 입은 연구원이 안에서 손을 흔들었다.

"어서 오세요." 연구원이 실험실 중간까지 우리를 맞으러 다가와 내게 손을 내밀었다. "우와, 핀레이 도너번이 오셨네요!" 그의 악수는 힘이 넘치고 조금 축축했다.

나는 어리둥절하여 닉을 흘끔 살피고 다시 연구원을 마주봤다. 똑똑하면서도 어리숙해 보이는 젊고 귀여운 남자였다. 그는 안경을 콧잔등 위로 밀었다. 안경을 똑바로 걸친 모습을 자세히 보아도 우리가 서로 아는 사이라는 생각은 들지 않았다. "성함이?"

"아, 맞다!" 그가 장난스레 자기 이마를 때리며 고개를 내둘렀다. "미안합니다, 저는 피터예요. 처음 뵙지만 조지아한테 얘기 많이 들었어요. 사실 제가 작가님의 열렬한 팬이거든요." 귀까지 분홍빛으로 물든 그가 실험복에 손바닥을 문질렀다. 닉을 슬쩍 돌아보더니 그는 내 귀에 대고 속삭였다. "작가님 책을 읽었어요."

"아! 세상에 그런 책을 읽는 사람이 다 있네요." 내가 깔깔 웃자 피터의 표정이 굳어졌다. "농담이에요." 나도 그의 귀에다 속삭였다. "그럼 당신 포함해서 최소 두 명은 읽었네요." 피터가 입꼬리를 올리며 애매하게 미소 지었다. "아유 참, 농담이에요."

그가 어색하게 웃었다. "닉 형사님께 작가님이 오실지도 모른다는 얘기를 들었거든요. 사인 좀 해주실 수 있나요?"

"그럼요." 나는 얼굴을 붉혔다. 우리 가족 이외에 내게 사인을 요청한 사람은 아무도 없었다. "당연히 해드려야죠."

닉은 말없이 어깨를 으쓱했지만, 내가 보기에 그는 여기 온 목적을 달성하지 못해 조바심을 내고 있었다. 피터는 가운 주머니에서 책장 모서리를 여기저기 접은 문고판 책과 유성펜을 꺼냈다. 닉은 표지 모델의 울끈불끈한 가슴 근육을 흘끔거리더니 서명을 휘갈기는 나를 보고 초조한 듯 한숨을 내쉬었다. 책을 돌려주는 내 얼굴을 피터가 유심히 살폈다.

"사진이랑 완전 딴판이세요." 그가 저자 소개 페이지를 엄지손가락으로 가리켰다. "책 뒤에 실린 사진 있잖아요. 사진에서는 금발이고, 짙은 선글라스를 쓰셔서 얼굴을 알아보기 힘들었어요." 그가 사진을 펼쳐 들고, 내 이목구비를 뜯어보며 비교했다. 갑자기 두피가 근질거려서 머리를 귀 뒤로 넘겼다. "오신다는 얘기 못 들었으면 알아보지도 못했겠어요." 닉이 피터의 어깨 뒤에서 내 사진을 흘깃대다가 손목시계를 확인했다. 나는 일부러 그의 시선을 피했다. "공공장소에서 팬들이 알아보고 몰려올까 봐 변장을 하시나 봐요?"

"맞아요." 나는 불안한 웃음소리를 냈다. 술집에서 위험한 강간범을 납치하거나, 부동산 회사에 침입하거나, 파네라에서 치즈케이크를 먹으면서 속 썩이는 남편들을 살해해달라는 의뢰를 받을 때도 정체를 숨기려고 변장을 한다. 그런 짓을 하고 다니면서 내 책마다 박혀 있는 사진이 이제는 내 범행을 입증하는 결정적인 증거가 된다는 생각은 하지 못했다. 닉이 그 사진을 보면 내가 러시에 갔었다는 사실을 눈치챌 수도 있는데.

"곧 새 책이 나온다고 조지아에게 들었어요. 얼른 읽고 싶네요. 법의학 쪽에 궁금한 점이 있으시면 기꺼이 도와드릴게요. 저는 항상―."

"피터!" 닉이 버럭 소리를 질렀다. 피터는 그제야 닉의 존재를 떠올렸다는 듯 그를 돌아봤다. "나한테 뭐 줄 거 없어?"

"아, 맞다! 도저히 믿기지 않으실 텐데요." 나는 얕게 숨을 내쉬었다. 피터는 내 책을 주머니에 넣고 우리를 실험대 쪽으로 불렀다. 현미경 옆 표본 접시에 진흙투성이 풀 뭉치가 놓여 있었다. 그는 안경을 밀어 올렸다. 검은 눈동자에 흥분이 가득했다. "사실 형사님이 제게 무리한 부탁을 하신 거예요. 보통은 표본의 출처를 특정 지역, 이를테면 몇 개의 카운티나 주 범위로 좁히는 것이 제가 할 수 있는 최선이니까요. 구체적인 위치를 특정하는 게 아니고요. 하지만." 그가 극적인 효과를 위해 뜸을 들였다. "이번에 형사님이 발견하신 건 아주 보기 드문 풀이에요."

닉이 몸을 기울였다. "얼마나 드물기에?"

"음……." 피터가 머릿속으로 계산을 하는 듯 눈동자를 올렸다. 꼭 베로처럼. "꽤 드물어요. 흔한 김의털의 변종이긴 한데, 신품종이라서 동부 연안에서는 널리 재배되지 않거든요. 형사님이 가져오신 표본에는 표토가 붙어 있고 산업용 비료와 살충제 성분이 함유된 걸로 봐서 상업적으로 재배된 잔디로 추정할 수 있어요. 그래서 종자 유통업체 목록을 뽑아 동부 연안에서 최근에 종자를 구입한 농장을 찾아봤죠. 버지니아에는 세 곳 정도가 있었지만 형사님이 제시하신 기준을 전부 충족하는 곳은 딱 한 군데였어요. 공항 서쪽, 81번 주간고속도로 동쪽에 있는 곳이죠."

피터가 닉에게 종이 한 장을 건넸다.

보고서를 읽는 닉의 눈썹이 처지고 자세가 굳어졌다. 찌푸린 얼굴로 평소답지 않게 말없이 그것을 접어 재킷 속주머니에 넣었다.

"잠깐만요." 나는 피터가 흥분한 이유가 궁금했다. "뭐라고 쓰여 있어요?"

닉이 억센 손으로 내 어깨를 돌려 문 쪽을 가리켰다. "고마워, 피터. 이제 가볼게."

피터의 미소가 무너졌다. "잠깐만요, 가신다고요? 말씀드릴 게 또 있는데요."

"나중에 전화할게." 닉이 고개를 돌려 소리쳤다.

"잘 가요, 핀레이 작가님!" 피터가 내 등 뒤에서 외쳤다. "만나서 반가웠어요!"

대답할 겨를도 없었다. 닉이 내 등허리에 힘을 가해 계단 앞으로 밀었다.

"우리 어디 가는 거예요?" 나는 구두 굽이 미끄러질까 봐 난간을 붙잡았다.

"집에 데려다줄게요. 나는 따로 확인할 게 있어서." 그가 엔진처럼 우르릉거리는 저음으로 말했다. 초조한 듯 그의 발걸음이 빨라졌다.

"뭘 알아냈는데 그래요?" 그게 뭐였든 간에 중요한 단서가 틀림없었다. "왜 말을 안 해요?" 그를 뒤따라 계단을 내려가며 물었다.

"당신한테 이미 너무 많은 걸 말한 것 같아서요."

나는 가슴 위로 고집스레 팔짱을 낀 채 로비 한복판에 뚝 멈췄다. 그는 차 열쇠를 미리 꺼내 들고 유리문으로 달려갔다. "어젯밤 일 때문이라면, 나는 괜찮아요. 펠릭스 일당에게서 보호하려고 애쓰지 말아요."

그가 이쪽으로 돌아와 내 팔꿈치를 단단히 잡고 문으로 끌어당겼다. "괜찮은 상황이 아니에요. 집에 데려다줄게요. 내 잘못이에요. 당신을 이 수사에 끌어들이지 말았어야 했는데."

나는 버티고 서서 그를 멈춰 세웠다. "나를 끌어들이기 싫었다면 여기 데려왔을 리도 없겠죠." 그의 뺨 근육이 굳어졌다. "보고서에 내가 몰랐으면 하는 내용이 적혀 있는 거죠?"

그는 검은 머리를 한 손으로 쓸어 넘기며 상소리를 중얼거렸다.

"나한테 이 사건에 대한 다른 얘기는 전부 다 했잖아요. 왜 그 얘기는 못 하죠? 왜 지금은 얘기를 안 하냐고요?"

그는 손가락을 입술에 갖다 대며 불안한 표정으로 우리 주위를 살폈다. "우리가 서로 도울 수 있을 줄 알았어요." 그가 애써 목소리를 낮췄다. "당신은 테리사가 양육권을 갖기에 부적합하다는 증거를 원했고, 나는 그 여자를 체포하고 싶었으니까요. 하지만 이제 더 이상 테리사만의 문제가 아니에요."

"그 말 맞아요. 지난밤에 펠릭스가 내게 한 짓을 생각하면, 나도 알 자격이 있죠."

그는 자신의 콧등을 꼬집으며 무거운 숨을 뱉었다. "모르는 게 나아요."

"나를 따돌릴 생각 말아요! 당신도 그랬잖아요, 내가 이미 너무 많은 것을 안다고—."

"스티븐의 농장이에요." 그가 낮은 목소리로 털어놨다. "펠릭스의 링컨에 붙어 있던 풀은 당신 전남편의 농장에서 온 거예요."

나는 뒷걸음질했다. 이것만큼은 절대 기대하던 소식이 아니었다.

"뭔가 착오가 있을 거예요." 목이 메어 소리를 억지로 짜냈다. "아무럼 테리사가 자기 애인을 스티븐의 농장에 데려갔으려고요."

"그들이 개인적인 이유로 거기 간 줄 아는군요. 만약 사업 때문이라면요?"

홀 씨와 나는 순수하게 사업상의 관계예요.

펠릭스도 그렇게 말하긴 했다. 하지만 그러면 더더욱 말이 되지 않았다. "스티븐은 그 농장을 작년에 매수했어요. 벌써 팔려고 내놨을 리 없어요."

"매물로 내놓지 않았다면 펠릭스가 거기 왜 갔겠어요?"

그 답은 알 수 없었다.

"이제 내가 당신한테 말하기를 꺼린 이유를 알겠어요? 펠릭스가 스티븐의 농장에서 수상한 사업을 하고 있었다는 사실을 내가 밝히고, 당신이나 아이들이 그 사업에서 어떤 식으로든 이익을 얻고 있다는 사실을 변호사가 밝힌다면, 당신이 이 사건에 관여한 자체가 문제될 수 있다고요."

"나는 이미 이 사건에 관여하고 있어요. 아무도 모르게 하면 되잖아요."

"펠릭스가 알잖아요. 법정에서 불리한 정황으로 작용할 수 있어요."

"내가 당신 사건에 대해 안다는 걸 펠릭스는 증명할 수 없어요. 그 자한테 우리가 사귀는 사이라고 했으니까."

닉의 빛나는 검은 눈동자에 반발심이 드러났다. "전남편 농장에 가서도 똑같이 말할 거예요?"

닉은 거기로 가고 있었던 거다. 농장으로. 바로 우리 집으로 돌아가면 나는 그가 농장에서 뭘 찾아낼지 하루 종일 궁금해서 못 견디겠지. 그럴 바엔 닉을 따라가는 편이 낫지 않을까.

"스티븐은 농장에 없을 거예요." 그 생각을 하자 다리가 후들거렸다. "아이들이랑 같이 있을 테니까."

닉은 입술을 깨물며 나를 뜯어봤다. 골반에 얹은 손가락 관절에 힘이 들어갔다. 그가 목소리를 낮췄다. "당신 없이도 수사할 수 있어요, 핀레이. 당신이 아는 게 적을수록 우리 둘에게 이로워요."

그가 누구를 설득하려 하는지 알 수 없었다. 자신인지, 나인지. 나는 그 농장에 묻혀 있는 해리스 미클러를 닉이 발견하도록 두고 볼 수는 없다는 생각뿐이었다. "나도 같이 갈래요." 닉에게 반대할 틈을 주지 않고 그의 손에서 열쇠를 낚아챘다. 닉이 나를 두고 그 농장에 가면 나는 진짜 끝장이었다.

36

"스티븐이 여기 없는 거 확실해요?" 농장으로 들어가는 긴 자갈길을 달리는 내내 닉은 바짝 긴장해 있었다. 길에 난 바큇자국들이 이미 울렁대는 내 위장을 더 심하게 뒤흔들었다. 그의 차 바닥에 토하고 싶은 충동을 삼켰다.

"월요일까지 아이들을 돌봐야 하니까요."

"여기 누구 또 있나요?"

사무실 트레일러 앞에 빨간 폭스바겐 비틀이 주차되어 있었다. "사무실에서 일하는 브리요."

"그녀도 당신을 알아요?"

"네."

"그러면 일이 수월해지겠네요." 닉은 브리의 차 옆에 주차하고 차 문을 열어젖혔다. "나를 따라와요."

위에 구멍이 뻥 뚫리는 기분으로 그를 따라 트레일러로 들어갔다. 그가 나를 위해 문을 붙잡았지만 나는 바깥에서 뭉그적거렸다. "여기 왜 들어가야 해요?" 내가 소곤거렸다. "영장 같은 거 필요하지 않아요?"

"잔디를 좀 사고 싶은데요." 그가 담백한 미소를 장착하고 나를 내부로 이끌었다.

컴퓨터를 들여다보던 브리가 고개를 들었다. "도너번 부인, 안녕하세요! 또 뵙다니 정말 반가워요. 그런데 사장님은 안 계시는데요." 그 정도는 내가 알아야 하는 것 아니냐는 듯 그녀는 고개를 갸웃했다. "오늘 쉬는 날이세요."

"알아요. 아이들 데리고 있는 거. 아마 강아지 보러 동물보호소에 갔을걸요."

"어머, 자상도 해라." 그녀가 자기 가슴을 움켜쥐었다. 진짜로 심장이 아파서 어쩔 줄 모르는 사람 같았다. 닉이 한쪽 눈썹을 세웠다. 나는 고개를 까딱했다.

그는 쓴웃음을 누르며 자신을 소개했다. "저는 도너번 씨의 친구예요." 그는 내 이름에 붙인 존칭을 특히 힘주어 말했다. 그의 손이 내 등 아래로 움직였다. 실험실에서보다 좀 더 낮은 위치였다. 브리의 눈이 그 손을 따라갔지만 그녀는 못 본 척했다. "마당을 꾸미고 싶은데, 핀레이한테 여기 괜찮은 잔디가 많다고 들어서요."

"네, 맞아요." 그녀가 파일 서랍을 당겨 열었다. "카탈로그 하나 드릴게요."

"사실 지인이 푸른양김의털이라는 잔디 품종을 추천하더군요. 여기서도 취급하나요?"

"네, 여기도 있어요. 그런데 첫 수확분은 이미 완판됐어요. 개발업자 한 분이 여름에 재배한 분량을 몽땅 선매하셨거든요."

"그럼 다른 곳에는 팔지 않았다는 뜻인가요?" 닉이 물었다. 나는 그의 발을 밟았다. 브리가 나이는 어려도 모든 면에 맹하지는 않았다.

"네, 아직은요. 하지만 내년 봄에 또 파종할 거예요. 주문을 원하시면 견적을 내드릴게요."

"고맙지만 일단 한번 보고 싶은데요. 지금 재배하는 중이라고 했죠?" 그의 손가락이 내 허리에 감겼다. 내 옆구리를 타고 땀방울이 흘러내렸다. 그가 내 셔츠 속 축축한 땀을 느끼지 못하길 바랐다.

"네, 맞아요. 당연히 모시고 가서 보여드려야죠. 제가 자리를 비운 사이에 다른 손님이 오실지도 모르니까 문에 쪽지만 좀 붙여놓을게요." 브리가 책상 서랍을 열고 하트 모양의 접착식 메모지를 꺼내려는데 닉이 그녀를 말렸다.

"안 그래도 돼요. 사무실을 혼자 지키는데 자리를 비우면 안 되죠. 위치만 알려주면 직접 가볼게요."

브리는 마음이 놓이는 듯했다. 그녀는 서류 서랍을 뒤져서 복사한 농장 지도를 꺼냈다. 흙길을 따라 분홍색 형광펜을 표시하는 그녀를 보며 나는 엄지손톱을 씹었다. 닉이 찾는 곳은…… 해리스 미클러의 시체를 묻은 위치에서 자갈길 바로 건너편이었다.

"도너번 부인…… 아니…… 도너번 씨가 길을 아세요." 브리가 얼른 호칭을 수정하며 닉에게 지도를 내밀었다. 그녀는 나를 돌아보며 말했다. "지난번에 차를 타고 지나가신 곳이에요, 도너번 씨. 넓은 휴경지 맞은편, 후문 바로 앞요. 찾으시는 잔디는 푸른빛이 도니까 금방 알아보실 거예요."

"고마워요, 브리. 도와줘서 고마워요." 닉이 내 손을 잡고 문으로 이끌었다. "이따가 연락할게요."

그의 구두가 주차장의 자갈을 요란하게 밟았다. 나는 우리가 차에 타자마자 차창을 내렸다. 무릎 뒤와 겨드랑이에 땀이 맺히기 시작했다.

"당신 전남편 참 대단한 사람이네요." 그는 백미러를 흘끔 보다가 우리 뒤의 무언가를 발견하고 눈을 가늘게 떴다. "당신한테 죽을 짓을 해야겠어요. 그런데 죄책감은 안 드네요." 그는 계기판 위로 몸을 숙여 두 손으로 내 얼굴을 쥐고 입을 맞췄다. 그가 채운 수갑을 차고 주황색 죄수복을 입은 내 모습이 어떨지 상상하느라 머릿속이 복잡하지 않았다면 손발이 오그라들 만큼 기습적이고 뜨거운 키스였다. 나는 그의 가슴을 주먹으로 밀었다.

"왜 이래요?" 나는 달아오른 얼굴로 숨을 헐떡였다.

"브리 보라고 했어요. 지금도 창문으로 우리를 지켜보고 있잖아요. 해거티 부인은 뉴스거리가 될 만한 장면은 목격한 적 없을 테니 우리가 어떤 사이인지 스티븐의 귀에 들어가야 우리 이야기에 설득력이 생겨요. 이제 우리는 누가 봐도 개인 용무로 여기 온 거예요." 그가 짓궂은 미소를 지었다. "그럼 우리 집에 심을 잔디를 고르러 가볼까요?"

가슴이 조여왔다. 그가 기어를 넣자 공기가 답답해졌다. 그의 세단이 들판 사이로 난 긴 흙길에 갈색 먼지를 일으키며 퉁퉁거렸다. 길이 끝나는 곳에 이르기 전에 닉은 차를 세웠다. 농장을 둘러싼 삼나무가 보이는 곳이었다. 그 뒤로 베로와 내가 해리스가 묻은 날 밤에 지나왔던 좁은 시골길이 보였다.

닉이 엔진을 껐다. 그는 생각에 잠긴 채 우리 앞에 펼쳐진 자갈밭을 응시하며 운전대를 두드렸다.

해리스가 황갈색 흙무더기 밑에서 썩어가고 있을 왼쪽은 돌아볼 엄두가 나지 않았다. 대신에 파란 잔디가 머리카락처럼 하늘거리는 오른쪽을 바라봤다. 손바닥이 축축해지자 나는 닉이 삽을 가져오지 않았으니 안심하라고 속으로 되뇌었다. 적어도 오늘은 아무것도 파헤치지 않겠지. 마음을 차분히 먹고 그의 다음 행동을 예측해야 한다. 그래야 베로와 내가 뭘 해야 할지 알 수 있다.

"펠릭스와 테리사가 여기서 뭘 했을까요?"내가 떨리는 목소리로 물었다.

"모르죠. 우리가 밝혀야지."닉이 차에서 내리자 내 심장박동이 빨라졌다. 그는 잔디와 길이 만나는 밭 둘레를 따라 걷다가, 잔디를 뭉개 짧은 길을 만든 타이어 자국 옆에 멈추고 무릎을 꿇었다. 바퀴 자국은 자갈을 만나는 위치에 깊은 홈을 남겼고, 자동차 차대가 쓸고 지나간 듯 넓은 부위의 풀이 뿌리째 뜯겨 있었다. 펠릭스의 링컨이었다.

가만히 앉아 있으려니 너무 초조해서 나도 차 밖으로 나갔다가 매서운 바람에 맞서 팔짱을 꼈다. 끝없이 펼쳐진 잔디밭 위로 불어온 칼바람이 얇은 내 셔츠를 부풀렸다. 나는 타이어 자국을 따라 밭으로 들어가는 닉의 뒤에서 서성였다. 자국은 풀밭에서 몇 미터 만에 끊겨 있었다. "펠릭스와 테리사는 뒷문으로 농장에 들어온 모양이에요."그가 바퀴의 방향을 살피며 말했다. "방향을 틀려고 밭으로 후진을 한 것 같네요."

"그러니까 여기 머물다 가지는 않은 거죠?"그렇다면 우리도 여기 머물 필요가 없다는 뜻이기를 바랐다. "이 농장도 다른 곳처럼 펠릭스의 마음에 들지 않았나 봐요."

닉은 생각에 빠진 듯 좁은 골반에 양손을 짚고 고개를 흔들면서 바큇자국 사이를 왔다 갔다 했다. "매물로 나오지도 않은 땅을 보러 온 이유가 뭘까? 눈에 띄고 싶지 않은 사람처럼 뒷문으로 들어온 이유는 뭘까?" 그는 펠릭스의 눈으로 이곳을 보려는 듯 큰 소리로 혼잣말을 하며 바큇자국 사이를 어슬렁거렸다. "여기서 남의 눈에 띌 위험을 감수하기 싫었으면 낮에 오지 않았겠지. 사무실이 비고 사방이 깜깜해진 밤에 왔을 텐데……."

그는 링컨이 있었을 자리에 서서 두 발로 밭 가장자리의 팬 땅을 딛고 눈으로는 정확히 우리가 구덩이를 판 위치를 비추는 자동차 전조등 불빛을 따라가고 있었다. 그가 해리스의 무덤 위에 덮인 흙을 응시하자 나는 숨이 막혔다. "지로프가 이 땅을 원한 목적이 있었을 거예요. 땅을 이용하는 걸 보는 사람만 없다면, 남의 땅이라는 건 아무 상관 없다는 뜻인데. 이 땅으로 대체 무슨 짓을 하려는 걸까요? 거래도 하지 않으면서 부동산 중개인을 끌어들인 이유는? 혹시……."

닉이 말끝을 흐렸다. 휴한지로 다가가더니 그는 밭두둑에 멈춰 서서 신발로 흙을 뭉갰다. 내 귓속에서 바람이 울부짖었다. 아니, 피가 쏠린 것인지도. 혼란에서 감탄으로 바뀌는 그의 표정을 보자 나는 현기증이 났다.

"이제 알겠네요." 그가 목소리로 낮췄다. "지로프는 중개인이 필요해서 테리사를 거치는 게 아니에요. 곧 이 땅의 주인이 될 사람이라서 테리사를 이용하는 거예요. 당신 전남편과 결혼하는 순간 이 농장 전체가 법적으로 그 여자 소유가 되잖아요." 두 눈을 강렬하게 이글거리며 그는 뒷걸음질로 밭에서 나왔다. "내가 왜 그 생각을 못 했을까." 그는 이렇게 중얼거리며 서둘러 차로 돌아갔다.

"대체 뭘 알겠다는 거예요? 어디 가려고요?" 황급히 그를 쫓아갔다. 차에 탔더니 이미 엔진이 돌아가고 있었다. 그는 내 좌석 등받이에 팔을 얹고, 뒤를 돌아보며 차를 후진했다. 그가 속도를 내자 앞유리로 내다보이는 도로에 짙은 먼지 구름이 일었다.

"아직 지로프에게 매수당하지 않은 판사를 찾아야 해요. 토요일에 수색영장을 발부해줄 사람이면 더 좋고요."

그는 운전대를 꺾어 방향을 홱 틀었다. 나는 계기판에 부딪치지 않으려고 몸에 힘을 주고 버텼다. "수색영장은 어디다 쓰려고요?"

그는 눈을 가늘게 뜨고 액셀러레이터를 밟았다. "당신 전남편의 농장을 파헤치려고요."

37

닉은 주간 고속도로의 맨 왼쪽 차선으로 파고들면서 우리 앞에서 굼뜨게 움직이는 차들을 향해 전조등을 번쩍이고 경적을 울렸다. 손가락 관절에 핏기가 사라지도록 운전대를 꽉 잡은 채 그는 도로에 온 정신을 집중했다. 그의 뇌에서 고무 타는 냄새가 나는 것 같았다.

"이해가 안 돼요. 스티븐의 농장을 뭐 하러 파헤쳐요?"

"펠릭스는 땅을 사러 다니는 게 아니에요. 만약 그랬다면 정문으로 당당히 들어와서 돈 다발을 흔들며 스티븐에게 거절 못 할 제안을 했겠죠. 스티븐이 거절한다 쳐도 안 팔고는 못 배기게 압박할 거고요. 험악한 분위기를 조성해서요. 내가 볼 때 펠릭스는 농장을 남몰래 수상한 목적에 이용하려는 거예요. 그래서 테리사를 찾아갔겠죠. 관심과 돈으로 쉽게 조종할 수 있는 사람이니까. 농장을 특정한 용도로 쓰기 위해 지로프는 틀림없이 테리사한테 뇌물을 주고 있을 거예요. 무슨 용도인지는 몰라도 땅을 아주 오래 이용할 계획은 아닐 거고요."

스티븐이 테리사의 서랍에서 봤다는 현금이 떠올랐다. "그냥 펠릭스가 거기서 사람들을 만나려는 게 아닐까요?"

"그럴 리가요." 닉은 앞차 운전자에게 인내심을 잃고 오른쪽 차선으로 추월했다. 그가 다른 차량 사이를 요리조리 빠져나가는 통에 나는 문손잡이를 꽉 잡아야 했다. "지로프가 소유한 레스토랑과 호텔이 주 전역에 몇 군데나 되는지 알아요? 사람 만날 장소는 널렸어요. 그냥 사람만 만날 작정이면 뭐 하러 번거롭게 땅을 보러 다녀요?"

"그러면 그자가 무슨 일을 꾸민다고 생각해요?"

"모르죠. 그 답은 저 들판 어딘가에 묻혀 있지 않을까요?"

나는 또다시 구역질을 삼켰다. "왜 그런 생각을 해요?"

"타이어 자국이 더 있었으니까요. 밭두렁에 다른 차 두 대의 바퀴 자국이 나 있었어요."

"두 대라고요?"

"세 대 모두 뒷문으로 들어왔더군요. 각각 위치는 달랐지만 셋 다 휴경지 쪽을 향해 주차되었고요. 아마 그 차들의 전조등이 교차하는 위치에 펠릭스가 뭔가를 은닉했을 거예요."

"그냥 거기서…… 비즈니스를 했는지도 모르잖아요." 6차선 도로가 모두 막히자 나는 좌석을 뒤로 젖혔다. "땅 위에서 은밀히, 전조등 앞에 모여서요."

닉은 고개를 저었다. "흙이 얼마 전에 뒤집힌 흔적이 있었어요. 그 위에 발자국 하나 안 남았더군요. 누가 뒷정리를 한 거예요. 그들이 무얼 숨기고 있든 반드시 찾아내겠어요."

닉이 턱을 앙다물었다. 원하는 것을 찾을 때까지 이 인근의 땅을 모조리 파헤치고도 남을 사람이었다. "영장을 받는 데 얼마나 걸리죠?"

"하루 이틀쯤. 그 농장은 내 관할이 아니라 포카이어 카운티 경찰서에 협조를 요청해야 돼요. 당신은 집에 데려다줄게요." 뭐라 따질 여지가 없는 단호한 말투였다. "인맥을 좀 동원해야 돼요. 판사들은 골프장 밖으로 끌려 나가는 걸 좋아하지 않으니 내가 직접 나서야죠."

그는 운전대를 휙 꺾어 우리 집 차도에 들어섰다. 차가 기우뚱하며 멈추자 나는 손잡이로 손을 뻗었다. "잠깐, 기다려봐요." 닉이 말했다. 나는 내 얼굴에 드러났을 죄책감과 공포감을 들키지 않으려고 몸을 돌렸다. 그가 내 뺨을 손으로 감싸고 엄지손가락으로 어루만졌다. "오늘 너무 정신없었죠? 나중에 다시 올 테니 같이 저녁 식사나 할래요?"

"그건……." 나는 목에 걸린 응어리를 삼켰다. "고마운 말씀이지만 저녁은 건너뛰어야 할 것 같아요. 할 일이 산더미 같은데 하루 종일 밖에 돌아다녔잖아요. 마감일을 맞춰야 해서." 처리할 시체도 한 구 있었다.

닉이 몸을 기울여 달콤하고 부드럽게 입을 맞추자 내 죄책감은 더 커졌다. 나는 차 문을 열고 밖으로 나가 진입로를 빠져나가는 그의 차를 지켜보았다. 닉은 로디 경관의 차를 지나가며 그에게 손을 흔들었다.

길 건너편에 해거티 부인의 커튼 가장자리가 살짝 들렸다. 유리창 뒤에서 그녀의 흰 머리가 유령처럼 일렁였다. 정말 지긋지긋한 여자였다. 나도 참을 만큼 참았다. 이제 따끔하게 한마디 해줄 때가 되었다.

내가 길을 건너는 사이 그 집 커튼이 닫혔다. 나는 구두 굽을 탁탁거리며 그녀의 현관 계단을 뛰어올랐다.

"해거티 부인!" 문을 쾅쾅 두드렸다. "핀레이 도너번이에요. 할 말이 있어요."

다시 손을 들어 내리치려는 순간 문이 열렸다. 실내에서 밀려나온 따뜻한 공기에 정신이 아찔했다.

"왜 안 찾아오나 했네." 해거티 부인이 반달형 금테 안경 너머로 나를 노려봤다. 연갈색 립스틱이 주름진 입술선 밖으로 비뚤배뚤 칠해져 있었다. 해쓱한 뺨에 찍어 바른 볼화장은 너무 붉었고 유행 지난 향수는 내 코를 지나치게 자극했다.

얕은 숨을 쉬며 그녀를 빤히 보았다. 나를 집 안에 들이려고는 하지 않았지만 면전에서 문을 닫지도 않았다. "그게 무슨 말씀이죠?"

"찾아올 때도 됐잖수. 벌써 1년째 사과를 기다리고 있는데. 그래, 나한테 할 말이 있다고요?" 그녀가 턱을 치켜들자, 늘어진 턱 밑 피부가 안경다리 끝에 연결된 금 사슬 사이로 당당히 덜렁거렸다.

"그래서 지난주에는 문을 안 열어주신 거예요? 제가…… 사과를 안 해서?"

단호하게 고개를 까딱하는 그녀를 보고 나는 기가 막혀 머리를 젖혔다. "결국은 찾아올 줄 알았지. 당신 차고에서 일어난 수상한 사건을 내가 봤는지 안 봤는지 궁금해서 못 견딜 테니까."

발밑의 땅이 푹 꺼지는 기분이었다. "제 차고에서 수상한 걸 보셨다고요?"

"내가 괜히 이 마을 지킴이인 줄 알우?"

"그러시구나." 어리석은 소리가 튀어나오기 전에 성질을 죽이고 입을 닫았다. 나는 고개를 저으며 말했다. "네, 당연히 그러시겠죠. 부인 말씀이 맞아요. 사과드리러 온 거예요. 그……." 해거티 부인은 삐뚜름하게 그린 얇은 눈썹을 올렸다. 내가 무얼 속죄하기를 기대했는지 도저히 알 수 없었다. 내내 우리 집을 염탐한 건 이 여자다. 스티븐의 외도 사실을 떠벌려 내 결혼을 파탄으로 몰아넣은 것도 이 여자다. 다른 마을 지킴이들에게 소문을 퍼뜨린 것도 이 여자다. 그런데도 결국 그 뒷감당은 오롯이 내 몫이었다. 지금 내 앞에 서 있는 앙상하고 구부정한 이 노파는 아무 책임도 지지 않았다. 그녀는 턱을 더 높이 쳐든 채 기다렸다.

"죄송합니다." 마지막 자존심까지 삼키며 입을 열었다. "제가 소리를 지르고 험한 욕을 해서 죄송해요. 남편한테 화가 났는데 부인께 화풀이를 했네요. 그러지 말았어야 했는데."

해거티 부인은 코에 주름을 잡으며 안경을 고쳐 쓰고 진심인지 가늠하듯 나를 살폈다. 그러다 만족스러운 듯 끙 소리를 내며 안경을 가슴 위로 떨어뜨렸다.

"그나저나, 저희 집 차고에서요." 내가 조심스레 운은 뗐다. "정확히 뭘 보신 거예요?"

그녀가 등 뒤에 놓인 테이블 위의 스프링 공책으로 손을 뻗었다. 그것을 펼쳐 들고 쭈글쭈글한 손가락에 침을 묻혀 페이지를 넘기다가 한숨을 쉬며 손을 멈췄다. "10월 8일 화요일 밤이네. 저녁 6시 직전에 아이들을 데리고 집을 나가더구먼. 6시 40분쯤에는 아이들 없이 돌아왔고. 원래 외출을 별로 안 하는 사람이라 밤새 집에 있을 줄 알았는데." 그녀가 눈을 내리깔고 나를 보자 나는 어색한 미소로 화답했다. 노파의 목을 조르지 않으려면 그러는 수밖에 없었다. "그런데 집을 또 나서더군요. 데이트라도 하러 가는지 옷을 쫙 빼입고서. 최근 사건 검은 머리 경찰이라도 만났나?" 그녀는 닉과의 관계에 대해 설명하라는 듯 엉성하게 그린 눈썹을 들썩였지만 구태여 그럴 필요가 있을까 싶었다. 이 여자는 이미 모든 걸 파악하고 있는 듯한데. "솔직히 처음에는 그 여자가 테리사 홀인 줄 착각했다우. 그런데 차고 계단에서 굽이 삐끗해 넘어지는 걸 보고 바로 댁이구나 했지. 테리사보다 훨씬 어설프고 자세도 구부정하니까." 그녀가 내 어깨를 뜯어보며 덧붙였다. "만날 컴퓨터 앞에만 앉아 있으니까 그런 거 아니우. 그러다가 건강 다 버리지."

나는 그녀에게 계속하라는 뜻으로 초조하게 손짓했다.

"어쨌거나 그때는 7시 직후였던 모양인데." 그녀가 다시 공책을 보며 말을 이었다. "그 후 몇 시간은 아무 일 없이 조용했어요. 내가 TV를 보면서 파이를 먹고 있을 때라 그 집 차고에 불이 켜진 시각이 9시 45분이라는 걸 알았지. 차 엔진도 안 끄고 집에 들어갔잖우. 나는 댁이 뭔가 빠뜨린 물건을 챙기러 왔다가 다시 가서 아이들을 데려올 줄 알았지."

"그날 우리 애들을 언니 집에 맡겼어요."

"경찰 언니 말이우? 지난 며칠 사이에 경찰들이 참 많이도 들락거렸지ㅡ."

"네, 언니가 아이들을 봐줬어요." 말이 좀 퉁명스럽게 나왔다. "다른 것도 보셨어요?"

"당연하지." 그녀는 자신의 정보력을 의심하는 질문이 불쾌하다는 듯 뾰족하게 대꾸했다. "댁이 집 안에 있는 동안 누가 당신 차를 건드릴까 싶어 그쪽을 계속 지켜봤다우. 댁이 집 안에 너무 오래 있기에 처음엔 좀 짜증이 나더라고. 심야 TV 프로그램도 놓치고 있던 터라. 그런데 이상한 일이 일어나지 않겠수." 그녀가 안경을 고쳐 썼다. 굵은 금색 안경줄이 스웨터의 어깨 패드에 걸렸다.

"뭘 보셨죠?"

그녀는 뻣뻣한 손가락을 내게 겨누었다. "누가 차고를 기웃거리더라고."

숨이 턱턱 막혔다. 역시 그랬다. 해거티 부인은 해리스를 죽인 자들을 목격했다. "어떤 사람들이었는지 기억나세요?"

"그렇게 늦은 시간에는 여기서 또렷이 보이지가 않아. 그 집 차 불빛을 받지 않았다면 키 큰 남자라는 것도 못 알아봤을 거예요. 그 남자가 글쎄 차창 안을 들여다보더라고. 아무래도 차를 훔치려는 동네 양아치 같아서 내가 경찰서에 신고하려고 아래층으로 내려왔지. 하지만 주방에 있는 전화기 앞까지 왔을 때는 이미 댁이 차고로 나오고 그자는 달아나고 없지 뭐요. 주방 창으로 내다보니까 차고 문이 닫혀 있데. 그자도 사라졌고." 나는 계단에 설치된 레일과 그 아래에 놓인 의자 달린 승강기를 힐끗 보았다. 우리 할머니 댁에도 있는데, 아주 느릿느릿 움직이는 장치였다. 해거티 부인이 시간을 얼마나 지체했는지 알 수 없었다. 아니, 이 노인을 믿을 만한 목격자로 볼 수나 있을까? 차고 문을 닫는 사람을 실제로 볼 수도 없었을 텐데. 설령 봤다손 치더라도, 거울에 비친 자기 얼굴에 입술 라인도 똑바로 못 그리는 할머니 아닌가. 판사가 그녀의 증언을 채택하지 않을지도 모른다.

"남자라고 하셨어요?" 그녀의 말을 제대로 들었는지 확인하려고 물었다.

해거티 부인은 자신 있게 고개를 끄덕했다. 나는 뒤통수를 긁적이며 이 상황을 납득하려 애썼다. 펠릭스는 키가 크다. 그가 테리사와 같이 왔을지도 모른다. 아니면 안드레이와 같이. 하지만 그런 시나리

오는 뭔가 이상했다. 펠릭스가 어떻게 행동하는지는 나도 충분히 알고 있다. 그는 자기 손으로 더러운 일을 하는 법이 없다. 그래서 안드레이가 필요한 거다. 그리고 안드레이는 용의주도하지 못하다.

"그 남자가 누구랑 같이 왔는지 보셨어요?"

"다른 사람은 못 봤어요. 남자 한 명뿐이던데."

말이 안 된다. 살인자가 차고 문을 닫는 것을 도울 다른 사람이 현장에 있었어야 한다. 차에서 기다리다가 해거티 부인이 계단을 내려오는 사이 잠깐 차고로 들어갔을 수도 있다.

"그 남자가 어떤 차를 타고 왔는지는 보셨어요?"

그녀가 눈을 가늘게 떴다. "차는 없었다우. 아무 데도 안 보이던데."

그렇다면 내 추측대로 범인은 걸어서 온 것이다. 내가 용의자의 인상착의나 차량의 특징을 설명하지 못한다면, 다른 누군가가 해리스를 고의로 살해했다는 증거를 대지 못하는 상태에서 내가 러시의 그 여자였다는 사실을 닉이 밝혀낸다면, 나는 꼼짝없이 유력 용의자로 몰린다. 닉의 수사가 막다른 길로 빠지기만을 바랄 뿐이었다. 그 여자가 나였다는 사실을 줄리언이 부인하고, 해리스 미클러가 내 집에 왔다는 사실을 아무도 증명하지 못하기를 바랄 뿐이었다.

"그날 밤에…… 그 외에도 보고 들은 게 있으세요? 제 차고에…… 뭔가 이상한 낌새가 있었다든지?" 내가 조심스레 물었다.

"없우. 뉘 집 개들인지 하도 요란하게 짖어대는 통에 다른 소리는 들리지도 않았거든. 개들이 도둑을 봤는지 잔뜩 흥분했더라고. 그자가 떠나고 나서야 잠잠해졌다우." 그녀는 머리를 긁적이며 공책을 다시 들여다봤다. "어디 보자…… 그 집 보모가 현관문으로 들어가는 걸 봤어요. 그래서 이제 됐구나 싶어서 나도 자러 갔지." 해거티 부인이 코를 찡긋하자 이마에 미로처럼 복잡한 주름이 잡혔다. "생각해보니까 동트기 전에 요란한 쿵 소리가 나서 잠을 깼는데 무슨 소리였는지는 모르겠네." 베로와 내가 농장에서 돌아온 후에 차고 문이 떨어지는 소리였을 것이다. 그사이 우리가 드나드는 모습은 해거티 부인도 보지 못했다는 뜻이다.

"잘됐네요…… 그러니까, 감사하다고요." 나는 안도감에 어깨를 축 늘어뜨렸다. "경찰에 신고하셨나요? 그날 일에 대해서?"

"아니." 그녀가 고개를 젓자 늘어진 피부가 덜렁거렸다. "그럴 필요 없겠더라고. 시간 낭비 같아서……" 그녀의 생각은 거기서 끊겼다. 노인은 안경을 벗으며 말똥말똥한 파란 눈으로 나를 응시했다. "왜 그래요?" 뭔가 기대하는 듯이 물었다. "그 남자가 뭘 훔쳐갔어요? 그렇다면 당장 같이 가서 저 경찰한테 얘기합시다." 그녀는 로디 경관의 위장 순찰차를 가리켰다.

"아니, 아니에요. 아무 문제 없어요." 나는 그 집 문에서 물러나며 말했다. 하지만 문제가 없는 건 아니었다. 절대로. 닉이 해리스 미클러의 시체를 파내기 전에 그를 죽인 사람을 밝힐 시간은 아무리 길게 잡아도 48시간밖에 없었다.

38

우리 집 현관문을 열고 들어갔다가 너무 고요해서 당황했다. 하지만 이내 아이들이 아빠한테 갔다는 사실을 떠올렸다. 불안한 정적이었다. TV가 꺼져 있었다. 조명도 모두 꺼져 있었다.

"베로?" 그녀의 이름이 메아리쳤다. 공부하러 도서관에 간 모양이었다.

내 구두 굽이 주방 바닥에 또각또각 부딪쳤다. 차고로 통하는 문을 열었다. 평소에 내 차를 대는 빈 공간 옆에 베로의 차저가 서 있었다. 펠릭스를 맞닥뜨린 이후 라몬의 렌터카만 돌려주고 내 밴은 아직 찾아오지 못했다.

주방문 닫는 소리가 빈 집에 흡수되자 갑자기 혼자 있는 게 아니라는 무서운 기분이 들었다. 누가 나를 지켜보는 듯했다.

뭔가 예감이 이상했다. 뭔가 아주―.

"짜잔!" 심장이 덜컥 내려앉았다. 베로가 재크를 안은 채 다이닝룸 문으로 뛰어나왔다. 뒤이어 딜리아도 나왔다. 뾰족한 머리칼과 어울리는 알록달록 리본으로 헬륨 풍선 다발을 묶어 멜빵바지의 단추에 걸고 있었다. 청구서가 쌓여 있던 접이식 테이블 위가 말끔히 치워지고 한복판에 케이크가 놓여 있었다. 놋쇠 샹들리에에는 색테이프가 매달려 있고 얼음 양동이에 샴페인 한 병과 주스 두 통이 담겨 있었다.

딜리아가 내 다리로 달려들면서 나를 뒤로 자빠뜨릴 뻔했다. 아이를 꼭 안으며 가벼운 몸집과 내 피부에 와 닿는 보드라운 살결을 감각에 새겼다. 해리스의 시체가 닉에게 발견되면 딜리아를 몇 살 때나 다시 볼 수 있을지 막막했다.

"주말 내내 아빠랑 있을 줄 알았는데." 나는 뒤로 물러나 딜리아의 커다란 녹갈색 눈을 마주봤다.

"아빠는 일하러 가야 한댔어." 딜리아는 고사리손으로 내 귀에 박힌 다이아몬드 귀걸이를 만지작거렸다.

"한 시간 전에 스티븐이 아이들을 데려왔어요." 베로가 허리춤에 걸터앉은 재크를 까딱까딱 흔들며 설명했다. "농장에 급한 일이 생겨서 가봐야 한다면서요. 테리사도 일하러 나갔는데 연락이 안 된다며 아이들을 오늘 여기 둬도 되겠냐고 묻더라고요. 마침 좋은 소식도 있고 하니까 셋이서 축하 파티 준비하기 딱 좋은 기회잖아요!" 딜리아가 내게 풍선 하나를 건넸다. 재크는 입에 문 플라스틱 피리에 침을 불어 넣으며 이를 드러내고 환히 웃었다.

"무슨 소식요?" 재크가 손을 뻗어 내 품으로 파고들었다. 아무래도 오늘 오후에 닉이 가져올 소식만큼 대단한 소식은 아닐 거라 확신하며 아이를 꼭 끌어안았다.

베로가 접힌 지방 신문을 건넨다. "1면 맨 밑을 봐요."

재크를 바닥에 내려줬더니 아장아장 달아나버렸다. 신문을 펼치느라 놓친 풍선이 천장까지 올라가버렸다.

내 기사였다.

금발 가발 스카프를 쓰고 짙은 선글라스로 눈을 가린 작가 프로필 사진이 흑백으로 실려 있었다. 기사 제목은 이랬다. '지역 미스터리 작가, 차기작으로 거액의 판권 계약 체결'.

내 심장이 0.5초간 부풀었다가 불타는 잿더미에 처박혔다.

내가 신문에 나다니. 내 책이 신문에 나다니. 실비아가 무슨 짓을 한 걸까?

가슴을 졸이며 기사를 훑어봤다.

맨해튼 소재 바 앤드 어소시에이츠의 에이전트 실비아 바, 올 가을 출간될 피오나 도나휴의 신작 맛보기 소개.

이 책이 출판사에서 큰 기대를 얻은 이유에 대해 바는 이렇게 설명한다. "피오나는 뛰어난 이야기꾼이다. 머잖아 베스트셀러 작가가 되리라 기대한다. 그녀의 작품은 신선하면서도 재미있다. 엄청난 히트작이 탄생하리라는 예감이 든다."

나는 숨을 훅 내쉬었다. 역시 실비아는 이 정도만 밝힌 모양이다. 책 내용에 대해서는 얘기하지 않고—.

의자에 털썩 주저앉았다. 기사를 읽다 보니 혈압이 점점 치솟는 기분이었다.

여성 청부살인업자가 낯선 유부녀에게서 속 썩이는 남편을 제거해달라는 의뢰를 받는다. 그 남편은 마피아에 연루된 부유한 회계사다. 하지만 누군가 주인공에 앞서 선수를 치고…… 살인을 의뢰한 아내마저 행방이 묘연해진다. 누명을 쓰기 전에 자신의 표적이었던 남자가 살해당한 경위를 조사하기로 결심한 미녀 청부업자는 사건의 전말을 밝히기 위해 자신의 정체를 까맣게 모르는, 잘나가는 형사와 힘을 모은다.

"대단해, 엄마! 베로가 그러는데 이제 엄마는 유명한 사람이래. 텔레비전 나오는 사람처럼." 딜리아가 내 다리를 꽉 붙들고 평소 제 아빠를 볼 때의 초롱초롱한 사슴 눈으로 나를 올려다봤다. "지금 케이크 먹어도 돼?"

"맞아요, 이럴 때 케이크가 필요하죠!" 베로가 아이들을 주방으로 데려가자 나는 요동치는 심장을 안고 나머지 기사를 읽었다. 한 달만 전이었어도 이런 기사를 보면 세상을 다 가진 기분이었을 것이다. 하지만 닉이 농장을 파헤칠 영장을 확보한다면 이 보도 기사가 나를 옭아맬 치명타가 될 수도 있다.

베로는 설탕 입힌 케이크 조각을 재크의 유아용 의자와 딜리아 앞에 놓았다. "얘기 좀 할래요?" 내가 소리 죽여 물었다.

"케이크 먹고 나서요." 베로는 자기 접시에도 한 조각을 덜고 그 위에 아이스크림 한 덩어리를 떨어뜨렸다.

그녀의 팔꿈치를 잡아당겼다. 거실로 가는 길에 베로가 손에 쥔 숟가락에서 아이스크림이 뚝뚝 흘렀다.

"아야!" 그녀가 내게 인상을 쓰며 종이로 된 파티 모자를 고쳐 썼다. 그 모자를 머리에서 벗기고 싶은 충동을 느꼈다.

"아까 닉이랑 스티븐의 농장에 다녀왔어요." 내가 소리 죽여 말을 꺼냈다.

베로의 얼굴에서 핏기가 사라졌다. "거긴 뭐 하러 갔어요?"

"펠릭스의 차에 붙어 있던 잔디의 출처를 추적하다가 거기까지 가게 된 거예요. 영장을 받아서 농장을 파헤치겠대요."

베로가 토하는 사람처럼 신문 위로 고개를 떨궜다. 자기가 쓴 미스터리 소설이 지역 신문에 실리는 것과 누군가 실제로 그 시체를 발견하는 것은 완전히 다른 문제였다. "왜 말리지 않았어요?"

"나더러 어쩌라고요?"

"몰라요!" 그녀의 손을 타고 흐른 바닐라 아이스크림이 카펫 위에 떨어졌다. "못 하게 방해해야 돼요! 지난번처럼 꼬리라도 쳐봐요!"

"그랬다가 일이 이렇게 틀어진 거잖아요!"

우리는 주방을 획 돌아봤다. 아무래도 둘이서 같은 생각을 한 모양이었다.

"우리 이제 어떡하죠?" 베로가 물었다.

"모르겠어요." 이리나의 돈을 챙겨 아이들을 데리고 해외로 떠야 하나? 하지만 어디로 가지? 돈을 들고 튀었다고 이리나가 일러바치면 안드레이와 펠릭스의 손에 잡히는 건 시간문제일 텐데?

"영장이 나오기까지 얼마나 걸릴까요?" 베로가 물었다.

"몰라요." 줄리언에게 전화해서 물어볼 수는 없는 노릇이었다. "닉이 그러는데 주말에는 영장을 발부해줄 판사를 찾기가 쉽지 않대요. 하루 이틀 정도 걸릴 거예요."

"좋아요." 베로가 라마즈 호흡*을 절실히 연상시키는 심호흡을 하

* 분만 시 진통을 줄이는 데 도움이 되는 흉식 호흡.

356

며 말했다. "좋아요, 잘됐네요. 그러니까 닉이 시신을 발견하기 전에 옮기기만 하면 되는 거잖아요."

주방에서 새된 웃음소리가 터져 나왔다. 베로와 동시에 돌아보니 재크가 자기 머리에 케이크를 바르고 있었다. 딜리아는 입에 시퍼런 식용 색소를 묻힌 채 조금 혐오스럽다는 듯이 그 모습을 보고 있었다. 케이크에는 아이들이 앞으로 48시간 내내 설쳐도 다 소비하지 못할 당분이 들어 있었다. 아무래도 일이 쉽게 풀리지 않을 모양이었다.

"그나마 다행이네요." 베로가 말했다.

"뭐가요? 이 상황이 어떻게 다행일 수 있는지 정확히 설명 좀 해 봐요."

"이 와중에 집에 개까지 데려올 뻔했잖아요. 딜리아한테 개 얘기는 절대 꺼내지 마요. 우는 거 달래느라 얼마나 애먹었나 몰라요."

"딜리아가 왜 울어요?"

"스티븐이 오늘 오전에 아이들을 데리고 보호소에 가봤는데, 샘이 없었대요."

"누가 입양해갔대요?"

"애런이란 사람 있잖아요. 퍼트리샤의 친구라는. 스티븐이 보호소 직원한테 듣기로, 지난주 퇴근할 때 애런이 샘을 집에 데려갔대요. 게다가 애런이 몇 주 전에 이미 두 마리를 입양했다고 그 직원이 말했다는 거예요. 이상하지 않아요? 세 마리를 데리고 여행을 떠나기는 쉽지 않을 텐데."

가슴이 철렁 내려앉았다 "여행이라고요? 무슨 여행요?"

"그날 오후에 떠났다던데요. 휴가를 간다고 해놓고 돌아오지 않았대요. 어디로 갔는지는 아무도 모른다더군요." 우리 둘의 눈이 마주 쳤다. "혹시……?"

내가 애런을 만나서 퍼트리샤에 대해 이것저것 물어본 직후가 틀림없었다. 나는 신청서에 테리사의 주소를 써넣었다. 테리사와 나는 같은 거리에 산다. 만약 애런이 그 거리 이름을 본 적이 있다면(해리스가 죽은 날 밤이라든지) 주소를 알아보고 내가 누구인지, 왜 퍼트리샤를 찾는지 눈치챘을지도 모른다.

떠돌이개도 훌륭한 반려견이 될 수 있거든요.

그런 거였나? 차고 문을 닫은 사람, 보호소의 샘과 다른 개들을 구했듯 폭력적인 남편에게서 퍼트리샤를 구하기로 작정한 사람은 애런이었을까? 퍼트리샤가 직접 실행할 계획을 세운 사실은 알지 못한 채? 애런이 기회를 노리는 사이 내가 해리스를 술집에서 납치한 걸까? 그가 내 뒤를 밟다가 나는 도저히 할 수 없던 일을 처리할 기회를 잡았을까?

뉘 집 개들인지 하도 요란하게 짖어대는 통에 다른 소리는 들리지도 않았거든. ……그자가 떠나고 나서야 잠잠해졌다우.

개 짖는 소리. 해리스를 차에 싣던 그날 밤 러시의 주차장에서도 개 짖는 소리가 들렸다. 그날 밤늦게 언니와 통화를 할 때도. 퍼트리샤가 실종되던 날 밤의 뉴스에 따르면 그녀는 개를 키우지 않았다. 하지만 애런은 여러 마리를 입양했다.

몰리와 해적이 그의 차에 타고 있었을까?

퍼트리샤의 차고에서 본 갈색 스바루가 떠올랐다. 두 명의 인간과 두 마리 개를 표현한 막대 그림이 붙어 있었는데. 보호소 휴게실에 걸린 사진에서 퍼트리샤는 몰리와 해적을 데리고 애런 옆에 앉아 있

었다. 그녀의 손가락에 반지가 보이지 않던 사진. 애런은 친구 이상
이었을까? 남자친구? 애인? 미래를 약속한 사이일까? 그래서 둘 다
해리스를 제거하지 못해 안달이었을까? 만약 그렇다면 애런이 내 차
고에 해리스를 가둘 때는 누가 도왔을까?

해거티 부인 말대로 애런이 정말 혼자였다면 그는 어떻게 차고 문
이 내려오지 않게 막을 수 있었을까? 가까이서…… 잡고 있지도 못
했을 텐데?

베로의 손에 쥐인 아이스크림 숟가락을 빼앗아 얼음통에 던졌다.
"허리띠 좀 줘봐요." 그녀에게 말했다.

"내 허리띠요?"

"그냥 좀 줘봐요."

베로는 가죽 벨트의 버클을 풀고 청바지 고리에서 뽑았다. 보호소
에서 애런을 만난 날 그가 차고 있던 허리띠보다 얇기는 해도 충분히
튼튼해 보였다. "잠깐 애들 좀 보고 있어요. 금방 돌아올 테니."

차고 벽에 설치된 리모컨을 눌렀다. 늦은 오후의 햇살이 콘크리트
위로 쏟아졌다. 그 한가운데에 서서 레일을 응시하며, 나는 허리띠
를 이용해 문이 떨어지지 않게 고정할 방법, 애런이 샘의 견사 문을
열어둘 때 사용한 그 방법을 궁리했다.

차고의 앞쪽 모퉁이, 레일이 휘어지는 곳에 금속 막대 두 개가 교
차해 있었다. 사다리 의자를 타고 올라가 막대 둘레에 허리띠를 끼
우고 열린 문 바로 밑에 단단히 고정시켰다. 그런 다음 의자를 차고
한가운데로 옮겨놓고, 밟고 올라가 비상 당김줄을 당겼다.

문이 모터에서 분리되면서 부드러운 딸깍 소리가 났다. 문은 축 내
려와 베로의 벨트에 매달렸다.

애런이 해리스를 죽인 것이다.

테리사와 애이미가 아니다. 펠릭스와 안드레이도 아니다. 애런의 단독 범행이었다. 그는 문이 쾅 닫히면 내가 달려오리라는 것을 알고 있었다. 베로가 동물들을 풀어주고 문을 놓아버리자 견사의 문들이 저절로 닫히면서 보호소에 대혼란이 일어났듯. 애런은 자기 허리띠를 레일에 묶은 다음 줄을 당겨 문을 모터에서 분리했다. 소리 없이, 그런 다음 한 손으로 허리띠를 풀고 조심조심 문을 내렸을 것이다.

하지만 애런이 퍼트리샤와 함께하기 위해 해리스를 죽였다면, 퍼트리샤가 이미 죽은 지금 굳이 이 도시를 떠날 이유가 있을까? 해리스의 죽음에 얽힌 진실을 아는 사람은 나뿐이고, 죄책감 때문인지 내가 알아낸 사실을 경찰에 신고할 마음은 전혀 들지 않았다. 퍼트리샤는 죽었어도 애런은 계속 이 도시에서 살 수 있다. 그런데 혹시…….

퍼트리샤 미클러는 이제 존재하지 않아요. 내가 확실히 처리했어요.

헬스클럽에서 이리나와 나눈 대화를 돌이켜보았다. 퍼트리샤가 죽었다고는 절대 말하지 않았다. 퍼트리샤 미클러를 찾을 수 없게 되었다고 했을 뿐.

그자의 수하들은 누구든지 흔적 없이 사라지게 할 수 있어요. ……처음부터 존재하지 않던 사람처럼 새 이름, 새 여권을 갖고 자취를 감춰버리게 하는 거죠.

퍼트리샤 미클러가 사실은 죽지 않았다면? 이리나의 도움을 받아 사라졌을 뿐이라면? 차와 소지품을 저수지에 버리고 죽은 것으로 꾸몄다면? 이제 퍼트리샤는 다른 사람이 되어 '다른 곳'에서, '다른 사람'과 살고 있다면? 그러니까, 그녀를 돌봐주고 안전하게 지켜줄 사람과 함께?

내가 퍼트리샤의 차고에서 본 차는 애런의 것이 틀림없었다. 뒷유리의 막대 그림은 두 사람과 개들이 이룬 가족을 의미하는 것이 분명했다. 그들이 애런의 스바루를 타고 행복한 새 출발을 하러 떠났다면? 애런과 퍼트리샤는 어디든 갈 수 있다. 처음부터 존재하지 않은 사람들처럼 흔적을 지운 채. 그렇다면 해리스 미클러의 죽음에 얽힌 용의자는 나 혼자 남게 된다. 어떻게도 해명할 수 없는 불리한 증거만 산더미처럼 떠안은 채.

머리가 떵해져 의자에서 내려왔다.

호주머니 속 휴대전화가 쉴 새 없이 윙윙거렸다. 꺼내보니 놀랍게도 부재중 전화가 열 건이 넘었다. 부모님, 조지아, 실비아……. 다들 신문에 실린 기사를 보고 축하 인사를 하러 전화했겠지. 그중 누구와도 통화할 엄두가 나지 않았다.

진입로에서 타이어가 끽끽거렸다. 몸을 돌렸다가 내 무릎 한 뼘 앞에서 멈춘 은색 범퍼를 보고 뒷걸음질을 쳤다. 세단 앞유리로 닉의 화난 얼굴이 보였다. 그는 손가락으로 나를 가리켰다가 조수석을 가리켰다. "타요." 그가 입모양으로 말했다.

문을 열고 닉의 차에 타기 전에 주방 창문에 비친 베로의 그림자를 애타게 바라봤다. 닉은 후진 기어를 넣고 우리 집 진입로를 빠져나가면서 조용히 식식거렸다. 그는 길 아래쪽 막다른 골목으로 차를 홱 틀더니 나를 보려고도 하지 않은 채 도로 경계석 옆에 덜컥 멈췄다.

"당신을 집에 데려다주고 나서 어이없는 소식을 들었어요. 상관한테 전화해서 엄청난 단서를 찾았다는 소식을 전할 참이었죠. 그런데 그분도 내게 할 말이 있다더군요. 저질 지역 신문에 황당한 기사가 실렸다면서." 닉은 글로브박스에서 신문을 꺼내 내 무릎에 던졌다.

"보아하니 주인공의 정체를 모르는 잘나가는 형사가 나 같던데. 내 수사는 당신 책을 쓰는 데 필요한 사전 조사에 불과했고요."

"그런 게 아니라…… 당신이 오해하고 있─."

"나 정직당했어요." 그 말을 듣자 차 안의 공기가 전부 사라지는 기분이었다. "상관의 처분만 기다리고 있다고요. 내가 맡았던 사건에서도 배제됐어요. 경찰 배지도 압수당했고. 이제 월요일까지 기다렸다가 청장 집무실에 들어가서 이 사건에 개인적인 이해관계가 있는 소설가가 내 수사에 관여한 이유를 해명해야 돼요. 그때쯤이면 모든 게 끝나 있겠죠."

입이 바짝 말랐다. "끝나다니 무슨 뜻이에요?"

"위에서 내 사건을 가져갔어요. 상관이 영장을 받으려고 포콰이어 카운티 경찰에 협조를 요청했다고요. 내일 그쪽에서 영장을 받으면 당장 농장을 파헤치겠죠. 내가 배지를 돌려받을 때쯤에는 펠릭스와 테리사도 이미 잡혀 들어갔을 테고요."

"미안해요." 나는 어쩔 줄 몰라서 사과했다. "그 책 내용은 원래 유줄되면 안 되는 건데. 에이전트한네만 원고를 보냈거든요. 그분이 니무 들떠서 그만─."

그는 두 눈에 분노와 배신감을 번뜩이며 나를 돌아봤다. "내가 당신을 믿고 민감한 정보를 털어놨다는 생각은 안 들던가요? 당신한테 너무 많은 것을 보여주고 들려줬다는 게 알려지면 내가 직장을 잃을 수도 있다는 생각은 못 했어요?"

"그건 당신 선택이었지 내 탓은 아니잖아요!" 공포가 분노로 바뀌자 나는 안전벨트를 풀고 앉은 채로 그를 돌아봤다. "나를 찾아온 건 당신이잖아요. 글 쓰는 데 필요한 조사를 돕겠다고 먼저 나섰잖아요."

"당신은 나를 이용했어요!"

"당신도 나를 이용했죠! 납치 혐의를 이용해 내 전남편의 약혼녀를 체포하려고 직접 알아낼 수 없는 정보를 내게서 캐내려 했잖아요. 당신에게는 그 여자 사무실이나 집을 수색하는 건 물론이고 그 여자를 신문할 증거도 없었으니까요. 그러니까 나한테 사람을 이용했네 안 했네 하는 소리 집어치워요!"

그는 창밖으로 시선을 돌리며 한숨을 뱉었다. "한 가지만 대답해 줘요." 그가 외투 안에 손을 넣어 안주머니에서 뭔가를 꺼냈다. 그리고 그것을 내 손에 떨어뜨렸다. 엉망으로 엉킨 가발 스카프가 내 무릎에 놓였다. 정체를 감추려고 썼던 아름다운 변장용품이었다. 그것을 쓰고 성공한 사람 행세를 하면 내 안전을 지키고 곤경에서 벗어날 수 있을 줄 알았다. 스카프는 찢어지고 금발 머리타래에는 먼지가 묻어 있었다. 맞은편에서 닉이 나와 눈을 맞췄다.

"농장을 파헤치면 뭐가 나올까요?"

그는 모르는 사람 보듯, 처음 보는 사람 보듯 나를 쳐다봤다. 자신을 마주 쏘아보는 얼굴이 마음에 들지 않는 모양이었다.

내가 대답하지 않자 그는 차에 시동을 걸었다. 집으로 돌아가는 내내 우리는 한마디도 하지 않았다. 그는 나를 진입로에 내려주고 작별 인사도 하지 않았다.

집 안에 들어갔더니 베로가 문 옆에서 초초한 듯 두 손을 비비고 있었다. "어찌 된 일이에요?"

풍선 하나가 천장에 떠다녔다. 아이들은 방에서 놀고 있었다. 베로가 먹지 않은 아이스크림이 녹아 접시에 웅덩이를 이루었다.

"해리스의 시체를 옮겨야 해요. 오늘 밤에."

39

베로와 나는 라몬의 렌터카 트렁크 앞에 섰다. 주변의 어둠을 더 음침하게 만드는 희미한 불빛이 내용물을 섬뜩하게 비췄다. 그나마 이번에는 뒷좌석에 잠든 아이들은 없었다.

로디 경관 옆을 지나가는 건 생각보다 어렵지 않았다. 언니에게 아이들을 하룻밤만 재워달라고 사정사정했다. 마감일을 넘겨 밤에 혼자서 조용히 글을 써야 한다면서. 한참이나 우는 소리를 하고 뇌물까지 먹인 후에야 언니의 승낙을 받아냈다. 베로가 아이들을 차저 자동차에 태우고 차고를 나가 조지아의 아파트로 갔다. 그러는 동안 나는 밖에서 훤히 보이도록 주방 창가에 서 있었다. 로디 경관과 해거티 부인에게 내가 집에 있다는 걸 똑똑히 보여주려는 의도였다. 조지아의 집에서 돌아오는 길에 베로는 차저를 내가 라몬의 정비소에 두고 온 렌터카로 바꿨다. 낡은 파란색 세단이 베로의 머슬카나 내 미니밴보다는 훨씬 눈에 안 띌 것 같았다. 우리 차 트렁크에 범죄 증거물을 실었다가는 은폐를 위해 폐차를 해야 할지도 몰랐다.

베로는 렌터카를 우리가 만나기로 한 장소인 길 아래 공원에 댔다. 그사이 나는 지하실에 보관된 먼지 쌓인 상자에서 크리스마스 조명 타이머 몇 개를 꺼내왔다. 그것들을 내 서재, 침실, 주방의 전등에 연결해 몇 시간마다 켜졌다가 꺼지도록 설정했다. 해 진 후에 나는 머리를 바짝 당겨 묶고 검은 요가 바지, 검은 장갑, 검은 후드 티셔츠를 착용했다. 커튼을 내리고 뒷문으로 몰래 빠져나가면서 공원에 도착할 때까지 남의 집 마당을 가로지르는 내 하얀 운동화를 발견하고 총을 쏘는 이웃이 없기를 기도했다.

우리는 별 탈 없이 11시쯤 잔디 농장 후문에 도착했다.

공기가 싸늘하고 메말랐다. 라몬의 차 뒤에 서서 필요한 연장을 점검하는 내 숨결이 구름처럼 뭉쳤다.

"트렁크에 랩이 900미터나 들어 있는 이유가 뭐예요?" 베로에게 물었다.

"코스트코에서 특별 할인을 하더라고요."

나는 얼굴을 우그렸다. "그래서 이렇게 사재기를 했다고요?"

"비닐 랩을 가져오라면서요."

"비닐 깔개를 구해오라고 했죠."

"그게 그거죠."

"아니거든요. '랩'은 샌드위치를 싸는 거고, '깔개'는 죽은 사람을 싸는 거예요. 더 두껍고 질기다고요. 샤워커튼처럼."

"집에 샤워커튼이 없어지면 의심받기 십상이라며 못 가져오게 한 게 누군데요!"

"주방용 랩 900미터에 감싸인 채 썩어가는 시체만큼 뻔한 범행 증거가 어딨겠어요!" 나는 삽을 들고 베로의 손에도 하나 밀어주었다.

트렁크 닫히는 소리가 멀리 울려 퍼졌다. 밭두렁으로 다가가자 서리 내린 땅이 발밑에서 요란하게 와삭거렸다.

전조등이 흙 위로 환한 빛줄기를 만들며 우리 그림자를 기다랗게 드리웠다. 베로가 삽 끝으로 흙을 쿡쿡 찔렀다.

"여기에 묻은 거 확실해요?" 그녀는 오른쪽으로 몇 미터 떨어진 곳을 가리켰다. "나는 저기쯤인 거 같은데."

"아니에요." 그녀 옆에 서며 말했다. "여기가 맞아요." 100퍼센트 확실하진 않다는 말은 뺐다. 부드러운 흙에 바큇자국을 남겨 경찰의 추적을 당하는 일이 없도록 이번에는 차를 자갈길에 세우고 전조등을 밭쪽으로 향하게 했다. 칠흑 같은 어둠과 라몬의 차가 드리우는 섬뜩한 빛의 터널 사이에 서 있으니 방향감각이 사라지는 기분이었다. 그래도 시작해야 했다. 일단 이 부근은 확실해 보였다.

베로가 바로 옆 밭에 있는 거대한 노란색 트랙터를 간절한 눈으로 바라봤다. "정말 중장비를 안 써도 될까요? 유튜브에서 조작법 동영상을 몇 개 봤는데―."

"시체 파내는 데 트랙터를 쓸 수는 없어요." 다른 온갖 혐의에 절도죄까지 얹을 수는 없었다. "별로 깊게 묻지도 않았잖아요. 우리끼리도 충분해요."

베로는 혼잣말로 투덜거리며 울퉁불퉁한 밭으로 들어가 흙에다 삽을 꽂았다. "빨랑 끝내버려요. 추워 죽겠어요."

전조등을 껐다. 도로에서 불빛이 눈에 띄지 않도록 어두운 상태로 일하는 편이 나았다. 나는 베로에게서 몇 미터 떨어진 곳을 파기 시작했다. 그녀가 아까 가리켰던 위치 부근이었다. 진짜 그곳이 맞을지도 모르니까. 지난번에 생긴 물집이 아직 굳은살로 자리 잡지 못했지만, 적어도 이번에는 장갑 두 켤레와 튼튼한 삽 두 자루가 준비되었다. 지난 몇 주 사이 땅을 파고 스피닝도 해서 힘이 붙었는지 이번에는 삽질이 한결 수월했다. 우리의 삽이 일정한 리듬에 따라 땅에 꽂히고 구덩이를 넓히며 가운데를 파고들었다. 퍼낸 흙이 주변에 쌓이자 실제보다 땅을 더 깊이 판 듯한 기분이 들었다.

"어디로 옮길까요?" 베로가 입에서 푸른 안개를 뿜으며 물었다. "묘지로 갈까요? 당신 책에서처럼?"

나는 삽질을 하며 힘겹게 웃음을 토했다. 실제로 그렇게 했다가는 그놈의 빌어먹을 책 때문에 철창 신세를 질 게 뻔했다. "아니, 수사가 마무리될 때까지 며칠 데리고 있다가 같은 자리에 돌려놔야죠. 경찰이 같은 땅을 다시 파헤치려고 영장을 또 받기는 어려울 거예요. 그때는 땅이 부드러울 테니 파기도 쉽고 숨기기도 쉬울 거예요." 나는 숨을 씩씩거리며 덧붙였다.

"며칠씩이나요?" 베로가 삽자루에 기대 옷소매로 이마를 훔쳤다. 어둠 속에서도 역겨운 표정이 선명했다. "차를 돌려주러 가면 라몬이 나를 죽이려 들 텐데요. 시체 썩는 냄새가 얼마나 지독한지 알기나 해요? 랩은 남아돌지만 대용량 악취 제거제는 없다고요."

나는 삽날을 더 깊이 박았다. 이미 허리까지 구덩이에 들어가 있었다. "백화점 재고 정리 세일 때 상자형 대형 냉동고를 구해봐요. 아침에 하나 사서 차고에 놔두면 되잖아요."

베로가 음흉하게 낄낄거렸다. "샤워커튼은 그렇게 걱정하던 사람이! 차고에 놓인 상자형 냉동고만큼 '연쇄살인범'의 상징 같은 물건이 세상에 어딨어요?"

"그러면 다른 뾰족한 수라도 있어요?" 발밑에서 쿵 소리가 났다.

삽 끝으로 톡톡 두드리니 뭔가 딱딱한 것이 느껴졌다. 바위를 만났나 싶어 삽을 조금 옆으로 옮겨 다시 두드려보았다.

"잠깐만요." 베로가 콧잔등에 주름을 잡으며 내게서 1미터쯤 떨어진 곳의 흙을 쑤셨다. 그녀는 조심스레 코를 킁킁거렸다. 갑자기 속이 느글거리도록 달큰하고 알싸한 냄새가 공기 중에 감돌았다. "찾았나 봐요."

삽을 내려놓고 호주머니에서 손전등을 꺼내 베로의 발 옆을 비췄다. 냄새 때문에 고개를 돌려야 했다. "상태가 어때요?"

"음…… 핀레이?" 무릎을 꿇고 흙을 치우던 그녀의 목소리가 이상하게 올라갔다. "해리스가 땅에 묻힐 때 청바지를 입고 있었던가요?"

나는 그녀 옆에 무릎을 꿇고 청바지를 입은 긴 다리 위의 흙을 정신없이 치웠다. 그 밑에 나이키 로고가 드러났다. "아닌데." 나는 욕지기를 삼켰다. "운동화를 신지 않았던 것도 확실하고."

"그럼 이 사람은 누구죠?"

"그건 모르지만, 해리스는 절대 아니에요." 남자의 청바지 주머니를 조심조심 두드려봤지만 지갑은 없었다. 냄새 때문에 고개를 멀찍이 뒤로 빼며 죽은 남자의 얼굴을 덮은 흙을 한 움큼 퍼냈다. 목구멍에 침이 고였다. "아! 아, 이런." 나는 소매에 코를 묻었다.

"왜 그래요?" 베로가 가까이 기어오며 물었다.

휘둥그레 뜬 남자의 두 눈에 허연 눈동자가 보였다. 흉측한 잿빛 피부는 늘어졌고 시퍼런 입술 한쪽에서 흙이 흘러나오고 있었다. 관자놀이에는 검붉은 구멍이 나 있었다. "머리에 총을 맞았나 봐요."

베로가 갑자기 동작을 멈췄다. 그녀는 무릎 옆의 흙을 쿡쿡 찌르며 천천히 아래를 내려다봤다. "핀레이?" 그녀는 스페인어로 욕을 중얼거리며 흙 한 움큼을 옆으로 쓸어냈다. 그리고 떨리는 목소리로 내게 알렸다. "이런 말 하기 싫지만, 여기 신발 한 켤레가 더 있어요. 이것도 해리스 게 아니에요."

나는 흔들리는 땅을 딛고 일어섰다. 냄새가 점점 짙어졌다. 신발 두 켤레가 또 나오자 눈물이 쏟아질 것 같았다. 닉이 옳았다. 펠릭스는 진짜로 스티븐의 농장을 사업에 이용하고 있었다. 시체를 버리는 장소로. "이 속에서 해리스를 어떻게 찾죠?"

"몰라요." 공포에 질린 목소리였다. 그녀의 손전등이 내 얼굴을 비췄다.

"그것 좀 아래로 내려요." 나는 눈을 가리며 쏘아붙였다. "앞이 안 보이잖아요."

"뭘 아래로 내려요? 나는 아무 데도 안 비추고⋯⋯." 뭔가 잘못되었다는 듯 그녀의 목소리가 갑자기 갈라졌다. 나는 팔로 가린 채 눈을 깜빡였지만 빛 때문에 그녀의 얼굴이 잘 분간되지 않았다. "손전등이 아니었어요." 그녀가 쉿소리로 속삭였다. "누가 다가오고 있어요!"

우리는 몸을 숙였다. 죽은 남자들의 신발이 우리의 정강이에 눌렸다. 구덩이 밖을 내다봤다. 전조등이 자갈길 위를 통통거리며 우리 쪽으로 가까워지고 있었다. 전조등이 넓은 면적을 훤히 밝혔다. 밤중에 백미러에서 절대 보고 싶지 않은 빛이었다.

"젠장! 닉인가 봐요." 그가 농장에서 잠복할 거란 예상쯤은 했어야 했다. 그가 이 수사를 다른 형사에게 순순히 넘기고 아예 손을 뗄 리는 없다. 아마 우리가 농장으로 들어오는 모습도 보았을 것이다. 우리가 증거로 가득한 구덩이에 확실히 빠지기를 기다렸다가 현장을 급습하려 했겠지. 그가 지원 인력을 요청하지 않았기를 바랄 뿐이었다.

"어떡해요?" 닉의 차가 라몬의 렌터카 옆에 천천히 멈추자 베로가 목쉰 소리를 냈다. 차는 기분 나쁠 만큼 천천히 움직였다. 배기가스가 연기처럼 우리 머리 위를 감돌고, 전조등은 우리를 똑바로 겨눴다.

"이제는 어쩔 수 없어요." 정말 그랬다. 수갑과 유죄 판결 없이 우리가 파놓은 구덩이를 벗어날 도리는 없었다. "닉은 라몬의 렌터카를 알아요. 우리가 여기 있다는 것도 이미 알고 온 거예요. 나는 자수할래요. 전부 설명해야겠어요. 전부 내가 꾸민 일이었다고 할게요." 베로가 쉿소리로 항의하면서 일어서는 내 팔꿈치를 붙들었다. 나는 항복의 의미로 삽을 떨어뜨리고 한쪽 팔로 눈을 가려 전조등의 따가운 빛을 막았다.

베로도 내 옆에 섰다. 삽을 땅에 내려놓는 그녀의 손이 부들거렸다. 팔을 쳐든 채 우리는 닉이 차에서 내려 체포하러 오기를 기다렸다.

차 문이 열렸다. 엔진이 계속 돌아가면서 내뿜는 가스가 시체 썩는 냄새를 밀어냈다. 그의 부츠가 천천히 자갈을 밟으며 우리 쪽으로 다가왔다. 그가 차 앞에 멈추자 두 빛줄기 사이에 그의 윤곽이 드러났다. 그는 왼쪽 호주머니에 손을 집어넣었다. 수갑을 꺼내려는 모양이었다.

라이터 부싯돌이 거친 소리를 냈다. 한 번. 두 번.

나는 팔을 내리고 전조등 앞에서 눈을 깜빡거렸다. 불꽃이 붙었다가 사라졌다. 닉이 담배를 길게 빨아들이자 빨간 점이 더 선명하게 빛났다.

"닉이 담배를 피우는 줄은 몰랐네요." 베로가 속닥거렸다.

"닉은 담배 안 피워요." 내가 소리 죽여 대답했다.

베로가 내 옆구리에 바짝 붙었다. 남자가 길게 뿜은 흰 연기가 밝은 전조등과 배기가스 앞에서 흐트러졌다. 재킷이 부풀면서 그의 상체 윤곽이 일그러졌다. 하지만 내 눈길을 끈 것은 빛을 등진 채 어깨너비로 벌린 그의 다리였다. 닉보다 튼실해 보이는 그 다리는 땅에서 솟아난 두 개의 단단한 나무줄기 같았다. 내 눈이 다리를 타고 올라가다가 유난히 기다란 오른팔을 보고 멈칫했다. 담배를 쥔 팔보다 이상하게 더 길었다.

"핀레이?" 총구가 빛을 받는 순간 베로가 내 손을 덥석 쥐었다. 그 총이 나를 겨누자 심장이 털썩 내려앉았다.

"제가 설명할게요……." 내 눈앞의 경찰이 누구든 내 언니를 아는 사람이거나 내 사인이 뇌물로 통할 만한 사람이기를 바랐다. 하지만 무기가 내는 딸깍 소리를 듣고 나는 입을 닫았다. 그는 총부리를 우리 쪽으로 향한 채 구덩이로 다가왔다. 어둠 속에서 역광을 받은 그의 얼굴을 전혀 알아볼 수 없었다.

"나와." 그의 음성은 굵고 거칠었으며 그의 말은 라이터가 내는 소리처럼 끝이 짧았다.

"미란다 원칙대로 우리 권리를 고지하셔야 하지 않나요?"

"나오라고 했잖아!"

베로가 내 팔에 달라붙었다. 휘청거리는 다리로 우리는 서로에게 의지해 겨우 균형을 잡으며 구덩이 밖으로 나갔다.

"뒤로 돌아." 그가 명령했다.

베로와 나는 밭쪽으로 돌아섰다. 경찰차의 전조등이 우리의 그림자를 드리웠다. 우리가 파낸 흙더미 위로. 지저분한 운동화 한 켤레의 희미한 형체와 어둠 속에서 썩어가는 얼굴의 흐릿한 윤곽 위로. 경찰의 그림자가 가까이 뻗어올수록 내 심장이 요동을 쳤다.

"이 시체들이 여기 있는 줄은 몰랐어요." 내가 더듬거리며 말했다. "제 언니가 페어팩스 경찰서 소속인데요. 전화 한 통만—."

"무릎 꿇어." 그가 버럭 소리를 질렀다. 역시 그랬다. 이제 우리에게 수갑을 채우겠지.

"저기요, 아무래도 큰 오해가 생긴 모양인데 제가 전화 한 통만—."

"무릎 꿇으라고." 그가 총을 내 뒤통수에 갖다 댔다. 나는 앞으로 기우뚱하다가 구덩이로 발을 헛디딜 뻔했다. 베로가 내 팔을 붙잡은 덕분에 간신히 균형을 잡았다. 그의 명령에 따라 지면으로 몸을 낮췄다. 이 마당에 체포 불응 혐의까지 추가할 수는 없었다.

베로가 내 손을 움켜잡은 채 내 옆에 무릎을 꿇었다. 우리 둘 다 몸을 바들바들 떨며 수갑이 철컹 채워지기를 기다렸다.

수갑 대신, 싸늘한 총이 내 뒤통수를 눌렀다.

숨이 턱 막혔다. 눈을 질끈 감고 떨리는 목소리로 물었다. "우리를 체포하시는 거 아니에요?"

낮고 걸걸한 웃음소리와 함께 그의 총이 흔들거렸다. 작은 소리로 시작된 웃음이 그의 거친 목구멍을 타고 올라 요란하게 터져 나왔다. 그는 내가 못 알아들을 말을 중얼거렸다. 꼭 러시아어 같았다.

베로의 손톱이 내 피부를 파고들었다.

안드레이 보로프코프였다.

나는 구덩이 속의 흰 운동화 끝을 내려다봤다. 그가 죽인 사람들이었다. 펠릭스가 숨긴 골칫거리. 다음은 우리 차례다.

"여…… 여기 뭐 하러 오신 거죠?" 그의 차 트렁크에 시체가 더 들어 있나? 다른 사람을 묻으러 왔나?

"당신, 참 말을 안 듣는군. 펠릭스가 계속 지켜볼 거라고 분명히 얘기했을 텐데. 그 녀석 일을 제대로 못 하는구먼. 당신 집 근처에 차 대고 지키던 경찰 녀석 말야……."

로디 경관……. 안드레이는 우리 집까지 감시하고 있었다. "여기까지 우리를 따라온 거예요?"

그가 어깨를 으쓱하는 듯 총이 살짝 달싹였다. "당신이 무슨 짓을 하고 다니는지 궁금해서 참을 수가 있어야지. 이제 알겠군. 해리스 미클러가 갑자기 사라졌을 때 다들 얼마나 놀랐나 몰라. 평소와 달리 입금한 다음에 안전 금고 열쇠도 안 돌려주고 말이야. 펠릭스는 해리스가 돈을 갖고 해외로 튀었다고 확신했지." 해리스의 열쇠고리에 달려 있던 조그만 열쇠……. 퍼트리샤가 파네라에서 나를 만난 날에 가져갔다. 애런과 도망치는 데 그 돈을 쓴 것이 틀림없었다.

안드레이가 담배를 길게 빨았다. "나? 나야 뭐 마누라한테 돈을 맡기지. 이리나는 퍼트리샤의 남편이라면 아주 질색을 했어. 죽어 마땅한 역겨운 놈이라면서." 그가 내 머리 위로 연기를 뿜는 동안 나는 한참이나 숨을 참았다. "당신이 여기서 무슨 짓을 했는지 펠릭스한테 보고하지는 않을 거야. 내기에서 지는 건 싫거든."

그가 총을 내리자 나는 비로소 한숨을 몰아쉬었다. 우리를 그냥 풀어줄까? 우리를 협박해 입막음을 할까?

안드레이의 다리가 내 옆에 나타나자 나는 꼼짝도 할 수 없었다. 구덩이 가장자리의 흙더미에 한쪽 발을 올리고 그는 담배를 뻐끔거리며 구덩이를 내려다봤다. 기다란 연기를 내뿜는 입술이 불길한 미소를 지으며 일그러졌다. "작업을 거의 끝내놨네. 덕분에 둘을 묻기가 훨씬 수월하겠어."

베로가 컥 소리를 냈다. 내 가슴은 철렁 내려앉았다. 안드레이는 우리를 죽일 참이었다. 바로 여기서. 처형하듯이 뒤통수에 총을 쏴서. 나는 저 구덩이 속 다른 시체들 위에 떨어질 것이다. 해리스 미클러 위에. 내일 영장을 가지고 온 닉의 상관이 나를 파내면 내 언니가 내 소지품을 보고 신원을 밝혀내겠지.

나는 말없이 항의하듯 고개를 저었다. 해리스 미클러라면 정말 지긋지긋했다. 한번 싸워보지도 않고 무덤에 들어갈 수는 없었다.

안드레이는 담배를 마지막으로 한 모금 빨고 꽁초를 구덩이에 던졌다. 그가 돌아서자 구두가 밟고 있던 흙이 내 쪽으로 우수수 흘러내렸다.

나는 땅을 짚고 있는 내 주먹을 응시했다. 내 손등에 떨어진 모래 섞인 흙을 응시했다. 묶은 머리에서 빠져나와 바람에 날리는 머리카락 사이로 안드레이를 올려다봤다. 바람이 차에서 나오는 배기가스를 구덩이 위로 날려 보냈다. 마지막 연기를 내뿜는 안드레이를 지켜보며 바람이 연기를 얼굴 반대쪽으로 밀어내지 않는 순간을 기다렸다.

위반 차량을 잡아 세웠더니 웬 껄렁한 인간이 재떨이를 내 얼굴에 냅다 던지지 뭐예요.

베로에게 잡힌 손을 빼내어 흙에다 박아 넣었다. 두 주먹으로 마른 흙을 움켜쥐고 손가락 사이로 으스러뜨렸다. 안드레이는 어깨를 들썩이며 소리 없이 웃고 있었다. 어쩌다 이런 행운을 만났는지 믿기지 않는다는 듯 고개를 절레절레 저으며 우리 쪽으로 얼굴을 돌렸다.

"나는 준비됐어." 그가 말했다. "얼른 끝내자고."

손을 높이 쳐들고 흙을 집어던졌다. 모래가 바람에 휩쓸려 그의

얼굴로 날아갔다. 안드레이는 비명을 지르며 눈을 거칠게 비볐다. 양
손으로 흙을 문질러대는 사이 그가 쥔 총이 전조등 불빛을 받았다.
나는 안드레이가 총을 떨어뜨리기를 기다렸다가 냉큼 집어서 달아
날 작정이었지만 그는 총을 한층 세게 쥐고 마구 휘두르면서 우리에
게 큰 소리로 욕을 해댔다. 총이 발사되자 나는 몸을 숙였다. 소음이
제거된 총에서 총알이 날아와 내 무릎 옆의 흙을 흩뜨렸다.

소음기. 그는 소음기를 쓰고 있었다. 아무도 총성을 듣지 못한다.
아무도 우리를 구하러 오지 않는다.

심장이 두방망이질했다. 베로의 손을 잡아끌며 라몬의 차 뒤에 숨
으려고 허둥지둥 달려갔다.

안드레이는 고함을 치고 고통에 찬 비명을 지르면서 부츠로 발을
쿵쿵대며 눈을 후볐다. 한 발이 더 발사되었다. 베로와 나는 범퍼 뒤
에 바짝 붙은 채 몸을 웅크렸다. 손으로 입을 막고 팔로 서로를 꼭
끌어안았다. 또 총알 한 발이 보닛에 팅 소리를 내며 부딪혔다. 꺅 소
리를 지르며 우리는 차 반대편으로 다급히 이동했다. 서로의 손을
꼭 쥐고 뒷바퀴 뒤에 쭈그리고 앉았다. 안드레이가 팔을 휘휘 저으며
우리에게 소리를 꽥꽥 질렀다.

차에 탈 수만 있다면 탈출할 수 있을 것 같았다.

베로의 머리 위로 손을 뻗어 조수석 문손잡이를 잡았다. 또 한 발
의 총성이 울렸다. 나는 몸을 숙이고 베로에게 팔을 둘렀다. 구덩이
쪽에서 묵직한 쿵 소리가 들렸다.

사방이 고요해졌다.

우리는 그가 또 총을 쏠 것에 대비해 차체에 바짝 붙었다.

하지만 총은 더 이상 발사되지 않았다.

공회전하는 차 엔진이 나직이 웅웅대는 소리뿐이었다. 우리 뒤의 삼나무들이 바람에 바스락거렸다. 우리의 입술에서 떨리는 입김이 흘러나왔다. 둘 다 옴짝달싹할 수 없었다.

한참 후에야 자동차 보닛 너머를 슬며시 살펴보았다. 안드레이의 차 배기구에서 나온 연기가 구덩이 위로 피어오르고 있었다. 둘레의 흙 위에 안드레이의 쩍 벌린 다리가 보였다. 구덩이에 빠진 듯 나머지는 보이지 않았다.

안드레이 쪽으로 살금살금 기어가려는데 베로가 내 후드 티셔츠 등판을 움켜쥐고 나를 꼭 붙들었다. 안드레이의 손에 헐겁게 쥐인 총이 희미하게 반짝였다. 베로가 뒤에서 끌어당겼지만 나는 구덩이 쪽으로 몸을 기울였다. 얇은 요가 바지의 무릎으로 스미는 끈끈한 습기를 의식하지 않으려 애썼다. 안드레이 가까이 다가가던 우리 두 사람은 동시에 소스라쳤다. 그의 얼굴이 완전히 날아가고 남은 머리에서 시커먼 웅덩이가 퍼지고 있었다.

나는 구토를 힘겹게 참으며 떨리는 숨을 깊이 들이쉬었다. "자기를 쐈나 봐요."

"고의로요?" 베로가 침을 튀겼다.

나는 그의 손에 쥐인 총을 내려다봤다. 미친 사람처럼 총을 휘두르고 우리 쪽으로 마구 쏘면서 눈을 비벼대더니.

너무 아파서 제정신이 아니었어요. ……그때 죽지 않은 게 다행이죠.

"설마요. 사고였겠지."

"이제 어쩌죠?"

컴컴한 구덩이 속에 안드레이가 묻은 시체들이 어렴풋이 보였다. 그 위에 버려진 담배꽁초의 빨간 점이 희미해졌다.

"시동 꺼줘요." 그의 주머니에서 지갑을 꺼내 내 외투로 옮기면서 베로에게 말했다. "지문 남기지 말고."

베로는 구덩이에서 물러나 안드레이의 차로 허겁지겁 달려갔다. 그녀가 엔진을 끄자 온 들판이 깜깜해졌다. 잠시 생각하고 숨을 고를 시간이 필요했다. 내가 아는 사실을 곱씹고 눈을 달빛에 적응시킬 시간이 필요했다.

앞으로 24시간 내에 경찰이 이 농장을 파헤칠 것이다.

저 구덩이에서 안드레이에게 당한 희생자 전원을 발견할 것이다. 해리스도.

닉은 진작부터 펠릭스가 해리스의 죽음에 관여했으리라 추정했다. 그렇다면 경찰은 해리스를 또 한 구의 시체로만 여길 것이다.

"해리스를 여기에 두는 편이 낫겠어요." 자신감을 최대한 쥐어짜 베로에게 제안했다.

"여기 두자고요?" 해리스가 우리 얘기를 엿듣기라도 하는 듯 베로는 목소리를 낮췄다. "그럴 수는 없어요!"

"우리가 시체를 옮기면 경찰이 그를 계속 찾을 거예요."

"하지만 경찰이 안드레이를 비롯한 다른 시체들과 같이 해리스를 발견하면—."

"전부 마피아의 소행이라고 여기겠죠." 도박이나 다름없었지만 해리스를 옮기는 편이 훨씬 더 위험해 보였다. "안드레이를 다른 시체들 위에 놓도록 도와줘요." 나는 그의 팔 밑을, 베로는 부츠를 잡았다. 우리는 끙끙거리며 그의 나머지 부위를 구덩이로 끌어내렸다. 내일 경찰이 이 합동 무덤을 찾아내면 피운 지 얼마 안 되는 담배꽁초와 총도 발견될 것이다. 펠릭스가 이곳에서 안드레이를 만나 시신을 매장하는 그를 지켜보다가, 결국 처치한 다음 다른 시체들 위에 버린 상황으로 보이지 않을까? 자신의 조직이 벌이는 추잡한 사업에 세상 사람들의 이목이 쏠리게 만든 어설픈 행동대장을 제거한 상황으로 보이지 않을까?

닉은 이 현장을 발견하는 공을 세우지는 못하겠지만 결국 사건이 해결되고 펠릭스 지로프를 감방에 처넣을 수 있다면 만족할 것이다. 퍼트리샤와 이리나는 남편들의 손아귀에서 자유로워진다. 퍼트리샤와 애런은 숨어 살지 않아도 되고, 베로와 나도 평온하게 살아갈 수 있다.

우리는 흙을 전부 구덩이 속으로 묵묵히 넣은 다음 삽을 트렁크에 실었다. 어떤 흔적도 남기지 않으려고 신중을 기했다. 뒷정리가 끝나자 나는 안드레이의 차를 몰았고, 베로가 렌터카를 운전하며 내 뒤를 따라왔다. 2킬로미터쯤 떨어진 황야에 안드레이의 차를 버리고 그의 지갑은 글로브박스에 넣어두었다.

집으로 돌아오는 길에 라몬의 차고에 들러 렌터카를 베로의 차저로 바꾸었다. 충격과 피로감이 너무 커서 사우스라이딩까지 오는 내내 둘 다 한마디도 하지 않았다.

동트기 직전에 공원에 도착했다. 베로가 차를 세우고 보는 사람이 있나 살피는 사이 나는 트렁크에 들어갔다. 미안한 표정을 지으며 그녀는 나를 트렁크에 가뒀다.

삽자루 옆에 몸을 웅크린 채, 타이어가 도로를 구르는 소리에 귀를 기울였다. 그녀가 속도를 줄여 로디 경관의 차를 지나갈 때 차 엔진이 부드럽게 우르릉거렸다. 로디와 해거티 부인에게 혼자 집으로 돌아오는 모습을 보일 요량이었다.

차가 진입로로 들어서는 순간 몸이 덜컹거렸다. 차고 문이 끽끽대며 열렸다. 차가 몇 미터 더 이동한 다음 엔진이 꺼졌다. 차고 문이 다시 내려가는지 차체를 통해 모터 돌아가는 소리가 전해졌다. 베로가 차 문을 닫았다. 매끄러운 콘크리트 바닥에 운동화를 찍찍 끌며 차 뒤로 다가오는 소리가 들렸다. 트렁크 문이 열리고 흙을 잔뜩 묻힌 채 노곤한 미소를 짓는 베로의 얼굴이 나타났다. 어둠 속에서 빠져나오는 내게 베로가 손을 내밀었다.

40

베로와 나는 뉴스를 계속 켜두고 하루가 저물 때까지 헤드라인을 살피며 신경을 곤두세웠다. 아이들을 침대에 눕힌 직후에 기대하던 뉴스가 보도되었다.

"포콰이어 카운티에 소재한 롤링 그린 잔디 농장에서 시신 여섯 구가 발견됐다는 소식입니다. 그중에는 약 3주 전, 부인에 의해 실종 신고된 해리스 미클러의 시신도 포함된 것으로 알려졌습니다. 시신 가운데 한 구는 마피아 행동대장으로 추정되는 안드레이 보로프코프로 확인됐습니다. 포콰이어와 페어팩스 카운티 관할 경찰은 이번 살인이 범죄 조직 내에서 집행된 일종의 처형으로 보고 있습니다. 이 농장의 소유주는 오늘 밤까지 사건에 대해 전혀 알지 못했다고 주장하고 있으며, 경찰도 지금은 그를 용의선상에 두고 있지 않다고 밝혔습니다. 마피아 두목 펠릭스 지로프와 신원이 공개되지 않은 일당이 현재 경찰에 구금되어 조사를 받고 있습니다. 수사 진행 상황은 새로운 소식이 들어오는 대로 전해드리겠습니다."

내 휴대전화가 진동했다. 나는 소파에 놓여 있던 휴대전화를 집었다. 화면에 스티븐의 이름이 떴다.

"핀? 당신이랑 아이들 괜찮아?" 정신 나간 사람 같았다. 인정하기 싫었지만 그의 목소리가 반가웠다.

"우리는 괜찮아. 방금 뉴스 봤어. 당신은 괜찮은 거야?"

"그런 거 같아. 그런데 테리사가 경찰서에 불려왔어. 어찌된 영문인지 도저히 모르겠다." 전화 저편에서 경찰서의 소음이 들려왔다. 무전기, 바삐 열리고 닫히는 문, 복도에서 서로를 스치며 지나가는 경찰들의 우렁찬 목소리. "핀, 맹세코 나는 아무것도 몰랐어."

"그 말 믿어." 나는 무릎을 끌어안았다. 나로서는 일이 이렇게 된 것에 죄책감을 느끼지 않을 수 없었다. 하지만 해리스와 안드레이를 묻지 않았어도 펠릭스 지로프 덕분에 그 농장엔 이미 네 구의 시체가 묻혀 있었다. 이제 적어도 신원은 밝혀질 테니 희생자들도 편히 잠들 수 있으리라. "테리사는 알았대?"

"솔직히 잘 모르겠어. 자기는 아무것도 몰랐다면서 펄쩍 뛰는데, 이제 뭘 믿어야 할지…… 나도 지금 경찰서에 와 있어. 당신 친구 닉도 여기 있네. 테리사 조사가 끝날 때까지 나더러 여기서 기다려도 된댔지만 몇 시간은 더 있어야 풀려날 수 있대."

풀려날 수나 있을지. 닉이나 그의 상관이 농장에 묻힌 시신들에 대해 테리사가 어렴풋이라도 알고 있었다고 믿는다면, 그녀는 입건되어 방조 혐의로 기소된다.

"천천히 있다가 와." 그를 안심시켰다. "애들은 베로랑 나한테 맡겨.

거기 가서 당신 좀 살펴보라고 조지아한테 연락할까?"

스티븐이 떨리는 숨을 내쉬었다. "그래주면······ 정말 고맙지. 애들 한테 안부 전해줘. 무슨 일 있으면 내일 또 연락할게. 그리고 편, 이런 일 생기게 해서 미안해."

"괜찮아. 잘 해결될 거야." 그가 전화를 끊었다.

"닉이 뭔가 의심하는 것 같나요?" 휴대전화를 내려놓자 베로가 물었다. 그녀는 폭신한 슬리퍼와 따뜻한 파자마 차림으로 베개를 껴안은 채 소파 끄트머리에 몸을 웅크리고 있었다. 음소거된 TV에서 뉴스가 나오고 있었다. 몇 시간 내내 헤드라인은 바뀌지 않았다.

"그가 의심했다면 우리는 이미 순찰차 뒷좌석에 실려 경찰서로 가고 있겠죠." 퍼트리샤가 바보가 아닌 이상 이제 와서 자백을 하지는 않을 것이다. 영리한 사람이라면 내내 숨어 있던 은신처를 나와, 마피아가 남편의 실종에 관여하지 않았을까 내내 의심스러웠고 그동안 자신도 그들에게 당할까 두려워서 피신해 있었다고 주장하지 않을까? 남편이 펠릭스의 더러운 사업에 어떻게 연루되었는지 증언한 다음, 해리스의 생명보험 증서를 챙겨 애런과 함께 세 마리 개를 돌보며 행복하게 살 것이다.

이리나 보로프코프도 살판났겠지. 남편의 죽음으로 모든 문제가 한꺼번에 해결되었으니.

"테리사는 어떻게 될까요?" 베로가 베개에 턱을 괴며 물었다. 나만큼이나 피로에 지친 모습이었다. 그런데도 둘 다 맘 편히 잠들기는 그른 듯했다.

소파에 기대 머리를 묻었다. 어젯밤의 사건이 마침내 나를 괴롭히기 시작했다. "그 여자가 얼마나 알고 있었는지에 달려 있겠죠. 다 알면서도 뇌물을 받고 마피아에게 농장을 이용하도록 허락했다면, 그 곳에 파묻혀 있던 범죄에서 자유로울 수 없죠. 경찰이 그걸 증명하면 감옥에 가야 할지도 몰라요."

"그 정도예요?" 베로가 물었다.

한숨이 나왔다. 그간 테리사가 우리 가족에게 한 짓을 생각하면 응당한 벌을 받는 셈이니 나로서는 얼마간 고소한 마음이 들 법도 했다. 하지만 그렇게 느껴지지가 않았다. 테리사가 내게 어떤 짓을 했든 내 아이들에게는 특별한 존재였다. 그녀가 감방에 들어갈 경우 내가 아이들에게 이 상황을 어떻게 설명해야 할지를 생각하니 마음이 아팠다. 내 아이들을 위해서라도 테리사가 펠릭스의 흉계를 알지 못했기를 바랐다. 스티븐이 아무것도 몰랐기를 바라는 마음은 그보다 더 컸고.

"스티븐은 충분히 고통받았을 거예요."

베로가 눈썹을 곤두세웠다. "그가 다시 이 집에 들어올 것 같나요?"

나는 어깨를 으쓱했다. "다른 사람들처럼 초인종을 누르고 내가 문을 열어줄 때까지 기다릴 수는 있겠죠."

41

다음 날 아침, 조지아가 봉지 여러 개를 끌어안고 도넛 상자를 옆구리에 낀 채 우리 집 문앞에 나타났다. 보아하니 밤새 경찰서에서 스티븐 곁에 있었던 모양이었다.

상황이 어떻게 돌아가는지 조지아가 소상히 알려주는 동안 나는 커피 주전자를 올렸다. 지방 검사가 테리사에게 양형 거래를 제안했다고 한다. 펠릭스와 그의 사업체에 대해 아는 사실, 그녀가 연루된 사실을 전부 털어놓으면 감형을 해준다는 것이었다. 부동산 중개인 자격은 유지할 수 없지만 단 하룻밤도 감옥에서 보내지 않아도 된다고. 테리사는 쉽게 결정을 내리고 밤을 새워 진술했다.

조지아와 나는 커피와 도넛을 거실로 가져갔다. 이런 대화는 식탁에 마주 앉아 하는 것보다 소파에 나란히 앉아서 하는 편이 나을 듯했다. 그러면 조지아의 눈을 볼 필요도 없다. 언니는 내 옆에 앉아 커피를 홀짝이고 도넛을 우물거리며 아는 사실을 전해주었다.

테리사가 진술한 내용에 따르면, 펠릭스는 땅을 구하고 있다며 테리사를 찾아왔다. 짧은 기간 뭔가를 묻어둘 곳이 필요해 임차를 원한다고만 했을 뿐 그 용도에 대해서는 전혀 설명하지 않았다. 테리사는 마약을 숨기려는 거라 짐작했다. 시체를 묻을 의도인 줄 알았다면 절대 펠릭스에게 농장을 쓰도록 허락하지 않았을 거라 주장했다. 스티븐이 속옷 서랍에서 발견한 거액의 현금을 대가로 테리사는 펠릭스에게 몇 달 동안 휴한지를 빌려주기로 했다.

스티븐은 테리사가 펠릭스가 바람을 피운다고 짐작했다. 그 짐작은 틀리지 않았다. 사실 테리사는 해리스 미클러가 살해되던 날 밤에 알리바이가 있었다. 잔디 농장에 리무진을 세워두고 펠릭스와 샴페인을 들며 계약을 마무리한 것이다. 닉이 리무진의 차체 밑에 엉겨붙어 있던 흙과 잔디를 발견한 것도 그 때문이다. 검시관의 최초 보고서에 따르면 해리스는 그날 밤에 묻혔고 나머지 네 명은 그로부터 며칠 뒤에 묻혔으며 안드레이 보로프코프는 36시간 전에 묻혔다. 한 명을 제외하고는 모두 근거리에서 총을 맞았다.

해리스의 죽음을 해명하려면 시간이 좀 걸릴 거라고 조지아는 설명했다. 어쨌든 펠릭스는 여섯 가지 혐의로 기소될 예정이었다.

나는 도넛 귀퉁이를 깨지락거렸다. "닉은 어떻게 보고 있대?"

"처음 다섯 명의 희생자는 펠릭스의 지시로 안드레이가 죽였고, 그 후에 펠릭스가 꼬리를 감추려고 안드레이를 죽였다고 보고 있어. 안드레이가 최근 좀 조심성이 없었지. 너무 많은 조직원이 체포되고 너무 자주 뉴스거리가 되면서 펠릭스의 사업에 지장이 생기기 시작한 거야. 펠릭스는 안드레이가 없어지길 바랐겠지. 그래서 몇 가지 일에 이용한 다음 다른 시체들과 함께, 쓰레기 처리하듯 묻어버린 거야. 닉은 펠릭스가 시체를 파서 옮길 계획이 없었을 거라 짐작해. 절대 발견되지 않을 자리라고 보고 거기 묻어두려 했다는 거야." 조지아는 커다란 도넛 조각을 입에 넣었다. 내 입에 들어간 도넛은 혀 위에서 맴돌 뿐이었다.

"펠릭스는?" 이 부분이 꺼림칙했다. 만약 펠릭스가 현장에서 발견된 익명의 남자 네 명은 죽었다고 인정하면서 해리스와 안드레이는 죽이지 않았다고 주장한다면, 경찰은 그를 믿고 새로 수사를 시작할까? 아니면 그가 거짓말을 한다고 단정할까?

"펠릭스는 아직 진술하지 않았어. 그의 변호사들이 신중하게 전략을 짜느라 시간을 끌고 있겠지. 하지만 테리사의 진술과 증언 때문에라도 빠져나가기 힘들 거야. 닉은 그 구덩이에서 발견된 피해자 모두가 펠릭스의 조직과 직접적인 연관이 있다고 보고 있어."

"해리스 미클러가 마피아 조직과 무슨 연관이 있었을까?"

"돈세탁을 맡았지. 회계사로서 엄청난 실력자였지만 뭔가 펠릭스의 심기를 건드린 게 분명해. 펠릭스는 사라진 열쇠와 돈 얘기는 절대 하지 않았을 거야. 말할 이유가 없잖아? 경찰 귀에 들어가면 자신에게 불리한 동기가 될 뿐인데."

"해리스의 아내는 찾아냈대?"

조지아가 도넛을 우물거리며 코웃음을 쳤다. "간밤에 농장을 모조리 파 뒤집었는데도 퍼트리샤는 나오지 않았어. 그런데 얄궂게도 그 여자가 뉴스를 보고 오늘 아침 일찍 경찰서로 연락을 했다는 거야. 해리스의 죽음에 마피아가 관여했을 거라 짐작하고 안전을 위해 살던 집을 떠나 있었다면서. 집에 있었을 때 살해 협박을 받았는데 두려워서 경찰에 신고할 수 없었대. 경찰이라고 자기를 보호할 수 있을지 의심스러웠다면서. 마약조직범죄 수사팀이 그 주장을 확인하러

386

그 집에 가보니 아니나 다를까, 그 여자가 말대로 뒷문에서 칼자국이 발견됐다더라. 퍼트리샤의 진술 또한 앞뒤가 맞는 셈이지. 펠릭스가 체포되고 안드레이가 죽은 사실을 안 다음에야 은신처에서 나가도 안전하겠다 싶었다는 거야."

"그 여자 말이 맞겠다." 이제 펠릭스가 다 뒤집어쓰게 됐으니 퍼트리샤는 내가 자신을 끌어들일까 봐 걱정할 필요가 없었을 것이다.

"그리고 그 여자는 업무방해 혐의 등에 대한 면책의 대가로 해리스의 돈세탁 활동에 대해 아는 사실을 전부 털어놓겠다고 제안했어. 오늘 오후에 해리스의 서류를 챙겨 경찰서에 들어와서 진술하기로 했지."

"그 여자가 무사해서 다행이다." 나는 억지로 미소를 만들었다. 하지만 거의 진심이었다.

"그리고 있잖아." 조지아가 신난 듯이 말을 이었다. "안드레이 보로프코프의 아내도 경찰에 적극 협조하겠다고 나섰어. 남편이 마피아에서 어떤 역할을 했는지 다 밝히겠대. 그 여자 변호사도 검사들이랑 합의를 봤다더라. 지로프의 만행을 까발리는 대가로 어떤 책임도 묻지 않는 걸로."

모든 일이 깔끔하게 처리되지는 않았지만 이리나는 만족할 줄 알았다. 그녀 입장에서는 일이 잘 끝난 셈이니 이제 나도 그녀와 관계를 끊을 수 있을 것 같았다.

"닉은 흡족하겠다. 결국 이렇게 잘 해결돼서."

조지아가 손가락에 묻은 설탕을 핥았다. "닉이야 날아갈 것 같겠지." 그녀가 입에 도넛을 가득 물고 말했다. "퍼트리샤 미클러의 증언, 이리나 보로프코프의 진술, 테리사의 녹취를 확보했으니 펠릭스의 사업을 영원히 금지시킬 수 있을 거야. 이 사건이 마무리되면 승진할지도 몰라."

"그럼 징계는 안 당하겠네?"

"징계? 네 책 때문에?" 조지아가 인상을 썼다. "아니지, 그 정도 베갯머리송사로는 아주 가벼운 견책만—."

"베갯머리라니!" 눈썹을 곤두세우는 조지아에게 먹던 도넛을 던졌다. "그런 거 아냐! 여기서 베개가 왜 나와!"

"뭐가 어때서." 조지아는 허벅지에 떨어진 꽈배기 도넛을 집어 먼지를 떼어냈다. "그럼 자동차 뒷좌석 송사라고 부르지 뭐."

"앞좌석이야." 내가 마지못해 인정했다. 조지아는 실실 웃었다. "그 사람 아직도 화났어?"

조지아가 어깨를 으쓱했다. "그러다 말겠지. 하지만 화를 푼다 해도 그냥 넘기지는 않을 생각이야. 본때를 보여줘야겠어."

닉을 다시 만나는 상상을 할 때마다 구속영장이 떠올랐다. 그의 얼굴을 생각할 때마다 내게 가발 스카프를 던진 후의 실망한 표정만 떠올랐다.

"스티븐은 어떻게 견디고 있어?" 화제를 바꾸어 이렇게 물었다.

조지아는 천천히 고개를 흔들었다. "솔직히 말할게. 엄청 상심했나 봐. 닉이 그러는데 테리사의 진술이 끝나고 나서 둘이 다투는 소리가 들리더래. 스티븐이 집에서 나가겠다고 했나 봐. 약혼은 파탄 난 모양이야." 조지아는 곁눈질로 내 반응을 살폈다. "스티븐이 싹싹 빌면 다시 받아줄 거야?"

"빌어도 소용없어." 나는 손에 묻은 설탕을 닦으며 말했다. "나는 살던 대로 살 거거든. 스티븐은 다 컸잖아. 알아서 하겠지."

"살던 대로 산다고?" 조지아가 눈썹을 실룩였다. "닉이랑 만나면서?"

"아니." 양말을 신은 발을 탁자에 올려 발목을 겹쳐놓고 그 가능성을 가늠했다. 선택의 여지가 있다는 것이 좋았다. "내 인생을 살 거야. 나랑 베로랑 아이들이랑. 우리끼리 잘 살아야지." 청구서는 전부 정산됐고, 차도 되찾았고, 냉동실 브로콜리 밑에는 현금 다발이 숨겨져 있다. 내 이야기의 결말이 어떻게 될지 거의 확실해진 것 같았다.

조지아도 발을 탁자에 올렸다. 그러고는 몸을 뒤로 기댄 채 눈을 감고 만족스런 미소를 지었다. "잘됐네, 이제 네 걱정은 덜었다."

42

우편물 정리가 예전만큼 두렵지 않았다. 이제 카탈로그와 쿠폰북, 소소한 청구서를 제외하면 우편함은 대개 비어 있었다. 황혼녘에 우리 집 잔디밭으로 나갔다. 추위 때문에 외투 속에서 몸을 웅송그리고 양손을 호주머니에 찔러 넣은 채 집 앞 나무에 걸린 종이 해골과 앞마당에 박혀 있는 스티로폼 묘비들 사이를 지나갔다. 공기 중에 굴뚝 연기 냄새와 속을 파낸 호박 냄새가 감돌았다. 안개 자욱한 밤, 얼마 남지 않은 핼러윈의 분위기가 충만했다.

언 잔디를 바삭바삭 밟으며 해거티 부인의 주방을 향해 손을 흔들었다. 틀림없이 나를 지켜보고 있겠지. 이제부터는 그녀의 오지랖에 개의치 않을 작정이었다.

우편함의 경첩을 삐걱거리며 얇게 쌓인 봉투들을 꺼냈다. 잔디밭을 지나 현관으로 돌아가면서 무심히 봉투를 넘겨보았다. 전기요금, 수도요금, 인터넷과 전화요금 등 늘 날아오는 청구서들 틈에…… 스티븐의 변호사가 보낸 두툼한 봉투가 보였다. 스티븐이 이번 주에 제안한 새 공동양육권 서류가 들어 있는 게 분명했다.

다음 봉투를 넘겨보다가 나는 발걸음을 우뚝 멈췄다. 소인이 찍히지 않은 얇은 봉투였다. 반송 주소도 없었다. 굵은 글씨로 쓴 내 이름만 앞면 전체를 떡하니 차지하고 있었다.

집 앞 도로 좌우를 얼른 살폈다. 인도에 수상한 차는 보이지 않았다. 잔디 마당에 나와 있는 사람도 없었다. 로디 경관은 펠릭스가 체포되자마자 철수했다. 혹시나 이 편지를 갖다놓은 사람을 목격했을까 싶어 해거티 부인의 창문을 돌아봤다.

사이드 테이블에 청구서를 놓고 문을 발로 차서 닫는 순간 집 안이 너무 훈훈하게 느껴졌다. 치즈와 파스타 소스 끓는 냄새가 주방에서 흘러나와 현관까지 진동했다. 봉투를 찢고 안에 든 종이를 천천히 펼쳤다.

내일 오전 10시, 파네라.

"그거 뭐예요?"

내 등 뒤에서 기웃거리던 베로의 목소리에 화들짝 놀랐다. "간 떨어질 뻔했잖아요."

"왜 그리 과민반응이에요?" 베로가 쪽지를 들여다봤다. "퍼트리샤 미클러일까요?"

"달리 누구겠어요?" 쪽지를 갈가리 찢으며 주방으로 들어가 음식물 분쇄기에 넣었다.

"안 나가려고요?"

"안 가요. 다 끝난 일이에요. 퍼트리샤 미클러를 다시는 만나고 싶지 않아요." 이리나 보로프코프도 마찬가지였다. 그녀의 전화를 며칠이나 피하던 참이었다. 그녀의 잔금도 원하지 않았다. 이리나의 눈에는 어떻게 보일지 몰라도 그녀의 남편을 죽인 사람은 내가 아니었으니 대가를 받을 이유가 없었다. 우리의 거래는 이미 끝났다. 내 인생의 흑역사 한 토막은 과거로 흘려보내고 싶었다.

오븐을 열었다가 보글보글 끓는 라자냐를 보고 안심했다. 가장자리가 연한 황금빛으로 익고 있었다. 내 뒤에서 손을 뻗어 은박지를 들어 올리는 베로의 팔을 찰싹 때렸다.

"내가 요리할 차례잖아요. 당신 파티니까." 나는 오븐을 닫고 와인잔 두 개를 꺼냈다. 베로가 회계학 중간고사를 무사히 마친 기념으로 오늘 저녁에 우리 넷이서 파티를 할 계획이었다.

식탁을 차리며 베로가 투덜댔다. "내가 당신이라면 그 여자한테 할 말이 참 많을 거 같은데요."

"누구 말이에요? 퍼트리샤?" 뭐, 사실 나도 불만이 적지 않았다. 치사하게 꼭꼭 숨어버린 것과 그 여자 애인이 내 집 차고에 몰래 들어온 것에 대해 몇 시간을 따져도 모자랄 판이었다. 수도꼭지를 열고 음식물 분쇄기 스위치를 눌러 퍼트리샤 미클러와 그녀의 또라이 남편은 흘려보내고 저녁을 짓는 데 사용한 냄비와 팬을 씻기 시작했다.

초인종이 울렸다. 경찰이 해리스의 시신을 파낸 지 며칠밖에 지나지 않았기에, 누가 찾아올 때마다 베로와 나는 간이 철렁했다. 음식물 분쇄기를 껐다. 베로와 눈이 마주쳤다.

"집에 올 사람 있어요?" 그녀가 물었다.

고개를 저었다. "새 양육권 협의 때문에 스티븐이 찾아왔나 봐요. 오늘 서류가 도착했거든요."

베로가 살금살금 문으로 다가갔다. 잠금장치가 풀리고 문이 열리자 찬바람이 밀려왔다.

"안녕하세요, 베로. 핀레이 집에 있어요?" 밖에서 들리는 걸걸한 목소리에 등골이 오싹해졌다.

"앤서니 형사님." 베로가 나더러 들으라는 듯 큰 소리로 말했다. "이렇게 찾아오실 줄 몰랐네요."

아까 조지아와 통화를 했지만 수사가 어떻게 진행되고 있는지는 듣지 못했다. 내가 알기로 증언 녹취는 순조로이 끝났다. 펠릭스가 모든 혐의에 대해 무죄를 주장했기에 해리스 건이 다른 살인과 별개로 처리되지는 않았다. 닉이 내 책 기사를 본 날 이후로 우리 사이에는 이렇다 할 교류가 없었다. 그렇다면 그가 지금 나타난 이유는 뭘까?

내가 주방에 꼼짝 않고 서 있자 베로와 닉은 어색하게 머뭇거렸다. "들어가도 돼요?"

"아, 그럼요, 미안해요." 베로가 더듬거리며 말했다.

나는 마음을 단단히 먹고 주방을 나갔다. 닉은 굳은 표정으로 현관문 가까이 서 있었다. 나를 보자 그의 짙은 눈썹이 아래로 처졌다. 등 뒤에 뭔가를 숨기고 있었다. 체포영장이 아니기를 간절히 바랐다. "안녕하세요, 핀레이."

"안녕하세요." 나는 그가 숨긴 손에서 눈을 떼지 않았다.

"아저씨 왜 온 거야?" 딜리아가 이번 주 내내 입은 분홍 새틴 공주 드레스 차림으로 층계에서 이쪽을 기웃거렸다. 베로와 나는 긴장된 침묵 속에서 닉의 대답을 기다렸다. 턱수염을 말끔히 깎고, 검은 곱슬머리는 단정히 빗어 넘긴 모습이었다. 평소 스타일대로 블랙진에

황록색 티셔츠를 입었고 열린 가죽 재킷 틈으로 총집이 엿보였다. 출근용 복장인지 데이트용 복장인지, 그 둘에 차이가 있기나 한 건지 헷갈렸다.

"엄마를 만나러 왔지." 그가 대답했다.

"아." 딜리아가 플라스틱 왕관을 만지작거리며 무슨 생각을 하는지 얼굴을 잔뜩 찌푸렸다. "아빠가 아저씨 보고 재수 없는 놈이라던데."

베로가 손에다 대고 요란하게 기침을 했다. 그러고는 빨간 입술을 꼭 다물었다.

"딜리아 마리!" 나는 손가락으로 단호하게 그 애의 방을 가리켰다. 아이는 씩씩대며 계단을 쿵쿵 올라갔다. 닉은 조금 무안한 듯 자조 섞인 미소를 지었다.

"미안해요." 내가 사과했다.

"미안할 거 없어요. 딜리아 아빠 말이 맞는지도 모르죠." 그는 바닥을 내려다보며 헛기침을 했다.

"애들은…… 내가 보고 있을게요." 베로가 계단 위로 사라지며 말했다.

닉은 너무 길다 싶을 만큼 말이 없었다. "잘 지냈어요?" 내가 먼저 물었다. 시선은 일부러 그가 등 뒤에 숨긴 손으로 옮겼다. 영장을 집행하러 온 거면 시간을 질질 끌 이유가 없었다.

"아, 잊을 뻔했네." 그가 등 뒤에서 꺼낸 샴페인을 보자 온몸의 긴장이 싹 풀렸다. "축하한다는 말도 못 했네요. 당신 책도 곧 나올 텐데."

술병을 받자 죄책감이 밀려왔다. "나도 축하드려야 할 것 같네요.

승진하셨다고 조지아한테 얘기 들었어요."

"아, 네." 그가 뒷목을 긁적였다. "나 혼자 한 일도 아닌데요." 그가 눈을 들어 나를 보았다. 나는 뺨이 달아오르는 것을 느끼며 술병을 내려다봤다. 싸구려 브랜드가 아니었다. 좋은 술을 사느라 꽤 무리를 한 것 같았다.

"이런 거 안 가져오셔도 되는데."

"아니, 별말씀을요." 그는 술병이 없으니 손을 어디다 써야 할지 모르겠다는 듯 빈손을 비볐다. "지난번에 심한 말 해서 죄송해요. 그냥…… 신문 기사를 보고 너무 당황해서. 당신 말이 맞아요. 전부다. 당신 잘못이 아니었어요. 애초에 당신을 끌어들인 사람은 난데."

"그래도 내가 당신한테 책에 대해 언질은 줬어야 했나 봐요."

그는 어깨를 으쓱했다. 그 말에 동의한다는 뜻인지 반대한다는 뜻인지 애매했다. "우리가 서로를 이용한 거 같긴 해요. 하지만……." 그가 보조개를 만들며 수줍은 듯 어색한 미소를 지었다. "나를 또 이용하고 싶으시면, 언제 저녁이나 같이 해요."

솔깃한 제안이었다. 닉은 매력적인 남자였다. 성실하고 믿을 만한 사람. 다시 그와 잘해볼 생각을 하니 온몸에 전율이 흘렀다. 하지만 요즘 들어 충동적인 결정이 너무 잦았던 감이 있었다. 그리고 내가 아닌 다른 사람처럼 행동한 때가 많았다. 닉은 가발 스카프를 두르고 원피스를 입은 나를 본 적이 없다. 핀레이 도너번이 아닌 테리사나 피오나, 그 밖의 딴 사람 행세를 하는 나를 알지 못한다. 그는 내집에 들어와서 베로와 아이들을 만났다. 목욕 가운과 슬리퍼 차림의 나를 본 적도 있지만…… 나를 제대로 알지 못한다. 어쩌면 끝내 알 수 없을지도 모른다. 만약 알게 된다면 그런 내 모습을 별로 좋아

하지 않을 거라는 생각이 들었다

스티븐이 그랬듯 닉은 때로 자신이 보고 싶은 내 모습만 보려 하는 것 같았다. 한 번이라도 나를 있는 그대로 보고 인정해줄 사람을 만나고 싶었다.

내 팔에 안긴 값비싼 샴페인 병 라벨을 쓰다듬으며 말했다. "생각 좀 해봐도 될까요?"

닉의 표정이 어두워졌다. 하지만 재빨리 다시 얼굴을 바꿨다. "물론이죠. 이해합니다." 그는 당황한 표정을 애써 감추며 현관문으로 뒷걸음질했다. "전화하세요. 언제든지요. 마음이 바뀌면."

"샴페인 고마워요. 재판도 잘되길 바라요." 우리 둘 다를 위해 그가 펠릭스를 영원히 감옥에 가둘 수 있기를 바랐다.

나는 문 안에서, 그는 문 밖에서 어색한 작별 인사를 나눈 다음, 그의 등을 보며 문을 닫고 한숨을 쉬었다. 몇 시간 뒤 홀로 침대에 누워 천장을 보면서 지금의 내 행동을 후회하지 않기를 바랐다.

베로가 모퉁이에서 고개를 내밀었다. 나는 샴페인을 내밀었다. "끝난 거예요?" 그녀가 연민 어린 미소를 지으며 물었다. 수사를 가리키는지 나와 닉의 관계를 가리키는지 알 수 없었다.

"일단은요."

그녀가 코를 찡긋하고는 주방 쪽으로 고개를 기울였다.

"맞다, 라자냐!" 오븐 문틈으로 무럭무럭 피어오르는 연기를 보고 우리는 그쪽으로 달려갔다. 오븐 문을 활짝 열고 주방용 장갑을 낀 손으로 연기가 풀풀 나는 캐서롤을 꺼내 가스레인지 위로 옮겼다. 베로가 창문을 열고 해거티 부인네 집 쪽으로 손을 흔들자 찬바람이 실내로 들어왔다.

"어차피 고급 샴페인에는 피자가 더 잘 어울리죠." 화재 감지기가 요란하게 울리는 와중에 베로가 목소리를 높였다.

온 주방에 자욱한 연기가 눈을 자극하자 나는 조리대에 기댄 채 손으로 부채질을 하며 연기를 날렸다. "피자 좋죠. 내가 살게요."

우리의 합의에 따르면 베로는 그날 밤 치즈를 추가한 라지 사이즈 슈프림 피자의 40퍼센트를 차지할 권리가 있었지만 이번만큼은 우리 둘 다 각자 먹은 조각을 세지 않았다.

43

몇 시간 후, 베로와 둘이서 피자, 같이 주문한 닭날개, 집에 있던 오레오까지 싹 해치운 다음 나는 맥주를 들고 위층 침실로 올라갔다. 샴페인은 첫 잔부터 머리가 아파와서 내 잔은 하수구에 쏟아버렸다. 여태 남아 있던 퍼트리샤의 편지 잔해도 남김없이 떠내려갔다.

손가락에 묻은 피자 기름을 쪽쪽 핥으며 침대에 쓰러졌다. 천장이 낮고 가깝게 느껴졌다. 아이들이 자러 가고 나니 집이 너무 고요했다. 티셔츠에 묻은 토마토 얼룩을 손으로 슥 문질렀다. 몇 해 동안 빨아 입었더니 헐렁하게 늘어나고 색이 바랬다. 글자는 군데군데 벗어져 도저히 알아볼 수 없었다. 내가 곧 베스트셀러 작가가 될 사람 같지는 않았다. 하지만 청부살인업자처럼 느껴지지도 않았다. 악몽이 끝난 지금, 나는 과연 어떤 사람일까 곰곰 생각하며 천장을 올려다봤다. 아이들은 옆방에서 곤히 잠들었고, 베로는 맞은편 방에서 쉬고 있었다. 스티븐은 농장 트레일러에서 혼자 지내고 있었다. 양육권 재판이 결국 코앞에 닥쳤다.

맥주를 허벅지에 놓은 채 침대 머리장에 기대어, 물방울에 젖어 벗겨지는 상표를 떼면서 줄리언에 대해, 러시에서 처음 만난 밤 그가 한 말에 대해 생각했다. 어떻게 그는 변장한 나를 꿰뚫어봤을까.

그럼 나는 어떤 타입이죠?

찬 맥주와 테이크아웃 피자, 맨발에 청바지, 헐렁하고 물 빠진 티셔츠가 어울리겠네요.

맥주병을 탁자에 놓고 휴대전화를 집었다. 집게손가락이 그의 번호 위에서 머뭇거렸다. 지금은 화요일 밤 9시 30분이었다.

제가 어디 있는지 잘 아시잖아요.

복도 건너 베로에게 문자를 보냈다.

핀: 잠깐 나갔다 올 건데 애들 좀 봐줄래요?

베로: 안 물어보고 나갈 줄 알았는데.

침대에서 내려와 운동화를 신고 후드 티셔츠를 입었다. 야구 모자를 쓰는데 침실 문이 삐걱대며 열렸다. 베로가 기웃거리고 있었다.

그녀는 내 청바지와 티셔츠를 탐탁잖은 표정으로 훑었다. 못 말린다는 듯 고개를 저으며 내게 조그만 화장품 가방을 던졌다. "변호사를 만날 때는 화장 좀 해요. 무슨 일이 있었는지 내일 커피 마실 때 다 얘기해줘야 해요. 안 기다리고 잘게요." 그녀가 눈을 찡긋했다.

방문이 닫혔다. 알록달록한 색조화장품을 기대하고 가방을 열어보니 투명 립글로스 튜브와 갈색 마스카라가 전부였다. 거울을 들여다보며 그것들을 바르려니 왠지 민망했지만 나를 마주 보는 여자의 얼굴이 낯설지 않아서 좋았다.

부심결에 기저귀 가방으로 손을 뻗었다가 필요 없다는 것을 깨닫고 내려놨다. 오늘 밤에는 필요 없다. 대신 책상 서랍에서 돈뭉치를 꺼내 지갑에 넣었다. 지갑 안에서 보드라운 물건이 손을 간질였다. 가발 스카프였다. 찢기고 엉킨 기다란 금발이 한 덩어리로 뭉쳐 있었다. 손가락으로 가발을 빗고 구겨진 실크를 매만졌다. 한숨을 쉬며 그것을 책상에 내려놨다.

거의 비어 있는 주차장에서 줄리언의 지프 옆에 내 차를 댔을 때는 10시 3분 전이었다. 러시의 창문에서 희미한 빛이 스며 나왔다. 바 뒤의 은은한 금빛 조명이 테이블 위에 올려놓은 의자의 다리 윤곽을 부각했다. 손을 오므리고 문틈을 들여다보려는데, 놀랍게도 문이 열려 있었다

줄리언이 나를 등지고 서서 머리 위 선반에 병을 채우고 있었다. 오늘 일을 마친 사람처럼 빳빳한 흰 소매를 팔꿈치까지 걷어붙였고 칼라 단추도 풀려 있었다. "죄송합니다. 영업이 끝나서요." 그가 고개를 돌리며 외쳤다.

"내가 VIP 고객은 아니지만." 줄리언의 손이 멈추고 그의 눈이 거울 벽에서 내 눈을 찾았다. 나는 지갑을 바에 놓고 스툴에 앉았다. "맥주 마시기에 너무 늦었나요?"

"병맥주요, 생맥주요?" 그가 차분히 물었다.

"병맥주가 좋겠네요."

그가 카운터 밑에 놓인 냉장고로 손을 뻗었다. 뚜껑을 따고 주둥이에서 냉기가 올라오는 술병을 내 앞에 놓인 냅킨에 내려놨다. 그는 행주를 어깨에 걸치고 뒤편의 카운터에 기댄 채 술을 홀짝이는 나를 살폈다. 눈 위에 드리워진 곱슬머리가 호박색 조명을 받아 선명한 금색으로 빛났다.

"제 말 오해는 마세요. 하지만 여기는 손님 같은 유형이 드물어요."

"그래요? 내가 어떤 유형인데요?"

그는 카운터를 밀치며 내 앞으로 다가와 두 손으로 바를 짚었다. "정체를 드러내기 싫어하는 유명 작가. 가명을 쓰고 형편없는 변장을 하고 다니는."

나는 맥주를 내려놓고 바 위로 손을 뻗었다. "안녕하세요. 아직 제대로 소개도 못 했네요. 핀레이 도너번이라고 해요."

그가 나른한 미소를 지었다. "피오나 도나휴가 아니고요?"

"원한다면 신분증을 보여줄게요."

그는 고민하는 눈치였다. 그가 마침내 내 손을 잡았을 때, 손 안에 느껴지는 감촉이 좋아서 한참이나 그대로 있었다. 어쩌면 놓지 않은 쪽은 줄리언이었는지도. "결국 이렇게 만나네요, 핀레이 도너번."

화끈거리는 얼굴을 맥주병 뒤에 숨겼다. 그가 발음하는 내 이름이 듣기 좋았다.

"잘 지냈어요?" 그가 물었다.

"네." 내 대답에 내가 놀랐다. 아주 오랜만에 이 말이 진심으로 느껴졌다. "그런 것 같아요."

"어떻게 지냈는지 이야기해줄래요?"

나는 냅킨 끝을 집었다. "얘기하자면 좀 길어요."

"저 시간 많아요." 그는 냉장고에서 맥주 한 병을 꺼내 뚜껑을 열더니 한순간도 내게서 눈을 떼지 않은 채 한참 동안 천천히 마셨다.

나는 야구 모자의 챙 밑에서 그를 올려다봤다. "우리 대화도 변호사와 의뢰인의 비밀로 보호받나요?" 끼 부리는 말처럼 들리기도 했지만 나의 현실적인 두려움도 얼마간 반영된 질문이었다. 내 비밀을 속속들이 아는 사람은 베로밖에 없으니까.

그는 맥주를 한 모금 더 마시며 나를 보았다. "저는 아직 변호사가 아니에요. 당신은 의뢰인이 아니고요. 하지만 괜찮은 바텐더라면 단골손님에게 한 무언의 맹세를 엄숙히 지켜야겠죠." 줄리언은 바 위로 팔짱을 낀 채 몸을 앞으로 숙였다. 병목을 만지작거리며 그는 감미로운 음성으로 속삭였다. "그걸 비밀유지의무라고 하고요."

바에는 아무도 없었다. 부스 위 조명은 다 꺼지고, 남은 것은 줄리언 머리 뒤의 어슴푸레한 불빛과 주방 앞 반회전문에서 새어 들어오는 쨍한 흰 빛이 전부였다. 주방에서 유리잔이 쨍그랑대고 접시가 달그락대는 소리가 들리다가 고압 스프레이 소음에 묻혀버렸다.

야구 모자를 벗어 바에 놓고 머리를 뒤로 쓸어 넘겼다. 줄리언의 시선이 내 얼굴 위에서 움직였다. 길고 느린 호흡으로 마음을 추스른 다음, 모든 이야기를, 진짜 처음부터 시작했다. 1페이지가 아니라 표지부터. 우리 가족과 나의 어린 시절, 조지아와 부모님, 스티븐과의 결혼에 대해 이야기했다. 작가라는 직업과 내가 썼지만 아무도 읽지 않은 책 이야기를 했다. 테리사가 나타나 내 결혼생활이 어떻게 끝났는지도. 베로와 내 아이들, 전기가 끊겨버린 날에 대해서도. 파네라에서 실비아를 만난 날부터 내 삶이 걷잡을 수 없이 꼬여버렸다는 이야기도 했다. 아무것도 숨기지 않고 전부 다 털어놓으면서 그의 표정에 나타나는 반응을 지켜봤다. 해리스를 부축한 채로 러시 뒷문을 빠져나갔던 그날 밤의 일도 설명했다. 줄리언은 내내 경청하다가 빈 맥주병을 새것으로 바꿔주려고 딱 한 번 눈을 돌렸다. 그의 얼굴에 불쾌한 기색은 없었고, 그 눈빛에 나를 평가하는 기색도 없었다. 농장에서 안드레이의 손아귀를 어떻게 벗어났는지를 설명하던 순간 그의 엄지손가락 위, 단단하고 그을린 피부에서 팔딱대던 맥박만이 그의 생각을 짐작하게 했다.

이야기가 다 끝났을 무렵, 우리의 맥주는 비어 있었다. 그는 술을 더 권하지 않았다. 나는 지갑을 열고 바에 20달러를 놓으며 떨리는 한숨을 내쉬었다. "잘 마셨어요. 들어줘서 고마워요. 이제 가봐야—."

모자를 잡으러 뻗은 내 손을 줄리언의 손이 감쌌다. "근무 시간이 끝났어요. 뭐 좀 먹으러 갈래요?"

심장이 콩닥거렸다. "좋아요."

줄리언은 내 눈에서 시선을 떼지 않은 채 금빛 눈동자를 빛내며 사장에게 외쳤다. "레스, 저 갈게요. 내일 봬요." 행주를 바에 놓고 외투를 어깨에 걸친 다음 그는 바 반대편에 앉아 있는 내게 다가왔다. 그의 시선이 나를 더듬다가 내 후드 티셔츠 밑으로 늘어진 티셔츠에 닿은 순간 눈가에 주름이 잡히며 눈웃음이 번졌다. 나를 위해 문을 잡아주다가 내가 가방에서 차 열쇠를 꺼내자 그는 눈썹을 곤두세웠다. "어디 갈까요?" 그가 내 차로 따라오며 물었다.

모든 것이 준비되어 빈 화면 앞에 앉아 키보드만 두드리면 되는 상태였다. 내 미니밴은 깨끗했다. 배터리는 수리를 마쳤다. 내게는 베이비시터가 있고 주머니에는 현금도 두둑했다.

"글쎄요." 하지만 이번 챕터는 해피엔딩으로 끝날 것 같은 좋은 예감이 들었다. "타요. 가면서 생각해요."

44

다음 날 오전 10시가 다 되어서야 내키지 않는 마음으로 줄리언의 아파트를 나섰다. 맨발에 셔츠도 입지 않은 그가 나를 현관문에 밀쳤다. 청바지를 골반에 걸친 채 그는 양손으로 내 머리를 헝클였다. 내게 키스를 퍼부으며 작별 인사를 속삭였다. 정지 신호 앞에서 나는 싱글벙글한 얼굴로 라디오를 따라 노래를 흥얼거렸다. 엉킨 머리카락을 쓸어내리며 베로에게 뭐라고 설명할지 궁리했다. 엄밀히 따지면 그녀에게 이야기의 40퍼센트만 해주면 된다. 하지만 집에서 나를 기다리면서 내게 무슨 일이 있었는지 궁금해하는 사람이 있다는 건 좋은 일이었다.

붐비는 교차로 건너편, 파네라의 주차장에 차들이 드문드문 서 있었다. 계기판의 시간을 확인했다. 퍼트리샤 미클러가 저기서 나를 기다리고 있겠지. 대체 왜? 해명이나 사과 말고 내게 할 얘기가 또 있을까?

신호등이 녹색으로 바뀌었다. 내 뒤의 벤츠가 경적을 울렸다. 교차로를 직진하는 대신 속도를 높이며 운전대를 틀었다. 차선 두 개를 지나 파네라 주차장으로 들어갔다. 레스토랑 앞에서 서성거리며 채색된 유리 안쪽을 흘끔거렸지만 부스 안의 얼굴들을 알아볼 수 없었다.

베로 말대로 내 속에도 털어버리고 싶은 말이 없지 않았다. 차를 대고 핸드백을 어깨에 걸친 다음 마음이 바뀌기 전에 건물로 들어갔다.

카운터 앞의 줄은 길지 않았다. 내가 들어가자 계산대 뒤편의 머리들이 일제히 내 쪽을 돌아봤다. 솔직히 매니저 민디가 나를 알아본다 해도 상관없었다. 나가달라고 요구하거나 경찰을 부르기밖에 더 할까. 그러든가 말든가. 고개를 빳빳이 쳐들고 식당으로 당당히 들어갔다. 엄청 섹시한 변호사와 밤을 보내고 온 여자답게.

사람들의 얼굴을 훑으며 퍼트리샤를 찾다가 칸막이에서 무심히 손을 흔드는 이리나 보로프코프를 발견하고 멈칫했다.

그녀는 구석 자리에 홀로 앉아 커피를 마시며 나를 보고 있었다. 내가 입을 떡 벌리자 그녀는 진홍색 입술 끝을 올렸다. 그녀는 자기 앞의 빈자리를 가리켰다. 나는 핸드백을 어깨 높이로 들고 그쪽으로 다가가며 마음을 다잡았다.

"도너번 씨." 칸막이에 들어서는 내게 그녀가 인사했다. "당신이 내 쪽지를 봐서 다행이네요." 등골이 오싹해졌다. 내 이름을 부르는 어조, 내가 누구인지, 어디서 나를 찾을 수 있는지 정확하게 알고 있다는 듯한 저 오묘한 태도가 라몬의 차고에서 펠릭스와 나눈 대화를 얼마간 연상시켰다.

이리나가 매니큐어를 칠한 기다란 손톱으로 머그잔 가장자리를 쓸었다. 다른 손은 테이블 밑에 숨겨져 있었다. 그녀가 총을 들고 있을지도 모른다는 생각에 몸이 뻣뻣해졌다.

"퍼트리샤인줄 알고 왔는데요."

이리나가 이해한다는 듯 고개를 끄덕했다. "퍼트리샤는 진술을 마쳤어요. 지금쯤 젊은 남자랑 브라질로 날아가고 있을 거예요. 따뜻한 나라에서 새 출발을 하겠죠."

"퍼트리샤가 잘돼서 기쁘신가 봐요."

"물론이죠." 그녀의 새까만 머리카락이 눈 위로 흘러내렸다. "그러라고 내가 퍼트리샤를 위해 모든 걸 준비한 거니까요."

"그럼 당신은요? 이제 어쩌려고요? 당신 남편이……." 안드레이의 피범벅된 얼굴, 베로와 내가 그를 구덩이에 떨어뜨린 순간에 들은 둔탁하고 공허한 소리가 떠올라 진저리를 쳤다.

"내 남편이 죽었으니까?" 이리나가 우아하게 어깨를 들썩였다. "누군가는 여기 남아서 펠릭스가 마땅히 있어야 할 곳에서 나오지 못하게 막아야 해요. 안드레이가 어떻게 죽었는지 알면 펠릭스는 기분이 썩 유쾌하지 않겠죠. 당신이랑 나 때문에 이미 너무 많은 대가를 치르기도 했고요. 펠릭스는 바보가 아니에요. 그가 자초지종을 알아내는 건 시간문제죠."

정신이 번쩍 들었다. "그가 감옥을 나올 가능성이 있나요?"

그녀는 잔털 없이 매끈한 이마를 찡그리며 커피를 홀짝였다. 머그잔을 내려놓는 손이 침착했다. "그럴 가능성이야 항상 있죠. 하지만 당신 친구인 형사가 꽤나 집요하더군요. 퍼트리샤 말대로 당신도 일 처리가 무척 깔끔했고요." 그녀는 스피닝 수업 때처럼 흥미롭다는 표정으로 나를 칭찬했다. "진짜로 감탄했어요." 그녀는 테이블 밑에 있던 손을 꺼내 봉투 하나를 내 쪽으로 밀었다.

"이게 뭐죠?" 갑자기 숨 막히는 기시감이 찾아왔다.

"당신한테 줄 잔금이에요. 얘기한 대로 일이 잘 끝났으니까요." 나는 봉투 속을 들여다보고 싶은 충동을 눌렀다. "걱정 말아요. 세탁된 돈이니까. 표시도 없고 추적도 안 돼요." 안드레이의 돈을 받으려니 기분이 영 꺼림칙했다. 해리스 미클러가 세탁한 돈이 펠릭스를 통해 이리나의 남편에게 넘어갔을 것이다.

편안한 미소를 짓던 그녀의 표정이 살짝 굳었다. "당신이 내 돈을 받지 않는다면 그 이유가 꽤 신경 쓰일 거 같네요. 앤서니 형사랑 너무 친해진 건 아닌지? 당신 언니가 걱정인지?" 그녀가 봉투를 더 가까이 밀었다. "조지나, 맞죠?"

나는 봉투를 낚아채 내 쪽으로 가져오면서 주위에 보는 눈이 있는지 두리번거렸다. 파네라 유니폼을 입은 깡마른 남자가 고개를 푹 숙인 채 러그 위에 떨어진 빵 부스러기를 쓸고 있었고 몇 테이블 건넌 자리의 백발 여성은 수프를 들여다보고 있었다. 수상한 돈 봉투를 핸드백에 쑤셔 넣었지만 신경 쓰는 사람은 아무도 없었다. 나 외에는.

이리나는 냅킨으로 입을 톡톡 두드리더니 프라다 핸드백을 팔 밑에 꼈다. "잘됐네요. 쌍방 모두 만족스럽게 마무리돼서 기뻐요. 당신 도움이 필요하면 또 연락하죠."

"아니, 그건 안 돼ㅡ." 이리나는 호주머니에서 얇고 흰 또다른 봉투를 꺼내어 테이블 위로 밀었다.

"퍼트리샤의 편지예요. 내가 열어본 건 아니지만 의뢰가 틀림없어요. 당신을 알기 전에 퍼트리샤는 우리 같은 여성들이 모인 인터넷 커뮤니티에서 제법 시간을 보냈거든요." 당황한 내 표정을 보고 그녀가 설명했다. "실력 있는 전문가의 도움을 절실히 구하는 딱한 여성들." 이리나의 음험한 눈짓을 보니 또다시 죄책감이 밀려왔다. "퍼트리샤가 당신이 이 일에 흥미를 보일 거라더군요. 꼭 전해달라고 신신당부했어요."

이리나는 봉투를 테이블 위에 놓았다. 그리고 내게 손을 내밀었다. 그 손은 불편할 정도로 오랫동안 우리 둘 사이의 공간에 머물렀다. 잠깐 잡았더니 온몸의 세포가 움츠러드는 기분이었다. 얼른 손을 놓았다.

떠나는 그녀를 보니 기운이 쭉 빠졌다. 지난밤, 줄리언에게 모든 걸 털어놓은 이후로 가슴이 후련했는데 새로 죄책감이 산더미처럼 밀려왔다. 퍼트리샤의 편지가 이리나의 두툼한 현금 다발만큼이나 무겁게 느껴졌다. 봉투를 뒤집어보니 다행히 봉인되어 있었다. 그렇다면 구태여 열어볼 필요가 없었다. 편지에 누구 이름이 적혀 있든, 그의 목숨값이 얼마든 알 게 뭔가 싶었다.

퍼트리샤의 편지를 핸드백에 쑤셔 넣고 파네라를 빠져나왔다. 내 앞을 가로막는 사람이 없어서 기뻤다. 내 차의 배터리가 제대로 작동해서 기뻤다. 줄리언과 밤을 보낼 수 있어서 기뻤다. 퍼트리샤가 살아 있어서, 이리나가 내 인생에서 나가주어서, 펠릭스가 감방에 갇혀 있어서 기뻤다. 무엇보다 베로와 아이들이 있는 집으로 돌아갈 수 있어서, 몇 주나 지속되던 악몽이 끝나서 기뻤다.

에필로그

집 안은 고요했다. 베로는 아래층에서 리얼리티 쇼를 보고 아이들은 잠들었다. 나는 핫 초콜릿 한 잔을 서재로 들고 가 키보드 옆 컵받침에 놓고 마우스를 움직였다. 화면이 깨어났다.

마음을 다잡고 빈 문서를 응시했다. 환하고 텅 빈 화면에 조금은 주눅이 들었다. 완성된 초고를 어젯밤에 겨우 실비아에게 보냈는데, 편집자가 벌써 다음 작품의 줄거리를 알고 싶다고 했다.

손가락 관절을 뚝뚝 꺾다가 타자를 치기 시작했다.

제2권: 제1차 초고. 제목 미정 — 피오나 도나휴

키보드 위에 손을 놓고 번뜩이는 영감이 찾아오기를 기다렸다. 끝도 없이 화면을 노려봤지만, 무엇을 써야 할지 막막하기만 했다.

의자에 등을 기댔다. 핫 초콜릿을 한 모금 마셨다. 지난번 소설은 퍼트리샤 미클러가…… 파네라의 쟁반 밑에 놓고 간 쪽지에서 비롯

됐었지.

서랍을 열고 그 속에 놓인 봉인된 봉투를 보았다. 베로와 나는 그 것을 절대 열지 않기로 맹세했다. 그래놓고 둘 다 내버리려고는 하지 않았다. 나는 지난번에 열었던 판도라의 상자를 잊지 말자는 의미라고 합리화하며 그것을 보관하고 있었다.

봉투를 들고 화면에 비춰봤지만 잉크는 너무 희미하고 봉투는 너무 두꺼워 뽀얀 편지지에 적힌 글씨를 알아볼 수 없었다. 커서가 깜박이면서 시간이 흘러갔다. 얼마 안 되는 혼자만의 시간을 빈 화면만 보며 아깝게 소모하고 있었다.

내게는 아이디어가, 영감의 불꽃이 필요했다.

봉투 귀퉁이를 조금 찢어 손가락을 찔러 넣었다. 모서리를 따라 손가락을 움직였더니 종이가 요란하게 찢어졌다. 동작을 멈추고 복도에 베로의 발소리가 들리는지 귀를 기울였다. 종이 찢어지는 소리만으로도 큰 죄를 지은 기분이 들었다. TV에서 웃음소리가 커지는 틈을 타 편지를 완전히 꺼냈다.

내겐 이름이 필요했을 뿐이다. 이야기를 만들기 위해 온라인에서 샅샅이 뒷조사를 해야 할, 끔찍하고 고약한 남자의 이름이.

봉투에서 꺼낸 종이를 펼쳐 퍼트리샤의 쪽지를 읽었다.

나 같은 사람들이 모인 웹사이트에서 이런 구인광고를 봤어요.
관심 있으실지는 모르겠지만, 당신이 알아야 할 것 같아서요.

그 이름을 보는 순간 온몸에 소름이 돋았다. 그 밑에 제시된 금액을 확인하고는 내가 처음에 이름을 잘못 읽었나 보다 생각했다.

스티븐 도너번

현금 10만 달러

주소는 전남편의 농장이었다.

본격 로맨틱+코미디+
미스터리+서스펜스+스릴러 소설이
선사하는 즐거움

(※스포일러가 있습니다. 반드시 소설을 읽은 후에 이 글을 읽어주세요!)

이보다 더 나쁠 수 있을까. 남편은 잘나가는 미녀 부동산 중개인과 몰래 바람을 피우다가 들키자 아예 그녀와 약혼을 선언하고 집을 나가버린다. 이제 소설을 써서 생계를 유지해야 하지만 한창 손이 많이 가는 네 살과 두 살배기 아이들을 돌보느라 약속한 마감일이 코앞에 닥쳐도 글 쓸 시간조차 내기 힘들다. 집세와 자동차 할부금에 허덕이고 각종 청구서가 산더미처럼 쌓이지만 지금 수입으로는 식비와 생필품 구입하는 것조차 버겁다. 결국 벌이가 적다는 이유로 두 아이 양육권마저 전남편에게 빼앗기게 생겼다. 출판 에이전트를 만나기로 약속한 날 베이비시터가 갑자기 연락을 받지 않아 아이들을 맡길 데가 없다. 바로 이 책의 도입부에서 주인공 핀레이가 처한 고달픈 현실이다.

하지만 싱글맘 핀레이의 역경은 아직 시작되지도 않았다. 레스토랑에서 에이전트 실비아를 만나 새로 발표할 스릴러 소설을 두고 나누던 대화 내용을 옆자리의 퍼트리샤라는 여자가 엿듣는데, 그녀는 핀레이를 전문 청부살인업자로 오해해 거액의 성공 보수를 제시하며 자신의 남편 해리스 미클러를 죽여달라고 의뢰한다. 돈이 궁한 데다 새 소설의 소재가 절실히 필요했던 핀레이는 못 이기는 척 해리스의 뒤를 밟다가 술집에서 만난 그에게 '어쩌다' 약을 먹이고 차에 실어 집으로 데려오게 된다. 차 엔진을 끄지 않은 채 해리스를 차고에 방치했다가 그가 숨이 끊어지게 되면서 '어쩌다' 임무 완료. 핀레이는 감당할 수 없는 상황에 걷잡을 수 없이 말려들고 만다.

소설은 기본적으로 미스터리 스릴러의 형식을 띠고 있다. 자신이 살인한 게 아니란 사실을 깨닫게 된 주인공 핀레이는 해리스의 죽음에 이해관계를 가진 주변 인물들을 대상으로 진짜 살인자는 누구인지, 죽인 이유는 무엇이며 어떤 방법으로 살해했는지 추리해나간다. 이 과정이 매우 흥미진진하게 펼쳐진다. 핀레이가 알아낸, 죽은 해리스가 저지른 추악한 범죄의 실체도 꽤 충격적이다. 피도 눈물도 없는 러시아 마피아 보스 펠릭스의 협박을 받고, 예상 밖의 순간에 나타난 안드레이에게 목숨을 위협받는 장면은 손에 땀을 쥐게 할 만큼 긴장감을 준다.

하지만 등장인물 중 두 사람이 죽어 나가고 시체가 여섯 구나 등장하는데도 이 책은 그다지 무섭거나 어둡다는 인상을 주지 않는다. 장면마다 기발하고 발랄한 유머가 가득하기 때문이다. 핀레이의 두 아이가 치는 갖가지 말썽은 가뜩이나 골치 아픈 상황들을 더 '웃프게' 만든다. 당돌하고 영리한 네 살배기 딸 딜리아가 툭툭 던지는 솔직하고 예리한 말은 어른들을 뜨끔하고 무안하게 한다. 아무리 미워도 아쉬울 때마다 만나고 연락할 수밖에 없는 전남편과 핀레이 사이에는 늘 미묘한 신경전이 벌어진다. 베로와 핀레이가 노상 티격태격하며 주고받는 대사에는 냉소와 재치가 넘친다.

이 책에서는 로맨스도 큰 비중을 차지한다. 스티븐과 이혼한 이후로 핀레이는 한동안 자신에게 남편이 떠날 만한 문제가 있는 것은 아닌지, 여성으로서의 매력이 부족한 것은 아닌지 고민하며 자괴감을 느꼈다. 하지만 웬걸, 집 밖으로 나오니 동시에 두 매력남(믿음직하고 건실한 형사 닉 앤서니와 섬세하고 다정한 로스쿨 학생 줄리언)의 구애를 받아 삼각관계를 고민할 정도로 핀레이의 매력은 건재했다. 누가 우리의 주인공과 이어질지 지켜보는 것도 이야기의 중요한 관전 포인트다.

핀레이의 주위에는 멋진 여자들이 있다. 같이 시체를 파묻고 음침한 비밀을 공유하면서 핀레이의 모든 소유물에 대해 지분을 갖게 된 베이비시터 베로는 야무지고 똑똑하고 따뜻한 인물이다. 핀레이가 진 무거운 짐을 덜어주는 세상 누구보다 가까운 파트너이며, 아이들을 진심으로 아끼고 사랑해주는 가족의 일원이다. 아이 돌보는 데는 서툴지만 늘 동생을 걱정하는 경찰 언니 조지아도 힘들 때 큰 도움이 되는 핀레이의 든든한 조력자다.

빠른 속도로 페이지는 줄어들고, 더없이 복잡하게 꼬인 상황이 과연 수습될 수나 있을까 슬슬 걱정이 될 즈음, 사건은 서서히 결말을 맞기 시작한다. 나쁜 놈들은 벌을 받고, 문제는 평화롭게 해결된다. 유명 작가가 된 핀레이는 더 이상 생활비에 쪼들리지 않아도 돼 양육권을 빼앗길 걱정도 없다. 새로운 사랑도 찾는다. 핀레이에게 갑자기 너무 많은 행운이 찾아와 일이 너무 쉽게 풀리는 것 아닌가 싶기도 하지만 그동안 마음고생을 많이 한 만큼 이제는 행복을 누릴 자격도 충분해 보인다. 독자들에게 개운한 카타르시스를 주는 깔끔한 결말이다. 가벼운 마음으로 마지막 페이지를 덮을 수 있었을 것이다. 에필로그의 그 쪽지만 아니었다면…….

《당신의 남자를 죽여드립니다》는 청소년을 대상으로 한 미스터리 소설로 '국제스릴러작가협회상' 청소년 부문 최우수상을 수상하고, 에드거상, 브램스토커상 최종 후보에 오른 작가 엘 코시마노가 처음으로 성인들을 대상으로 발표한 소설이다. 핀레이 도너번 시리즈는 미국에서 이미 3권까지 출판되어 큰 인기를 끄는 중이며, 계속해서 열성 팬들을 만들어내고 있다. 재미와 감동, 로맨스와 서스펜스를 고루 갖춘 종합선물세트 같은 《당신의 남자를 죽여드립니다》가 아무쪼록 한국 독자들에게 많은 사랑을 받아, 이 시리즈의 다음 권도 국내에 계속 소개되기를 기대한다.

김효정

당신의 남자를 죽여드립니다

초판 1쇄 2023년 5월 22일

지은이 | 엘 코시마노
옮긴이 | 김효정

발행인 | 문태진
본부장 | 서금선
책임편집 | 이준환   편집 3팀 | 허문선

기획편집팀 | 한성수 임은선 임선아 최지인 이보람 송현경 이은지 유진영 장서원 원지연
마케팅팀 | 김동준 이재성 박병국 문무현 김윤희 김은지 김혜민 이지현 조용환
디자인팀 | 김현철 손성규   저작권팀 | 정선주
경영지원팀 | 노강희 윤현성 정헌준 조샘 조희연 김기현 이하늘
강연팀 | 장진항 조은빛 강유정 신유리 김수연 서민지

펴낸곳 | ㈜인플루엔셜
출판신고 | 2012년 5월 18일 제300-2012-1043호
주소 | (06619) 서울특별시 서초구 서초대로 398 BnK디지털타워 11층
전화 | 02)720-1034(기획편집) 02)720-1024(마케팅) 02)720-1042(강연섭외)
팩스 | 02)720-1043   전자우편 | books@influential.co.kr
홈페이지 | www.influential.co.kr

한국어판 출판권 ⓒ ㈜인플루엔셜, 2023

ISBN 979-11-6834-105-0 (03840)